八千里路云和月

BAQIANLILU
YUNHE
YUE

中国书籍出版社
China Book Press

图书在版编目（CIP）数据

八千里路云和月 / 杨先金著. -- 北京：中国书籍出版社，2023.12
　　ISBN 978-7-5068-9780-8

Ⅰ.①八… Ⅱ.①杨… Ⅲ.①中国文学-当代文学-作品综合集 Ⅳ.①I217.2

中国国家版本馆 CIP 数据核字（2024）第 017185 号

八千里路云和月

杨先金　著

图书策划	许甜甜　成晓春
责任编辑	李　新
装帧设计	书香力扬
责任印制	孙马飞　马　芝
出版发行	中国书籍出版社
地　　址	北京市丰台区三路居路 97 号（邮编：100073）
电　　话	（010）52257143（总编室）（010）52257140（发行部）
电子邮箱	eo@chinabp.com.cn
经　　销	全国新华书店
印　　刷	四川科德彩色数码科技有限公司
开　　本	710 毫米×1000 毫米　1/16
字　　数	296 千字
印　　张	17.5
版　　次	2023 年 12 月第 1 版
印　　次	2023 年 12 月第 1 次印刷
书　　号	ISBN 978-7-5068-9780-8
定　　价	68.00 元

版权所有　翻印必究

为祖国站岗（1971年）　　　　　　　泸定桥（1972年）

参观四川大邑县阶级教育展览馆（1972年）　　我是汽车兵（1973年）

长江吟（1990年）　　　　　　　　书山有路勤为径（2002年）

军人之家（2007年）

祖孙乐（1988年）

全家福（2016年）

荆州市政协副主席陈斌与荆州商会领导合影（2022年）

与库米什兵站官兵欢送张德福中将（1990年）

与军分区曹维东司令协调吐鲁番葡萄节（2001年）

岔子沟军民鱼水情（1992年）

随乔凤臣局长考察煤矿（1997年）

天山铸库魂（1993年）

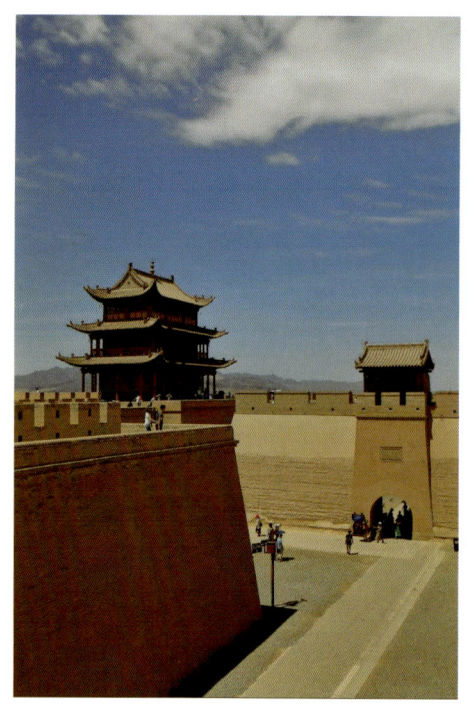

嘉峪关怀古（2019年）　　　　　始祖杨源将军亭（2000年）

松桃垸（双星村）新貌（2022年），朱军摄

川藏运输线（1972年）　　　　　　　　　　新藏运输线（1975年）

昆仑山盘龙古道（2022年）

与著名作家曾纪鑫在喀什采风（2023年）

与族亲杨传向（左）、杨先知（右）瞻仰杨源将军功德坊（2021年）

即席演讲（2003年）

棉暖人生（2023年）

战友情深。右起为陈克新、杨先金、颜家禄、曾凡坤、陈克贵（1972年）

老战友欢聚"归园"（2023年）

不辱戎装（2007年）

作者简介：曾纪鑫，湖北公安县人。国家一级作家，世界华文创意写作协会理事，中国作家协会会员，福建省传记文学学会副会长，厦门市作家协会副主席。中国当代写作文化散文的代表性作家之一，享有实力派作家、学者型作家之称。出版专著三十多部，主要有文化历史散文《千秋家国梦》《历史的刀锋》《千古大变局》，长篇小说《楚庄纪事》《风流的驼哥》，人物传记《晚明风骨·袁宏道传》《抗倭名将俞大猷》，选集《历史的面孔》等。作品多次获国家、省、市级奖励，进入全国热书排行榜，被报刊、图书广为选载、连载并入选《大学语文》教材，全国媒体广泛关注、评论，辑为《荆楚情怀与现代精神·曾纪鑫作品研究》《我们活在历史中·曾纪鑫创作论》《被照亮的历史·曾纪鑫历史文化散文研究》等五部专著、评论集出版。

从农民到大校、军旅作家的奋斗历程

——杨先金诗文集《八千里路云和月》序

曾纪鑫

第一次知道杨先金大名，缘于十年前的一次"寻根之旅"——在我的祖居地湖南澧县双龙岗曾家嘴，一位本家告诉我，湖北郑公渡双星村出了一位大校作家，名叫杨先金，如何了得！对故乡的人和事，我特别关注，于是，不仅牢牢地记住了这个名字，还在网上淘得一本他的旧作《难忘岔子沟》。翻阅之中，不仅闪耀着新疆天山、吐鲁番、岔子沟等地的当代军人风采，更有家乡人物、事物、风物的深情叙述与描写，一股难得的纯粹与质朴、真诚与真情跃动在字里行间。

未识其人，先见其文。真正与杨先金大校交往，我清楚地记得，是2018年7月15日。那天中午，我接到一个乌鲁木齐打来的长途电话，此人正是杨先金先生。故乡公安县郑公渡涌现出了一个二三十人的作家群体，我们建了一个郑公作家微信群，有人将他拉了进来。聊天中得知，他与我以前在镇卫生院当医生的父亲很熟，我老家新港村与他家双星村毗邻，两人的出生地相距不到两公里。

一个电话，将万里之遥的我们拉得很近。在资讯、交通发达的今天，空间距离几乎可以忽略不计。从此，我们不仅开启了热线电话，也开启了同乡、同道、忘年交的友谊之旅，正所谓"海内存知己，天涯若比邻"。

杨大校进入郑公作家微信群，给大家带来了一股新鲜的活力。在他的倡议下，我们从线上到线下，准备在我母校郑公中学筹建一个实体——郑公作家书屋。

目标一旦明确，大家开始紧锣密鼓地施行。十几二十名群员热诚响应，付诸行动。先是得到郑公中学书记龙继海（也是我高中同学）、校长赵宏兵的大力支持，落实了三间共一百二十平方米的平房作为基地，然后各自利用自己的资源，落实经费，捐书捐款。荆州市文联原主席潘宜钧先生通过他的关系拉得十万元启动资金；杨先金以他几十年经营的人脉关系，拉到了四笔赞助近二十万元。装修房屋，制作书柜，布置环境，大家齐心协力，将以前不甚起眼的平房打造得美轮美奂。

2020年10月10日，郑公作家书屋如期揭幕。杨先金从西北新疆驱车万里，我从东南厦门乘坐飞机，两人于同一天赶回故乡。电话、微信联系两年多，两双手终于有力地握在了一起。国庆期间阴雨绵绵，揭幕前两天，雨住了，还是阴天。而10月10日这天，天公作美，晴空万里，艳阳高照，秋高气爽，一个花果飘香的季节，一个宜于活动的美好日子！上午10时活动开始。正值新冠疫情期间，仪式很紧凑，五十多分钟就结束了。参加会议的有郑公书屋的作家、给予书屋帮助的领导、地方乡贤，以及郑公中学师生等近百人。

郑公作家书屋成立后，开展了一系列活动，书屋作家给学生讲座，设立奖学、助学基金，最突出的是创作、编辑、出版了一部文集《牛浪湖畔：时光里的章庄》。

由于行政区划变更，原郑公区更名为"章庄铺镇"。这个千年小镇位于湘鄂交界之处，得山水之利，可谓物华天宝、历史悠久、人文荟萃。《牛浪湖畔》是一部以郑公籍作家为主体创作的文集，也是一幅展示章庄铺镇自然风光、人文历史、民俗风情的画卷。通过这部文集，这块神奇土地上的历史、人物、风物、文物、非遗等，第一次整体呈现在世人面前。该书文学性、历史性、地域性、资料性兼备，是一部不可多得的章庄大观，也是一部内容丰富、予人启迪、激人奋进的乡土教材。

这部创造了诸多第一的文集，杨先金付出了大量心血，不仅落实资金、组稿统稿，还创作了不少优秀篇章。因使文集早日出版，他突发高血压，不得不在医院输液五天。杨先金先生的作为，使我感受到一位老军人的作风与担当。

"物以类聚，人以群分。"一群人通过某种机缘走到了一起，在岁月的淘洗中，不断进行着新的排列与组合。一些人走着走着就消失不见了，另一些人则走得更近，交往更加密切，感情更加深厚，所谓"大浪淘沙"是也。

通过郑公作家微信群的建立、作家书屋的揭幕，以及一系列活动的开展，不仅增强了我对杨先金的认识与了解，也使得两人的友谊逐渐加深，我们成了思想通畅的好朋友。

杨先金生长于江南水乡，农村、农民是其生命底色，他质朴无华、古道热肠、为人正直、从不设防；他是一位真正的职业军人，爱憎分明、嫉恶如仇、令行禁止、作风过硬；同时又是一名作家，洞察世事、情感丰富、为人善良、充满正义。他给我最为深刻的印象，就是精神饱满、精力充沛、信守承诺、雷厉风行。他个子虽然不高，但内里蕴藏着一股取之不尽、用之不竭的核能。他仿佛永远在路上，不断充电，不断行走，刚到一处，稍事休息，还来不及认真调整，又马不停蹄地奔向下一个目的地。生命驿站，还真是他人生的一种写照。

这不，刚完成《牛浪湖畔》的部分创作与编辑任务，书稿交至出版社，他又开始构思、创作一部新著。

我们的交谈，除了工作、人事，更多的还是写作。谈及下一步创作，以他丰富的阅历而言，我建议他写一部自传或回忆录——记下个人成长历程，即是风云时代的一个见证。他很自谦，说自己不过一个老兵，哪里够得上写自传？不少比他级别更高的首长，也没写回忆录呢。我说您的身份不一样，还有"作家"这一标签。何况自传、回忆录不分职务高低、身份贵贱，人人可写，并没有什么标高。哪怕一个足不出村的普通农民，晚年也可以写一部回忆录的，如果不识字，还可以口述呢，这些事例不胜枚举。

杨先金军旅生涯四十年，从故乡湖北公安到他戍边的西藏、新疆，何止八千里路程！于是，还没有动笔前，我就为他拟好了书名——八千里路云和月。

在我的一番鼓动与"蛊惑"下，他动心了，也动笔了。一年后一次通话，正当我准备询问他进展如何时，没想到他甩来一句话：已经完成初稿，在请胡祖义、杨传向两位行家初校。

不久，我便见到了他发来的电子书稿《八千里路云和月》，这也是他的第三部书稿。《难忘岱子沟》与第二部散文集《铺在云端的路》，因出版时间早，当年印数少，已成"抢手货"。前几天接到故乡来电，还专门向我索读这两本书呢！

新著《八千里路云和月》分为六章，前三章"尚武之根""年少萌志""从军路上"是其主体，即刚刚"出炉"的回忆录。第四章"军旅写生"汇集了他近些年创作的散文、随笔、游记、评论等体裁的作品，第一篇《揭秘牛浪湖》可视为杨大校近年来的代表作，近万字篇幅，将故乡牛浪湖的方方面面纳入笔端，可谓"一湖水，收藏着牛浪湖的神秘；一支笔，写不尽章庄旖旎芳华"；其他如《"美人蕉"的传说》《游子恋橘》《棉暖人生》《南海观树》《浓烈的家国情怀》等，大多在全国报刊发表，产生过一定的影响。第五章"老兵诗行"全为诗歌，《老兵诗行》《兵车向西》《长江吟》《梦回军营》《西部恋歌》等直抒胸臆、慷慨激昂、琅琅上口。第四、五章的诗文，写故乡风物，叙边塞生活，抒军人情怀，道人生冷暖，融细腻的感性描写、军人的粗犷豪放与理性的剖析反思于一体，是其人生的重要"补白"。第六章"名家赐墨"，是亲友、同乡、作家、画家、记者、编辑等对他作品、文品、人品的评述。

不同于前两部散文集，《八千里路云和月》是一部体裁多样的诗文集。严格说来，只有前三章可称为"回忆录"，后三章则是作者与他人的文章汇编。

全书时空交错、叙事宏大、内容丰富，自我描写与他者叙述相结合，多侧面乃至全方位的不同视角，让我见到了一个更加立体真实、生动丰满的杨先金形象。因此，也可将《八千里路云和月》视为一部风格独特、韵味别致的回忆录。

下面，就他刚完稿的前三章，稍稍展开笔墨，略加评述。

"参天之木，必有其根；怀山之水，必有其源。"作者追根溯源，从澧阳籍杨氏始祖起笔，写到自己出生的松桃垸，花了大量篇幅，从兴教、兴农、筑堤、做屋、婚嫁、丧葬、鱼趣、故乡的年味八个方面，状写松桃垸的文化。前面说过，我与杨先金家相距不到两公里，可想而知，我们的语言、饮食、风俗等完全一样。因此，读他的文字，我仿佛回到了生我养我的故乡，回到了天真无邪的童年。当然，半个多世纪的巨大变迁，使得故乡改变了容颜，我们不可能回到过去了！那些消失的习俗与器物，永远地留在了我们的记忆里，也留在了杨先金的字里行间。

若干年后，故乡许多消失的风物风情，可从杨先金的回忆录中搜寻。从这一角度而言，《八千里路云和月》是故乡发展与变化的历史见证，也是留给后人的一笔宝贵精神财富。

杨先金在松桃垸呱呱坠地，在祖母怀中长大，上学念书，回乡务农，毅然从军，奔赴新疆。开车、修车、遇险、调防、提干……他在部队这个大熔炉里不断成长，经历了太多的困难、风险与坎坷，车行昆仑、西藏，身边战友坠入深渊，他也曾命悬一线。恶劣天气、呼啸风声、茫茫冰雪对他来说，可谓"家常便饭"，就是这些"家常便饭"，强壮了他的筋骨。

部队个个都是精兵，人人都想立功，谁都憋着一股劲，唯有付出百倍的艰辛与努力，才有可能脱颖而出。从一个八年老兵提拔为司训队副指导员，然后不断转岗、升迁，直至成为一名大校。一步一个脚印，杨先金的书里都有记载。有的地方写得很细，有的是粗线条，还有的只是一个梗概、简略的大事记而已。作者简略而明快的叙述背后，看似轻松，其实透着无尽的沉重与沧桑。唯有设身处地，深入作者心灵，才能体会与感知。

杨先金何时爱上了写作？也许，儿时喜欢看小人书，就是最早播下的文学种子吧！只要一有空闲，他就将所见所闻、亲身经历敷衍成篇。随着一篇篇美文的问世，他加入了新疆作家协会，成为一位名副其实的业余作家。

杨大校退休了，可以好好地休息了，游泳、打花牌、打篮球、乒乓球等，还可以到处旅游享受人生。性格决定命运，阅历决定未来，可他闲不住，骨子里有一股"小车不倒只管推"的劲头。他博览群书、手不释卷，在职时的笔耕"副业"如今成了"主业"。他乐善好施，参加各种社会公益活动，在新疆成立荆州商会，在故乡筹建郑公作家书屋……

《八千里路云和月》叙写了杨先金从一个普通农民到军中大校、军旅作家的奋斗历程，一部书，可浓缩为四个关键词——七十人生，农民底色，军人风范，家国情怀。

最后"剧透"一下，我之所以于寻根之旅得知杨先金大名，因为其夫人、贤内助刘老师乃湖南澧县双龙岗人，我那位曾姓本家不仅早就认识他的夫人，也认识杨先金这位当地有名的女婿，并获赠其书呢！

2023 年 2 月 6 日于厦门园山堂

目 录
CONTENTS

第一章　尚武之根

一、"武脉"之源 ………………………………………… / 001
二、飚生松桃垱 ………………………………………… / 0Q2
三、松桃垱文化 ………………………………………… / 004
四、松桃垱变迁 ………………………………………… / 021

第二章　年少萌志

一、在祖母怀抱里成长 ………………………………… / 023
二、求学路上 …………………………………………… / 025
三、江湖学泳 …………………………………………… / 028

第三章　从军路上

一、川江行 ……………………………………………… / 032
二、我的车队我的团 …………………………………… / 033
三、新兵训练 …………………………………………… / 034
四、学习开车 …………………………………………… / 036
五、江达伐木 …………………………………………… / 039
六、险路惊魂 …………………………………………… / 040
七、调防新疆 …………………………………………… / 044

八、八年老兵 …………………………………………… / 056

九、兵站岁月 …………………………………………… / 065

十、"卧槽马" …………………………………………… / 069

十一、出山进城 ………………………………………… / 080

十二、火焰山下双拥情 ………………………………… / 086

十三、总医院里的故事 ………………………………… / 095

十四、追赶夕阳 ………………………………………… / 099

十五、荆州商会 ………………………………………… / 118

十六、八千里路云和月 ………………………………… / 127

第四章　军旅写生

一、揭秘牛浪湖 ………………………………………… / 132

二、牛浪湖秋韵 ………………………………………… / 143

三、棉暖人生 …………………………………………… / 146

四、游子恋橘 …………………………………………… / 148

五、"美人蕉"的传说 …………………………………… / 151

六、清明祭父 …………………………………………… / 153

七、"七夕"思母 ………………………………………… / 155

八、花垸洲记 …………………………………………… / 156

九、女人梦 ……………………………………………… / 159

十、"九头鸟"涅槃 ……………………………………… / 162

十一、游桃花源 ………………………………………… / 165

十二、井冈山赏竹 ……………………………………… / 167

十三、长江无浪 ………………………………………… / 168

十四、南海观树 ………………………………………… / 170

十五、"伙头军"的传说 ………………………………… / 174

十六、千年美食"格吉德" ……………………………… / 179

十七、有感读书日 ……………………………………… / 180

十八、"乡愁"之源 ……………………………………… / 182

十九、浓烈的家国情怀 ………………………………… / 189

二十、浅析曾纪鑫《抗倭名将俞大猷》的军事艺术	/ 192
二十一、昆仑铁骑赋	/ 197
二十二、有志者事竟成	/ 203

第五章　老兵诗行

一、老兵诗行	/ 207
二、兵车向西	/ 209
三、长江吟	/ 211
四、地名如诗	/ 213
五、梦回军营（朗诵词）	/ 216
六、天使之歌	/ 220
七、西部恋歌	/ 222

第六章　名家赐墨

一、难忘的文字	/ 226
二、梦幻般的路	/ 228
三、边关有乡音	/ 230
四、我的大哥杨先金	/ 233
五、相遇今天	/ 236
六、千山万水家国情	/ 240
七、为章庄而彰	/ 247
八、极具可读性的军旅作品	/ 250

附　录	/ 254
快来"云过早"，享受"公安"滋味	/ 254
她用"云过早"唤醒一座县城	/ 259
跋	/ 261

三十功名尘与土,八千里路云和月。莫等闲,白了少年头,空悲切!

——岳飞

一个转身，光阴就是故事。

一次回眸，岁月便成风景。

当晚霞映照我疲惫的身影时，蓦然回首——我从何处来……在何处有何为……又如何打点余生……一些杂乱无章的记忆、反思，包括感受与梦幻，一咕噜一咕噜地冒出来，让我不知从何说起……

我能做到的，只能笔随"八千里路云和月"的人生轨迹，捕捉渐渐虚化的脚印，去草蛇灰影般勾勒军旅峥嵘的轴线，展拓瞬息过眼的生活烟云，尽量地将那些被岁月撕裂的碎片打捞起来，撒在夕阳的余晖里。它们若能架构起我生来的躯壳，给愿意记起我的人留下点记忆，那就是我人生之大幸……

——作者题记

第一章　尚武之根

一、"武脉"之源

据光绪六年（1880）杨氏族谱记载及乾隆十六年（1751）《杨源将军夫人碑志》考证：杨氏一族自始祖源公与弟春公由顺天（北京顺天府火汾县车儿堰）籍澧阳际，有明之盛，备从戎之选，当兴师于广东，致群丑以败北，威名远播，封武略，固列棻戟之门，不愧棠棣之碑矣。乃功成斯退，迹匿在阴，相宅大禾场，析居罗阳岗。兵器耀日月之光，琅瑚傲烟霞之色。勤俭兴家，耕读贻后，故子姓则寖昌寖炽，才猷亦乃武乃文……

民国丁巳年（1917）续谱中重载：溯我始祖杨源公（字朗瑚）偕弟杨春公，于大明弘治时由北京顺天府火汾县车儿堰奉命远征广东，居功官封武略。食采东田，克勤克俭，而炽而昌。盖由明清而民国，历三百余年。人户日益繁盛，而继序其皇。

这是近年从湖南省图书馆和澧县涔南镇团结村（大禾场）挖掘出的史料物证。追溯出我杨家始祖杨源将军与其胞弟杨春公，在明朝弘治年间奉命远征广东伐寇功成名就，封土澧州大禾场与罗阳岗安居乐业，历经三百多年。杨氏家族武文兼备，耕读传家，繁衍至今。

因此，我在《寻根记》一文中概括出始祖杨源将军的四种情操：

1. 遵旨朝廷的报国情操（自始祖源公与春公由顺天籍澧阳际，有明之盛，备从戎之选，当兴师于广东）。

2. 武略盖众的尚武情操（致群丑以败北，威名远播，封武略）。

3. 淡薄功名的"善水"情操（兵器耀日月之光，琅瑚傲烟霞之色，乃功成斯退，迹匿在阴，相宅大禾场，析居罗阳岗）。

4. 耕读贻后的齐家情操（勤俭兴家，耕读贻后，才猷亦乃武乃文）。

始祖胸怀的四种情操，乃庶民之操守，杨族之家宝，强国之精神。

何为祖宗遗产？乃精神，非物质。

历史事件往往会不期而遇，始祖的冥导或许重演。伯父耀文吾父耀武两兄弟正好以文武之名明志，追随始祖乃文乃武之道前行。伯父耀文终生以缝纫为业，娶澧县如东乡穷人之女熊大益为妻，生三子，即先灼、先桃、先知。三子先知寒窗习文，长沙农大毕业后成为澧县畜牧水产局干部，在他的启迪下，其子女及杨靓靓等十多位晚辈耀祖"文脉"进入各类学府，女儿杨洁、儿子邓斌两姐弟大学毕业后，创新祖业，在全国第一高端原创时装设计师品牌聚集地深圳，注册"深圳蔻牌服装有限公司"，创立"金晖南油时装原创中心"，成为高端女装的源头生产制造商，荣获全国业界"设计先锋奖""市场潜力奖""最佳品质奖"，成为南粤业界翘楚。吾父耀武（字定国），娶湖南安乡县花垸洲穷人之女龚德凤为妻，生五子二女，即先金、先银、先梅、先财、先菊、先宝、先全。我为长子，秉承"武道"尚武报国，从军西域40载，带领兄弟杨先全、刘连军，侄儿侄女杨慧、杨曦、周尚平、郭阳和乡人陈世出、陈元宏、刘爱斌、李久成戍边守疆，实乃杨源将军后裔接力而武运绵长。

为此，我书"练武习文，齐家卫国"八个大字感恩始祖，自喻此生。

杨家两房子孙继承文武之道，举报国为民之能，行耕读贻后之事，在新的征途上继往开来。

二、飚生松桃垸

在湖北公安县、湖南澧县交界处，有个两平方千米的完整垸落——松桃垸。松桃垸北枕长江，南挨湘澧，西临牛浪湖，东靠松西河。这里既是武陵山脉东面断带的犄角，又是古云梦泽西面的裙边，具有明显的湿地特征和得天独厚的农耕条件。

同治十二年（1873），松滋市黄家铺、庞家湾溃决，滔滔洪水冲成松滋河，其下游的松西河段洼地皆成沼泽湿地。为挽垸筑堤，将石子滩至杨家垱筑成一条十多千米长的永和大堤，将长江之水与湿地隔离，江水经松西河道流向洞庭湖。湿地分围成8个垸落，经上百年垦荒而成绿洲。

永和大堤，垸乡人民的生命之堤。

这片绿洲源自数千年来长江洪水的冲刷淤积，成型为不规则的沙土湿地，湿地富含氮、磷、钾壤质土等多种有机物质，与以水云母为主体的各类水生植物腐烂沉积，掺和成浆型土壤，发育成以宜种水稻为主产的沃土。

这插根筷子能发芽，撒把谷种收成仓的宝地，自然成为黎民百姓青睐的一方沃土。百多年前，随着河堤的增固与内水的治理，以湘人为主体的庶民捷足先登，抢先定居来耕耘这块土地。

为防患牛浪湖内渍致灾，不知哪位高人看中了松桃垸这块四面临水、中间有港的宝地。便画圈筑堤围垸，形成一个旱涝无忧的垸中垸落。每年汛期，见得松西河波涛汹涌，取"松""涛"二字谐音，雅称"松桃垸"。实则此地既无松林更无桃园。1958 年立社，借此冠名为"松桃人民公社"。

松桃垸中一条南北走向的水港，将垸落一分为二，港东为"双星村"，港西为"柏枝村"。垸堤高梁沥水，部分村民沿堤而栖，港水清澈，水草丰茂，宜养鱼虾猪鸭，成为村民傍水而居的好去处。

1937 年，长江流域发洪灾，祖居澧县北民垸罗阳岗地势低洼，这里的口园首当其冲成为灾区。灾民纷纷逃奔四方。我的祖父杨祖木（1900—1962）用一担箩筐挑着幼小的姑姑耀秀和父亲耀武两个孩童，祖母洪明珍（1900—1972）迈着三寸金莲牵着伯父耀文，从澧县北民垸逃难至公安县松桃垸落脚，看中人户稀少的大港边搭建起两间茅草屋定居（属柏枝村）。用水草养猪养鸡，在港水中放养鹅鸭以求温饱。祖父祖母见识精明，在民国政府两丁抽一的政策下，将伯父送去湖南边学裁缝边躲壮丁，新中国成立前在澧县成家。尔后又将父亲送进私塾就读一年，再送进郑公渡杂货店跑堂学艺，所以父亲写得一手好字，算盘拨得利索，食品包装精美。新中国成立初年，父亲回到祖父母身边种田。由于祖辈的勤劳与省吃俭用，新中国成立时置有一亩多薄地，土改时划为下中农成分。父亲于 1951 年与湖南安乡县花垸洲穷人之女龚德凤结婚，次年壬辰年（龙年）腊月，我呱呱降生在松桃垸大港边的草屋里。接生时，祖母把我裹在鱼篓里称重为 9 斤，取乳名"九斤"，算命先生排生辰八字缺金，"斤""金"双补，故名"先金"。连同尔后四个弟弟均按金、银、财、宝、全顺序取名，由此见得父亲的文化与盼子发迹的寓意。

为铭记父母赐名之恩，我将弟妹弟媳之名缀串成联，"金银财宝全家福，玉芝梅菊峰景秀"挂在厅室，昭示同胞后孙，勿忘祖恩而永固亲情。

三、松桃垸文化

松桃垸诞生在近代，发育在以湘人为主体的历史怀抱中，随着楚湘文化的传承与积淀，这里呈现出多彩的文化特征。

（一）兴教

在松桃垸中最早定居的先民乃周家、向家、雷家三姓大户，他们不仅组织民工围堤成垸，垦地开荒，分置田亩，为防渍水，还取土高筑房基，修建上下几进的穿架子板壁瓦房。经过几代人的经营，宅基四周竹木葳蕤，莲荷满塘，在垸落中呈现三足鼎立的旺宅之象，好一派田园风景。土改之时，周、向、雷三户均划为地主。周家志凡因恶且霸被人民政府镇压。雷家永金靠勤劳置田，人诚品善而得善终。雷永金生养五子一女，以元忠、元孝、元节、元义、元全、元凤取名，长子元忠读书时思想进步，新中国成立后任职兴山县交通局行政科长。

旧社会的大户人家，深谙耕读传家之道。在解决"耕"的问题之后，随即解决"读"的问题。大伙商议民间募集资财，靠近大港边建起一所坐北朝南的一字型私立保校（一保一校），新中国成立后名为"松桃小学"。

我于1958年启蒙上学，见得校舍四周满是几个大人合抱不过来的杨树、柳树，树木遮天蔽日，足显学校年久与庄严。

松桃小学有几位号称"老虎"的严师，因学识丰富教学质量好而闻名遐迩，吸引湘北永丰、如东、牛张、双龙岗等地学童就读，启蒙了一方学子，孕育出一代才俊。仅松桃垸就培养出钟广银、王业精、曾广美、马朝旭、王业珍、龚天珍、杨振英、雷永湘、张其珍、杨耀湘等优秀教师，李章义、郭业元等军队干部和陈克新、颜家福、樊有富、周永青、胡佑柏、卢与全、颜家禄、曾凡坤、王先响、马远禄、龚德新等优秀军人，王焕初、胡宏成、龚天培、刘连玉等地方官员，还有精通《易经》的谢成发，蜂螯疗毒且会画像的艺人覃征海，娴熟果木嫁接的胡宏安等，他们均是"保校"和松桃小学教出来的学生。真是"黉门虽小，学子乃大"。

学校紧挨乱葬岗，成片的坟墓及裸露的腐棺骨骸阴森恐怖，好在学子们的琅琅书声与朝气蓬勃的阳刚之气，化解了人们的恐怖心理。只是社会前行的脚步，早已碾碎了这座炫目的文化摇篮，没有遗留丁点儿文化符号，而今，唯有一片荒草地依然躺在流逝的岁月里。

（二）兴农

鱼靠水活，人靠粮活。居住在这里的南蛮子民，把从祖祖辈辈几千年承传来的城头山稻作生活和农耕文化，带到这块土地上，并经营到极致，使这里成为有名的鱼米之乡。

仅以双星村十组1970年人口状况为例，全组110口人，有雷、李、郑、王、杨、卢、张、陆、龚、胡、刘11族姓，有汉、回、土家三个民族，其中除三户来自松滋县、石首县、潜江县外，其余均来自湘北地区，尤以澧县居多，均为落难逃荒、散兵游勇及择地迁徙而致。

这些憨厚的农民带来了祖传的农耕绝汇，视节气与土质种植农作物，将旱田种棉花与豌豆，把水田种双季稻，收割后种青沤肥，春夏秋冬，一双双长满老茧的手把土地翻整得疏松肥沃。种田的绝活在耕种的岁月里形成"老把式"，凡田平草尽，耕田使牛，栽秧割谷，堆垛码草，样样都会的"老把式"被尊称为"八把椅子坐得高"，经他们之手整出来的水田平展如镜，犁出的地如大海波浪，割谷无漏镰，扳谷不漏桶，堆摞的柴垛经风吹不变形，久雨不灌垛。若是评级，"老把式"相当于当时工人的"八级工"。我们队里有雷元亨、王世明、张其满、王承龙四位长辈享受"老把式"殊荣，高高坐在这把交椅上，令后生们仰视而不敢吹牛。

一日，队里进行割谷比赛，我人小力微，进度迟缓，王世明大伯讥笑我是"秀才呷酒斯斯文文"，在激将之下我发力割谷，不出半垄，将小指割掉半寸，当即喊来捡谷的黑皮（雷勋林）屙一泡尿冲洗伤口止血，敷上一坨"八哥草"狼狈收场，从此生畏弃镰。

唐朝宰相李绅为天下农人写下"锄禾日当午，汗滴禾下土。谁知盘中餐，粒粒皆辛苦"的诗句，成为珍惜劳动成果的警句。古往今来，农民在土地里刨食的过程中，总结出"八把椅子坐得高"这七个大字，浓缩出垸乡农耕文化的全部内涵。

"耕者有其田。"田地是农耕者之"根",农耕文化是耕耘者之"魂"。只有固好"根"、守住"魂",才会把饭碗紧紧地端在自己手里!

(三)筑堤

巍巍江堤因水而生,是千百年来劳苦大众的血汗筑成。

松桃垸为防水患,每年寒冬腊月筑堤成为常态。全村男女劳力全都出门筑堤,按土方核算工分。当我长成一扁担高时就背上箢箕随大人去筑堤。队长见我瘦小,安排做些上土、剪裁和计量土方的轻活,挣大人一半的工分。壮劳力干挑土爬坡、扯绳打硪的重活,我虽无力打硪,但也学得一些打硪歌谣。在"土夫子"生活中,家乡筑堤的雄浑打硪歌,已耳闻成诵,至今还能背下几首:

吆也嗬,嗨也嗬,
松西河堤长壮啰!
吆也嗬,嗨也嗬,
汹涌的洪水投降啰!
吆也嗬,嗨也嗬,
不是老子来筑堤啰!
吆也嗬,嗨也嗬,
打破垸了去喂鱼啰!
吆也嗬,嗨也嗬,
筑堤的姑娘要听见啰!
吆也嗬,嗨也嗬,
夜里抱紧野老公啰!
吆也嗬,嗨也嗬,
日里挑土腿闪筋啰!
吆也嗬,嗨也嗬,
……

石硪分两种，一种将石滚直立、中间绑木杠，四个方向抬着杵的叫"夯硪"，一种四方形四角穿绳，四方同时用力拉向空中重重落地的叫"飞硪"，其作用是将土层夯实。打硪按硪的类型、重量大小定人，一般为四至六人不等，硪歌由一人领唱，众人附和，见人唱人，见物唱物，叫作"千百转"，歌词多以"黄"逗乐，使人们在欢笑声中淡忘疲劳，江堤也在这"吆也嗨，嗨也嗨"的豪壮歌声中夯实。

据史料记载，自1380年至1937年的557年中，荆江大堤曾发生101次水患，湖北总督毕沅用"饥鼠伏仓争腐粟，乱鱼吹浪逐浮尸"的诗句来描述水灾惨状。身背两袋水（松西河水和牛浪湖水）的松桃垸人更是恨水多于爱水，每年汛期见洪水发怵，到冬天出门筑堤就胆寒。小时候，我常听祖母讲：河堤下的百姓哪个不是被洪水吓大的。1954年暴发的内外水患，松桃垸内溃成水库，全家躲灾在西堤，二弟先银降生在西堤亲戚胡宏成家里。1976年我新婚妻子筑堤流产，落下惯性流产的毛病。所以在20世纪90年代初全国热议兴建三峡大坝时，我给时任湖北省长郭树言写信言志："三峡涛声贯耳鸣，喜煞天山鄂籍兵，举国倾助坝伟业，戎卒争先打头阵。"《湖北日报》刊登我的信，1995年三峡大坝奠基动工，2006年6月1日拦洪蓄水，"截断巫山云雨，高峡出平湖"，伟人夙愿实现。

汹涛远去，水患纾解，延续上千年肩挑硪夯劳役般的筑堤成为历史。为此，2007年8月，我从重庆坐船回公安县，见得三峡大坝伟业，写下《长江无浪》一文发表在《解放军报》，记录长江中游百姓在纾解水患后的安居心态与提速洪区经济发展的现状。

百湖之县的公安地域文化是"水"的文化，其精神价值是因"水"而生的"不屈不挠，无私奉献"的伟大精神。一日，我漫步江堤，顿感江水拍岸的大堤固若金汤，蜿蜒雄伟，足可媲美长城，便一气写下《江堤、长城、兄弟》诗文，以彰江堤千古功德，启迪来者传承精神。

一

我与长城是兄弟
自赵武灵王为你奠基
你便逶迤崇山峻岭抵御狼群

我受穆帝垒土

蜿蜒于长江岸际

你在北方防狼

我在南方挡水

兄弟联手守护华夏浩浩疆域

二

我与长城是兄弟

你的肌肤淬过火

我的躯体挨过锤

淬过火的铜墙铁壁

挨过锤的百折不屈

兄弟并肩守护华夏浩浩疆域

三

我与长城是兄弟

你在历史的长河中抵御强盗遍体鳞伤

我在长河的历史中抵挡巨浪伤痕累累

贼来你抗

水来我挡

兄弟用血肉之躯守护华夏浩浩疆域

四

我与长城是兄弟

千百年的腥风血雨把你洗涤成耀目图腾

百千丈的滔天巨浪冲不垮我巍峨身躯

你成为世人仰慕的国宝

我成为横贯华夏的风景

兄弟傲立中华大地

五

我与长城是兄弟

中华儿女为你祈祷

万里长城永不倒

我也呼号

长江不竭，我就不死

你的魂附在国人身上

我的魂泊藏长江浪里

（四）做屋

迁徙至松桃垸定居的先民，首要解决的是住房，要有个遮风挡雨的"窝"。松桃垸上百年的建屋史，经历了从茅草屋、土墙屋、砖瓦屋到今天的小楼房四个改造升级阶段。

茅草屋。也叫"稻草屋"，其用料主要是"草"。用3根碗口粗的树木捆绑成"个"字状，用一根檩条与另一"个"字或几个"个"字相连支撑，就立起了一间或几间屋架，在屋架的檩条上铺放木条或者竹条椽子，盖上稻草，屋就有了遮风避雨的"天盖"。在"天盖"下四周夹上用稻草裹竹竿的"壁把子"，在壁把子上均匀抹上一层糯黏泥巴，风干后就成了光滑的"墙壁"。稻草屋保留着原始社会草棚的雏形，上透斜阳，下接地气，冬暖夏凉且经济实惠。垸乡初生，少有树木，先民通建稻草屋栖身。每到傍晚，那些从稻草屋里升起的袅袅炊烟，成为垸乡一道道烟火人气的风景。

1970年冬天，我从稻草屋里走向军营。

土墙屋。土墙屋随着茅草屋功能弱化而生，是比茅草屋高大结实且用土砖做墙用瓦片或稻草做"天盖"所建的房屋。

土墙的用料是"土"。秋收割稻后，选用平整宽敞的水田，除去稻茬，浇水湿土，用耕牛拖着石磙在地面反复碾压，经过三四次的浇水湿土碾压后，用砖锹在泥地上划出长约40厘米、宽约30厘米的砖线，用带拐的踹锹按线踩深达 15 厘米，将各砖块分离，再用一把特制的长柄砖锹（锹体水平大小与砖形相等，且锹颈拴有绳索）挖砖。一人扶锹，两三人拉绳，扶锹师傅与拉绳人同时用力，便将一块二三十斤重的湿砖立于地面，稍干定型堆码成条状，盖上防雨草衣，干透即为土砖了。为此，老百姓编出顺口溜：一块水稻田，牛拉石磙碾。浇上三遍水，碾压四五遍。用力踩砖锹，分开砖头肩。师傅锹对砖，锹绳两人牵。同时用力拉，锹侧便是砖。码垛待阴干，坚硬卵石般。

挖砖还能挖出"西洋镜"，隔壁李嫂拉砖锹时，见得砖锹张师傅大布长裤内未穿短裤，裆门扣落失守，那一屈一伸的挖砖动作，把门内的风光暴露无遗，羞得李嫂与两位拉绳的姑娘家捧腹窃笑："张师傅歇会儿哈，您的乌龟要喝水哒。"说完锹绳一扔，跑到树荫下哈哈哈地讲笑话去了。

这种未用火烧制的土砖与稀泥砌成的墙体四平八稳，只要不浸雨水受潮，住上百年，仍坚固如初，因实惠耐用深受百姓喜爱，时至今日，这种土砖房屋仍有人居住。

砖瓦屋。20 世纪 80 年代，条件稍好的农民想住上像城里人住的红砖机瓦房，于是几家人合伙"扳砖"烧窑（一种将糯泥巴用力"扳进"砖盒成块晒干的砖）。买来煤炭，请来窑匠，将砖装窑，经过几天的烧制闭窑，红砖就烧成了。将红砖砌成 12 墙或 24 墙体，上架脊檩与椽子，铺上一层防水的油毛毡，盖上机瓦，就像城里的"洋房"了。这种房子花钱不多，除煤与机瓦靠买外，其余都是劳力转换。坚实漂亮的砖瓦房，在 20 世纪 80 年代被人刮目相看。

小楼房。时至今日，随着"新农村"的建设脚步，松桃垸人对住房又有了新的奢望。他们拿出一二十年来外出打工的血汗钱，换成钢筋水泥，河沙砖瓦，相继建起一栋栋房形各异、有自来水、有电、有卫生间的小楼房，彻底改变了原始落后的居住条件。纵观松桃垸上百年建屋史，老百姓用勤劳与智慧，完成了从茅草屋、土墙屋、砖瓦屋到小楼房的"四代"改造升级，用心血与汗水，浇铸出农村建房史上的现代文明。

（五）婚嫁

婚嫁习俗。松桃垸的五杂百姓，其主体是汉族，也有回族、土家族、壮族、苗族等。这些民族经过上百年的融合，风俗习惯早已同化。我自记事起，耳闻目睹了婚丧文化在垸乡的传承与革新。

传统的婚姻，要经过媒人"做媒""提亲""发八字""订亲"等程序。娶亲要经过择吉日约定婚期，"过礼"（婚日前先向女方送彩礼），"铺床""迎亲""拜堂""陪十友"（女方陪十姊妹、哭嫁、发亲等议程）"闹洞房""喝把把茶""回门"（次日回娘家）"谢媒"等礼仪。"文革"之前体面人家多用"花轿"与"南路点子"娶亲，场面非常热闹。破"四旧"后，除个别习俗仍在传承外，大都被历史封存。

松桃垸种棉种稻，旱涝保收，经济条件相对宽裕。湘北丘陵，种稻种苕经济相对窄敝，在那封闭落后的年代，好些湘北女子外嫁垸乡，通婚联姻，把两湖边民联亲在一起。

"南路点子"流行于湖南澧县一带，故为"南路"。"点子"由鼓、锣、钹、勾锣（小锣）、唢呐等打击吹奏乐器组合，鼓手为乐队总指挥，全班人马全凭鼓手的起鼓、敲鼓、滚鼓、收鼓等快慢节奏而换曲变调，简称为"点子"。"点子"为婚丧嫁娶、舞狮玩竹马必配乐队。

"点子"分为南北两路，南路配有唢呐吹奏，而北路不配唢呐，这是南北两路"点子"之别。

"北路"的谱子分文武两类，文谱为不快不慢的一种配合打法，谱名有"堆罗汉""鬼扯腿""溜公扯""红绣鞋""八鸽洗澡""一二三跳跃""洗马"等十多个谱子。武谱打击时有慢、快、急三种打法，比文谱难打。谱子有"凤老大""水里鱼""坛子岭""倒脱靴""武马""尾声""急急风""快望家乡"等十多个谱子。

"南路"是在"北路"的基础上增加一对唢呐，由鼓师指挥吹奏起止的时段。吹奏曲调有六（溜）工尺（车），上乙（史）等"火子调"。"小工调"有仩（桑）伍（乌）六（溜）、凡工尺（车）等。"南路"合打时，谱子比北路更多，其中唢呐吹奏还有"一二三流""倒板""唢口""八板""一蓬松""探莲船""西洋会""得胜调""普天乐""起堂子""千秋岁"等三十多个谱目。

"南路点子"的乐器与谱子，皆为舞台上古装戏打击乐器流传而来，曲谱像无字天书一样用符号示意，由民间艺人口口相传，示教打法方可习艺，且打击吹奏变化多端，整个乐队由鼓师用两根鼓槌"发演"，指挥着锣、钹（两副），勾锣击打。锣在打击时只能在谱子中打"O"（吭），每个谱子上的"O"都要落在头钹上，所以锣与头钹同步，二钹紧跟镲打，勾锣时而压韵，多用于行路谱子上。

乐队在荒野中行走，由勾锣唱角，那竹片敲击勾锣，发出"当当以当当O（吭）"的重复声响，慢慢悠悠地行进。忽见红黄两班狮子狭路相逢，狮子在"西洋会"的奏乐中先是颔首相望，展示出兽性少有的温情与浪漫。两狮玩腻了，鼓师倏地发演"八鸽洗澡"，继而转换为"上天梯"。随之两狮怒目相对，龇牙咧嘴，狮头抵力，扫腿撞尾，乐队为两狮搏斗加油助威，把"急急风"吹打得如狂风骤雨，"堆咣堆咣堆堆咣，堆堆咣咣堆咣咣！"只见得鼓点如暴雨倾注，但闻得鼓声而不见鼓槌；两钹你追我赶嚓嚓声此起彼伏、两道金光似闪电；筛盘大的铜锣一打一捂，锣声洪亮震云霄。高潮中，看客搬出两张八仙桌，摆起长板凳，用竹竿高挂香烟或纸币摆开阵势，逗引两狮斗智斗勇争夺彩头。两狮见得摆起的桌凳如"丛林"，香烟纸币似"肥肉"，焦急地在方桌上调整步法身姿，运气试力。忽闻勾锣"当当"两声暗示，黄毛狮子猛地发力，一个扫裆腿将红毛狮子"扫"下方桌，倏地腾空而起，直立板凳之上，一口咬住"肥肉"获胜。东家随即燃放鞭炮，勾锣手端着锣盘向看客挂红讨喜，唢呐手吹奏"得胜调""普天乐"热闹收场。

狮子的温情与凶残，把兽性与人性、弱肉强食的丛林法则演示得一览无余。

儿时，我想学"点子"艺，常为鼓师背鼓，还把"天书"写在纸上，王八念咒似的背念"六（溜）工尺（车）""鬼扯腿""堆罗汉"等谱子。

郑公渡方圆十里，"南路点子"的高师为双星村的王业全、王焕章父子。时过境迁，类属于非物质文化遗产的"南路点子"早已后继乏人，即将消失在历史的岁月里。

（六）丧葬

"百善孝为先。"黎民百姓，平生把父母赡养好，老人过世后安葬好，就是最大的行孝。

在湘鄂边界，凡老人逝世，谓之"白喜事"。老人在弥留之际，要招呼子孙们赶回家与亲人诀别。终后要为老人"洁净身体""穿寿衣""入殓""发讣告""守灵"，择吉日出殡（火化）等一系列丧事活动。

"守灵"是"白喜事"最重要内容。为报答父母亲的养育之恩，"守灵"活动一般持续三至五天。其间除召开追思会、追悼会、向遗体告别外，还要"打丧鼓"，以集聚邻里乡亲参与"守灵"活动。

"丧鼓"源自战国中期的庄子（庄周）。周赧王三年（前312），庄妻去世，庄子悲痛至极，"箕踞鼓盆而歌"。庄子将瓦盆当乐器，边敲击边历数夫人德行，以此作为悼念送别。楚人将"鼓盆而歌"沿袭下来，经千年演变为流行于湘鄂边界的"丧鼓"，又名"澧州大鼓""公安大鼓"。

"丧鼓"由两人（或一男一女）各架一鼓击鼓对唱。唱词以"七言""五绝"为主，唱白结合，不求押韵而随鼓点转换。鼓匠具有耳听八方、眼观六路的本事。平时除阅读古典文学、学习国家法规政策外，还要知晓当地风土人情、农村新貌和名人轶事。做足功课，打"丧鼓"时就能随机应变，博得满堂喝彩。

2019年8月10日慈母逝世，我在两夜的守灵中，听了打鼓匠演唱的故事。见得鼓匠在一阵快与慢、高与低的击鼓闹台后，两人开腔对唱：

宋朝有个穆桂英，
一举大破天门阵。
舍生忘死战沙场，
生擒宗保招成亲。

咚咚咚，咚咚咚

好政府、好政策，
贫困户、吃社保。
种田不用交公粮，
每亩倒补百元金。

咚咚咚、咚咚咚

满堂孝子仔细听,
父母恩情牢记心。
春夏秋冬四季苦,
羔羊跪乳谢母恩。

咚咚咚、咚咚咚

唱至子时,鼓点突然急骤,唱腔高亢转调,提醒孝亲们准备孝礼了。

古有杨家将,
今有杨大郎。
从军几十年,
卫国守边防。
为国尽了忠,
又为母尽孝。
大爱献家乡,
小爱示鼓匠。
官人快解囊,
助我买茶汤。

咚咚咚,咚咚咚,咚咚咚咚咚咚咚

鼓匠视贫富对象而高唱溢美之词,若不施舍,会变着法子一直歌唱下去。收到钞票或是香烟,喝杯浓茶,清清嗓子,击鼓演唱到天明。

"丧鼓"取代道士"做斋"陋习,传唱人们喜闻乐见的民间故事,宣传时事政策和农村新貌,受到村民喜爱。殡葬移风易俗,从土葬到火葬,已成为老百姓的自觉行动,体现出农村殡葬文化的革新与进步。

（七）鱼趣

鱼文化是指人类在漫长的历史进程中，通过识鱼、捕鱼、食鱼、赞美鱼而赋予鱼以丰厚的文化蕴含，形成一个独特的文化门类。

松桃垸因水成垸，水积而鱼跃。民间流传有"惊蛰春雷响，满港鱼板子，暴雨漫屋沟，鱼钻灶门口"的顺口溜来形容鱼多。为吃鱼，人们发明了五花八门的捕鱼器具。钓鱼有钓钩、绷钩、甩钩、卡子；网鱼有手网、丝网、拦网、拖网；杀鱼有鱼叉、排叉、坨叉；罩鱼有麻罩、箕罩、花篮、鱼筌、扳罾；还有用嘴捕鱼有鸬鹚，用手捉鱼有"摸夫子"。如没有这些渔具，在港边用竹篮篙箕，也能获得几碗鲜鱼。我家住在大港边，父亲精于捕鱼，手网一撒便满篓而归。在那饥荒年代，鱼就是最好的营养品，所以，我自诩是吃鱼长大的。

"家有一堰鱼，多吃一仓谷。"乡人对各色鱼品，有着相应的吃法讲究。将花鱼、鲩鱼、麻鲢、黄颡鱼炖汤吃，不但味鲜美还能催奶养颜；将鲤鱼、鲫鱼煎焅或红烧吃，味重下饭；将黑鱼、鳜子鱼、鳑鲏鱼熏干或油炸吃，酥脆味甘；把鳡鱼、草鱼做成鱼糕鱼丸，成了荆楚名菜。各种烹食，或咸或淡，或干或汤，鲜味尽在鱼中，鱼中尽是鲜味，无一物能浸，无一气可泄。只是"团年鱼"有讲究，须选一条两三斤重的鲤鱼，全鳞腌制，整鱼上席，团年时不准动箸，一直上席到正月十五。"团年鱼"与莲藕相配，谓之"年年（莲）有余（鱼）"。

当今吃鱼，吃出了新颖的鱼文化，一条鱼从头到尾都有着新文化的内涵。

鱼眼奉敬领导叫"高看一眼"。

鱼脊肉奉敬贵客叫"中流砥柱"。

鱼嘴奉敬好友叫"唇齿相依"。

鱼尾赐给下属叫"委以重任"。

还有鱼鳍、鱼尾、鱼肚等部位都有个叫法，无非是把劝酒与祝福融入感情里，体现在食鱼中，从而形成一种精致、精巧、精心的精品鱼文化。

食鱼者聪明。据研究发现，鱼类富含欧米伽因子，是一种特殊的人体必需脂肪酸。这种脂肪酸对促进幼儿大脑发育，提升幼儿智力有所帮助，从而奠定聪颖的物质基础。加之鱼的活性与灵动，深得文人墨客赞许。唐人司空图诗云："娟娟群松，下有漪流。晴雪满竹，隔溪渔舟。"宋代诗仙东坡有诗赞曰："向阳门第春常在，积善人家庆有余（鱼）。"伟人毛泽东偏爱食鱼，留下"才饮长沙水，又食武昌鱼"的诗词绝唱。而那些"姜太公钓鱼""授人以鱼不如授人以渔""水至清则无鱼"的哲理典故，无不似鱼腾跃在人们的灵魂深处。那些"如鱼得水""鱼水之欢""吉庆有余（鱼）""知鱼之乐""得鱼忘筌""金玉（鱼）满堂"的吉祥成语，成为平民百姓的向往与追求。

松桃垸人把民间技艺发挥到极致，那些补锅佬、劁猪佬、杀猪佬、木匠、锯匠、瓦匠、剃头匠、弹花匠、算命先生、阴阳先生在走村串户中各显其能，形成健全的社会功能，焕发出民俗文化的异彩。

（八）故乡的年味

年的含义

俗话说："小伢盼过年，大人盼种田。"我虽然早就过了种田的年龄，却仍像小孩一样，时常沉浸在故乡的"年味"里，并对"年"的意义做了一番深入考究。

农历新年，又称"春节"，是中华民族的传统节日。从旧年过渡到新年，又称"过年"。到了腊月最末的一天，时针指向午夜12点，乡村响起热闹的噼里啪啦的鞭炮声，几乎一眨眼工夫，人们便迎来了新的一年。

"年"，源于我国古代农耕时代，其习俗南北有别，"年味"各异。最早关于"年"的解释是"谷物成熟"。甲骨文中的"年"，形声字。上面是"禾"，下面是"人"，禾谷成熟，人在负禾，象征丰收的景象；金文的"年"字，是谷穗成熟的样子；尧舜时称"年"为"载"，夏代称为"岁"，商周称之为"祀"，"祀"的意思是四时已过，要祭祀祖先神灵了……《诗经》中记载，每年农历新年，农民喝"寿酒"，祝"改岁"，手舞之，足蹈之，以欢庆丰收。可见"年"与庄稼的成熟息息相关，像庄稼地里长出的一株稻穗，"年"蕴涵着人们的期望与幸福。随着时光的推移，"年"早已不仅仅是谷物成熟或者丰收的象征，就像稻米不仅能果腹，还能酿酒、制成建筑黏合剂等一样。

远古时候，当人们意识到自己生活在时间这条河流里的那一刻，不能不感到恐慌，因为这条河流似乎没有源头，也不知道终点，至于它有多长，更是无法知晓，让人捉摸不透。人们试图认识它，掌握它，便把它切成一段又一段，随着人们对太阳、月亮运行规律的探索和掌握，这一段一段的时光，便被赋予"年"的概念，它是一段旧时间的终结，又是一段新时间的开始。

办年货

"腊月到，年货俏。"我的家乡在湘鄂交界的牛浪湖畔，是个盛产鱼虾、猪羊、大米、棉花的地方。自然，年货除了猪鸭鱼肉之外，还有用大米、芝麻、黄豆、红薯等原料加工而成的各类精致食品，再加上大人小孩的新衣服新鞋袜。

一进入腊月，家家户户忙着办年货，有猪的杀猪，无猪的杀鸡宰鹅捕鱼，这些肉鱼食品经过腌制晒干后，就变成了美味的"年货"。人们一边采小荤菜，一边爆米花，做米花糖、芝麻糖、黄豆糖、锅巴糖。我父亲做糖手艺精湛，备有一套做糖的匣子、磙子、切刀。他把锅巴糖做得厚薄均匀不粘牙，米花糖、黄豆糖切得整齐不散块，人们尊称他为"糖匠"。平常过年，父亲往往要给别人家做完糖之后才给自己家做，把我们几弟兄馋得直流口水。至于打糍粑、蒸坨子粑粑、晾粉皮、磨豆腐更是不可缺少。少时我们几弟兄身体单薄，最怕推那百十斤重的石磨。

为了使粉皮、豆腐细嫩，石磨每转一圈，奶奶只给磨眼里"喂"很少的米粒儿、豆粒儿。我们性急，有时用足力气快推以示"抗议"，奶奶"喂"不及，石磨只得空转，反倒浪费了我们的力气。往往百十斤大米和黄豆，就得磨上一个通宵，但是，奶奶因此成了全村著名的"年货"高手。

推石磨消耗的是人的力气，磨砺的是人的耐力和意志。

那时看谁家富有，年货办得齐，就看各家门前卷帘上晒的粉皮、腊豆腐，还有屋檐下晾挂的腊肉腊鱼和水缸里浸泡的糯米粑粑。

赶年

每个人回家的路可能不尽相同，但是回家过年的急切心情却是一致的。

无论离家百里千里万里，每到年末，大家都会放下手头的事情，归心似箭地赶回家，我把这个亿万人奔涌的行动称之为"赶年"。这是因为，家就是根，是游子的归宿。为了这个归宿，天南地北的游子，高喊着"赶回家过年"。于是，就创造出了"春运"这个温馨而又令人畏惧的词语。

游子在四方，慈母心中装。无论我们在哪里，永远走不出父母渴望的眼神，他们不在乎一年内收了多少斤棉花多少斤稻谷，手中有没有过年的钱，但最期盼的是过年时一家人团聚。父母心灵深处发出的殷切呼唤，使得游子们回家的思绪热烈奔放。记得20世纪70年代的一个春节，我们五位战友相约从新疆库车赶回公安过年，挤得水泄不通的火车上人挤着人，包摞着包，睡过道，躺厕所，整整走了九天，才在大年三十赶到家，满身的汗水与家人团聚，兴奋的热泪溢满酒杯，为游子洗却厚积的征尘。

家是亲情的载体，是心灵的归宿，更是游子的图腾。哪怕天寒地冻，或许在天南地北，一张小小的火车票、汽车票就成了最温暖的请柬。从万里之遥赶赴一场亲情的盛宴，回家团圆。品尝母亲备好的团年饭，陪同父亲聊些家常旧情，人相聚，情相依，意相融。母亲的一声问候，温暖着我颠沛流离的心灵，父亲的一句鼓励，激发我守卫国土的豪情。

年夜饭

"团年饭"又称"年夜饭"。据《荆楚岁时》记载，南北朝时期，荆楚大地就有吃团年饭的习俗，这顿饭是一年中最丰盛最隆重的阖家团聚之宴，所以进入腊月后，大家就开始做准备，积攒"年味"。除夕那天，一家老小人人动手，有的洗菜，有的剁肉，有的烧火，有的人贴春联、打扫卫生……午时，猪头鸡鸭煮熟，端上神龛，烧香烧纸钱敬菩萨敬祖先，慎终追远，报祭祖先恩德。接着便摆开八仙桌，满桌的鸡鸭鱼肉、碗碟摆成双数。尔后请祖先入座，再敬酒、烧纸钱、叫饭，以示后人不忘先祖之恩。敬毕，一家老小按辈分依次入席，鸣放鞭炮，团年饭就开始了。晚辈们给长辈敬酒奉菜，除鲤鱼因"年年有余"不宜吃外，其他菜肴以多吃不剩为好。一家人在快乐的吃喝中享受年味，在愉悦的叙情中凝聚亲情。团年饭讲究家人一齐入席，一齐下席，以示亲亲热热、团团圆圆。

守岁

除夕守岁俗称"熬年",南北朝时期就有文字记载:"帘开风入帐,竹尽炭成灰。勿疑鬓钗重,为待晓不催。"团年饭后,一家人忙着收拾餐具,洗澡洗衣,把屋前屋后猪圈鸡圈打扫干净,不留垃圾到新年。傍晚,长辈领着小辈给祖坟送灯亮,一座坟茔一盏灯,以示香火延续、后继有人。遍布原野的"灯亮",照耀着祖先的门户,闪耀着家族的兴旺。

夜幕降临,父亲引燃一个大树蔸,一家人开始围着火塘守岁。火塘里用米升和筛子摆着自产的各种糖块、瓜子、花生,微火中烤着飘香的糍粑、红薯和荸荠。一家人品着茶,吃着糖,火盆上那只黑乎乎的陶罐发出"呼呼"的响声,长辈讲述着家族的历史,总结过去一年的收成,畅想新年的打算。那时,我们哪里知道,这就是最好的家教和"年终总结"。我对家族、家事的认识,就是在守岁中启蒙的。新旧年相交的时刻,长辈引领全家老小"出行",放鞭炮、烧香烛纸钱、敬菩萨、敬祖宗,祈求新年的平安与好运。尔后,一家人又回到火盆旁,把炭火烧得通红,听奶奶继续讲述民间的奇闻轶事。

后来在部队过年守岁,我经常替士兵站岗,还组织官兵看春节联欢晚会,举行茶话座谈会,以免官兵"守岁樽天酒,思乡泪满巾"。我们还将家乡的年文化带进西北军营,自腊月廿三过小年开始,我们就开始生麦芽熬糖、做糖,用铁皮桶和圆锹把打糍粑。两名战士反穿着皮大衣,头部用箩筐装饰成狮子头,绑上一只活公鸡,玩起了舞狮子。我们先从团机关、连队,一个单位不落地拜年舞狮,而后又给附近的乡亲舞狮拜年,把故乡的年文化播撒在军营、乡村……

拜年

初一大清早,新媳妇和小孩们忙着起床,穿上新衣新鞋,精心装扮自己。男人们烧香烧纸钱拜神龛上的菩萨祖宗,尔后向长辈们磕头拜年。孝顺的媳妇给公公婆婆端上一大碗红枣鸡蛋以示孝道。长辈给小孩们压岁钱,一角、一元不等。接着,村里狮子舞起,龙灯耍起,竹马赶起,旱船划起,道琴拍起,三棒鼓敲起,连柏枝二队(原柏枝大队已并入双星村)的汤哑巴也"啊、啊"地拍响了渔鼓筒。各班人马，挨家挨户地给村民拜年，把个村子闹腾得年味十足，春意盎然。大人带上孩子给村里长辈磕头拜年，之后，孩子们衣兜里装着糖块和豌豆，追随着狮子、龙灯看热闹去了……

近些年，我回老家过了几个年。遗憾的是，儿时的年景很少见了，大多数年轻人在外打工回不来，家中只剩些老幼孤寡。年轻人即便回家过年，也日夜忙于"修长城"（打麻将）学"110号文件"（打牌），昔日的"推磨"变成了"搓麻"，门框上没有对联，守岁时没有火塘，更没有人去舞那狮子龙灯了，村子里清静得有些沉闷。大年初一，我要带夫人和女儿去给村里人拜年，母亲劝导说："没必要，这些年，好像没有这个习惯了。"

我坚守这个习惯，不想让祖辈传承的"年文化"在我们手中失传，硬是带着妻儿挨家挨户去拜年。

我们来到村尾老支书家，他正与三个老倌子打麻将，八条腿上盖着一床棉被取暖。我问老支书："过年怎么就打打牌，没其他热闹事了？"他反问我："不打麻将还能干啥？你别看打麻将，它能扫盲哩！你看我家大媳妇，搞大集体时，连分粮分柴的字条都不认得，可麻将里的东南西北风、七万、八万认得清清楚楚。再说了，我们农村过年就是再不热闹，也比城里人强，你们城里人尽过那些'剩蛋节'（圣诞节）、'对象节'（情人节）、'苕子节'（愚人节），连团年饭都懒得做，上馆子去吃了……"

我为之愕然，"过年"这种传承了几千年的民风民俗真的就要失传了吗？未来某天，"过年"或者与之相关的很多词汇，就只能在史书中去找了吗？岂不可叹！

时代真的要淘汰"过年"吗？也不尽然，中央电视台不是还有春节联欢晚会吗？各级政府部门不是还有团拜会吗？无论"剩蛋节""对象节""苕子节"这些洋节多么时兴，中国传统的春节依然潜藏着巨大的诱惑！中国的春运，把多少游子带到故乡的梦里，斗湖堤、章庄铺镇、郑公渡、双星、新港、卷桥水库和牛浪湖畔，虽然不一定燃起守岁的大树蔸，但人们心中那团对家乡的热爱之火，一定会百年千年燃烧，永不熄灭！

一方水土养一方人，一方人孕育着一方文化。松桃垸人身处"两湖"边界，受到楚湘文化熏陶，在从事农耕活动的岁月中，既承续着湖南人"敢为人先、兼收并蓄"的文化基因，又汲取湖北人"筚路蓝缕，博采众长"的文化精髓。两地文化取其精华，去其糟粕，少了南人的"蛮"，多了北人的"柔"。

垸乡文化是劳动人民的智慧结晶，一定的文化氛围又为人们的活动提供了特定历史场景，并在不同程度上影响着人们的思想与行为。这种历史场景对我的熏陶，根植在我的骨髓里。

四、松桃垸变迁

人类社会总是向前发展的。几十年来，双星村几经合并，由双星大队、柏枝大队合并成雷家洲村，由永兴大队、迎接大队到闸西村，至今将5个大队合并为"双星村"。全村1047户人家，92个族姓，3555人，耕种着6888亩土地。地少人多，每年约有1200人在外打工，村民经济收入来源于种植业与养殖业，主要依赖每年外出打工约5000万元的回村经费养家糊口。

合并前后的双星村，先后由一茬茬村支书和村主任接力，他们用心血和汗水，带领村民在这块土地上辛勤耕耘。先后有马立新、王大贵、李祖林、杨耀贤、左泽明、杨先财、田家财、田家贵、周圣波、罗海林、刘尚辉等党支部书记和村主任，带领村民改造乡村落后面貌。

前些年回乡，正好村党支部召开党员大会，驻村扶贫领导、公安县组织部部长沈向荣请我给党员上堂党课。我列举20世纪老支书王大贵、马立新、杨耀贤、左泽明，当年带领村民改天换地的感人事迹，提醒党员们不要忘记我们今天在树荫下乘凉，是前人栽下的树，虽然他们有些同志早已作古，但后人也应该记得他们为乡村建设做出的贡献。

2020年大寒，双星村成立土地流转合作社。为便于机械化播种收割，需迁坟平地，将旱地改为水田种稻谷。村党支部一个动员，两天之内迁坟几百座，我的两个弟弟和外甥，仅用一天时间，就将父母亲和妹夫的坟墓迁往新址。老百姓自觉的服从意识，反映出建设新农村的迫切愿望。如今，在双星村平整的土地上，春季是一望无际的油菜花海，夏季有李立成稻田养殖的小龙虾披甲戏水，秋季是"大圆葡萄产业园"硕果累累的百亩"阳光玫瑰"和那一眼望不到边的金色稻浪。星罗棋布的香莲，盛开着红色的、白色的、粉色的、紫色的花朵，把整个垸落装扮得分外妖娆……

劳苦了一辈子的乡亲们，腾出手来含饴弄孙，养鸡种菜，坐在自家小楼上打牌品茶而悠闲自乐。年底分红数票子时，外出打工的后生们开车回家，将汗水粘连的钞票与老人的分红叠在一起，上街买肉买鱼买酒，热热闹闹过新年。

斗转星移，日月如梭。今天，在双星村井字型的水泥村路上，夜间有节能灯照明，小汽车、摩托车穿行其间，民居小楼鳞次栉比。村民成立了腰鼓队，跳起了广场舞。老百姓虽不富足，却过着衣食无忧的日子。

在国家惠农亲民的政策下，随着新农村建设的提升发展，相信乡亲们的日子会越来越红火。

松桃垸（双星村），欣欣向荣，一幅画卷。

第二章　年少萌志

乡人戏谑，把能否"屙出三尺高的尿"作为预测一个人志向与出息的征兆。儿时的我，真有着与一群发小撅着屁股比尿远的故事。将谑言上升到理论，犹如王阳明先生所云："为学者需立志，勤学，改过，责善。"可见，立志是一个人的根基，就像一道藩篱中支撑的桩柱，桩柱稳当挺立，这道藩篱才扶得起来，经得住岁月的摧残而不倒。

"有志不在年高。"一个人的立志过程，是从懵懂到清醒，从萌生志向到立大志的。

一、在祖母怀抱里成长

自古道：婆婆（方言，指奶奶）爱长孙，母亲爱幺儿。父母是人生的第一位老师，而我的第一位老师似乎是我的婆婆。20 世纪 50 年代，父母亲才 20 岁出头，就生育了我们三姊弟，他们在"三面红旗"的号召下，随爹爹（祖父）下地辛勤劳作，而洗衣做饭、养育我们的重担倾斜到了婆婆肩上。母亲 16 岁生我，导致我先天发育不良且羸弱多病，两三岁还无力走路，自然受到婆婆的格外呵护。

婆婆洪明珍出生在湘北梦溪寺洪姓大户人家，一双标准的"三寸金莲"，步行出她的教养与智慧，婆婆女红精细，持家节俭，而且心地慈善，乐于助人。下雨时候，婆婆牵着我去给栽秧的乡亲送蓑衣斗笠，天热之时，婆婆要我捧着茶壶一趟趟地给薅草的人们送茶水。端午节邻居不会包粽子、做醪糟，她挨家挨户去帮忙。总之，只要乡亲们不方便时，她会有求必应地去帮一把，所以颇受乡人尊敬。她将醴陵的一位刘姓散兵收为干儿子，照料其衣食住行；还把蔡妈、李妈、胡妈三个干女儿视为己出，关爱备至。婆婆虽不信教，在每月阴历吃着三、六、九日的"花斋"，用以修炼自己虔诚慈善的心灵。

婆婆深谙民间做人做事的许多道理，言传身教地启迪我们。教我们唱"月亮巴，跟我走，一起走到黄金口，你称肉，我买酒，两人吃了交朋友"的儿歌，讲包粽子是纪念古人屈原老夫子的爱国故事，更是把大雁的寓言故事讲得生动形象。她说，很早以前，大雁与小燕子都是寄居在屋檐下的邻居，只因大雁个大体肥，成了人们的盘中餐，为逃命，大雁只好结伴高飞远行，飞成"一"字是心齐团结，飞成"人"字是警告人们不要杀生。婆婆对我们的品行严加管教，在20世纪饿着肚子上学的日子，有一次在放学路上，我摘了队里的豌豆，晚上藏在屋角与弟妹充饥，婆婆发现后拿扫帚打了我一顿，并告诫我别人的东西不能拿，公家的便宜不能占；出门在外不能告诉别人说肚子饿，做人要有骨气，与人交往要诚实，对人说话要讲道理。长大后，我才意识到严厉的家教来自女性的榜样与管束，而一个家庭血脉的真正传承与延续，是精神的富足而不是物质财富的占有。

婆婆一勺粥一口汤地把我从死神手里抢救回来，我就黏糊着她一天天长大，夜里纺线，我就趴在她怀里瞌睡，上小学，婆婆给我送午饭，寒冬腊月，用火钵给我烘脚暖被，手脚生了冻疮，为我煮上鸡蛋，热滚散疮。我曾多次跟随她蹊行在去伯父家四十多里的小路上，她自己走得满脚的鸡眼还渗血，仍在逗我高兴赶路。我享受在婆婆的慈爱之中，直到出门上中学，才离开她温暖的怀抱。

婆婆爱我的胸怀是博大的。参军离别时刻，母亲抱住我哭泣不止，不知婆婆突然哪来如此毅力，她拨开送我的人群，劝慰母亲说："老大出门是做好事去的，你要高兴地送他走。"我怀揣着婆婆的期盼离开家乡，力争多做好事来感恩回报，可在参军后第二年的正月初七，婆婆念叨着我的乳名离开人世。很长时间后，家父才敢写信告知噩耗，我跪拜南方，号啕大哭，向婆婆磕了三个响头。

我是婆婆带大的孩子，我的血液中带着婆婆的体温（我与父亲、伯父面相酷似婆婆）。闲暇时，我常给弟妹及子孙讲述婆婆的故事。我的婆婆是我所深知并深刻认同的最勤俭、慈爱、善良、助人的中国传统完美女性之一，同时，她又具有精细调剂家庭生活的本领，对于油盐柴米、乡姑女红无所不能。在我很多作品的字里行间，都潜伏着我婆婆的行为和语言。我写的《鲊辣椒客》《情注"美人蕉"》，其实就是写的我婆婆。我读过的书，阅历的人，全部算在一起，对我影响最深的要数我的婆婆洪明珍。

男人，是一个家族的封面，而女人则是它的封底。没有封底，封面只是一张皮，所有的故事，都不会是有血有肉的结局。

我把对婆婆的记忆翻新出来，是想证明普天下农村女人的善良与伟大，她们虽然少有文化，却有着丰富的社会知识，凝聚着中国女性勤劳节俭、积德行善、尊老爱幼的传统美德。我觉得，一个缺少善良俭朴女性的种族、国度和时代都是"缺钙"的。

我的婆婆是一尊佛，在我心灵中播下博爱的种子。

我的婆婆是一本书，启迪我的心志，使我终于"屙出了三尺高的尿"。

二、求学路上

1958年秋天，我去松桃小学报名上学，龚道禄老师问我几岁，我回答六岁，龚老师拒收。隔日我又去报名，龚老师再问我几岁，我回答六岁，龚老师还是拒收。我哭着回家，挨了父亲一巴掌，父亲说："你就不会说七岁？"第三次去报名，在路上，我不停念着七岁、七岁，龚老师问我几岁，我回答：七岁！从此，一个不满六岁的稚童，背上书包进了学堂。

在六年的小学中，我的成绩很糟糕。主要是入学年幼，体质与智商跟不上趟，还格外贪玩，特别是在20世纪困难时期，从肚皮中发出的咕咕肠鸣，对专心读书干扰很大。为活命，放学回家，我就抢着挖野菜，那些地米菜、黄花菜、猫耳朵、车前草、蒿草根、鸡头梗、菱果藤、苕籽颠、刺卡子、野茼蒿、蘩拉藤挖回家后，交与母亲洗净切碎，用筲箕在港水中淘洗，母亲视这些野菜为毒品似的反复搓揉，直到把港水洗成绿色，将野菜中的绿色素洗去为止，再将这些植物纤维挤干水分搓成团，掺入全家七口人一天二两的大米中果腹。为找食物，我跟着大人学采藕，一日采藕上课迟到，"严老虎"把我拉上讲台，严厉训斥并问我为何迟到，我说饥饿难耐采藕去了。放学回家，从书包搜出两筒莲藕，用稻草洗去泥沙后分与弟妹充饥。

这些野菜野藕统统在我的肠胃里停留过，才使得我活过命来。

贪玩是小孩的天性，饥饿也挡不住玩性。那个年代没有搞计划生育，每户人家有着三五个小孩，父母下地劳作，大孩领着小孩玩。我开始学玩扇纸画、打陀螺、丢弹子、打铂（用铜钱或硬币打反正）、踢毽子、跳房子等各种游戏，稍大些，就跟着大哥哥们玩出了新的花样。

队里有位身材魁梧的长辈王承龙，听得大名就会镇住乡邻。此人年轻时曾在素有川鄂咽喉之称的"三斗坪"挑盐。"三斗坪"是川盐销往江南湘北的集散地，挑夫们不仅要凭力气跋山涉水，而且时常要与抢盐的匪盗拼杀，所以挑夫多少有些功夫。我曾见他与人抵力，一根躺杠推倒三个后生；他曾用嘴咬住筐绳，将一箩筐豌豆含进队屋。"龙父养蛟子"，见多识广颇有江湖义气的王伯，养育一儿一女，儿子李章义（随母姓），女儿王业珍（随父姓）。李章义年长我七岁，从小受父影响，爱读古书，讲义气。有年暑假，他邀上杨先桃、雷元全两位大哥，号称"李大天王"，将杨雷二人封为左右两路将军，把队里二十多个小孩分为两路兵勇，摘荷叶为纶巾，缀树叶为战袍，以木棍为戟，葵花叶茎为殳，像明朝闯王样子，坐镇帐中指挥两路兵勇冲杀。练耐力教蒸粑粑（人摞人），练机灵教捉迷藏抓老鹰，练吃苦他在稻场上画上大圈，要我们顺圈爬行而不准喊痛，我咬牙坚持，硬是爬掉膝盖骨上两块嫩皮。他变着花样练兵闹玩，把队里一群小孩差点玩掉魂。直到有一天，兵勇李德庚发射一枚重兵器（甘蔗蔸）击中左路将军杨先桃耳际至昏，险出人命，才由"父王"喝令收场。

李章义1963年于公安县五中（郑公中学）毕业，在蒋介石反攻大陆与中印边境还击战硝烟未散之时，作为独子毅然参军，入伍中国人民解放军第一军一师装备部。1982年在原南京军区军代处营职干部转业，回公安县任南平镇法庭庭长，几十年来刚正不阿，秉公执法，公正地保护了人民的合法权利。

我从小爱读小人书，喜欢看电影，有年暑假打了一淘壳篓知了壳，卖了4块多钱，将钱买了20多本小人书。有《小兵张嘎》《小英雄雨来》《草上飞》《上甘岭》《半夜鸡叫》《鸡毛信》《红岩》《槐树庄》《烈火金刚》《刘胡兰》《野火春风斗古城》《钢铁是怎样炼成的》等书。每逢乡里放电影，无论远近都去看，人小看不见，就爬到树上看，屋上看，摞着砖头踮着脚看，实在还看不见就从银幕反面看。那些打仗的《地雷战》《地道战》《铁道游击队》《洪湖赤卫队》《小兵张嘎》《怒潮》《突破乌江》等影片，我看过好多遍，那些英雄人物的形象、战争的场景定格在我稚嫩的心里。

从"李大天王"带我玩打仗，到看小人书看电影，启蒙的是爱国主义、英雄主义的红色教育，激发我的"尚武"基因，产生出对军人的崇拜，为后来走上从军之路萌生出强烈愿望。

五十多年过去，我仍怀念那段快乐的少儿时光，每次回乡必去看望李章义大哥，仍然尊称他为"李大天王"。

我在饥饿中读书，在读书中贪玩。所学课目算术最差，语文成绩偶有出彩，毕业作文还贴在黑板上展示，只是升学考试出题为《给越南小朋友的一封信》，老师没教过，更没写过信，哪会"里通外国"给外国人写信？因此，升学考试名落孙山。想读书，没本事，干农活，没体力。民间有训："狂风吹不倒犁尾巴，有门手艺可养家。"父亲见我年少体弱，张罗着要我去跟伯父学裁缝，或者跟李叔学剃头，我都不乐意，一心想着再读点书。在晃荡半年后，父亲打听到40里外的东岳庙有所耕读中学，且不用考试即可入学，只是要边读书边种田。于是我与同村的曾凡坤、马远禄、曾昭友背上被褥大米，跋山涉水地走进了这所耕读中学。

这是一所以耕为主、以学为辅的中学。2个班级由汪业勤、范运发、向书文、叶明珍等老师执教，"耕"的课本是躺在卷桥水库山坡上的20亩旱地和水库未蓄水时的40多亩水田。在"耕"的课堂上，得益于彭德伟、刘金国等学长的辅导，我学会了薅草、打农药、车水、耙田、栽秧、割谷、砍茅草等课程。在"读"的课堂上，连个X+Y都没有学会。

1966年，我们9位同学抱着好玩和出去见世面的目的，在11月组织起"只争朝夕串联长征队"，扛着红旗，背着被包，向韶山出发，一路徒步经澧县、常德、益阳、宁乡到达韶山。在人海中参观了"毛泽东故居""毛泽东纪念馆"，排队买上"韶山纪念章"后，从湘潭坐船到达长沙，住岳麓山下的中南矿冶学院红卫兵接待站，在5天时间里，有向导带我们游橘子洲头、爱晚亭、黄兴墓，参观了长沙市烈士公园、湖南大学、岳麓书院。记住了烈士公园内有夏明翰、杨开慧等先烈；知道了"爱晚亭"3个字是毛泽东手迹，是他早年读书与友人畅谈革命理想的地方。只是对岳麓书院门联上"惟楚有材，于斯为盛"的8个大字，识其字而不解其意。正当我们还想流连几天时，接到停止串联通知，只好悻悻地原路返校。

不久，学校成立毛泽东思想文艺宣传队，我们把编排的"忠"字舞、《在北京的金山上》《洗衣歌》《逛新城》等节目在支苏、东河两个公社巡回演出,走遍了所属大队的山山水水。不久,学校停课,我领到3斤皮棉、200斤稻谷的"结业证"回家,从此而失学。

"读而废耕,饥寒交至;耕而废读,礼仪遂亡。"在"闹革命"闹得田地荒芜之时,皮棉可御寒,稻谷可果腹。《训子语录》示人无误。

"耕读传家"是古代士大夫陶情冶性的生活寄托,又是儒家"退则独善其身"和"道家"回归自然的人格结构。"耕"以生存为本,"读"喻升迁之路,耕读是中国传统农业的生存形态,农家子弟只有通过读书来改变命运,而我却在不幸之中有幸走进这所"耕读中学"。

此时的我,处在可塑性强与心理上的叛逆期,丘壑山林,使我有了视野高度,出门远游,见多识广且开阔了眼界;农耕劳动,初学农事,知道农民辛苦。恰同学少年,虽少有书生意气与激扬文字的浪漫,但培养了集体精神与同窗情谊,有些早熟的学长似乎有了怀春的萌动。

中学时光虽然短暂,但积蓄了人生的理想与文化基础,为日后走向社会积累起智慧。从这所杂牌学校出来的学生中,出现了彭德伟、李赐民、蔡德明、刘金国、尹云珍等政府官员,邱梦兰、伍法群、李明凤、周洁、陈克君等优秀教师,曾凡坤、马远禄等革命军人和谭兴龙高级讲师。还有许多同学由农转非,完成了由"耕"向"读"的嬗变。那时的我也心潮澎湃,萌生出对美好人生的憧憬与追求,从而背着这点"墨水"去闯荡江湖。

三、江湖学泳

有人群的地方即有"江湖"。松桃垸东靠长江支流松西河,与"江"一衣带水,西临牛浪湖与"湖"连通相融。从地理方位讲,是个典型的"江湖"。

15岁的我,开始从这里走进"江湖"。

1967年,一场声势浩大的政治运动尚在进行中,为了宣传工作需要,每个生产队都有一个"政工员"。队长见我干重活缺体力,又还认得几个字,安排我当生产队的政工员,每天挣六分工,主要任务是组织社员学习"毛主席著作",写宣传标语。每天开工前、收工后,召集社员们,由队长讲评。哪个社员薅草薅得"地包天",哪个剔"绊根草"把棉花秧子剔了光头,哪几个青年人扮谷扬得太高将谷粒撒在扮桶外,队长都说得一清二楚,社员们也心服口服。

我充满着激情，把政工员的工作干得有声有色。

不久，大队成立毛泽东思想宣传队，我又成为宣传队员登台演出。尔后又在大队、公社与李尚德同志搞过"专案"。

"专案"工作结束，县里要求从专案人员中选拔优秀分子充实财贸队伍，我幸运地填表入局，在松桃公社财经主任汪国和的领导下，负责全公社公粮税收稽征工作，由拿非拨工转为每月领取三十七块五的工资。从"泥腿子"转换为非农身份，是每一个回乡青年梦寐以求的，在中国特有的城乡二元社会里，唯有靠奋斗，才能改变自身命运。

我用三年多时间，从生产队的政工员，到大队的宣传队员，再到公社的税收稽征员，靠的是自己勤奋工作和领导的培养。当年我在公社机关人员中年龄最小，除了搞好本职工作外，还要兼任公社通讯员工作。那时通讯设备落后，传达上级指示的活动多，从牛浪湖上架设到金星、胜利两个大队的电话线时常被大风刮断。每当此时，公社领导要求我想办法过湖传达通知，我曾多次深夜出发，敲门唤醒熟睡中的渡船佬曾伯，帮他提上马灯，请他划桨破浪，按时通知李书记、刘书记到公社开会。最难忘的是有个大风雨天，天空乌云密布，雷声中扯着金钩闪电，真的是云水相接、天昏水暗般恐怖。渡船就像一片树叶在风浪中簸行，我在船头划头桨，曾伯两腿夹舵划双桨，不知划了多长时间，抬头一看，渡船已驶向凤凰山方向，我呼喊船迷方向了，曾伯说大风大浪中船要迎风而行，先过刷寻堰，再捡浪转身挨曾家嘴岸边顺浪而下，不然一个横风侧浪，我俩只好喂鱼了。曾伯说得轻松，却吓出我一身冷汗。多少年后，我才悟出"乘风破浪"这个道理。

前些年散步到西湖渡口，问及曾老伯是否健在，得知这位摆渡两湖百姓的老人早已过世。回想往事，曾伯头戴黑色炖钵帽，下身穿条灰色草裤的形象顿时浮现在眼前。

征收公粮税是件麻烦事，新港、团结、金星、胜利四个大队处在湖区，因湖水淹田，稻田受灾要求减免税费，我与大队干部丈量受灾面积，评估损失，以翔实数据申报减税额度，受到大队干部及财管所领导的肯定。

当我聚精会神地把工作干得得心应手之时，有大队干部喊话：我们干部子女都没有出去工作，这伢儿怎么能去工作呢？多次要求把我换回来。1969年公安县机床厂招工，我与大队王书记的女儿王关梅同时被录取，王书记叫我在他家吃饭，交代一些在外工作照顾女儿的事情。可是两天之后，我的招工名额被取消，原因是有个大队干部告状，说我有位同族长辈是地主成份。那时招工比登天还难，是改变人生命运的重要关口，招工、当兵，成为平民百姓子女改变命运的一种奢望。

那个时代，跳出农门吃商品粮就像一块磁铁，强大的磁场吸引着农村一些漂亮丫头发疯地追求。近水楼台先得月，有些大队干部中长得标致些的丫头就很容易嫁到公社干部或是街上去，我曾跟随区上的、公社的干部下乡，目睹了一幕幕寻亲趣事。那些干部头戴麦草帽，背个黄挎包，骑上自行车，在乡下检查工作时，用身份地位、吃商品粮的金字招牌来为儿子选美，本公社挑选不出满意的，就托人到湘北的如东、双龙两个公社去找。选漏下来的"挪角子"，还要被一群街痞子扫荡，气得本地一些青年嫉妒骂娘，只好委屈地把别人不敢娶的地主富农家的漂亮丫头娶进门来。我有个地主家庭出生的女同学，人长得漂亮，家庭条件蛮好，就是不敢找对象，有年探亲，她母亲向我诉苦，丫头时常埋怨，来世投胎再也不投这个"黑胎"。

有些丫头住进街角，吃到商品粮也不一定得到幸福，邻村一位大队干部女儿嫁入官门，三年没有生育，男人在外拈花惹草，时有陌生男人上门抄家，锅碗瓢盆一年得更换几遍。她要离婚，娘家人舍不得这个金饭碗，生活下去又度日如年，有一天，她在脖子上挂根绳子脚一蹬走了。她妈哭天嚎地：丫头在大队早有心上人的，就是这绝代的商品粮把她的命害了！

本队的王多英、杨振英两人家境好，人漂亮，不攀高门，不为"铁饭碗"所动，嫁给两位军人而恩爱幸福。

我等后生，高门攀不起，低门又不就，婆婆着急，托叔伯姑爷给我找对象。一日，姑爷回话，双龙岗竹子台刘清顺木匠是我本家兄弟，两口子厚道善良，他的女儿蛮合适，丫头子不仅长得秀气乖致，而且干活是把好手，在公社农业学大寨的比赛中，一天栽过一亩田的秧，割完3亩地的谷，人称"收割机"，还是生产队的妇女队长。婆婆听完好高兴，正缺劳力挣工分呢。1970年端午节，我与双龙公社三台大队的刘连玉定下婚事。

机遇总是回馈给有梦想的人。1970年冬天，原成都军区来了两批接高原兵与平原兵的接兵干部，两批接兵干部同时在争抢优质兵员。接兵干部陈登双向公社武装部长丁家元介绍，我接的是西藏高原汽车兵，待遇好，发皮帽皮大衣毛皮鞋，只是在合格条件下要求甲等身体。我当时帮忙为丁部长收集征兵资料，传达应征青年相关信息，我捷足先登，报名、体检、政审一一过关，我这个只有90斤重属乙等身体的青年，在家父及公社领导都不情愿我参军的情况下，毅然挤进了高原汽车兵行列。

18岁的我，要挣脱世俗的羁绊，怀揣报国心志而振翅高飞。

江河腾浪，湖水扬波。我用3年多时间，游泳在松桃垸这片江湖之中，从生产队到大队到公社，熟悉了基层社会结构，见识了民间的人情世故，积累了不少人生必备的社会知识，享受到乐于吃苦勤奋做事的精神愉悦。

在毛泽东思想哺育下的我，每当回首这段经历感慨颇多，少年时期学的"老三篇"使我受益匪浅，把"为人民服务"的思想作为人生追求，以"毫不利己，专门利人"来抑制私欲，用"愚公移山"精神来修炼毅力。在不忘初心、重拾信仰的今天，重读"老三篇"仍然历久弥新。

武侠小说中有首诗云："天下风云出我辈，一入江湖岁月催，皇图霸业谈笑间，不胜人生一场醉。提剑跨马挥鬼雨，白骨如山鸟惊飞，尘事如潮人如水，只叹江湖几人回。"

真乃江湖绝唱！

第三章　从军路上

1970年12月30日，郑公区交兵完毕，为避免出现新兵离家时与亲人难舍难分的场景，晚上，郑公区人武部特意安排新兵在郑公渡戏院看文艺演出。尔后，我与本村战友颜家禄、普凡坤、陈克新、李昌明、郑门新、崔先礼、胡训祖、魏兴汉、王洪永、陈克贵一道，趁着夜色徒步向公安县城出发。经过汪家汊、港关两道渡船的折腾，黎明时到达公安县城的体育广场。

当天正好是20世纪70年代第一年的收年之日，我们503名高原汽车兵与入川的平原兵同时汇合广场，公安县人武部在此举行隆重的交接新兵仪式，尔后在斗湖堤人民的夹道欢送下，迎着初升的太阳，雄赳赳气昂昂地在客运码头登上"东方红"33号轮船。

一、川江行

汽笛嘶鸣，轮船溯水西行。听得广播里传来热情洋溢的欢迎词：亲爱的新战友，"东方红"33号轮是伟大领袖毛主席当年视察长江乘坐过的大轮船（由"江峡"号更名），欢迎你们荣幸地乘坐本轮踏上新的征程，去实现保卫祖国的鸿鹄之志……

望着浩浩长江，坐上毛主席乘坐过的大轮船，望着渐渐远去的家乡，霎时百感交集，播音未停，我激动得双目噙泪。

轮船停靠沙市码头，接上从钟祥赴藏新兵。停靠宜昌码头，迎接赴川新兵。夜幕降临，轮船在夜色中穿行三峡，听得波浪冲击船体发出噼噼啪啪的巨响，又感觉轮船晃动得像个"摇窝"，一下就把两天没合眼的我"摇"入梦乡。

父亲牵着我的手，说有个心结要打开：你是家中长子，理应帮我挑起养老抚幼重担，可是你从小就想当兵，那就要吃得苦，争取当个好兵早日入党。你爷爷给我取名"耀武"，字"定国"，我这辈子是无法如愿了，要靠你去实现两代人"耀武定国"的心愿……

轮笛长鸣，我从睡梦中惊醒。广播里传来《东方红》歌曲和播音员的激情致辞："今天是1971年的元旦佳节，是新年开启的第一天，祝全体新战友迎着初升的太阳，在伟大领袖毛泽东思想的光辉照耀下，保卫祖国立新功！"今晚，轮船上要举行元旦联欢，邀请有表演特长的战友们踊跃参加。

接着，播音员朗诵杜甫诗句："中巴之东巴东山，江水开辟流其间。白帝高为三峡镇，瞿塘险过百牢关。"接着介绍西陵峡的险，瞿塘峡的雄，巫峡的秀和一些名人典故。

"战友们，前面便是秭归县，这里不仅盛产闻名全国的脐橙，更是楚国爱国诗人屈原与西汉美女王昭君的故乡。屈原出身于楚国贵族，学识渊博，是楚辞的创立者和杰出的政治家，后遭陷害而放逐乡野。公元前278年，秦将白起攻破郢都，屈原难抑悲愤，遂自沉汨罗江中，以身为自己未遂的政治抱负殉葬。后人为了纪念他，便有端午节包粽子、划龙船的文化传承。王昭君是西汉美人，有沉鱼落雁之容，她出塞与匈奴首领呼韩邪单于和亲，加强了民族之间的友好往来和文化交流，为中原王朝的大一统奠定了基础。屈原与王昭君是楚人爱国典范，更是楚人的骄傲，期盼荆楚儿郎传承先贤爱国情怀，为家乡人民增光添彩。"

此刻，我记住了屈原与王昭君这两位爱国的古代乡人。

元旦之夜的联欢晚会别有情趣，我们郑公战友大出风头，只见李昌明肩搭洗脸毛巾，手提航灯威武出场，"临行喝妈一碗酒，浑身是胆雄赳赳"的革命样板戏唱得悲壮激昂；刘绍成反穿皮大衣，头戴皮军帽，"老乡，我们是工农子弟兵"唱得豪情满怀。船在江中行，歌声震谷空，战友们的激情似江水奔腾。

次日，我们在重庆"朝天门"码头下船，乘闷罐车夜行向成都。翌日，乘汽车直达新兵训练基地——大邑县安仁镇安仁中学。

二、我的车队我的团

四川人自豪地赞美家乡：四川四川，四面是山，飞机飞不过，大炮打不穿。就是这个大炮打不穿的四川盆地，曾一度遭到严重破坏，造成进藏的运输公司濒临瘫痪，运力不足，导致西藏军民保障物资匮乏，应急之下，国家组建起一支汽车运输部队。

我团于1970年6月由原成都军区后勤部、西藏军区、四川省军区等6个单位的干部战士抽调组成，在四川雅安组建。1970年8月3日，在雅安农学院（团部）召开成立大会，由时任成都军区第一副司令员的温玉成中将授予"中国人民解放军汽车第11团"军旗，代号为"中国人民解放军0120部队"，隶属原成都军区成昌兵站部（驻防新津县），主要担负进藏物资的运输工作。

根据原总后勤部《关于青藏、川藏线运输工作会议情况报告》精神和西藏自治区革委会、原成都军区后勤部《关于将部队原接收川藏线地方运输机构交还西藏自治区的交接实施办法》，为加强西藏社会主义建设和川藏线的战备物资运输，根据移交工作开展情况，汽车第11团于1972年12月开始将执勤车辆逐步收回，做好维修保养的移交准备工作。1973年1月，将原接收地方车辆，库存车材，全部移交西藏自治区，2月底前移交完毕。

1973年2月4日，中央军委电令原成都军区，汽车第11团由四川省雅安地区移防新疆托克逊县，划归新疆军区领导，隶属新疆军区后勤部，改代号为"中国人民解放军9910部队"。1975年8月1日，改代号为"中国人民解放军36311部队"。1977年5月，奉新疆军区命令，全团由托克逊县移防库车县。1979年7月，划归新疆军区后勤部原第31分部。1986年10月20日，根据原兰州军区体制改革精简整编命令，汽车第11团和汽车第56团合并为一个汽车团，撤销汽车第11团番号和代号。从此，中国人民解放军汽车第11团消失在我军汽车部队的序列中。我在合并前的1985年10月调离该团到库车兵站任政治教导员。

三、新兵训练

新组建的部队没有营房，高度分散在成雅路段的所属区县，新兵训练选址在大邑县安仁镇安仁中学。我们是这个汽车部队的首批新兵，为打牢部队素质基础，将用3个月时间，在这个社会主义教育基地接受严格训练。

新兵训练要通过多种途径的思想教育来提升军人的思想觉悟，筑牢保卫祖国的坚定信念。通过中国人民解放军的《纪律条令》《内务条令》《队列条令》的训练，来掌握军人的基本常识，规范军人的行为举止，熟悉使用手中武器。

所以，新兵训练选址安仁中学是独具匠心。

大邑县安仁镇历史悠久，早在唐武德三年（620）新建安仁县，隶属于剑南道邛州所辖，取《太平寰宇记》中"仁者安仁"之意而得名。古为"安仁"县治，直到元朝至元二十一年（1284），安仁县撤销，划归大邑县所辖。新中国成立前安仁有"3 军 9 旅 18 团"之称，相继涌现出刘文辉、刘湘等军政要员，这里形成了独特的四川"军阀文化"。又有以刘文彩为代表的地主豪绅广置田产，大兴土木，在此修建了诸多中西风格的公馆，造成"安仁"独特的建筑风貌，被誉为"川西公馆建筑文化精品"，成为中国建筑史上的一朵奇葩。

我在小学读书和看电影中知道，最使国人深恶痛绝的是四大地主刘文彩、南霸天、周扒皮和黄世仁，想不到我们汽车新兵训练竟在刘文彩的庄园。

刘文彩出生于四川大邑县安仁镇刘家墩子，从小与同伴东游西荡，疏于读书学习。长大后更是游手好闲，在乡里无恶不作而遭乡邻深恶痛绝，坊间称之为"刘老虎"。

这只"老虎"一出山，竟然当上四川烟酒公司宜宾分局局长，叙南船捐局长，开始在川南横征暴敛，巧立数十种税目。有了官职，仗着其弟刘文辉川军旅长权势敲诈百姓，导致农民义勇反抗。1949 年 10 月，全国解放在即，刘文彩念念不忘安仁财富豪宅，病危回安仁镇途中，病死在双流县。

新中国成立后，刘家财产全部充公，生产资料全部分给当地农民。在"大跃进"时期，刘文彩的坟墓被铲平，尸骨丢弃荒野，连睡过的棺材也被一个孤寡老人所用。刘文彩庄园由当地政府没收，成为大邑县"刘氏地主庄园博物馆"，面向世人开放。

刘文彩庄园内的"收租院"，有"交租、验租、风谷、过斗、算账、逼租、反抗"7 组群像，82 个男人，32 个女人；其中 17 个老人，18 个少年儿童；正面人物 96 个，反面人物 18 个；共 114 个真人大小的塑像，集中地再现了地主阶级对劳苦大众的残酷剥削压迫，迫使农民走向反抗道路的历史场景。

为激发训练热情，部队多次组织新兵参观"收租院"，听冷妈妈作忆苦思甜报告。至今我的笔记本上还记有当时的宣传文字："债台比山高，压断穷人腰，地主算盘响，佃户头上杀人刀，四方土地都姓刘，千家万户血泪仇，收租院装的是地主的罪，展现出的是穷人的仇。"

我在1971年大年三十的日记中写道：上午参观"收租院"，阶级仇恨记心间。中午喝碗野菜粥（忆苦餐），忆苦思甜泪涟涟。下午递交决心书，练兵场上见功夫。深夜紧急集合哨，火速出动越野跑。

在阶级斗争一抓就灵的年代，"忆苦思甜"真的能激发练兵热情。

新兵训练主训"三大条令"：

一是严训"纪律条令"。以严守纪律为生命，向烈火烧不动的革命烈士邱少云那样，做到令行禁止，保证军队的高度集中统一。

二是严训"内务条令"。做到认真履行军人职责，正确处理上下级关系，严守正规的"战备、训练、工作、生活"四个秩序。

三是严训"队列条令"。培养军人良好军姿，展示严整的军容，过硬的作风，修炼成"坐如钟，立如松，行如风"的军人特质。懂得坚持党对军队的绝对领导是军队之魂，"三大条令"是强军之本，高扬军魂，固根强本，人民军队就无往而不胜。

我在新训中铸的魂、固的本，半个世纪以来仍头不晕、走路正、骨头硬、腰杆直。老百姓见我说像当过兵的人，我自己感觉还像一个兵。

从军者说：当兵几年，受益终生。

3个月紧张严厉的新兵训练，我们无心欣赏邛州大地的春色美景，只是在大邑县的荒野中留下一串串脚印，荆楚儿郎用一身身汗水，冶炼成一个个合格的军人。新训考核，我这个三连三班的副班长，以5发子弹48环的优秀成绩戴上了大红花，顺利地完成了由老百姓向革命军人的嬗变。分兵时作为优秀士兵分到新津县司机训练队学习汽车驾驶。

四、学习开车

汽车团在2412千米的川藏线上担负繁重的运输任务，培训驾驶员是当务之急，司机训练队分为4个区队，20多台苏式"吉尔"教练车，每车七八个学员，一年两批次完成培训任务（相当于现在地方上的驾校）。

在生活物资紧缺和技术热门的20世纪70年代，汽车司机成为红极一时的香饽饽和青春女性追求的对象。民间谚言，一名汽车司机相当于一个县官。

殊不知，以"高、险、滑"闻名天下的"西部奇路"，因车祸丧生概率大，好些人不愿意当这个"官"，所以内部有个默契，干部子弟与独生子一般不安排开车，我沾了兄弟姐妹多的光，首批学习开车。

学习开车要经过"三练"。

首先是练思想，培养不怕牺牲的精神。川藏公路（318国道）于1950年始建，十八军遵照毛主席"一面进军，一面修路"的指示，11万军民用铁锤、钢钎、铁锹、镐头劈开崇山峻岭、悬崖峭壁，在4年多时间里，修通穿越整个横断山脉的二郎山、折多山、雀儿山、色季拉山等21座4000米以上大山；横跨岷江、大渡河、金沙江、怒江等14条凶险的江河；穿过龙门山、青尼洞、澜沧江、通麦等8条断裂带。工程艰苦卓绝，是世界公路修筑史上前所未有的奇迹。有3000多名军人和民工英勇捐躯，故此称为"英雄路"。由于受历史条件和经济、技术水平等诸多因素制约，公路修建时间短，施工粗糙等级低，基本上属于军用急造公路，加之沿线水文气象、地形、地质条件极为恶劣复杂，山体滑坡、塌方、泥石流和冰雪路滑的险情时有发生，不少驾驶员遇险牺牲。"手中紧握方向盘，双脚踩着鬼门关，百米之内有险情，百里之内埋忠骨。"这是对川藏线上汽车兵的生死写照。没有"怕死不开车，开车不怕死"的献身精神，就不是川藏线上英雄汽车兵。

其次是练胆量，不被险路所吓倒。

新兵分到雅安团部当晚，就在大礼堂为一位车祸牺牲的老兵站岗守灵，给不少新兵心理上留下阴影。头次学车进藏，路过飞仙关的滴水洞、二郎山的老虎嘴、雀儿山的鬼招手、怒江山的72拐、然乌沟的断头崖，只见得一连串的险境，真是"巉崒超空拔危柱，峭崿褶皱设帷屏。深谷黢黑现鬼影，断崖龇牙露狰狞"。助教一路教练，一边讲着这些吓人的地名和故事。他停车叫我们观看三连长翻车在"老虎嘴"的事故现场，见得万丈深渊下，几只朝天的轮胎只有拳头般大，把我们一个个吓得浑身哆嗦，不敢下车换班开车。他还带我们参观泸定桥，站在摇晃眩晕的铁索桥上，面对汹涌湍急的大渡河水，讲述当年红军不畏艰险、不怕牺牲，"飞夺泸定桥"的英雄壮举。

第一趟进藏，极易给人造成心理恐惧，有些战友因病或装病改行，硬是不开汽车。

最后是练技术，驾技精湛才能过险关。

驾驶技术的提升是以想开车、敢开车为前提的。新训驾驶员每期为3个月，其间要先学理论，后学道路驾驶。理论课教汽车构造与工作原理、交通规则及战时的应急抢修；道路驾驶含起步停车、桥形倒车、公路调头、泥泞道路、山路与冰雪道路驾驶。

路况复杂的川藏公路是提升驾驶技术的绝佳场地。二郎山路窄，回头弯多，且密林掩道，视线不好，加上几个汽车团与地方车辆的拥挤，转弯要做到"先大后小"抢占视线角度，做到"一看二慢三通过"，绝不能"弯道超车"去玩命。折多山有百十里的环形爬坡路，要换几十个一挡才能爬上山顶，须精准掌握发动机动力不松油门、由二挡减一挡，以保证发动机动力的连贯性。怒江山72拐，上坡容易下坡难，要用挡位控制汽车惯性和严防脱挡，减少刹车使用频率，避免制动发热导致刹车失灵。我几次看见车坠怒江，撕裂的棚布像个招魂幡在激流中摇曳。在泥泞冰雪道路驾驶，要慢速行车做到"三不"，即不猛加油门、不急打方向、不急踩刹车，车朝哪边歪，方向盘就朝哪边打。公路调头做到车头朝崖，车尾靠山，否则，油门掌握失控车就坠崖了。

康定是高原气候的分界线，越往西行海拔越高，空气稀薄，发动机点火时间要随氧气浓淡适度提前，保证发动机混合气体充分燃烧来增强动力。返回康定下瓦斯沟到泸定，氧气充足导致火头鸣叫，调正点火时序后，人的精神清爽，汽车也跑得顺畅。

当兵之前，我仅坐过几回卡车，对机械原理一窍不通，在助教的苛刻严训下，与苏传华、胡志美、徐阳松等战友，经过龙泉驿和泥巴山的路训，跑了一趟川藏线，初步掌握了开车技能，悟出些开好车的道道。

1972年，我跟车湖南醴陵的江国余老班长实习了半年，他贴心传艺，使我受益匪浅。尔后放手跑单车半年，年底最后一次进藏，我以助教身份带8名学员往返林芝，完成了由学习开车到教人开车的历练。

高超的驾驶技能，既是战斗力的生成，更是保命的本钱。

司训队不仅是培训汽车驾驶员的基地，也是干部成长的摇篮，先后有同乡战友陈德元、李昌明、罗运华、胡锐祖、刘家俊、舒新刚、张节本和我在这里提升为干部。

五、江达伐木

新建部队无家底，营具与车厢维修又需要木材，经成昌兵站部与西藏自治区林业部门协调，1971年底，部队在司训队即将毕业的学员中，挑选出同乡战友陈克新、胡锐祖、陈德元等30名身强力壮的战士组建伐木队，在后勤处杨文贤处长带领下前往昌都地区江达县伐木。

江达县隶属西藏自治区昌都地区所辖，在中国雪域高原东部，横断山脉的高山峡谷之中，平均海拔3800米，年平均气温4.5℃，寒冬气温约-5℃。江达县生产杉树、松树、柏树和桦树，"西部奇路"的317国道从这里经过。

我因身体羸弱无缘伐木，只好在返程时拉运圆木回雅安。在两天装车中，我与同村战友陈克新挤在一顶帐篷里食宿，他给我讲起两个多月伐木的惊险故事。

"伐木首在选树选址，挑选那些生长在悬崖绝壑陡坡之处的高大树木，便于砍伐与滑运。没有电锯，500多方圆木全凭斧砍手锯，几天下来，满手全是血泡，可没一人叫苦喊疼。最危险的是树断倒地之时，因不能准确预测树倒方位，20多米高的树倒下时会砸死人。有次我与战友在上下坡道上砍树，上坡树倒地瞬间，战友喊：'陈克新快跑，树朝你倒下来了。'话未落音，一棵树向我砸来，我顺势滚卧在一块石头后面，轰的一声，树砸向石头，我顿失知觉。战友们大喊救人，砍树枝、撬空树干乱作一团，万幸只是一桠树枝抵在我胸口喘不上气，一节树枝把我的棉裤戳个大洞划伤了我的屁股，战友们取笑我，这下屙屎方便了。我沮丧地说，如果砸到脑壳，我就成了一位埋在江达县的烈士。

"上山伐木的午餐是馍馍，馍馍在低温下冻成冰坨坨咬不动，我们就用枯草干枝烧火烤馍馍果腹，谁知火未灭绝，经风一吹又死灰复燃。半夜时分，听得哨音骤响，人声沸动，杨处长大喊上山扑火。我们一路奔跑至火场，见树林间火焰喷射，树木烧得哔啵作响，我们用铁锹、撬杆、冰块扑火，砍树阻断火源断火，在藏族同胞的帮助下，经过一天一夜的奋战，终于将林火扑灭，我们30多个战友，个个熏烤得像煤球，好在没有人员伤亡。此后，部队严禁在山上燃火烤馍。

"把圆木从山上滑滚至公路并非易事，选在冬季伐木就是利用杠杆原理，在冰坡上用撬棒撬动圆木下滑,用人力拖拽的原始办法将圆木滑运到公路边沿,尔后将圆木锯成四米长段,由部队返空车运回雅安。"

据明史记载,永乐四年(1406),明成祖朱棣下令在北京建造"皇宫",派遣各部官员分赴各省督采伐木,强征数十万百姓进入深山老林,在崇山峻岭的悬崖峭壁处冒着生命危险寻找神木。"深山穷谷,蛇虎杂居,瘴气毒雾,人烟绝少,寒暑饥渴,瘴疠死者无数矣。乃一木初卧,千夫难移,倘遇阻艰,必成伤损。"蜀民曰:"入山千人,出山五百,哀可知也。"

伐木队虽历经艰险,却做到了"入山三十,出山三十",实可幸也。

前些年,新疆军区后勤部原副部长、同乡战友陈德元讲起当年伐木事,他自豪地说:"伐木队分湖北、四川、陕西籍战士三个班,我这个湖北班的班长完成任务最好,陈克新、胡锐祖等战友出了大力,为湖北兵争了光。"

六、险路惊魂

跑川藏线的驾驶员,不是把性命挂在悬崖冰路,就是挂在塌方泥石流路段。几乎每个人都有死里逃生的经历,我在此打开封存的魔盒,庆幸没有成为川藏线上的烈士。

(一)二郎山神树

"千里川藏线,天堑二郎山。"海拔3437米的二郎山,并不像歌里所唱的"二呀二郎山,高呀高万丈"那样轻松惬意,葳蕤的原始森林峰恋叠嶂,崟岌的盘山公路出云入雾。日过二郎山,群车拥挤行崖边,喇叭声惊二郎神,夜行二郎山,虹霓车灯相辉映,条条火龙穿皱隙。冬天行车,尤为恐怖的是"牛皮凌"。"牛皮凌"看似柏油路面,实则在低温条件下路面凝结的一层薄冰,这冰色如牛皮,滑如冰凌,驾驶员畏称其为"牛皮凌"。

1971年10月,老班长江国余倚仗"刷子"过硬,一路快速下山(下山险道不准教练学员开车),当行至"老虎嘴"时,连续弯道,汽车在"牛皮凌"上发生侧滑,虽减挡慢刹汽车仍呈S形滑行,听得"轰"的一声,汽车撞停在崖边树上,卡在两棵大树中间,朝车看去,右前轮悬空旋转,往下看,是令人龇牙咧嘴的万丈深渊。江班长一下吓掉了魂,不敢靠近汽车,后行的刘教员指挥我们在路面撒上泥沙，套上钢丝绳连拖带推将车拖回公路，又要我取下背包带连接两树作为标记，以感激"神树"与警示来者。

"车过二郎山，像进鬼门关，侥幸没翻车，也得冻两天。"

我在鬼门关里走了一趟，捡回一条命。

（二）雀儿山遇险

雀儿山突兀于青藏高原南缘，位于川西高原甘孜州的横断山脉北部，主峰海拔6168米，平均海拔在5000米以上。藏名为"措拉山"，意为大鸟羽翼，故名"雀儿山"。

1951年，十八军的官兵以简陋的工具和血肉之躯，历经半年时间，在空气稀薄、冰峰林立的雀儿山筑起简易公路，因高而险成为进藏途中的一道险关。故有"雀儿山，五千三，山顶插在云上边，飞鸟也难越山顶，终年积雪冰不散"之说。

在甘孜大站（团级兵站），听站长介绍路况，下一站要翻雀儿山，要驾驶员们壮着胆子开车，车开到4889米的垭口，就到了峰顶，峰顶终年冰雪覆盖，冰凌像一把把尖刀似的与路面垂直，所以在垭口建有400米长的天棚掩体，以防雪崩和滚石滑落伤人。再是山顶空气稀薄不可久留，站长说前年有位女同志带着娃儿去拉萨探亲，车到垭口小孩没有了动静，一摸胸口没气了，下坡转了几道弯，娃儿哭叫又活过来了。站长说得轻巧，可把我们吓得尿流。

为安全翻越雀儿山，驾驶员会选择雀儿山下的茶马古道马尼干戈兵站住宿，检修好车辆，睡个好觉，以允沛的精力翻越险关。

1971年初冬，我们四台实习车在天色擦黑时入住马尼干戈兵站，吃过饭后，江班长说赶快睡觉，明天好翻雀儿山。那个年代兵站靠发电机发电，为省柴油，天黑就停电，床铺是用木板镶成的通铺，每间房睡二三十人。我见房角有人蒙面而睡，怕打扰，便悄声打开背包睡觉。早晨起床捆好背包，吆喝身旁的兄弟该起床吃饭了，喊几声无动静，掀开被子一看，是一具冷冰冰、直挺挺的尸体，吓得我倏地毛发竖起，撒腿就往外跑。

开饭时江班长找站长论理，骂他不该做这种缺德事要我们守灵，站长说人多铺少，翻车牺牲的战友总不能曝尸荒野，临时守灵是个常事。

吃过饭，加满油，大家心照不宣地向雀儿山出发。当车噗嗤噗嗤爬到垭口，漫天飞起鹅毛大雪，江班长将车开出防雪掩体，缓行在一处暗冰路面。突然山顶滑落几块岩石，江班长打方向靠边避险，制动停车，可车仍在冰路上向崖边滑去，我们几个学员火急跳车，将皮大衣垫在前后轮胎下，车才停止滑行。我们捂住胸口，喘着粗气，远望陡峭而又曲曲折折的下山之路，见得张福林烈士墓碑在风雪中时隐时现。

夜宿岗托兵站，江班长用浓重的湘音说："伢儿们，幸亏你们昨晚与亡友做伴，是亡灵保佑我们没有翻车死人，要不，今晚要换个班，不知哪个来为我们守灵了。"

我一宿翻来覆去睡不着，心里老在想，那位兄弟部队翻车牺牲的战友，或许是个独生子。

（三）命悬然乌沟

然乌沟在藏语中是"钢做的水槽"，因古冰川导致地壳结构复杂，经年塌方形成的"沟"（水槽），成为西藏八宿县内川藏公路线上又一吓人险关。

险关处，只见天开一缝，冰刀垂挂，崖体裸冰，车道狭窄得一边靠山一边靠崖，崖边插有"指挥通过"牌示，车身稍有不正半个后胎就会悬在空中，所以必须有人在车前指挥方可小心翼翼通过。过往司机说："天不怕地不怕，就怕然乌到中坝。"有的司机干脆把然乌沟叫作"死人沟"。

1972年10月，我首次带8名学员跑林芝，这是年底收车之时最远的一次教练，车上有个1969年甘肃老兵侯应堂，是司训队炊事班班长，此人没文化且大脑反应迟钝，但人憨厚勤快。有次过节帮厨，见他杀鸡时杀鸡冠后面的头骨，把十几只鸡杀得头破血流满地跑。我问侯班长，甘肃人就这样宰鸡？他说是的，让鸡慢慢流完血鸡肉好吃。真是天下奇闻！我当即示范，捏紧鸡脖，快刀一抹，鸡血从筷子粗的刀眼中流出，鸡血可做菜烧汤，鸡肉白净味道更好。

从此以后，他知道了我的一些名堂，常找我套近乎，打菜时多片肉什么的，一心想着跟我学开车。他是全队出名的"勺子"，不是一块开车的料，谁都不敢教他开车，可他做了三年饭，没有功劳有苦劳，是应该照顾开车的。

刘建文队长多次给我做工作，我才同意教他开车。

车过然乌沟，侯老兵换班开车，我见前方路面有条小沟，沟面浮着冰碴，打手势示意松油门减速，提醒不踩刹车慢行通过，谁知车至冰面，这"勺子"突发灵感，一脚刹车下去，汽车飞出路面十几米，"咣噹"一声撞在一块巨石上停车，保险杠断裂，右前轮爆胎，车厢上的学员脑袋碰出了个大包。

这次事故对我教训极深，一是身体与智商有缺陷者不宜开车，二是初为人师经验不足，如果在提醒的同时，把稳方向盘勾住辅刹就不会出此险情。万幸的是公路外崖宽阔，又有巨石阻挡，如在悬崖之处，必车毁人亡。

我虽数次历险，万幸与死神擦肩而过，相比同年入伍牺牲的6位同乡战友（文坤才、李德清、马朝庭、杨代立、侯先明、向斌），我是命大的。

1972年，郑公战友李德清因车祸牺牲，由团副参谋长戴军料理后事，我与司训队几位同乡参加追悼会，将李德清安葬在四川新津县成昌兵站部门前的烈士陵园。1989年7月11日，东港战友向斌（向选清）在库尔勒车祸牺牲，我与夏德新、李弟元、胡方生战友料理后事，将他的骨灰安葬在公安县卷桥林场。

我和战友们怀着对祖国的忠诚，对藏区人民的热爱，在2年时间里，进藏11趟，安全行车8万多千米，每月拿七八块钱的津贴，吃着半生不熟的夹生饭和脱水菜（那时没有高压锅），除了拉运军需物资外，还运过大米、清油、罐头、茶叶、花生、香烟、手表、自行车等贵重物资，在饥肠辘辘之时，无人动念贪食果腹。那个年代装卸货物没有装卸工，基本都由司机干，为求进步抢积极看谁工作干得好，体重仅90多斤的我，经常背驮一麻袋200斤重的大米黄豆，咬紧牙关两腿颤抖地走在桥板上，一次不慎滑倒造成椎骨膨裂，落下永久性伤痛。

半个世纪过去，昔日险峻的川藏公路早已"天堑变通途"。二郎山、雀儿山隧道彩灯闪烁，雄关险道坡平路宽，沿途的奇山秀水，森林花草成为靓丽的观光美景，奔驰的车辆缩短了川藏距离，加速了西藏国防建设与经济发展。华夏儿女用生命与汗水，把千里川藏运输线编织成一条绿色哈达，围系在万山之祖的巍巍昆仑。

我在想，此生有幸，奢望重走川藏公路。

采一束格桑花献给山神，敬一杯青稞酒祭奠路魂，折一桠松枝立在亡友墓前……

七、调防新疆

铁打的营盘流水的兵，1973 年 3 月，根据总部命令，我们全团调防新疆。针对当时新疆的艰苦条件，在生活物资上能带尽带，将大米、清油、腊肉、咸菜等耐储食品及活猪一并装车起运。一列装满军人和货物的闷罐列车，在原成都军区官兵的列队欢送下，向新疆出发。

闷罐车经过六天七夜的走走停停，于 3 月 24 日夜晚到达新疆大河沿（吐鲁番）火车站，下车之时风沙弥天，灯光昏暗，在闷罐车上坐懵了的战友们分不清东南西北，嘀咕着只怕是到了西天，迷迷糊糊地爬上汽车，一个小时后到达新的营区——托克逊县。

（一）托克逊三"最"

在托克逊县 16171 平方千米的土地上，居住着 22 个民族 12 万人口，在风沙的折磨中坚守住地下地上的宝贵财富，我把它概括为"三最"。

一是地壳下储藏着最好的煤炭，虽然还有膨润土、石灰岩、盐、钨等几十种矿产资源，但煤的储量高达 100 亿吨，且煤质低硫低磷，高油高热量高碳质，将煤堆放露天会自燃，这乌油油的煤炭成了吐鲁番地区生活和工业用煤的宝贝。

二是地表长出最甜的瓜蛋子。托克逊属于典型大陆性暖湿带荒漠气候，光源充足，年无霜期可达 219 天，降水量仅有 5.7 毫米。干热的气候，加上来自天山山系冰雪融化经坎儿井导入的甜水，非常适合瓜蛋子、哈密瓜、杏子、棉花、小麦、红枣、孜然和高粱的种植。这些瓜果作物纳日月光照之精华，汲天山雪水之灵气，经过狂风沙尘的折磨，就像灌了蜜似的香甜。进疆当年，我与李昌明等六位战友初尝哈密瓜，在瓜地买得 80 公斤的种瓜，刀一触瓤，瓜嘣地一声就裂膛，那糖汁就把手指粘连，我们松开裤带吃，吃了尿，尿了吃，硬是没能把这 80 公斤的哈密瓜消灭完。

三是生产最狂的风沙。托克逊三面环山，西高东低，盆地自西北向东南倾斜形成舀斗状风槽，又处在百里风区十里风口下端，享有"风库"之称。

风季在3—5月份，每当风沙来袭，风卷着沙，沙裹着尘，形成遮天蔽日的沙尘暴。这势不可挡的沙尘暴曾吹翻火车，卷走汽车。为防风沙，老乡用土坯砖块卷成圆筒状住房，内抹草泥而平整美观，外铺苇把抹泥隔热又防御风沙，因色形酷似棺材，人们称之为"棺材房"。就是这密封的"棺材房"，风沙之时被子上还会落厚厚一层细沙。不少战友经受不住风沙折磨，加之生活条件艰苦（30%大米，70%杂粮），这些用大米喂养出来的公安兵硬是咽不下高粱面和苞谷面馍馍，服役期满便闹着退伍回家。

我在托克逊县生活四年，有两大收获。一是1973年6月23日由教员刘天明、区队长杨本贵两位干部介绍加入中国共产党；二是1975年6月7日在原兰州军区的《战胜报》上发表了处女作《学习洛桑丹增，要豁出来干革命》，从此产生写作兴趣。那个年代发表文章时兴笔名，见托克逊沙山状如波浪，便以杨波笔名发文，却不被人知，要是署上真名，或许从那时起，经过新闻培训，会走上从文之路。

山不转沙转，二十八年后，我回到吐鲁番军分区任副政委，几次重访故地，见得赛尔墩司训队的营房成为废墟，沙尘将房屋掩埋，只见得裸露的几张破苇席在风沙中招魂。

我与买买提县长打赌，如在托克逊县发现一棵长得端端正正的树，领我半年工资，买县长摇头认可。值得赞叹的是，如今吐鲁番至小草湖的百里风区，人们用滴灌在公路两侧种植起防沙林带，经过十多年的精心养护，已长成两米多高的树墙，这一艰巨的宏伟工程，必将锁住沙尘暴，造福子孙后代。

行文至此，谨以《尘祭》，缅怀因沙尘暴而牺牲的战友文坤才。

（二）尘祭
——本故事以文坤才的语气讲述

小土为尘。我是一粒微小的尘土，湮没于大漠戈壁四十多年，每当我看见吐鲁番十里风口的狂风卷起遮天蔽日的沙尘暴，给人间带来灾难时，我就惊悚万分，静卧于焉耆古国而不助纣为虐，曾几何时，沙尘暴用洪荒之力卷翻火车，把小汽车像卷纸片似的卷向空中，将其燃烧起团团火焰，形成震撼天际的火龙沙尘暴。因此人们谈尘色变，避之，惧之，恨之……

公元1974年末，我在天山南麓驾车执勤，狂风卷起漫天沙尘，瞬间迷糊我的双眼，把我从油罐车上卷坠身亡。战友用沙尘将我掩埋，使我在沙尘中度过46个春夏秋冬，几十年风沙的吸收钙化，我化作一粒沙尘，一粒渐渐被人间遗忘的沙尘。

每当西域暴发沙尘卷起狂飙，唯有故乡的亲人遥望西北，望穿双眼地将我呼唤。胞弟曾迢迢万里，在浩瀚的沙海中把我寻找……

庚子年，听见来自远方的召唤，归来兮，坤才君，盼你回故乡参加参军50周年大庆。

"大漠风尘日色昏，红旗半卷出辕门。"（唐·王昌龄）我伴随暴风出征，金戈铁马，啸声鸣镝，一路风尘仆仆往南行，揖谢鸣沙山的挽留，越过皑皑白雪的祁连山脉，冲透秦岭密林阻挡，清风伴我渡长江，来到孟溪大院永兴村上空，见得遍地青翠，幢幢新房，就是难寻家门。

忽闻从两间土房传来亲切的呼唤：快下来，坤才儿！我定定神，倏地尘埃落定，紧紧地依偎在父母怀抱……

从此，我沙尘化土，用身体为父母遮风挡雨，用体温去报答父母的养育之恩。

相传，女娲用土造人，我本属于土，要在这万物蓬生之地祭陪考妣，归宗永生。

（三）移防库车

1976年，库车县新建营房竣工，我们随即移防库车，入住建团以来定点营房，从此结束"游击"状态。

库车古为"龟兹"，是古代西域大国之一，古产铁器，今产油气煤炭。清乾隆二十三年（1758）定名"库车"（维吾尔语为"胡同"之意），2019年设立县级市，占地面积为1.5万平方千米，人口达60多万。库车东迎内地，西驰阿里，南靠塔里木盆地，北通伊犁疆域。如此险要的战略地位、四通八达的交通枢纽，具有东进西出、南联北拓的地理优势，自汉唐以来成为民族汇集、资源丰富、宗教文化发达的中心和军事要塞。

（四）车行昆仑

自进疆始，我团成为新疆运输线上（219国道）一支铁骑劲旅，带着川藏线上铸就不怕苦不怕死的思想作风，车技精湛的过硬本领，以缺氧不缺精神的理想信念，常年奔驰在世界上海拔最高（平均4500米）、运输线最长（2342千米）、环境最恶劣（穿越数百上千米无人区，近1000千米的永冻地带）的喀喇昆仑。天路知难，如果说川藏线以高、险、滑称奇，新疆线却以高、寒、滑和空气稀薄闻名，因而称之为"天路"。

新藏公路起点叶城，终点西藏拉孜，其间穿越阿里地区的日土县，进入噶尔县府狮泉河，由此向南经札达县，延伸到西藏南部中国、印度、尼泊尔三国接壤的普兰县，再由仲巴县、萨嘎县、昂仁县到达日喀则拉孜。沿线要翻越海拔4500米以上举世闻名的喀喇昆仑山、冈底斯山、喜马拉雅山脉。沿途有横卧逾千米的荒漠戈壁、常年积雪的崇山峻岭，更为恐怖的是冬季-40℃气温和含氧量只有内陆地区44%的稀薄空气，夏季的泥石流、塌方、激流和冬季的暴风雪、雪崩等灾害。当你翻越5座5000米以上高山，16个冰川达坂，44条河时，一不小心，就会永远留在这里与雪山做伴。

自古以来都是先有路后有车，而阿里高原却是先有车后有路。

1950年5月1日，新疆军区王震司令员下达独立骑兵师进军西藏阿里的同时，随即进行进藏道路勘察和修筑任务。二军军长郭鹏抽调特级战斗英雄彭清云、田武等人组成新藏公路侦察勘探分队，三次进出昆仑山腹地，经历九死一生，勘察出如今新藏公路的雏形。部队随即跟进筑路，生活物资与施工器材全凭骆驼、骡马、牦牛和驮羊运输。据统计，仅1950年8月进藏先遣连勘察修路，至新藏公路通车的6年时间里，因冻饿而亡的官兵达170多人，损失各种牲畜5.3万余匹。所以人们讲，高原公路是用生命和精灵铺就的路。

与此同时，先前从四川进藏的十八军张国华部，得知阿里骑兵支部断粮的消息，于1955年初，抽调部分给养和7辆汽车，由运输队长牛青山带队给阿里骑兵支队送粮，交代粮食和车辆移交后，骑牦牛返回拉萨。

牛青山带着7辆卡车，在两名向导和一位尼泊尔商人的引导下，边走边找路，历时一个半月将物资送到噶尔昆沙的阿里骑兵支队驻地。

阿里骑兵大队参谋长贺景富，望着停放的汽车心里琢磨：汽车能从拉萨找路开到阿里，我们是否也能找路开到新疆去呢？电报得到时任新疆军区王恩茂政委同意，又协调西藏军区留下两名司机，随贺景富开两辆车带30多名工兵向新疆方向侦察探路。

在根本无路的崇山峻岭中，两辆卡车在藏族群众的支援下，开开停停，无路遇险即用人力抬着或推着走，两辆车被抬过噶尔河，沿河西行。经狮泉河西下日土，绕道班公湖北岸翻越界山达坂进入新疆境内，再穿越死人沟、红柳滩，抵达赛图拉，沿叶尔羌河支流而下，到达4900米的麻扎达坂，再往前行成功到达库地达坂。其间有十多处河流险滩，上百处劈山修路地段，贺景富带领30多名官兵逢山开路，逢水涉河，许多地段抬着卡车通过。历经半个多月的磨难，终于把一辆卡车"抬"到了库地以南，距新疆叶城150千米的石峡地带。贺景富心大，想把卡车"抬"到叶城功德圆满，终因山势陡峭作罢。

世上本无路，全凭人踩出。贺景富把卡车从拉萨开到阿里，再从阿里将车"抬"到库地，只有中国军人，才敢创造出世界公路史上的奇迹。

新藏公路从1950年勘察筑路，到1957年通车阿里，其间部队官兵与民工在高寒缺氧、气候恶劣的条件下历经千辛万苦，付出了巨大牺牲。藏胞感激亲人解放军修出一条通往天堂的幸福路，从此，藏族同胞用"金珠玛米亚古都"感谢亲人解放军。平时，只要听到《天路》歌曲中"那是一条神奇的天路，把人间的温暖送到边疆"时，我便产生联想而感叹不已。

军中俚语："紧步兵，松炮兵，稀稀拉拉汽车兵。"其实汽车兵特有才华，针对新藏线沿途地名险象，我们编出形象而又警示的顺口溜："行车新藏线，不亚蜀道难。库地达坂险，犹如鬼门关。麻扎达坂尖，陡升五千三。界山达坂高，伸手可摸天。班公湖水冰，洗澡头不晕。死人沟里睡，迟早要丢魂。车上神仙湾，阎王把你牵……"牢记这些顺口溜的人，行车安全系数大。

从叶城0千米出发，要翻越第一座3150米高、坡长27千米的库地（意为猴子爬不上去的雪山）达坂，因地势险峻，被称为"鬼门关"。

离开库地兵站，汽车行驶在悬崖峭壁的沙石路上，抬头仰望，天空被山峰裁剪成狭窄的一线天。车至麻扎（意为"坟墓"）达坂，强烈的高山反应会把人的胆汁吐干。夜宿世外桃源的三十里营房（因有小草小树，有兵站和军区医疗保障基地），我初次带八名学员教练至此，下车后好些学员头疼得在地上打滚，只好用背包带捆紧脑壳急救缓疼。

次日翻越5248米高的界山达坂（因新疆与西藏分界而得名），见得公路被积雪覆盖，温度骤降至零下三十多度，狂风刮得篷布嗖嗖响，路面大坑小坑把汽车颠簸得像个喝醉酒的醉汉。上得山顶，靠着界碑，抓朵飞渡的乱云，不觉感叹道："界山高六千，驾车穿云端。伸手可摘星，俯首览万山！"

车过死人沟，司机不敢怠慢，此地因进藏先遣连夜宿于此，次日有二十多人没有醒来，故叫人见人怕的"死人沟"。继续往西行，红柳滩的罡风寒气穿透骨髓，致人年纪轻轻就成"老人腿"。甜水海却有一洼咸水，相传过路司机饥渴无比，饮下咸水而叫苦不迭，同道者问水好喝不？司机狡黠回答：甜水甜水！"甜水海"由此得名。

高原缺氧增加肺活量，使人心室增大而"胸怀宽广"，久而久之，便陶冶出汽车兵博大的胸怀与浪漫情怀。

（五）昆仑赏月

1976年农历八月十五，夜宿麻扎兵站，战友们将晚餐吃剩的半盆玉米面馍馍当"月饼"，把军用水壶的"昆仑牌矿泉水"当"美酒"，把"月饼""美酒"摆放在两辆汽车"接吻"的引擎盖上，十多位战友拥车而座，我开始主持"以车为题，论月话圆"的赏月晚会。

"铁马行昆仑，恰逢月圆时，诸位好战友，赏月抒豪情。"我望着从山缝中升起的一轮明月，抢先做了个赏月开场白，顺手掰了块"月饼"嚼起来。

九班长罗金权说："明月当空照，我的心还跳，下山车速快，险些不团圆。"他说下午在翻越"昆仑第一关"——海拔2900米的库地达坂时，与地方师傅比赛"跑得快"，差点滚了蛋蛋，这个时辰心还在跳哩。

六班长付前银说："我的拖车钩尖尖，六只轮胎圆圆，不是我们跑昆仑，哪有边民团圆圆。"大家齐喝"好诗"。

三班长胡文华说："汽车绿莹莹，月儿明亮亮，米饭白晶晶，'月饼'金黄黄。"胡班长是触景生情，看着苞谷面的"月饼"，想起家乡的大米饭了。

只是二班长宋庭福一直高兴不起来，战友们多次"警告"他，再不出节目就灌他一壶"昆仑矿泉水",无奈之下,宋班长腼腆地断断续续说:"侄儿的小鸡鸡——尖尖。嫂子的大奶子——圆圆。要不是兄嫂拉扯大,哪有我开车跑高原。"长嫂当娘,这位靠嫂子拉扯大的战友说话时,眼里闪着泪花。

江津籍战友吴汉祥说:"明月照西天,勇士握盘盘,昆仑何所惧,跑个团团转。"这个城市兵在大发感慨,大抒豪情哟。

战友们的情绪被调动起来,有望月思乡、思亲的诗句:"昆仑山峰尖又尖,十五的月儿圆又圆。游子昆仑献忠诚,一家不圆万家圆。"有望月思念女友、赞美爱情的诗句:"吴刚的斧头尖又尖,嫦娥的脸儿圆又圆,吴刚不及我勇猛,嫦娥不及恋人艳。"排长夏德新说:"车厢当床天作被,月亮看着我入睡,蜷着身子入梦境,我的媛媛好靓丽。"此刻他想起在湖北沙市教书的恋人媛媛来了。战友们激情诵诗的声音惊动了查哨的教员赵进超,这位1968年从安徽农村入伍的干部虽有墨水,但没对象,此时此刻他的心里更是五味杂陈,便文绉绉地朗诵:"明月何皎皎,照我罗床帏。忧愁不能寐,揽衣起徘徊。客行虽云乐,不如早旋归。出户独彷徨,愁思当告谁?引领还入房,泪下沾衣裳。"我们问他这是哪个朝代的诗,他含着泪花说是东汉时期的,诗名叫《明月何皎皎》。几个回合下来,战友们吐出来的诗句有高雅抒情的,也有无聊胡诌的;有笑得肚子疼的,也有思亲伤感流泪的。不觉几个时辰过去,月亮便被我们"赏"下山去,一盆"月饼"早已"赏"个精光。

战友们在情感宣泄之后,不觉寒气袭人,各自急忙钻进"解放宾馆"入睡,做起香甜的团圆梦来。

(六)班公湖沐浴

班公湖(班公措),又称"措木昂拉仁波"(藏语为"长脖子天鹅"),位于阿里地区日土县城西北约12千米,呈东西走向,平均海拔4400米,全湖面积为604平方千米,平均水深5米,最深为41米。湖水一分为二的东淡西咸,印度控制湖区全是咸水,我国控制湖区全是淡水,清澈见底的湖水是鱼的海洋,鸟的天堂。同时,驻防有我军的"西海舰队"。

每年藏历7月6日至12日是藏族民间的传统节日"沐浴节",藏语意为"嘎玛日吉"。据说在很久以前的一个秋天,西藏曾发生过一场瘟疫。为解救众生，观音菩萨派七仙女取来神水倒入一条河中，并托梦给人们，到河里洗浴可驱除瘟疫并强身健体。从此，每年藏民们在这水温较高的 7 月到河里沐浴，后来演变为沐浴节。

7 月 9 日沐浴节，车队行至湖边小憩，连长招呼各车把压缩饼干和罐头集中起来席地午餐，大兵们围聚一起边吃边闹，忽然连长说哪来一股骚臭味？大伙伸出穿着解放鞋的臭脚说就是这个东西的味儿。这下放开了调侃闸门，有人说是身上的汗臭味，有人说是屁股没擦干净的屎尿臭味，有人说是"跑马"后的荷尔蒙骚味，还有人说是从牙缝里肠胃里冒出的酸臭味……在大伙争相揭臭之际，指导员说，这就是雪域高原特有的男人味！

连长见状，看看路边清澈的湖水，下令脱光衣服下湖洗"味"。

霎时，湖水中一群雄性裸体在紫外线强烈的辐射下，放射出一团团火焰。

洗得正欢时，指导员调侃地招呼快洗快上岸，大伙赶紧上岸穿衣。几十年过去，几位战友仍以在班公湖洗过澡而自豪。

（七）老兵"嗜青"

离尘世最远，离天堂最近的神仙湾哨所海拔 5380 米，是中国地理位置最高的哨所，哨所百里之内白雪皑皑，寸草不生，官兵们以哨所为家，在三年服役期内无特殊情况不会下山，在"神仙"的庇佑下为国站岗守卡。为此，每当党和国家最高领导人飞越上空时都会致电慰问，以示党和人民的关怀。

1976 年秋，接神仙湾退伍老兵下山，车至叶城停车小憩，见得一位老兵嘴里嚼青草，嘴角流着绿涎，抱着一棵白杨号啕大哭。问及哭啥？老兵哽咽着说，我的家乡无锡四季常青，来山上守卡三年，连根青草都没看见，只是在梦里常见家乡的花花草草，下山见得树木，嗅得青草芳香，就无比激动，情不自禁地吃起草来……

看着老兵紫铜色的脸庞，豁裂的嘴唇和那 10 个凹瘪的指甲，我想起刘伯承元帅的讲话："能在西藏驻扎下去的，已经不是人，而是一群灵与肉铸就的钢筋水泥！"

只有用"钢筋水泥"铸就铜墙铁壁，才能使疆域永固。

（八）"转山"昆仑

荆楚儿女，与屈原同源，相传乃高阳后裔，为远古昆仑民族。我乃昆仑子民，有缘回归万山之祖昆仑山的怀抱，几十年如一日地转山不止，是为虔诚众生。

当我驾驶汽车转完川藏线上21座大山，新藏线上5座达坂后，仍觉此生不够圆满，还要去转青藏线5068米高的唐古拉山。2012年7月，我与阿里军分区原政委麻富省、西安陆军学院乌鲁木齐分院原副政委廖石东一行3人，从西宁乘火车经唐古拉山到达拉萨，实现了此生转完进藏3条（川藏、新藏、青藏）主线的夙愿。

十多年前，我带领医疗队去札达县执行卫勤保障任务，用半天空余时间朝拜心仪许久的"冈仁波齐"圣山，行进百多千米，因山洪毁路而止步，遗憾的是，只能在望远镜里眺望这座神山，看到一道冰槽像天梯通向金字塔形的峰冠。

"冈仁波齐"在藏语中意为"神灵之山"，在梵文中意为"湿婆的天堂"，雍仲本教发源于此。海拔6656米的冈仁波齐，峰顶终年积雪覆盖，融化的雪水分东西南北四大河流流向远方。流向东方为"当却藏布马泉河"，绿宝石丰富，饮此水者如朗驹般强壮；流向南方为"马甲藏布孔雀河"，银沙丰富，饮此水者如孔雀般美丽；流向西方为"朗钦藏布象泉河"，下游为恒河，金矿丰富，饮此水者壮如大象；流向北方为森格"藏布狮泉河"，下游为印度河，钻石矿藏丰富，饮此水者勇如雄狮。狮泉河为阿里地区党政军所在地，如雄狮盘踞阿里高原，守望着华夏大地。

冈仁波齐被教徒们认为是世界中心，是法力最大、地位最高的湿婆居住地。上千年来，往返于此地朝圣者和探险家络绎不绝，时至今日，藏族人对山的崇拜与敬仰仍然深入灵魂，对于转山者而言，少了以前对统治者的服从，单纯成为一种消孽祈福的宗教方式。信奉转冈仁波齐神山一圈可洗尽罪恶，转百圈此生便可成佛升天。如在佛祖释迦牟尼诞生的马年转山一圈，则可积累相当于其他年份转山13圈的功德。因此每逢马年，神山脚下远道而来的转山信徒接踵而至，穿戴护膝和厚厚的手套，以磕等身长头的行为转山，各自怀着虔诚的心意来净化心灵。

我在汽车部队"转山"15年，安全行车50多万千米，相当于转昆仑山200多圈。在风雪高原上，忍受高寒缺氧，心室增大，肌肉酸痛，嘴裂甲凹等艰苦磨难，每月领着一二十块钱津贴，虔诚地转山不止。在朝圣路上，用轮辙伴随着无数转山者的足迹，将自己融入一个转动的世界中，带着天地玄黄的独特气场，给我以信仰和力量，把对祖国对人民的忠诚发挥到极致。

我感觉，亘古旷大的巍巍昆仑，有着禅境般的静美空灵，也有让人忧愁的寂寞和虚空。但只要踏足西藏佛境，远望茫茫雪原，头顶蓝天，脚踩祥云，就会自然而然地进入洗礼状态而心无邪念。

所以，长期在高原的修行者，修炼出"活菩萨"——"神医一把刀"的西藏军区总医院院长李素芝，新时期共产党员的楷模、阿里地委书记孔繁森，第39届国际南丁格尔奖、全国三八红旗标兵、三十里营房医疗站护士长姜云燕。他们修行在高原，被藏族同胞尊称为"昆仑之神"。碟布林兵站炊事班长多吉次珠，在军营中练就一手烹饪绝技，讲得一口普通话、河南话、甘肃话、新疆白客话。退伍后历任阿里行署副专员、拉萨市市长、西藏自治区政府副主席。被誉为高原雄鹰的阿里地委组织部部长洛美久美，在高原建功立业，擢升为西藏自治区政协副主席。

星云大师佛诫：私心乃罪恶之源。以此推理，私心的极度膨胀就是罪恶。近年来关在笼子里的大小老虎，皆为私欲贪婪被囚。我扫视一圈"老虎"活动区域，唯有西藏高原佛教圣地的"老虎"相对较少，说明人性在艰苦环境里，在佛音绕梁之地是可以升华的。

乐山者仁。几十年来我以虔诚之心转山昆仑，相继又转山于天山，每日门窗敞开，巍峨天山映入眼帘，下得楼去，转山于麓路野径，高山给我胸怀，云朵洁净欲望，曲径修炼身心，松柏塑我脊梁。

（九）怀念战友

雪月之中，欢迎欢送新老战友的锣鼓声擂得震天响，这一年一度送老迎新的锣鼓声，伴随着老兵的留恋之情和新兵的满腔激情，震撼着边城，也震撼在我心里。

五十多年前的今天，伴随着震天的锣鼓声，我与五百多名战友从荆楚大地走进军营，走上川藏运输线和阿里高原。半个世纪过去，战友们已至古稀之年，好些战友因病相继离去，健在的也大多是满额沟沟，在头上刷上"黑油漆"来粉饰自己。高原的恩赐过早地给这些水乡男儿烙上了岁月的印记。

　　印记是人生悲壮旅途的标志，而且印记越深，记忆越是清晰。大概普通人都是这样，一方面用儿女来复印自己，另一方面靠记忆来还原自己。在震天的锣鼓声中，记忆的闸门缓缓打开……

川藏习武

　　1970年11月28日，我们503名新兵，告别亲人，在公安县斗市镇市民热烈欢送的锣鼓声中，登上了"东方红"33号大客轮，轮船溯江而上，三天后把我们送到山川秀美的天府之国。在这艘毛主席当年视察大江南北坐过的大轮船上，我们满怀激情和憧憬，表决心、背"语录"、演节目、赏风景，把离别亲人的愁绪忘得一干二净。

　　新兵训练是在四川大邑县的安仁中学开始的，因为我们是这个刚组建的汽车第11团首批新兵，为打牢基础，训练格外严厉，部队利用"刘文彩"这个反面教材，开展忆苦思甜活动，极大激发了报效祖国、献身国防的训练热情。3个月后，我们打牢了思想基础和军事素质，基本上完成了由老百姓向军人的转变。

　　我们团部在雅安的周公山下，新组建的部队没有营房，新津县、邛崃县、成都簇桥和西藏昌都驻有所属连队，在部队这所大学校里，我们学开车、学修车、学专工，一年以后，大部分只有小学和初中文化甚至没有文化的战友们，凭着勤学苦练，掌握了所学专业，好些战友第二年就能单独开车进西藏。

　　号称"西部奇路"的川藏公路以高、险、滑闻名于世，在全长3176千米的里程中，要翻越21座海拔4000米以上的雪山和14条冰河险滩，雪崩、塌方、山洪、泥石流等自然灾害防不胜防，所以在南北线上就有一道道令人毛骨悚然的"名胜古迹"，像天全县内的"飞仙关"、二郎山上的"鬼招手"、折多山上的"勾魂弯"、雀儿山上的"断头崖"、然乌沟内的"死人沟"等，跑在这条"奇路"上的几个汽车团，每年因车况、路况和驾驶技术出事牺牲的就有一二十人。我和我的战友们就是在这条"奇路"上开着苏式"古尔"

和老解放车，练就了一手好车技，每月拿着六七元钱的津贴，吃着半生不熟的米饭面条，承受着冻、饿和吃不饱氧气的折磨，为驻藏部队和藏族同胞送去数以万吨的生活物资，缓解了西藏军民因当时的自然条件和社会原因造成的物资紧缺困难。

昆仑建功

中央军委一道调令，我们于1973年3月整团调防托克逊县，没有营房，所属连队分散在焉耆、喀什等地，1976年迁至库车，从此才有了固定营房。在进疆后的几十年里，我们年复一年地奔驰在风沙弥漫的天山南北、高寒缺氧的昆仑之巅。

蜿蜒在平均海拔4500米的喀喇昆仑新藏线，堪称世界上最高的"冰山公路"，在这条冰道上，我们常年以车当床，蓝天做被。啃着苞谷馍，迎着暴风雪，口渴之时，口含冰块当甘露，缺氧头痛发作，毛巾捆紧大脑壳，我们高唱着汽车兵的奉献交响曲，把成千上万吨货物送往中印边界的什布骑，中尼边界的普兰，中巴边界的红其拉甫……陪伴我们奉献的还有从家乡随军来队的几十名军嫂，这些当年在公安农村的"穆桂英"，在家属工厂织地毯、织手套、做蜡烛、做粉笔、压面条、盖房子，吃过不少苦头，每月才挣30元钱，她们还要带孩子、种菜园，在支持丈夫跑昆仑的同时，把心思也牵挂在千里运输线上，王培荣等8名战友出国援建巴基斯坦三年，成为光荣的国际主义战士。

我们在千里运输线上，把驻地当故乡，视人民为父母，抢险救灾，扶贫帮困，库车县"双拥模范县"有我们的汗水，享誉全国的叶城养路总段"204道班"军民共建活动有我们的心血，是我们钢铁般的意志铸就被原总政治部表彰的"喀喇昆仑钢铁运输团"。我们成长在千里运输线上，有320多人入党，32人提干，20多人转志愿兵，400多人次立功受奖，其中有11人担任过师团职领导，李昌明、陈德元曾先后担任过该团团长。1985年军队大裁军，两支汽车部队合而为一，裁掉了我们部队的序列番号，战友们服从命令退伍转业。依依不舍地脱下军装告别军营，虽然现存的团史上少有他们的名字，部队的新营房使他们陌生，但有巍巍昆仑作证：我们这批兵在新藏线的二三十年中对党忠诚，对民诚心，为军队的现代化建设和新疆社会稳定作出了突出贡献。

荆楚立业

"铁打的营盘流水的兵",40年的历程,40年的洗礼,其间,退伍转业的400多名战友,在家乡娶妻生子,成家立业,成为一支建设家乡的运输骨干,驾车奔驰在富庶的荆楚大地,好些战友安全行车逾百万千米,有的战友在公路、交通、公安、电力和银行等部门任职,他们发扬军队的传统作风,为家乡的经济发展贡献力量。现在,战友们都已赋闲在家,含饴弄孙,享受着快乐的老年生活。

跑世界屋脊的司机是世界上技术最好的司机,没吃饱过氧气的人是世界上最能吃苦的人,我们把青春年华献给了喀喇昆仑,虽然没有享受到高原人的"高待遇",但会因拥有悲壮的人生而自豪,我们留下的脚印虽被冰雪覆盖,但永远会与昆仑同在。

浮躁的社会,浮躁的心态,人们往往容易健忘,似乎在狼烟四起时,才想起打狼人;在生命财产受到威胁时,才想起雷锋。可我相信,军人的功绩在历史长河中是不会磨灭的。我作为500多名最后脱下军装的老兵之一,概略地还原40年军旅历程,以表达对在川藏线和新藏线上牺牲的战友和健在战友们的深情怀念。

八、八年老兵

刚参军时,军队服役年限为普通兵3年,技术兵5年,服役期内为新兵,服役期满为老兵。我一干8年,超期服役3年,自然称为"老兵"了。

我军自成立以来,官兵服装基本一致,在未实行军衔制时,军官与士兵区别仅是军装下多摆两个口袋,便于学习装书本。

部队曾经流行:"不想当将军的士兵不是好士兵。"

这其实是忽悠人的大白话。据我切身体会和几十年与兵相处,战士们都是怀着报效祖国,锻炼提高素质来到军营的。即使有入党提干、学门技术的动机也不为过。至于当将军,有谁想过?电影《陆战之王》把兵的职责概括为"听从指挥、冲锋在前、严格训练、牢记使命",四句话16个字,这就是士兵的使命。

"我是一个兵,来自老百姓。"

1970年11月,我穿上军装成为高原汽车兵,便开始由新兵到老兵的历练,在"方向盘"上度过了8年"兵"的生活。

20世纪70年代的高原汽车兵,面对汽车装备差、公路质量差、生活条件差的"三差"状况,靠的是理想信念的支撑、保卫祖国的坚强意志、无私奉献的思想境界,在千难万险中年复一年完成高原运输任务。

汽车装备差。

我们汽车团于1969年组建,接手的全是西昌运输公司等地方单位的"老爷车"。我所在的司机训练队,26台教练车,均是苏式"吉尔"151型载重车,传说长春第一汽车制造厂生产的"解放牌"汽车,就是照这模子制造的。我学车和实习开的就是"吉尔车"。"吉尔车"老旧失修,因缺配件而时常趴窝,跑在路上除喇叭不响外,浑身都像"鸡儿车"(一种木制手推车)吱吱地响,因此将"吉尔车"戏称为"鸡儿车"。调防新疆,教练车又换成嘎斯63型卡车,此车载量小,重心高,底盘轻。便有"嘎斯63,拐弯就翻"的提醒。此车属液压制动,常因空气进入液压泵导致刹车失灵发生事故。

公路质量差。

全程2146千米的川藏公路(318国道),1179千米的新藏公路(219国道),由于特殊的地理环境和气候条件,泥石流、塌方、水毁、雪崩等灾害时常发生而中断通行,经过道班工人用原始的铁锹、十字镐等工具抢修,形成勉强通行的"便道"。所以川藏公路以"险、滑、奇"闻名天下,新藏公路则以"海拔高、氧气少、风雪大、搓板路"而令人生畏。破车烂路,不是把人吓破胆,就是把人颠散架。开一路车修一路车,既是驾驶员又是修理工。大到拆装发动机换轴承、换变速箱轨道、离合器分离盘、轮毂半轴,小到更换横直拉杆、前后钢板、焊水箱、修打气泵等。汽车抛锚在荒无人烟的烂路上,全凭司机自己抢修救急。所以,高原汽车兵过硬的开车修车本领,在全军同行中独领风骚。

生活条件差。

20世纪70年代,军人每天伙食费为4角5分钱,还要扣留5分钱用于节假日会餐。4角钱管3顿饭,生活艰苦可想而知。那个年代没有高压锅,高原缺氧,烧水60℃就开,吃的全是夹生饭、夹生面条和脱水菜。进疆后主食结构发生变化，供应30%大米，70%杂粮（麦面、玉米面、高粱面）。30%的大米被南方籍干部家属购买，装进肚里的米粒就稀罕了。我的区队长杨本贵，是吃惯了大米的江苏溧水人，他的身份不便抢米饭，给我买个能盛三四斤米饭的大瓷碗，指使我每遇吃米饭时，严严实实抢满一大碗，尔后用开水泡着吃，也能凑合两三天。

司训队伙食差，在全团出了名，一年培训两期学员，每期百多号人，一日三餐主食为发糕（玉米馍馍）加麦面馒头，喝的稀饭也是玉米糊糊，把人喝得直反胃。我的体质差，嘴巴刁，发誓一天不离开新疆，就一天不喝玉米糊糊，宁愿喝开水，用白开水当稀饭坚持了四年。感激胡锐祖、胡训祖两位同乡好友，他俩在当事务长期间，方便时，就喊我去打牙祭加点营养。有次饿得发慌，我与李昌明战友在胡锐祖的给养库房找得一把红薯粉条，用洗脸盆泡发后加点盐巴煮着吃，哪知粉条发头大，吃掉一盆又发涨成一盆，既怕浪费，更怕被领导发现，连续偷偷地吃了五天没有油水的粉条。这反胃的粉条，成为我几十年来拒食的魔咒。同乡战友张孟才，在托克逊县团招待所听胡志美战友讲，昨天瘟死一头猪埋了，我们当即挖出来砍掉四只腿，带回焉耆县二连烹食，几天后，连队十多头猪染瘟疫相继病死，全连吃了好一阵子瘟猪肉。几十年后，老张泄密于我，说当时如果连队首长知道，必是受到严厉处分。

我当兵前为公社财税人员，每月领取37.5元的工资。来到部队，第一年每月6元，第二年7元，第三年8元，第四年10元，第五年15元，第六年20元，第七年26元，第八年32元。

新疆属于艰苦地区，在此基础上每年递增"风沙补贴"3元。我在当第八年兵时提干，行政23级，工资由每月32元增至52元，经过8年煎熬，超过当兵前的工资。

那个年代条件虽然艰苦，拿着少得可怜的津贴，但是谁都没有怨言。战友们非常节俭，每月除买信封信纸、牙膏肥皂等日用品外，还存上几块钱接济家用。

诚然，艰苦的生活环境很考验人，特别是对于吃不饱米饭的公安籍士兵，更是个严峻的考验。好些文化程度较高，开车修车技术好的战友，熬不住这艰苦岁月，依仗有门技术回家乡好找工作的优势，过早地要求退伍回到家乡。

同村战友颜家禄，南平中学毕业，在修理连练得一手修车好技术，硬是要求退伍回公安。我也因 1975 年前后，松桃公社财经主任汪国和几次来信，建议我退伍回去开车，或是推荐上工农兵大学。当时我在司训队是培养的提干对象，代理区队长、教员的部分工作。在踟蹰几年后，由班长提升为司训队区队长（排长），军装下多摆了两个兜。

（一）八年事略

在 8 年当兵历程中，我经历了惊天动地的变故，虽为士兵，但烙印尤深。

1971 年 7 月，在司训队半年工作总结时，我被评为"五好战士"（即政治思想好、军事技术好、三八作风好、完成任务好、锻炼身体好）。那个时期士兵把争当"五好战士"视为最大光荣。1971 年 10 月，全军终止"四好连队、五好战士"的评比活动。

1973 年 6 月 23 日，在新疆托克逊县汽车第 11 团司训队，由区队长杨本贵（江苏溧水人）、教员刘天明（重庆市人）介绍加入中国共产党。

当兵之人，把加入党的组织，成为一名党员作为追求。部队是培养人锻炼人的大学校，入党比起地方相对容易。那个时代，共产党员牌子硬、很荣耀。

入党重在表现，要争做好人好事。争先恐后打扫厕所、猪圈、车场、饭堂卫生，双休日帮厨，打猪草、挑粪种菜这些活儿抢着干，才能在连队百十战友中"出彩"。我年少力单，因贪睡抢不到扫帚，江班长看见心急，去猪圈找了个扫帚塞在我的枕头下，屎尿骚味熏得我难以入睡，只好迷迷糊糊地早起拿起扫帚，抢先把连队卫生打扫干净。江班长的瞎糊弄，使我掌握了使用扫帚的主动权，由被动变主动，后进变先进，两年半后光荣地入了党。

其实，不怕脏，不怕苦，多做些好事，既是人性的要求，也是党性修养的积淀。光阴荏苒，一晃光荣在党 50 年了，我仍然坚守着初心。

1975 年 8 月，我以杨波笔名在原兰州军区《战胜报》发表处女作《学习洛桑丹增，要豁出来干革命》，拙文变铅字，激发出我自学写作的欲望，尔后自学《新闻与写作》教材，为今天能写点"豆腐块"奠定了基础。

1976 年 1 月，探亲归队，乘坐本团 7 连油罐车，行至库尔勒至轮台县策达雅路段，实习驾驶员尼亚孜避让路障，一把方向将车六轮朝天翻在4米高的路基下，幸好有罐体支撑，油未泄漏，除衣服被电瓶液烧得千疮百孔外，未受皮肉之伤。这是我在军旅生涯中遭遇唯一的翻车事故。

1976年7月28日3时42分，在中国河北省唐山市一带发生7.8级强烈地震。我们参与向灾区捐款捐物、向抗震救灾部队学习的活动。

1976年，周恩来总理、朱德委员长、毛泽东主席三位伟人相继逝世。

1977年10月12日，国务院正式宣布全国恢复高考，我等与此无缘。

1978年12月18—22日，在北京召开中国共产党第十一届中央委员会第三次全体会议。全会中心议题是讨论把全党的工作重点转移到社会主义现代化建设上来。

人生经历的这个8年，是国家天翻地覆的8年，也是我"经风雨、见世面"的8年。作为一名士兵，在特殊年代艰苦的环境里接受锻炼与考验。这种考验，对农村出来的青年人而言，需要"朴实"的信仰支撑，这种"朴实"表现在服从组织安排（听话），脚踏实地干好工作（吃苦），勤奋好学（上进）。正因为坚守这种"朴实"，才能夯实人生基座，在复杂的环境中不迷失方向，在磨砺中进步成长。

（二）仕途漫记

20世纪70年代，总部规定，军官家属随军条件，内地与边疆艰苦地区有差别。内地军官须正连以上职务方可随军，为照顾艰苦地区工作的军官，新疆副连职以上军官家属可以随军。我团调防新疆后，一下有近百名家属随军来到部队。我够家属随军条件，1980年2月，同乡战友向彬、雷永全从公安县带我爱人刘连玉、女儿杨柳（7个月大）来新疆库车县随军。家属随军，有利于解除干部后顾之忧，提升部队战斗力，但又因难以安排家属工作而犯愁。

团长姚宗信（河南淅川人）、政委宛尔立（河南襄城人），急干部之所需，千方百计解决干部家属就业，先后办起了军人服务社、幼儿园、家属工厂，将随军家属全部安置就业。

（三）厂长手记

1979年8月，我刚提升为司训队副指导员。不久，不知被团里哪位领导看中，调我到家属工厂任副厂长，厂长谢光仁（四川人）、副厂长胡锐祖（湖北公安人）。工作一年半后，调至汽车修理连任政治指导员。1983年，家属工厂领导调整，我梅开二度，又调回家属工厂任厂长（命令为组织股副营职干事，组织股长甘永勤，湖北公安县人。后改任后勤处政治协理员，处长为毛金峰，河南鹤壁人）。

二次任职厂长后，我总结经验教训，大刀阔斧地开展"抓教育、抓制度、抓立项、抓核算、抓营销"的"五抓"活动，使家属工厂起死回生。

抓教育

我部近百名随军家属分别来自四川、湖北、湖南、江苏、安徽、河南、陕西、山东、新疆等十多个省份，她们中，有些原是大队妇女主任、铁姑娘队长、共产党员，囿于不同地域不同文化，讲着各自方言，讲究不同习俗，乡土观念狭隘，近百张嘴聚在一起，成为惹是生非的"婆娘吵架厂"。教育引导她们要讲团结，告诉她们，随军目的是支持丈夫工作。组织家属学讲普通话，学公共礼仪，学少数民族日常用语，教育她们遵守兄弟民族习惯和宗教禁忌。统一定制厂服，学做市民打扮，逐渐改变"土形象"、稀释"土腥味"。努力提升家属们的综合素质，引导她们由农民向市民转变。

抓制度

成立临时党支部，制定党员管理和学习制度、上下班考勤制度、生产安全责任承包制度、产品合格检验制度、先进个人和五好家庭评比制度、责任事故处理制度等。使其做到有章可循，人人都在管理中，使工厂生产走向正轨。

抓立项

针对家属文化程度不高和市场需求，确立创办一些手工业为主的经营项目。由生产蜡烛、手套、地毯、粉笔、豆腐、挂面、加工果脯等项目，扩展到修建部队平房，开挖管道沟渠。肥水不流外人田，团里所有基建维修只要家属能干的，全由工厂承包。既解决了家属就业难题，又为团里节省开支。

抓成本核算

我自学《怎样当好厂长》等专业书籍，与会计、出纳就原材料购进、运费、人工工资、水电费开支、税收等环节，分类核算，再与库车县物价局审定产品出厂价格。为降低生产成本，我带领士兵到天山深处的石膏矿打眼放炮，将矿石运回后由家属装窑烧熟，粉碎过筛后成为生产粉笔和石膏板原料，极大地节约了生产成本，提高了经济效益。

抓营销

生产的产品要有市场，卖出钱后才能发出工资（人均工资每月30元）。我背上产品，到南疆一些矿区推销手套、蜡烛，到学校推销粉笔，到餐馆推销豆腐、挂面，送货上门，生产产品无滞销，两年创利18万元。

"五抓"之法，使家属工厂走向正规化，尔后以"中国人民解放军36311部队日用化工厂"冠名，在库车县工商局注册落户。县劳动局解决招工名额，将家属相继招工为全民所有制和大集体工人。这些举措，充分调动出家属们的工作热情，她们在业余时间开荒种菜，养鸡养兔，在勤俭持家中提升生活质量，有力地支持丈夫跑昆仑，为部队圆满完成边防运输任务做出了贡献。

团党委高度重视家属工厂建设，解决随军家属就业的事迹，被新疆军区后勤部树为榜样，我也荣立三等功。

离任后，同乡战友陈士其、杨光明先后接力任厂长，使日用化工厂得到新的发展。

（四）"计划生育"那些事

1982年12月写入宪法的"计划生育"政策，提倡有计划地晚婚、晚育、少生、优生，成为中华人民共和国的一项基本国策。

家属工厂七八十个女工，处在生育高峰期，成为团里计划生育工作管控重点。如何落实计生要求，不发生超生现象，在一票否决制下，我这个厂长背着巨大压力。

在团计划生育承包责任制的签约会议上，我与政治处阮主任发生争论。担心管控难度大，责任难落实，万一哪个不怕死的婆娘挺起肚子超生个娃，我的饭碗就砸了，所以死活不签责任承包书。反复陈述计划生育要以男方为主，他们是有思想有觉悟的干部，违反政策也好处理。阮主任强调娃是女人生的，她们有单位有组织有管理制度，违犯政策同样有据处理。争论半天，我撂出狠话：既然家属白天在工厂上班，我就管白天。干部回家是你们准的假，由你们负责管控……

这些来自农村的女人，对待"计划生育"工作抵触情绪大，说生个娃都要管，还不如不随军。有些女人生了两个女娃，坚决要生个男娃为军人传宗接代。

如何落实团里制定的"计划生育"措施，我请阮主任到工厂参加讨论，让他听听群众意见。这些农村妇女随军不久，带着乡村的"野性"，说话胆子大，像竹筒倒黄豆那样干净利索："要结扎去结扎男人，都是他们搞的事。我们要上班，要养鸡种菜，还要管好几个娃儿，结扎了没力气干活，谁来管这个家？"

"听说结扎伤元气，长期吃避孕药使人长胖或长瘦。不结扎吧，一年要刮几次宫，上次刮后大出血，差点要了命……"

"我家男人跑昆仑一去二十多天，下山回家后，管你什么危险期、安全期的，折腾几天后又上山，女人有啥办法？"

"卫生队结扎技术差，把我肚皮戳个大洞洞，那个织地毯的金花结扎后又怀上了，顶个屁用！"

讨论热闹，让人既生气又好笑，但都是些大实话。气归气，落实"计划生育"措施是头等大事。我发动群众，通过不同场合反复讲大小道理。

"如果你们丈夫不当干部，你们就不会随军，不随军仍然在农村拖儿带女当农民；国家还很穷，人口发展快，国穷家也穷啊！再说男人结扎了像只'阉鸡'，怎么带车跑昆仑！"

春风化雨，经过一段时间思想斗争，思想认识得到提高，结合团里制定的计生措施和工厂管理制度，以班组承包形式，全部家属签定了计划生育责任书。

半年后，有几位家属透露，一位女工请假一年后上班，人长得白胖白胖的，两个奶子也大了，背着人撸起上衣擦奶水呢。怀疑她是"超生游击队员"，一时间闹得我好紧张。团领导找她男人谈话，她男人死不认账，函调无结果，只好年底安排干部转业了事。

家属中不乏计划生育积极分子，起到很好的示范带头作用。

我家邻居谷营长，四川广安人，爱人张嫂常与我们两口子摆龙门阵，自称是我老乡，祖上是光绪年间从湖北麻城"填"四川来的。问她怎么这样晚才随军，张嫂说："老谷父亲早亡，母亲偏瘫在床，全凭我和小姑子照顾老人和两个娃儿，日子过得很苦。前年老谷探家，又整出个老三，没有你们这样安逸。

"为改变苦日子，听人指点养了头母猪。不怕厂长笑话，我看母猪发情了，赶紧与小姑子牵着母猪去配种，新母猪不配合，还张着拱嘴咬人，把我急得冒汗，生怕3块钱的配种费白搭了。性急之下喊小姑子，我在前头抱住母猪头，让她在后面拉着猪尾，羞得未婚的小姑子满脸通红，迟迟不肯下手。我说你再不下手，3个娃儿就要饿死了。不知是她心疼侄儿还是可怜我命苦，折腾半天总算配种成功了。"

"母猪头窝下了8个崽，130天后又下了15个崽，每个崽8斤大小出售，两块钱1斤，1年收入两三百元，人是辛苦，可日子好起来了。去年婆婆过世，我才带着3个娃儿随军来队。"

张嫂说："'计划生育'政策，我坚决拥护，也要为老乡厂长争光，等老谷下山了，我就去结扎，不然老谷还要整出娃儿的。弄得不好，我们全家还得回去喂母猪，好害怕哟。"

由于加强干部与家属的双向管理，采取各种避孕措施，家属工厂无人超生违纪，被评为"计划生育工作先进单位"，我也平安渡过"危险期"。

（五）修理连指导员

在两任家属工厂厂长期间，我于1981年至1982年任职汽车修理连指导员，连长白拴明（陕西岐山人）。

汽车团编有司训队、修理连两个保障连队。司训队负责培训驾驶员，修理连负责抢修车辆，以提升汽车部队战斗力（保障力）。

修理连兵员最多，专业技术密集，编制五个排。一排为精工排，有车工、钳工、锻工、磨铣工、铸造工等工种。二排为配制排，有电工、焊工、木工、镀铬、缝纫、油漆工等工种。三排四排为修理排。五排为教学排，为其他工种培训技术力量。

在连长白拴明（曾与三任指导员共事，管理连队严格，军事素质好，作风正派）和全连官兵努力下，我们狠抓专业技术创新和原材料节约，做到小修车辆随到随修，大修车一周完修，保障全团 400 多台车的完好率。在孟庆和、赵国轩技术员的带领下，连队涌现出一批技术革新能手和器材节约标兵，先后有刘宗万（四川江津人）、汪泽金（湖北公安县人）、车兴平（四川平武县人）三位志愿兵荣立二等功。我在做好指导员（党支部书记）工作的同时，见习了一些汽车修理技术。

连队是军队最基层的战斗单元，集思想教育、军事训练、兵员管理、生活保障于一体，既是士兵成长进步的摇篮，又是干部练功的基地。"猛将出自士卒"，连队主官的强弱，关系到军队建设的质量。我有幸在这个岗位上得到锻炼。

九、兵站岁月

1985 年，为贯彻落实把党和国家工作重点转移到社会主义现代化建设上来的精神，部队裁军 100 万，史称"百万大裁军"。

面临裁减之时，在李昌明团长、宛尔立政委和毛金峰处长的推荐运作下，1985 年 10 月，我调库车兵站任教导员。1986 年 9 月，原 31 分部组建汽车修理所，分部领导看中我汽车修理连任职履历，任命我到塔什店担任修理所教导员兼所长。不到一年时间，库车兵站因管理混乱，接待 500 名退伍老兵有一桌用"整鸡"伺候。"整鸡"惹怒老兵，老兵状告军区，我"梅开二度"调回库车兵站"灭火"。在前后 3 年时间里，我把库车兵站建成新疆军区和自治区接待新老兵工作的先进单位，荣立了三等功。1988 年"八一"恢复军衔制，被授予中校军衔。

1988 年 10 月，我接替魏世俊（甘肃酒泉人）政委，调库尔勒中心兵站任政委（副团级），先后与梅建业（河南潢川人）、青长鲜（陕西勉县人）两任站长共事，齐抓兵站系统的全面建设。

兵站，由中国古代驿站而来。早在商朝就有驿传制度，每隔30里设驿站，备有良马、固车，以传递情报运送物资。驿站在春秋战国时期得到发展，据《周礼》所载："凡国野之道，十里有庐，庐有饮食。三十里有宿，宿有路室，路室有委。五十里有市，市有候馆，候馆有积。"这便是古代兵站的雏形。

我军在建军初期就设有兵站。1932年，中国工农红军在中央革命根据地设立总兵站，后改为兵站部。兵站按所处地理位置和任务区分为基地兵站和野战兵站，分别实施物资器材的请领、粮秣油料的储存、补给和管理。基地兵站与地方民政部门有着密切的协作关系，共同完成接待兵员食宿等任务，野战兵站遂行部队机动保障。

"金戈铁马宿兵站，披星戴月迎君还。"库尔勒中心兵站位于古丝绸路上的西域第一关——铁门关，张骞、班超、玄奘、岑参、左宗棠、王震都在这里开辟疆土，收复河山。铁门关经千年不坍的"屯兵洞"，成为雄关驿站（兵站）古迹。中心兵站沿古丝绸之路，管辖库米什、轮台、库车、阿克苏、三岔口、喀什6个营级兵站，每个兵站都有可停放百辆汽车的停车场和加油站，担负着从乌鲁木齐至喀什2000多千米运输线上兵员食宿和油料加注任务。

为加强"小、散、远"单位管理，提升服务保障能力，我们重点抓好六项工作。

（一）为兵服务

观念转变是做好工作的前提，在川藏线、新藏线上跑车的日子，我们食宿在兵站，总觉得兵站克扣就餐标准，住着透风的房子，时常与兵站发生纠纷。到兵站工作，换了位置，由过去找兵站要饭吃到今天给过往部队供应饭吃，换位思考，将心比心，除深刻反思外，对兵站官兵、职工反复进行"为兵服务"的思想教育，牢固树立保障过往部队吃好、住好，是助力军区部队提升战斗力的根本任务，是我们责任所在。

（二）勤俭建站

如何提升兵站官兵、职工家属生活水平，不揩过往部队油水？采取多种堵漏开源之法。一是让就餐部队派人监厨，保证吃够标准。二是允许个人养鸡、养兔，做到自给有余。三是将菜地分到户种好菜，由到食堂拿菜到按面积平摊向食堂交菜，由"揩油"变为"供油"，提升了自给能力和过往部队生活质量。四是腌制小菜。我们将各种冬菜进行腌、酱、泡的科学腌制，品种要求在 15 种以上。这些精制的咸菜，既开胃节约，又方便储存，受到部队和军区领导赞扬，新疆军区后勤部在我站专门召开"小菜腌制现场会"，向全区部队推广"小菜"制作与储存工艺。

（三）军民鱼水情

南疆运输线地广人稀，在荒无人烟的戈壁滩上，兵站作用极为重要。接待过往部队工作，受新疆军区和自治区人民政府的双重领导，搞好军民团结，建立"鱼水"关系是兵站工作的重中之重。

建立向地方政府的请示报告制度，共同担责完成接待任务。每逢几百上千人的兵员接待，地方政府积极配合，协调地方运输站，招待所保障人员食宿，且按人头每天补贴 1 元钱的食宿费。同时，地方领导看望、慰问部队，激发出官兵戍边守防的奉献精神。兵站发挥好桥梁纽带作用，每当人民群众遇有病患、灾情，或是粮棉运力困难时，我们及时协调车辆保障，做到急群众之所需。部队官兵转业安置，家属就业和子女上学等困难，地方政府予以优先解决。

在此工作期间，我与巴音郭楞蒙古自治州副州长马建国（回族，后任自治区人大常委会副主任）、库车县县长买买提明·扎克尔（后任自治区人民政府副主席）、阿克苏地委副书记黄昌元（后任自治区政协副主席）、轮台县委书记朱凯等地方领导，建立起密切的工作关系和个人友情，见证了民族干部对军队工作的大力支持和对子弟兵的关爱。

实践证明，凡是军民团结、民族团结融洽的地区，不但社会稳定、经济发展，干部成长进步也快。

（四）大火烧出的教训

"全则必缺、极则必反。"这个警句出自《吕氏春秋·博志》，形成"福兮祸所伏、祸兮福所倚"的逻辑规律。1989年建军节，分部举行所属部队篮球比赛。我们一个副团级别的篮球队，在青长鲜站长带队下，奋勇拼搏，竟然夺得冠军。当晚全站欢庆，唱歌跳舞，喝酒划拳，好不热闹。

乐至子时，油料员小张晕晕乎乎回加油站休息，一觉到天亮，忽然想起开机向高架罐输油，便迷迷瞪瞪跑到油泵房，合上电闸抽油。他没计算抽油时间，更没按规定爬上高架罐顶用油尺量油，一会儿，超量汽油从罐顶汩汩溢出，顺着管道流到泵房、管沟。当他闻到一股浓烈的汽油味时才回过神来，火速冲进泵房关闸，闸刀断开时产生的电流火花，引爆泵房混合气体，轰地一声将他反冲门外，瞬间火苗迅速从泵房燃烧至高架罐，又经管道沟向储油罐区燃烧，威胁着8个储油罐的安全。如果百多吨储油罐燃爆，库尔勒市半个城区将是一片火海。

火光冲天，分部部长胡富荣、市消防局长和消防中队消防车火速赶到现场，制定灭火方案，组织民众撤离，与烈火展开搏斗。风助火势，火助风威，高架罐腾起十几米高的火球，被水浇得越烧越旺，最后采用泡沫灭火剂，从地方石油公司等单位调来十多吨泡沫灭火剂，强行将高架罐覆盖封闭，经过两个多小时的扑救，才将大火全部扑灭。

这是一次严重的责任事故，火灾现场在新疆电视台播出后，在军内外产生严重影响。万幸是油罐没有燃爆，除加油员小张中度烧伤外，没有人员伤亡。年底，青长鲜站长申请转业地方工作。

在分部年终总终大会上，我以"乐极生悲酿事故，大火烧出三条教训"为题，深刻剖析事故原因。一是部队管理松懈，思想麻痹导致事故；二是骄傲自满、乐极生悲导致事故；三是加油站设计落后，隐藏事故苗头导致事故。20世纪六七十年代兵站所有加油站的设置，均是"泵房头上顶个罐，抽多抽少看不见，要知罐内油多少，爬到罐顶用尺探"。稍有不慎，便会油满溢出而生事故。

举一反三，沉痛的教训敲响警钟。随后，军区油料处对所属加油站进行技术改造，将泵房、油罐位置隔离，中间建有防火墙。坏事变好事，从此杜绝了类似事故。

（五）"能"从学习来

三十多岁，正是求知欲旺盛的黄金岁月。在兵站工作6年，我用3年时间系统学习了《辽宁刊授》党校"中国共产党党史""科学社会主义""哲学基本原理""政治经济学""政治学基础"五门课程；又用3年时间在职读完了南京政治学院的"政治学""马克思主义理论""新闻学""军队政治思想工作"四个本科。我在学习中找到方向，增长才干，把所学知识与工作实践科学结合，到分部系统和地方单位辅导党课和政治课，在报刊上发表作品，在工作环境中拓宽视野，在见多识广中博采众长，在服务保障中追求创新，在工作失误中吸取教训。

天道酬勤，我在中心兵站工作受到上级党委肯定。新疆军区后勤部在兵站召开"接待新老兵工作经验交流会""小菜腌制现场会"，连续两年被自治区人民政府和新疆军区评为"接待新老兵工作先进单位"。在中心兵站这个舞台上，我工作得心应手。

30年过去，弹指一挥间。南疆铁路的运行，高速公路的发展，极大地提升了战区兵力和物资的投送能力，兵站在军队现代化建设的进程中，职能相对弱化。

十、"卧槽马"

1991年8月，新疆军区原后勤部政委李彤将军（山东人）来兵站检查工作，征求我下步工作去向，是继续在分部系统工作还是想去首府乌鲁木齐？我率直回答，还是愿意在分部系统工作。

不久，分部杨水部长（河南孟津市人）打来电话找我谈话，见面时他正在分部招待所的石桌上与雷处长对弈，手里捏着"黑马"说：我把"卧槽马"一放，你就死定了。随即对我说：调令已到，任职36334部队政委，明天下午随我去岔子沟上任。你这二十年来像匹野马东跑西颠，这回要到天山深处去当"卧槽马",卧在那个鬼不下蛋的山沟里干出点名堂来。

巍峨天山,横卧西域,山南谓之南疆,山北谓之北疆。天山山脉经过百万年的风沙摧残和雪雨冲刷,形成高峻险陡而沟壑交错的复杂地貌。山峰雪线下,阳面是草场,阴面是森林。森林落处,便是高低走向的山间槽沟,这些槽沟纵横交错,沟沟通连,地图上不见标注,人们依状而名,称之为"岔子沟"。

20世纪60年代,中央根据我国战略位置的差异,为增强国防实力,提出"备战备荒为人民"、加强"三线建设"的号召。新疆地处"反修、防修"前哨阵地,利用天山屏障筑建战略物资储备仓库成为当务之急。于是,几支工程部队相继开进天山深处,经过好些年的"深挖洞",建成一栋栋隐蔽坚固的洞库。

有了洞库就需要部队管理守护,我接班廖石东(湖南衡山人)政委,成为岔子沟仓库的守库人。

(一)卧在岔子沟的"马队"

岔子沟只有一条公路与外界相通,距离县城80千米,偏僻的地理位置,封闭管理的军营,加之没有幼儿园和小学,也就没有随军家属,有人形容山沟的石头都是"公"的。官兵们除紧张完成物资收发、倒垛、警卫任务外,在"白天兵看兵,夜里看天数星星"的时光里,奉献着青春年华。

好在山沟风景独美,山峰上的皑皑白雪,山间茂密的松柏林带,山沟终年的潺潺流水,沟底翠绿的草原与蔬菜,3座哨所点缀其间,绘成一幅美丽画卷。我带领百多匹"骏马"卧在蓝天白云之下,青山绿水之间,用青春的活力打破山沟的沉寂。

(二)艰苦"铸魂"

锻造人的精神支柱谓之"铸魂"。一支部队要结合环境条件、兵员素质、传统作风以及战斗力的生成,强化训练,铸造出使命担当、敢打必胜的"军魂"。

在山沟任职6年，虽然有过马失前蹄，但"铸魂"之责，从未懈怠。

坚持对官兵进行艰苦奋斗的思想教育，打牢安心山沟的思想基础。每年请当年"深挖洞"的老英模、老领导回部队讲建库历史，走出去祭扫烈士陵墓，缅怀先烈，学习先辈乐于吃苦的奉献精神。树立标杆，学有榜样。开展向安心山沟20年、从战士成长为仓库主任的张桂富（新疆吉木萨尔人），一身正气、倾力部队建设的前任政委廖石东，业精于勤的仓库主任牛义来（河南睢县人），山沟"老黄牛"的管理处长李才秀（四川南江人），战士的贴心人、政治处主任雷晓元（湖南永州人）等先进人物学习，坚定官兵苦熬不白熬、苦中有作为的理想信念。

（三）改善部队生活

前任政委廖石东与我交班时讲：部队离县城远，买菜不方便，且花钱多，每天人均1.6元的伙食费根本不够吃，要学"南泥湾"，养猪、养羊、种菜。交给你1200只羊，40亩菜地，这就是仓库全部家底。这把铁锹是传家宝，送你带领官兵搞好农副业生产。

羊多肥多，施足有机肥的40多亩菜地，生长出的洋芋、莴笋、莲花白、花菜、豇豆、葫芦瓜等十几种蔬菜自给有余。连队、哨所还养鸡、养兔，满沟的野韭菜、蒲公英、野蘑菇、野苜蓿等山肴野蔌，丰富着部队的菜篮子。尤以鲜嫩味美的"清炖羊肉"香溢山沟，扬名天山。

在新疆生活半个世纪，我跑遍南北疆，人称"美食家"的我，尝遍各种品牌、各种食法的羊肉美味。

历史悠久的阿尔泰大尾羊，约有一千多年的历史，是福海县哈萨克族牧民经过千百年来辛勤培育而成的优良绵羊品种，大尾羊体形大、膏脂厚、味道美。

麦盖提县的刀郎羊（多浪羊），分布于喀什地区的麦盖提县、巴楚县一带，此羊用阿富汗瓦尔吉尔肥尾羊与当地土种羊杂交，经过近百年精心选育而成。羊体硕大，生长发育快，育肥性好，是一种肉脂兼得的优良品种，用此肉做出的"手抓肉"馋得死人。

巴尔楚克羊是喀什地区巴尔楚克城的优良地方品种，因耐盐碱、耐酷暑、耐干旱、肉质好且风味独特而名扬边城。

塔城地区的巴什拜羊生长在巴尔鲁克山区，裕民县是此羊的故乡，由巴什拜·雀拉克（塔城地区第一任行署专员）多年培育杂交而成，是一种瘦肉型的优良新品种，巴什拜羊称谓由此而来。2006年秋天，感谢塔城军分区王德高司令员（湖北钟祥市人），将此羊用"清炖""烤羊肉串""手抓肉""羊肉抓饭"等多种食法盛情款待。

乌鲁木齐豪华版的"馕坑烤肉""架子肉"，立体造型，肉色焦黄，香脆扑鼻，具有超强的视觉冲击力，能把刚踏进新疆门槛的客人一下子美翻。

喀什细嫩飘香的"羊羔肉"，和田老乡将羊肉经过盐巴、孜然、辣椒粉沫特殊腌制，在馕坑里烤熟的"馕坑肉"；巴音郭楞蒙古自治州尉犁县罗布人发明的"红柳烤肉"；阿克苏的特色美味"缸子肉"，将羊肉、胡萝卜或是卡玛古切成小块，撒上盐巴后装入搪瓷缸内放在火炉上煮熟，"缸子肉"清淡细嫩，肉汤鲜美；还有克孜勒苏自治州风味独特、不腻不膻、色香味俱全的"手抓肉"；吐鲁番的"烤全羊"，极其讲究色、香、味、型的制作工艺，是献给尊贵客人的极品。"烤全羊"食法极其讲究，由主客持刀，将羊头各个部位割下分给客人，口念与此相符的吉祥祝词，尔后举杯开席。

伊犁的"馕包肉"，将烤羊肉或是炒羊肉放在馕饼上，圆形图案凸显金黄色彩，肉饼兼备，彰显地域风味。特别是馕饼经过羊肉鲜汁的浸润，诱发出"馕"的"灵魂"。

其实，我对巴音布鲁克草原的活化石——黑头羊情有独钟，因我部散养的1200只羊就是这个品种。生活在巴音布鲁克大草原的黑头羊历史悠久，是新疆三个大尾羊品种之一，有高山草原"活化石"之美誉。它与焉耆马、中国美利奴羊、"高原坦克"之称的天山野牦牛并列为"草原四宝"，并被列为全国十三届冬运会专供食材。

我部散养的"黑头羊"，每天攀山越涧到两千多米高的青草丛中，那些梭梭草、兔蒿草、麦穗草和野燕麦为它们提供了丰富营养。羊肉性温，除补血温经、养肝明目外，对肠胃不适者尤为有效。我交代王医生，凡便泻者不给用药，交代炊事班长做点羊肉汤喝几碗就好。对内地来的客人，水土不服闹肚子者，建议旅途中多吃羊肉多喝汤，一路肠胃都健康。

每逢节假日或有客人进沟，宰上一只"黑山羊"，剥皮去内脏，不经水洗，剁块下锅，用"矿泉水"边炖边撒沫，待熟时放入盐巴、撒把葱花，清淡细嫩的"清炖羊肉"就上桌了。用山沟红柳枝穿上羊肉疙瘩，烧烤成羊肉串，或是爆炒成"孜然肉"，这种风味独特的美食，成了闻名遐迩的"库菜"。

汉人食肉用筷子，维吾尔兄弟食肉用刀具，他们腰部佩带的"腰刀"，相当于筷子的功能。在民族餐厅就餐，餐桌上必有刀具，以便切肉掏骨。

回到内地，不少朋友打探，维人腰间一把刀，令人好生恐惧。我说此刀不是凶器，而是吃肉的"筷子"，我在新疆也随身带有这个"筷子"呢。

维族兄弟的"腰刀"，是切瓜削果、吃牛羊肉时剔骨挑肉的必备工具。牛羊肉身上最精密的骨架里，深藏着丰富且待探索的隐秘组织，如韧带、骨髓，皆是营养精华。这些宝贝用牙咬不出，用指够不着，唯有一手拿骨，一手用拇指与食指捏紧小刀，用刀尖细细探查，慢慢地掏，才能在惊喜中斩获美味。将美味蘸上孜然、盐巴、辣椒面儿，羊肉精华的天然香味与特殊的调料结合，使得口味瞬间升华。

"腰刀"工艺极其讲究，刀背上镌刻着精美图案，刀鞘上镶嵌着玉石或者骨料，镂空出令人喜爱的各种花纹，是一件件极具民族特色的工艺精品，更是一种身份的象征。

有一次，我与著名作家周涛将军餐聚，送我一幅他为纪念进疆半个世纪的自喻书法，"少小离家染胡俗，冰峰草原看不足。终岁喫羊以群论，每餐从无忘豆腐"。我道谢说您的墨宝怎舍得送我？将军调侃：你是"羊司令"，经营着一支"羊队伍"，我虽喫羊论群，好像还没有你肚子里的羊杂碎多。

离开岔子沟二十多年，我还时常回味着羊肉味儿。回故乡荆州，亲朋好友想法弄点羊肉解馋，为除膻腥味，多是腌熏过的红烧羊肉，膻味倒是不重，只是觉得肉质柴硬了。来到海南岛，到处寻找羊肉食处，在琼海和三亚的回民村，吃上从新疆空运来的羊羔肉，那一盘盘"清嫩羊肉""烤羊肉串""烤包子""肥肠子"吃得满嘴流油、大饱口福。

（四）丰富官兵文化

为了减少官兵寂寞，增添活力情趣，因陋就简地开展文化体育活动，在机关、连队、哨所配有乒乓球桌、台球桌、篮球场、羽毛球场。还每周放一场电影，进行一次球类、长跑和拔河比赛。开办书法、摄影、新闻写作和读书活动，结合专业技术练兵，展开叉车倒垛、储备物资"一口清"的专业比赛，在寓练于乐中提升官兵的生活情趣和专业素质。

针对个别干部战士耐不住寂寞，以外出"看病"之由逾假不归现象，召开常委会研究对策。每年由库领导带队，分期分批带官兵到库尔勒市陆军二七三医院检查身体，参观油城、逛博斯腾湖，管吃管住管安全，使官兵们感受到西部现代化建设的成就和大美新疆的美丽风光。由堵到疏，观念一变官兵乐，杜绝了部队管理上的漏洞。

（五）天灾·事故·急病

天灾

1992年7月3日，新疆和静地区遭受了一次百年不遇的洪水，连续两天暴雨，汇成洪流，从天山沟壑倾泻而下，将乌库铁路冲毁，216国道冲断，途经天山峡谷的南北疆交通要道瘫痪。

我部官兵两天来奋力抗洪救灾，仅靠1台推土机和100多把铁锹，根本抵挡不住山洪冲击。滚滚洪流冲毁库区3座桥梁，电线杆连根拔起，中断了部队与外界的交通和通讯。洪灾给部队造成严重损失，给战备保障和部队生活造成严重影响。

军区得知灾情后，电令我部平整一块土地，军区首长要乘直升机来视察灾情，慰问部队。官兵见到了乘黑鹰直升机来慰问的新疆军区司令员傅秉耀中将。不久，救灾款到位，经过两个多月抢修，3座桥梁和水毁路段修复。

水灾无情，二十多年过去，洪水给库区洗刷的伤痕仍历历在目。

事故

1996年5月31日上午，我正在向军区原后勤部工作组的同志汇报工作，2号哨所电话报告：战士们在擦枪时走火，伤及两人。放下电话，我火速带人奔赴2号哨所，将两名伤者送往和钢医院抢救，到达医院，2人已无生命体征。

我是单位主管领导，负有全部领导责任。我在处理后事的同时，协助上级工作组查明事故原因，坦诚向部队、向军区后勤部党委做出深刻检查。两位战士无谓死亡，教训极为惨痛。

孙子曰："兵无常势、水无常形。"古代的用兵理念，同样适用于今天的带兵者。预防事故，须日思夜虑，常抓不懈。此后，我把每年的5月31日定为预防事故"警示日"。以此为戒，警钟长鸣。

带兵之人，走了一步臭棋而成为"别腿马"。

4年后，新疆军区领导针对军区部队点多线长、边远偏僻、条件艰苦而极易导致事故发生的现象，制定出做好经常性思想工作的"六项制度"和开展群众性的"三互活动"。

"六项制度"即：

①思想分析汇报制度；

②思想教育制度；

③谈心制度；

④政治审查制度；

⑤思想骨干培训制度；

⑥检查评比制度。

"三互活动"即：互帮、互学、互教。

此项工作由各级政治部（处）主抓，层层担责，把经常性思想工作渗透到每个角落，责任落实在每个官兵身上。做到未雨绸缪，常抓不懈，有效地预防了部队事故发生。

急病

狂风卷起的风沙，几十年不停打磨着我的肌肤，还无孔不入地钻进五脏六腑，在胆囊里积聚成石。

1995年腊月二十子时，我去12千米处的一号哨所查哨，见得值班战士正在补餐，刘班长说首长辛苦，给我一碗海带汤。3点钟回到宿舍，腹部开始胀疼，以为肠胃不适，随即吃了半瓶"藿香正气丸"。接着开始大疼，从右腹疼至左腹，像刀割肉似的剧烈疼痛，且一阵高于一阵无所缓解，王医生随即送我至30千米外的和钢医院。此院是所职工医院，除有一名护士值班外，无力进行急诊检查。我在近 6 个小时的剧痛中挣扎，双手击墙露骨，万幸没有疼至休克。盼到医生上班，问及病因，见得症状，随即抽血化验为血胰酶高，确诊为急性胰腺炎。

当即禁水禁食，抽排胃液，正确的诊断处置，为挽救我的生命赢得了宝贵时间。之后，立马联系转往 130 千米处的陆军二七三医院，糟糕的救护车又坏在半路。接着联系油库领导，派出小车相送，折腾一天时间入住医院。在郭长敬院长（河南人），外科主住吕会琴（陕西安康人）、门诊部主任李弟元（湖北公安人）的精心治疗下，熬过 21 天后死里逃生。

急性胰腺炎属病死率高的凶症，感谢医护人员在当时医疗条件有限的情况下，救了我的生命。一个月后，由外科主任吕会琴主刀将胆囊切除，彻底清除体内 85 粒萝卜籽大小的结石。从此成为无胆之人，暗自庆幸命大。养病一个月，身体尚未康复，回到部队上班。

建库以来，我部官兵在蓝天白云下默默奉献，在寂寞中乐于吃苦，把几十栋洞库的物资管理得井然有序，从未发生责任事故，成为新疆军区仓库业务管理的先进单位。新疆军区副司令员方登华将军、装备技术部长赵士忠将军，于 1992 年在我部召开现场会，向全区同行推广经验。

1992 年 8 月，我被原兰州军区授予上校军衔。

1993 年 7 月，部队召开第三届党员代表大会，我当选为 36334 部队党委委员、党委书记。

1994 年 9 月，新疆军区原后勤部临时组建接兵团，原 30 分部军务科长王太极任团长、我任团政委，赴四川达州地区接兵，在一个半月时间里，圆满完成接收 1200 名新兵的任务。

我在山沟部队任职 7 个年头，先后配合张桂富、牛义来、张国祥（四川南江县人）、李学文（宁夏人）四位主任工作，他们扎根山沟，长期夫妻分居两地的奉献精神，管理部队的能力，精湛的专业技能，勤政廉洁的思想境界，令人钦佩。他们是我学习的榜样和好搭档，我也体贴他们，每到过年安排他们探亲休假，我带爱人女儿在山沟与部队过年，除生病没在部队过年外，全家在山沟度过了 6 个春节。

1995 年 10 月 12 日，原兰州军区《人民军队报》以《天山深处小特区》为题，头版刊发文字图片，反映我部全面建设的精神面貌，使"特区"的官兵们深受鼓舞。

（六）难忘岔子沟

作为汽车兵出身的我，跑遍了祖国的半壁河山。

我当兵8年，当"官"二十多年，在世界屋脊的川藏线、冰雪永冻的昆仑山、炎热如"火盆"的吐鲁番及天山的褶皱里，经历与经受过人生无数的风风雨雨。"钢铁战士"麦贤得在得知我的经历后，为我题字："知冷知热，知兵知官。"他用这八个字四个"知"概括我三十多年的军旅生涯。

在这"四知"当中，最使我难以忘怀的是天山腹地的岔子沟，这条与世隔绝的山沟，因风景秀丽奇特被外界称之为"小特区"。在这条海拔2000多米，宽1500多米，长20000多米的沟中之沟里，驻守着一群守库大兵，我曾作为这个群体的兵头，在这条沟里生活了6年半，与沟里的一山一水、一草一木建立了深厚的感情。

这段感情，就像恋人的思念一样绵长。不论在今天还是将来，都将使我难以忘怀……

大雪

岔子沟无春天，当天山南麓的杨柳翠绿，杏花、梨花怒放之时，这条山沟仍深睡在冬季里，在春夏交季的四月，给这条沟报春的是一场厚厚的大雪，年年如此。

大雪似有情感。1996年4月10日，老首长杨水部长在离职退休前专程来山沟看望部属，告别他30年前带领部队凿洞建库的地方，也许苍天有情，晚上骤降大雪，深达1米，大雪把山沟包裹得严严实实，分不清哪是车路，哪是哨所。真是天人合一，杨部长对山沟的情感，"小山沟"对"老山沟"的"沟"情，比这白雪还纯……

大雪是山沟的"血浆"，雪化后，树木、野草才露出嫩嫩的绿尖，岔子沟人在夏季里盼来春天。

蓝天

夏季的山沟，风和日丽，凉爽极了，当山顶没有一丝风儿，穹窿没有一丝云儿时，靛蓝的天空就出现了，我常独自欣赏这蓝莹莹的天空，它宛如蓝色的大帐罩在两山之间。骤地，狭长的山沟就成了一座蓝色的温棚，那树木、那花草不就是棚中的植物吗？不，它又像一条蓝色的海底世界，那绿的人、绿的车不正是其间的游鱼吗……

白云

岔子沟干旱少雨，年平均降雨量只有三百多毫米，在秋季受西伯利亚气候影响，这里才偶降几场大雨。

我是喜欢雨水的。下雨时空气中的负氧离子增加，山沟成了一座大氧吧，连空气都是甜的呢，我去雨中行走，尽情地享受负氧离子的馈赠，尽情地让雨水把我滋润……

最美的是雨霁白云。雨刚停，山沟就弥漫在一层薄薄的云海中，两侧的奇山异峰被烟云缠绕，就像那羞答答的少女，我被迷惑，分不清是山在移呢还是云在游。看那山包，似蓬莱仙岛，游离而去；看那山峰，又似仙姑腰系彩练，飘舞而至。我置身山间，云儿贴身翻涌，就像那神仙腾云驾雾一般。

山沟没有女性，外界称这里的石头都是"公"的，只有在雨霁，山沟人才有眼福窥到婀娜多姿的仙女。

野菜

一方水土养一方人。岔子沟地表湿润无污染，生长的野菜格外鲜嫩清香。夏秋季节，沟底长满野韭菜、野苜蓿、马齿苋、苦苦菜、灰灰菜，山坡的松林下、草坪上，松树蘑菇、丁字蘑菇、伞状蘑菇多得喜人，山峦积雪处，盛开着成片成片的雪莲。

我曾就野战条件下如何锻炼生存能力，专门摆了几次"野菜宴"，十多道"野味"吃得官兵们啧啧称奇，军区机关的同志，还当宝贝似的成箱地带回乌鲁木齐尝鲜呢。

红叶

金秋十月，层林尽染，满沟的苦杨树叶一片金黄，当晨曦与晚霞斜照树林，红叶又把光芒折射到山崖、山峰，织成一道道、一段段经纬交错的金色锦缎，把岔子沟晕染得金子一般。

微风飘来，红叶就像金元宝似的撒满山沟，我舍不得踩它，更舍不得将它扫去，我多么企盼，这黄金般的山沟在这黄金般的时空里，与山沟军人黄金般的年华，在这里久久地停留……

牛羊

岔子沟独特的地理环境不仅给繁茂的野草、药草和树木提供充足营养，也为牛羊生长提供了富足的饲料。于是，官兵们利用得天独厚的自然资源，靠山吃山，在山上放养几十头牦牛，上千只黑山羊和绵羊，把个养殖业搞得红红火火。

为科学放养，将草场资源进行合理配置，山峰山峦的草场，归野性强、体力大的"山大王"牦牛占领；沟涧沟壑沟脊的草场，由动作敏捷、攀山越涧厉害的山羊占有；沟底宽平的草场，由体胖敦厚的绵羊拥有。这些分类成群的牛羊，就像朵朵白云飘游在蓝天绿草之间，给人一种神怡之感，只有当它们偶遇野猪野狼和狐狸等猛兽之时，牛羊的嚎叫和拼命的奔跑才能打破山沟的寂静，所以山沟的牛羊，或爬山或逃命，把肢体练就得灵活发达且肉质细嫩，成了烹制风味羊腿的上等原料。

山沟人用羊肉这道特产招待五湖四海的军内外客人。草坪上，泉水边，客人们席地而坐，将羊儿现宰现剁，不经水洗而烹，或是清炖做成手抓肉，或是烘烤成羊肉串，真是其香溢沟、其味无穷，蛮有民族风味、山沟风情的哟。

久而久之，这沟的羊肉，这独特的烹制方法就有了名气，成了闻名遐迩的一道"沟菜"。原新疆军区后勤部政委李彤将军赞叹：走遍天山南北，唯有岔子沟的羊肉细嫩而味道鲜美……

我则有悟，山沟的牛羊走的是黄金道，吃的是灵芝草，住的是恒温棚，喝的是矿泉水，吸的是负氧离子，连拉出来的粪蛋蛋都是"六神地黄丸"呢，这种优质环境养育出的牛羊肉，哪能不令人垂涎三尺！

朋友们，你们有朝一日进得沟去，就会大饱口福，饱餐一顿这道天山"沟菜"。

默泉

在岔子沟 2500 米高的一号哨所，有一泓清泉，泉水年复一年地流淌，给人以生命，给草木以青春。

官兵们一茬茬在这里默默守卫，青春年华就像泉水一样默默流淌，他们的身影天上的卫星观察不到，他们的奉献又有几人知晓？这就是岔子沟军人的伟大。我在山沟 7 年，有 5 个大年三十是带夫人和女儿在哨所度过的，那团圆的年夜饭、辞旧迎新的鞭炮声至今仍在我脑海翻腾。邪乎的是，这个哨所每年都有人考上军校，饮过此泉的人，还出了三位大校军官呢，难怪有人讲，这个泉水淙淙、古树参天的哨所是有风水"脉气"的。

铁打的营盘流水的兵，我要离开山沟了，用什么留作纪念呢？我请战友们挪来块大石头，取"默"与"脉"谐音，在石头上题刻"默泉"二字。我衷心地祝福饮过"默泉"、曾经在这里默默奉献过的军人们，带着这里的"脉气"奔赴四方，像一只只天山雄鹰，翱翔在祖国的蓝天。

美哉岔子沟，我终生难忘的地方……

十一、出山进城

我在天山深处的山沟里，用 7 个年头坐断寂寞，尝遍苦涩，经过无怨无悔的付出后，得到福报。

1997 年 9 月，深秋的岔子沟层林尽染，满沟铺满金黄。在这黄金般的时光里，我被任命为原兰州军区后勤部乌鲁木齐企业管理局副政委兼政治部主任。怀着对山沟的眷恋，我离开写满故事的"小特区"，来到首府乌鲁木齐市上任。

1985 年，在中央军委扩大会议上，作出裁军百万的决策，提出"军队要忍耐"，主张在改革开放中节省军费开支、减轻国家负担以解军费紧张之难。在此背景下，可以允许部队经商。同年 5 月 4 日，国务院、中央军委批转《关于军队从事生产经营和对外贸易的暂行规定》，鼓励军队从事生产经营和对外贸易活动。

在军队全面经商的要求下，新疆军区在原有工厂管理局的基础上，又组建企业管理局和西域实业总公司。这三家副师级别的生产经营单位，在新疆军区原后勤部领导下，专门从事生产经营和商贸活动。

企业管理局正副局长、正副政委均为副师职别。局长乔凤臣（辽宁西丰县人），政委王兴明（甘肃人），副局长吕天武（山东人，后调入西域公司），副局长高二保（山西人）、杨崇德（陕西人），我主管政治部工作。企业局下属1个高原煤炭供应基地（由库车县榆树沟煤矿、拜城县八一煤矿和轮台县白云煤矿组成），1个金矿、1个盐场、3个宾馆，还有市政公司、铁矿、大自然旅行社、绒毛厂、玉石加工厂等大小18家企业实体。干部按团、营级别配备。这些企业分布在南北疆，个别企业还在内地从事生产经营活动。我与乔凤臣局长同一纸命令上任，尔后随同他到南疆3座煤矿，北疆石河子夏孜盖盐场和驻乌企业单位考察。在2个多月时间里，好些单位还没认门，干部没有认全，情况没有全部熟悉。1998年7月，国家出台"军队不再经商"的重要决策，企业管理局正式撤销。乔凤臣局长与我留下来做善后工作，负责企业移交、干部安置工作。

在乔局长的精心组织下，按照企业移交和干部安置分流的政策规定，经过深入细致的思想工作，在一年多时间里，我们将所属企业和干部全部移交安置完毕，为新疆军区企业的生产经营活动画上圆满句号。企业管理局经新疆军区两次审计受到很高评价。

企业管理局干部队伍中不乏优秀干部，有部分干部分流到军区机关或是转业地方工作，他们发扬我军雷厉风行、乐于吃苦的奉献精神，取得了新的发展进步。市政公司工程师舒国铭（陕西南郑人），分流到军区司令部从事国防工程建设工作，每年几次赴西藏阿里防区和天空防区，指导国防工程建设，工作到专业技术六级、大校军衔退休，为国防事业做出了贡献。转业到市公安局工作的白云工程公司党委书记周代松（湖北黄冈人），忠诚于公安事业，一直干到退休。政治部干事杨贵军（陕西韩城人），转业到自治区人民政府民政厅任纪检监察办公室副主任和烈士事迹编纂中心主任，政府机构改革后，任退役军人事务厅褒扬纪念处处长、军休服务管理处处长等职，四年来赴南北疆挂职扶贫脱困，工作勤奋出彩，现为二级巡视员。管理科长潘峰勤（山东人），转业到乌鲁木齐市宣传部工作，以勤奋务实的作风，一步一个台阶，从新市区的组织部长到新疆生产建设兵团宣传部副部长，现为兵团文联主席、党组书记。

据我所知，企业管理局是军区三个生产经营单位中上交利润最多、贡献最大的单位，仅 1996 年和 1997 年，每年分别上交军区纯利达到 1800 万元。边疆宾馆抢占对外商贸先机，成为创利大户。其他企业各有盈利，不同程度地为经营创收做出了贡献。

据统计，时至 1998 年 12 月，全军共向国家和地方政府移交企业 2937 个，总资产达 804 亿元，从业人员 20.9 万人，撤销企业 3928 个。1998 年 12 月 15 日，解放军和武警部队实现与一切经营性企业彻底脱钩。

军队经商，是自毁"长城"，古往今来教训极为深刻。南宋大将张俊，长期以军人身份经商谋财，命令手下士兵除行军打仗外，其余时间为其进行经商活动，用不法收入积累起巨额财富，朝野谓之"兵商"。张俊因谋财与谋害民族英雄岳飞成为千古罪人，至今仍跪在岳飞塑像前谢罪。

唐朝凤翔陇右节度使李茂贞做生意，较张俊有过之而无不及。他用权力垄断灯油专卖，老百姓只好改用松籽照明而民怨载道。

汉代曾经是"军市"的一个高峰，包括武器、粮秣、衣服、布帛、牲畜、蔬菜、农具、田宅、烟酒、木材等，凡可买卖之物，均可在"军市"上自由交易。其"取赡于军市"，成为"备边"的一项国策。

凡事皆有利有弊，设置"军市"，从国家层面讲，是为解决朝廷军费紧缺之难，但从税收而言，强权将领肆意侵吞，成为一人或少数人的发财途径。所以，明君们看到问题后，常为废除"军市"而争论不休。他们明白，鼓励放纵军队经商，一定程度上会导致军队腐败，其后果是削弱战力而不战自溃。所以有史学家分析，宋之亡，一定程度上因为放纵军队经商。清朝中后期军队的经商与走私，以及后来国民党军队将领的经商行为，成为军队腐败的重要根源。

惨痛的教训，后人应该铭记，要将"军市""兵商"，从此在军队历史上断根。

我是幸运的，刚进门，就关门。否则，常在河边走，承受不住风浪冲击，或许会打湿鞋袜。

新疆军区企业管理局移交任务结束后，我被分流到吐鲁番军分区工作。上任前，新疆军区后勤部部长赵西乾将军来电话，要我去他办公室谈话。我心里想，是否工作上有过闪失需要提醒？于是怀着忐忑不安的心情走进部长办公室，赵部长示意落座后说：你小杨在后勤系统工作30年，是个老后勤了，感谢你对后勤工作做出的奉献。现在离开后勤到军分区工作，是照顾你离家近些。吐鲁番军分区很穷，车辆难以保障，给你3万元用作车辆维修，你去报到，钱随后就拨。

赵部长温暖的一席话，使我激动不已，我连声道谢。想不到赵西乾将军是位慈善菩萨，还惦记着我这个后勤老兵啊！

次日，乔凤臣局长送我到吐鲁番军分区上任。不久，他任职期满光荣退休。

历史给我开了一个天大的玩笑。1977年我还是一名班长时，乔凤臣在新疆军区脱颖而出，擢升为炮兵师副师长，20年后的1997年9月，我俩同时在军区企业局履职。他不计个人荣辱得失的优秀品质、任劳任怨的工作态度，实在为人表率。

"祸兮福所倚，福兮祸所伏。"与乔凤臣大校曾经并肩工作的一些战友，有几位后来肩扛"一星"和"三星"，却早已身陷囹圄，而他却遨游于地球村落，在灿烂的晚霞中颐养天年。

乔凤臣同志是一座"富矿"，非一般工匠所能挖掘。我走近这座"富矿"，只能从表层采集到零星珠宝。

（一）良师乔凤臣

孔子曰："三人行必有我师焉。"

我在军区企业管理局工作时间虽然短暂，相遇乔凤臣这位德才兼备的优秀领导实为幸运。我们先是同住军区后勤部西院，后又住在五星小区上下楼层，在二十多年的朝夕相处中，结下深厚情谊，在他的言传身教中，我受益匪浅，他是我敬重的好领导，学习的好榜样，亲近的好邻居。

（二）可敬的领导

乔凤臣于1946年出生于辽宁西丰县一个穷苦的农民家庭，从小爱劳动爱学习，于1965年毕业于本溪师范专科学校，为响应国家支援大西北的号召，分配到甘肃省白龙江林业管理局工作。20世纪60年代末，中苏边界大兵压境，有志青年立志从军，乔凤臣胸怀报国之志，毅然弃工从戎，于1968年参军来到新疆某炮兵部队。在部队高学历人才匮乏之时，知识性人才大有用武之地。乔凤臣用文化功底练兵带兵，在1976年老中青干部"三结合"时擢升为炮兵师副师长。1978年免职下放到团里任参谋长、副团长，1981年又回到师里任副参谋长、参谋长。1985年以后任炮兵旅旅长、新疆军区副参谋长、新疆军区后勤部副部长等职，具有丰富的带兵经验和机关组织协调能力。

乔凤臣关爱部队和严谨务实的工作作风为我所敬。有一年他到我部调研，看到山沟部队生活艰苦，且冬季取暖期长，当即解决2万元取暖费以解其难。我部发生亡人事故后，他带工作组深入调研，查找事故原因，总结应该吸取的教训。提出教育部队从严、组织处理从宽的原则，使官兵深受教育和感动。我随同他到南疆煤矿调研，下到矿井深处，细查设备安全，了解煤层储量、热卡参数及供销渠道。在盐场考察，他从采盐到运输等多个环节核算成本，以求最佳经济效益。在边疆宾馆蹲点，反复强调在提升对外贸易效益时，要严守国家对外贸易政策规定，严格落实好外币管理和防火安全工作，特别强调抓好党风廉政建设，防止经济犯罪。

老领导文字功底好，语言艺术精彩。一般性的文案都是自己撰写，讲话发言出口成章，层次分明。为我女儿杨柳证婚时，从女儿的成长进步、尽职国防到成家立业三个方面启发新人，感动宾客，博得满堂喝彩。在长期共事交往中，我感受到一位老知识分子宝刀不老的能力水平。

（三）学习的榜样

乔凤臣在任时是领导我的党委副书记，退休后又是管理我的党支部书记。他在党五十多年来，始终坚守初心，严于律己。从军区机关到部队，从未有过他的非议。他长期掌权不谋私，长期管钱不贪钱，长期分居无绯闻，唯一爱好是用扑克牌打双扣不赌钱，是一位被大众公认的优秀党员干部。

记得在企业移交期间，留有几百万元移交经费由他支配、吃喝送礼多有理由，可他严于律己，精打细算，待移交工作完成，将几百万元余款悉数上交，足见乔凤臣同志的"慎独"境界。自治区军队离退休干部安置管理服务中心，每年下拨的过节费、慰问金，他严格把关，将款项全部用在老干部身上。他与总支书记田芳，精心组织老干部开展丰富多彩的参观学习活动，增强了老同志们的身心健康。他用人格垂范，以道义服众，领导的老干部第八党支部，年年被评为先进党支部。2014年，他被民政部、原总政治部表彰为全国优秀军队退休干部。

共产党员的理想信念支撑起乔凤臣的全部人生。在每天早晚的散步中，他对波诡云谲的国际形势进行分析，对党中央政策特别关注，体现出一位老共产党员、老知识分子根植于内心的党性修养，无需提醒的自觉行为和处处为别人着想的精神境界。

"鸟随鸾凤飞腾远，人伴贤良品自高。"二十多年来，他用人格立威于我，使我不敢逾越雷池。

（四）亲近的邻居

"远亲不如近邻"。我们两家二十多年前同住一个院子，在2000年军区首建经济适用房时，乔局长邀我同在五星小区购房，"良禽择木而栖"，我欣然同意。金三银四，他金我银，两家息息相通，仅隔一层楼板的距离。

家和万事兴，睦邻靠女人。乔家大嫂秦家凤（我们称大姐），黑龙江省巴彦县人，于1965年支援"三线"建设，从大东北调到大西北，分配到甘肃省白龙江林业管理局工作。知识女性，窈窕淑女，纯正清脆的国语播音，吸引着青年才俊乔凤臣，共同的理想与事业追求，终于"双凤"展翅，喜结连理。在好长一段时间里，秦大姐相大教女，在兰州大学组织部副部长、监察处长职位上勤奋工作，敬业乐群。后调到新疆电力公司，在纪检部门工作至退休。

他们在漫长的生活中，琴瑟和鸣，以文化人的修养，老同志的风范，在退休后的日子里，仍以人间大爱为老干部服务，为左邻右舍排忧解难而倍受敬重。近水楼台先受惠，我家老小享受到两位老人不少照顾。"三观"同道，睦邻情深，两家的子女孙辈成了要好世交。

雄为凤，雌为凰。乔凤臣与夫人秦家凤，同籍东北，同年生人，同以凤为名，此乃人间奇缘。凤凰首文戴德，颈文揭义，背文负仁，腹文入信，翼文循礼。这德、义、仁、信、礼"五德"，贵为凤凰品质，正好是他俩的人生写照。

走笔至此，西汉辞赋家司马相如的千古绝唱《凤求凰》顿时浮现于脑际，遂录为赞：

> 有一美人兮，见之不忘。
> 一日不见兮，思之如狂。
> 凤飞翱翔兮，四海求凰。
> 无奈佳人兮，不在东墙。
> 将琴代语兮，聊写衷肠。
> 何日见许兮，慰我彷徨。
> 愿言配德兮，携手相将。
> ……

十二、火焰山下双拥情

吐鲁番市位于火焰山下，酷暑期间地表温度高达70℃多，故称"火洲"。"山不转水转"。1973年，我部调防吐鲁番市托克逊县，在驻防三年后，我辗转于大漠戈壁，昆仑山巅、天山深处和繁华都市。在企业管理局移交工作结束后，被新疆军区分流到吐鲁番军分区任副政委。在离开吐鲁番24年后，又转回原点。

吐鲁番军分区是内务分区，没有下属部队，管辖吐鲁番市、托克逊县和鄯善县三个人民武装部。司令员曹维东（维吾尔族）、政委邢学坤（陕西人）、副司令员任振仓（陕西人）、参谋长石玉玺（河北人）、政治部主任扈振宇（河南人）、后勤部长霍义忠（陕西人）。按照常委分工，我主管"双拥"工作（拥军优属、拥政爱民）。

治国靠史，治县靠志。熟悉当地历史文化，是搞好"双拥"工作的前提。

在吐鲁番漫长的文明史上，遗存下来的文字有希腊文、叙利亚文、吐蕃文、回鹘文、突厥文、古波斯文、汉文等20多种文字，反映出在吐鲁番的大地上，曾经有过众多民族在此繁衍生息。始建于公元前1世纪的高昌故城，于5世纪开始成为吐鲁番盆地政治、经济和文化中心，9世纪后成为高昌回鹘王国首府，是历史上西域最大的国际都会和古丝绸路上的交通枢纽。现存方形城址周长约 5.4 千米，分内城、外城和宫城三个部分，城内街道纵横、市井分明。今日见得残垣断壁，从宏大建筑遗存中可见当时之繁华。

距今已有 2300 多年历史的交河故城为车师人所建，因两条河绕城交汇而名。故城由庙宇、官署、塔群、民居和作坊等建筑组成，功能齐全的城堡，成为世界著名研究古代城市的仅有标本。交河故城面积为 25 万平方米，四周崖岸壁立，地势险要易守难攻，于 14 世纪毁于战火。

始凿于南北朝的柏孜克里克千佛洞，历经唐朝、五代、宋朝、元朝，始终是西域的佛教中心之一。现存洞窟 83 个，保存壁画 1200 多平方米，是研究回鹘佛教文化的艺术宝库。

坎儿井是古代劳动人民利用地势坡度、水文特性和大气环流特点，在地下开挖暗渠引用地下水的一种独具特色的水利工程（吐鲁番市现有坎儿井 1108 条，暗渠总长达 5000 千米）。我陪同公安县县长周昌俊考察吐鲁番农业，周县长对坎儿井的发明及水资源的科学利用尤为赞叹。

具有历史档案库、地下博物馆之称的阿斯塔那古墓群，按照家族种姓分区埋葬。古墓以葬汉人为主，同时葬有车师、突厥、匈奴，以及昭武九姓等少数民族居民，证明当时高昌王国是各民族团结相处的国度。

葡萄沟是火焰山缝中一条长 8 千米，宽 2 千米的河谷地，布衣鲁克河（葡萄沟河）穿流其间。充沛的水源和昼热夜冷的独特气温，使近百个葡萄品种的葡萄沟享誉天下，成为游客必游之地。闲暇之时，常邀几位好友在葡萄沟河边小憩，欣赏民族舞蹈，听着王洛宾的歌韵，吹着河水带来的习习凉风，甚是惬意。

维语称火焰山为"克孜勒塔格"，即"红山"之意，火焰山形成于喜马拉雅造山运动时期。夏天，盆地内吸收的太阳能久聚不散，加上干燥少雨，气温居高不下，裸露的岩石，在千万年的高温炙烤和炽热阳光照射下烤成赭红色，给人置身烈焰升腾的画面感觉。

酷暑时火焰山地表被烤得滚烫冒烟，高立的温度计曾显示出 74℃ 的记录。2001 年 8 月，我在火焰山下慰问光缆施工部队，曾用战士们的铁锹煎熟鸡蛋。

吐鲁番被世人称之为世界四大文化体系的交汇点（中国、希腊、印度、伊斯兰），华夏文明进程的活化石，各民族和谐共生的欢乐园。我有幸作为吐鲁番的一位仆人，登上高昌、交河故城，感受到"大汉雄风"和"盛唐气象"，喝口坎儿井冰清洁净的甘泉，霎时渴消气爽……

处在旅游胜地的内务军分区，其部分工作是接待军内外客人。我用学习的相关知识，结合"双拥"工作搞接待，成为一名出色"导游"。并在欣赏、探索吐鲁番的"特色文化"中，写出《美哉葡萄沟》《火焰山奇闻》《博物馆奇说》《苏公塔奇观》等文章。

古老的文化遗迹，丰富的多元文化，独特的生态环境和多姿的民族风情，给作家提供丰富的创作资源。湖南知名作家吴贤雕（安乡人）先生慧眼识珠，走进吐鲁番这块热土，写出《我在吐鲁番避暑》《吐鲁番郡王》《天山湘女》等文集，《吐鲁番郡王》被拍成电影在全国公演。

"双拥"工作以协调军政军民关系、增进军民团结为宗旨。我结合驻吐部队和地方政府的需求，力所能及地解决驻军干部家属就业、子女上学方面的困难。在春季葡萄开墩牵藤时，组织部队急果农所急，带领官兵帮助果农开墩、浇水、施肥。军区部队在吐鲁番200多千米长的线路上，冒着酷暑挖沟铺设光缆，协调党政领导和机关部门拉着牛羊肉、矿泉水和瓜果慰问施工部队。亲密的军民关系和民族团结，使吐鲁番市和军分区，成为自治区"双拥"工作的先进单位。

我曾有幸两届成为吐鲁番市"葡萄节"领导小组的副组长，参与制定"葡萄节"仪程的相关事宜，接待来自国内外的客人，为吐鲁番走向世界尽我所能。

2001年8月，全疆民兵训练工作现场会在吐鲁番召开，我建议将会议部分内容在葡萄沟举行。见得绿色包裹的葡萄长廊，廊顶挂满一串串晶莹剔透的"珍珠"，红色地毯上摆满瓜果、手抓肉、羊肉串、烤包子等特色佳肴，与会者盘腿而坐，在品味美食、欣赏歌舞中将现场会圆满闭幕。

我在吐鲁番接待过不少国内外名流，收藏有哈萨克斯坦边防局长送我的精美腰刀、蒙古国边防司令官赠我的皮囊酒壶，接待过李实（毛远新）一家三口，贾平凹作家一行，"钢铁战士"麦贤得夫妇。毛远新非常低调，少言寡语，仅在我的工作日志本上签下名字。麦贤得脑部重伤，但思维清晰，知道我从军经历后，抒写"知兵知官、知冷知热"八个字。贾平凹与我同庚，给我题书"龙腾天山"四个大字，赠予《怀念狼》《废都》《病相报告》文集。

在他怂恿下，我萌生写作念头。

"双拥"工作开出一朵小花。葡萄沟村接待任务重，我答应由军分区解决一台淘汰面包车以解其难，终因多种原因未能落实。调至军区总医院后，正好车队换装，我提议将一辆面包车送与葡萄沟村，得到领导支持。事隔四年，葡萄沟社区书记阿不力孜带着三名村干部，提着一包葡萄干暗访我家，登门致谢。民族兄弟知恩图报的心意，使我念念不忘。

2000年6月，由解放军原总政治部授予大校军衔。

2000年12月，我结合"双拥"工作实践，撰写《双拥工作要适应"三个代表"的要求》理论文章，被全国报刊转载。

2001年8月，新疆军区喻林祥政委来分区检查工作，问我工作上有什么困难和想法，我说当兵几十年一直在南疆艰苦地区工作，如果驻乌部队有位置，可否平调回城？两个月后，原兰州军区下达命令："吐鲁番军分区副政委杨先金为乌鲁木齐总医院副政委兼政治部主任。"

（一）火洲三奇

吐鲁番以其古老的历史文化遗迹，多彩多姿的多元文化，独特的自然生态环境与民风民俗，吸引着中外游客来此观光览胜。改革开放以来，这块神奇的土地正在发生巨大变化，演绎出一幕幕奇迹，我将采撷的部分珍奇，缀辑成"奇闻""奇说""奇观"三章，以飨读者。

火焰山奇闻

西天有座火焰山，是我儿时从《西游记》小人书里晓得的，那座火魔妖山，"有八百里火焰，四周寸草不生，若是进得山，就是铜脑壳，铁身躯，也要化成汁"。这座山，在我幼小的心灵里划下一道可憎可怕的痕印。

山不转路转。说来也奇，几十年后的我，竟然来到火焰山下，成为守护这条"赤龙"的一名卫士。有幸的是，我吃饭咽菜的脑壳、单薄的身子，在这火焰山中进进出出五百多个日日夜夜，竟没化成汁儿，却把我的身骨烘烤得如戈壁滩上的一块生铁。我的一位雕哥，在吐鲁番采风时，竟被火焰山的"烈焰"烤焦了几双皮鞋。

火焰山延绵百千米，裸露的赭色砂石，重峦叠嶂，在烈日照耀下，烟云缭绕，红光冲天，神似那熊熊燃烧之烈焰升腾，把个山体温度"燃烧"为60℃～70℃，因此就有了"沙窝煨鸡蛋，石头烙馕饼"之说。那一年8月，我在火焰山下慰问光缆施工部队时，真吃过官兵们在沙窝里煨出的鸡蛋、用铁锹烤出的馕饼呢。

火焰山略看丑陋，细看健美，久看而耐人寻味！你看那山顶至山脚，遍体是雨水冲刷出来的千沟万壑。可以想象，远古时代的火焰山，是个雨水滂沱、青山绿水之山，不然山麓之下哪有华夏大地上海拔最低的艾丁湖，还有那300万年前的巨犀！这巨犀身高四五米，体长八九米，每天要吃五六百斤草料呢。据传说，火焰山中的那些洼洼坑坑，是那些犀牛留下的脚印，那绿山变红，是那庞然大物的铁蹄踩石摩擦生火引燃牛粪草木所致。因此，植被烧光了，山体烧红了，犀牛也作古了。

火焰山体那道道凹凸粗犷的线条，有人讲酷似"赤龙"的根根肋骨，我看更像一道道纵横交错的藩篱，是炎黄子孙们用血肉之躯编织的一道道维护祖国统一、抵御外敌入侵的藩篱！

今日火焰山，再也不是那座令世人恐惧的火魔妖山了，当代的风流人物给它披上一层层神秘的面纱，吸引着无数中外游客来此揭秘猎奇呢。只见那火焰山涧，清泉潺潺而流，公园别墅林立，葡萄绿藤一望无际，棉田盛开朵朵银花，石油滚滚出山而来，油气咻咻东流而去，高速公路车流奔驰，"信息公路"贯通亚欧……

当年的齐天大圣孙悟空巧借铁扇公主的宝扇，连扇49扇，也无法把火焰山变成一座宝山。今日的火焰山下，却有一位当代"铁扇公主"（地委书记宋爱荣，女），引领着56万各族人民，高举着改革开放的"芭蕉宝扇"，唱响旅游品牌，深化葡萄产业，抓好"一黑一白"，使百里火焰山发生了历史性巨变。今日"铁扇公主"和她的同伴们投资数千万元，把染绿火焰山麓，建立绿色旅游农业作为火洲山川秀美的一个奇招。只见那火焰山下，一眼眼井水喷涌而出，一片片绿地展现，一排排农舍坐落，一架架电网相连，雀鸟开始筑巢，瓜果更为飘香，即使孙悟空故地重游，也会再借"芭蕉宝扇"，向"铁扇公主"们请教巨变的招数啊！

博物馆奇说

在旅游胜地吐鲁番，探古觅奇，结识古今名流是件有趣的事儿。

一日进得吐鲁番博物馆，上二楼，见得一位神采奕奕、鬓须飘逸之武将偕夫人揖手相迎，看过名片，方知乃南北朝时期高昌王国侍郎、宫廷侍卫军殿中将军张遁也。张将军的故事赋闲1400多年，世人疏闻，而今随改革开放之潮涌来，优秀传统文化得到发掘，张将军的形象，被赋予爱国主义的历史教义。仿佛他携妻从阿斯塔那官邸移居于闹市，就是为了履行职责，对后世进行爱国教育。但见他每日接见中外游客，说古论今而不取分文，我到此有幸聆听遗训，感慨不已。

张将军论道：

一曰爱国：南北朝时，中原战乱，吾怀报国之志，从河南南阳历经万险，辗转至麹氏高昌，镇守高昌国后，行效忠朝廷之事，吾儿张务，吾孙张端、重孙张雄皆为主张团结，倡导变革，维护国家统一之士。奇说之一。

一曰为官：官场做事，诚信为本。吾辈几代，均在麹氏高昌王国为相，手握重兵实权，天高皇帝远，夺权篡国易如反掌，然吾辈则力主团结，效忠国王，官至殿中将军、郎中官衔足矣。奇说之二。

一曰夫妻：古往今来，炎黄子孙皆知"一日夫妻百日恩，糟糠之妻不下堂"之理，封建王朝之君主，虽拥三宫六院，嫔妃成群，却也讲个伦理威严。吾辈五十作古，爱妻麹氏三十有二，正当风韵娇美之时，而她不改嫁更夫，不寻欢偷情，自尊守节至七十余岁追吾而来。客人请看，我俩恩爱厮守达1400余载，心心相通，形影不离而骨骸不散矣。今有官人后生，风场月夜，朝三暮四，将女人作玩物，视爱情为游戏，杀头坐牢之徒，哪个不与"色"有染！奇说之三。

一曰为人：吾辈做官高昌，生儿育女，儿孙几代辅佐国王，不行结党营私之事，恶小而不为，善小而为之，当国王麹文泰欲行分裂朝廷之事，吾孙张雄屡次相劝，终因无果而忧愤成疾而亡，方显吾张氏家族，南阳人氏维护国家统一，忠君报国之气节。游客之中，常有乡党来访，吾箴言：诚实做事，取信于世，重治伪假，当之要务兮！奇说之四。

这一日又一日的，张遁将军滔滔演说，我诚敬细听，受益匪浅。

苏公塔奇观

苏公塔浑圆挺拔、色调厚朴而气势雄伟，为伊斯兰建筑艺术风格，实为西域塔中一奇。行伍出身的我，却对苏公塔另有领悟，屡登此塔，不禁浮想联翩、奇观涌现。

据史载，1777年，吐鲁番郡王苏来满为纪念其父额敏和卓维护祖国统一之功德，报答朝廷乾隆皇帝之恩，自筹7000银两建成这座37米高塔。上塔顶，有72级台阶螺旋而上，有14个窗口供人俯瞰。而与塔相关的每个数字都离不开一个"7"字，14也是两个7之和。更具奥秘的是数字"37"拆成3个"7"字，正好是1777的建塔之年。这个"7"字是苏来满郡王暗藏隐秘？还是建筑大师伊布拉音用心良苦？奇观啊！

苏公塔傲立西天，气度轩昂，象征着苏来满父子平定动乱，维护祖国统一的不挠不屈精神和大丈夫气概。久久凝视，塔体就像一尊顶天立地的擎天巨柱，又像一尊抗击外强的威武勇士。奇观啊！

苏公塔圆形结构，立体造型，蕴藏着深刻的内涵。"圆"而紧密牢固，牢固靠"圆"维系凝聚，昭示出维吾尔族爱国英雄苏来曼父子反分裂、求团结之夙愿。那么，苏公塔又是一座团结向上的丰碑啊！200多年来，苏公塔饱受狂风摧残，雷电鸣击，又经百年前一场大地震，只将其塔尖震塌，而塔身竟安然无恙，它的"团结"是经得起历史检验的。奇观啊！

苏公塔又像一把利剑直指云天，令世界霸权心惊胆寒。1957年苏联第一颗卫星升空、1961年美国发射世界上第一颗侦察卫星，从太空首次侦察到苏公塔，误为中国尖端利器，一时间洋人借旅游之名，云集火洲"考察"。奇观啊！

湘土作家吴贤雕慧眼识塔，来火洲旅游，围着苏公塔只转了三圈，便文思泉涌，写出脍炙人口的《吐鲁番郡王》连续剧剧本，把额敏和卓这位捍卫国家统一的民族英雄搬上了银幕。还有那年8月苏公塔下的《玫瑰之约》，牵动多少妙龄少女的芳心，圆了多少俊男靓女的爱情之梦。《玫瑰之约》轰动了葡萄城，把吐鲁番推向世界，让世界了解吐鲁番。奇观啊！

登上苏公塔，火洲万象尽收眼底，城乡巨变振奋人心。当晨曦与晚霞普照之时，热浪中的戈壁荒漠时而隐现海市蜃楼，你就能看见高耸入云的"西域明珠",机场上飞机的升降,煤海油田的灯火和文化广场上欢乐的歌舞……奇观啊!

吾等军人,凝视苏公塔,就会深知民族团结之重要,守关之重责!

神奇的吐鲁番,是一个让你感悟文化震撼的地方,一个让你领略异域风情的地方,一个让你惊叹神奇造化的地方,一个让你感受热情奔放的地方,更是让你享受甜蜜生活的地方。祈盼有识之士,来此觅宝寻奇。

(二)美哉葡萄沟

金秋八月,是葡萄沟丰收的季节。在这黄金般的季节里,五光十色的葡萄令人陶醉,维吾尔族的歌舞令人倾倒,少数民族风情和丰盛的特产令人流连忘返!为赞美享誉天下的葡萄沟,有诗人写下"金秋葡萄沟,珠宝满沟流,亭亭座座珍珠塔,层层叠叠翡翠楼"的赞美佳句。

来到葡萄沟,仿佛来到一个绿荫的王国,瓜果飘香的王国,歌舞升腾的王国,各族人民和睦相处和中外游客情感交融的王国……

潺潺流水

葡萄沟何以如此之美?源于它的"人民渠"水。这条 20 世纪五六十年代修建的百里长渠,汲博格达山系之精髓,将雪山琼浆引入葡萄沟。这股经石炭纪火山岩石、沉积碎屑岩石渗透磁化汇集而成的流水,不仅清澈洁净,还含有多种健身益体的微量元素,渠水在向火洲的流淌中吸氧加温,流至葡萄沟便成了甜水、福水、神水。你们尝尝吧,用这水浇灌的葡萄是天下最甜的葡萄!你们看哟,用这水滋润的姑娘属天下最美的女人!

幽幽绿荫

葡萄沟何以如此之美?源于它的绿色植被。在这条长约 9 千米,宽约 2 千米的葡萄沟中,生长着葡萄、桑树、杨树、柳树、榆树、石榴树、核桃树、杏桃树、沙枣树等几十种果木,那些高昂挺拔的白杨直指蓝天,欲与两侧秃峰试比高,敢为"树"先地挡风遮阳;那满沟绿莹莹的藤蔓,浑身挂满翡翠珠宝,咏唱着奉献的歌谣,为人们遮阴纳凉;还有那些知名和不知名的小花小草竞相赛绿争妍，点缀着葡萄沟美丽的空间……

妙曼歌舞

葡萄沟何以如此之美？源于它优美动人的歌舞。走进葡萄沟，你就会被满沟的歌舞吸引。众多的民间歌手，以葡萄为题唱着《吐鲁番的葡萄熟了》《美丽的吐鲁番》《吐鲁番的姑娘》等歌曲，他们唱红了葡萄，唱红了葡萄沟！众多的舞迷跳着《姑娘追》《盘子舞》《娜孜空姆》和《掀起你的盖头来》等舞蹈，喜迎中外游客；器乐手敲着羊皮鼓，弹起热瓦甫，演奏歌舞的同时，也在演奏着葡萄沟人美好的生活！

歌舞传承着悠久璀璨的民族文化与文明，韵和着西部歌王王洛宾的音符节奏，展示出歌舞之乡浓郁的民族风情，歌颂着民族团结和葡萄沟人奋发向上的情怀！

陶陶美食

葡萄沟何以如此之美？源于它的美食文化。在葡萄沟的一架架绿藤下，摆满各种独具民族特色的风味小吃，那溢香贯沟的烤全羊、羊肉串、手抓肉、拉条子、揪片子、抓饭、汤饭、馕饼，令人垂涎欲滴哟。坐在凉爽的葡萄架下啃着大块的羊肉，嚼着酥香的大馕，喝着酽酽的大碗砖茶，听着正宗的吐鲁番民歌，欣赏着正宗的民族舞蹈，品味着正宗的吐鲁番葡萄酒、桑葚贡酒、白粮液酒，你就有了神仙般的感觉，尽情地享受着独特饮食文化和地产美酒，久久地陶醉在这葡萄王国之中……

风味小吃浓缩了古丝绸之路上的特色饮食，在葡萄沟形成了一道靓丽的美食文化。

淳淳心灵

葡萄沟何以如此之美？源于葡萄沟人的心灵美。在美丽的葡萄沟，养育着维、回、汉三个民族近万名果农，他们心连着心儿，就像那缠绵的葡萄藤儿紧紧地扭抱在一起。改革开放以来，葡萄沟人沐浴着改革春风，思想观念由传统的种植业向着旅游商品经济转换。在葡萄架下，葡萄沟人念着葡萄旅游之经，经葡萄旅游之商，发葡萄旅游之财，办起了民族家访点，兴建度假村、游乐场和水上乐园……民族兄弟出售的水果、商品是货真价实；藤架上的鲜果你可随便品尝；大碗砖茶供你消渴畅饮；他们的张张笑脸与热情服务，展示着民族兄弟的憨厚与真诚，他们凭着勤劳的双手和诚实劳动，在小康的道路上大步迈进！

美哉葡萄沟，一条美不胜收的沟哟！

十三、总医院里的故事

2001年11月，我奉命到原兰州军区乌鲁木齐总医院上任，履行副政委兼政治部主任职责。

兰州军区乌鲁木齐总医院是兰州军区撤销前的冠名。2016年2月1日，中国人民解放军整编为东南西北中五大战区，随之更名为新疆军区总医院。

新疆军区总医院坐落于亚欧中心、天山脚下的乌鲁木齐市，1949年整编建院，经过七十多年的建设，成为集医疗、科研、教学、预防、保健为一体的大型三级甲等医院。总医院肩负着保障边疆军民身体健康、救治伤病员的光荣使命，年门诊量达到258万人次，手术量近5万台。拥有全军医学专科（病）中心6个，全国全军培训示范基地8个，博士后工作站1个。

时任院长冯德元（山东人），政委杨英萍（湖南人）。我在张学强（四川巴中人）、赵天亮（河南南阳人）两任副主任的配合下，履职医院政治工作的各项任务。

政治部编制组织科、干部科、宣保科、医德医风办公室、老干部办公室，下属内科、外科、干部病区、医技病区、专病病区5个党总支部，全体政工干部以两千多名医护人员和员工为服务主体，努力提升医护人员的理想信念和思想觉悟，牢固树立以医疗为中心的思想意识和坚持为兵服务方向。

总医院是一个知识分子集中、医疗技术密集、干部思想活跃、人际关系复杂的医疗集团，政治工作的对象有别于兄弟部队。对坚持党的领导，坚定正确的政治方向，以仁医大德为患者服务提出了更高要求。好在两任主官杨英萍、张龙飞政委，都是长期在军区后勤部从事政治工作的行家里手，有着丰富政治工作理论与实践经验。加上冯德元、黄泽阳（湖北黄梅县人）两任院长的有力支持，在院党委的集体领导下，政治部全盘工作有着十足底气。

针对医院思想政治工作实际，结合长期从事政治工作体会，提出政工干部要做到"团结、敬业、公正、务实"的八字要求。在政工干部团结向上的氛围中，从工作作风建设入手，坚持为科室办实事，杜绝"门难进、话难听、事难办"的现象。在提升业务能力上下功夫，达到胜任本职工作，做到会讲、会写、会协调内外关系和公正处置疑难问题。在工作务实上下力气，克服工作漂浮，下沉到科室与干部谈心交心，把"六项经常性思想工作"和"三互"活动落在实处，及时发现问题和化解矛盾。

要求全体政工干部发挥优势各显其能。组织科重点抓好48个党支部建设和管好党员队伍，对力量薄弱的党支部提出"帮建"意见，由院领导和机关干部包科"帮建"。在年终工作总结时，表彰先进党支部和优秀共产党员，使党的旗帜在专业技术干部队伍中高高飘扬。同时要练好"写功"，撰写好医院党委半年工作和年终总结报告。

要求宣保科紧密结合专业技术干部思想实际，制订年度教育规划，狠抓意识形态的思想教育，打牢为兵服务、为边疆各族人民服务的思想基础。充分发挥医院文化人的潜能优势，每年组织一场精彩的文艺联欢会，将医院新人新事搬上舞台，歌颂军区和医院取得的新成就。新疆军区政委喻林祥观看演出后走上舞台夸奖："总医院演出水平不是业余而是专业，不亚于军区文工团。"健康活跃的文化生活和丰富多彩的文体活动，周密细致的安全保卫工作，营造出医院和谐向上的工作环境，助力救治水平的提升。

专业技术干部工作岗位相对稳定，培养时间周期长，晋级升职重文凭，重医学成果和学科带头人。每年要从几百名干部中择优选送进修深造，公开、公正地按规定晋职、晋级、晋衔。医院大幅度裁减员额时，在院党委坚强领导下，排除各种干扰，干部科准确提出方案，妥善解决好走与留的矛盾。"非典"期间，抽组"小汤山"医疗分队，干部科提供人选，选派思想技术过硬的呼吸内科主任杜志强、总护士长王媛领队出征，他们以精湛的医术，不怕牺牲的精神，圆满完成任务。

医德医风办公室主任蔡晓萍、程莉萍，老干办协理员李来生、杨毅对工作精益求精，攻坚克难，为化解医患纠纷、老干部移交工作作出了成绩。

配合我工作的两任副主任张学强、赵天亮，有着政治素质高，工作能力强，文字功底深，表率作用好，工作非常勤奋务实的品质。每逢确定干部转业、职称评定、野战医疗队拉练、大项政治教育活动、迎接总部、军区检查等重点工作，总是勇挑重担，敢于担当。他俩人品好，无私心，对我的工作鼎力支持，对我生活上的关心，我永远不会忘记。在我们的紧密配合下，政治部的工作呈现出崭新局面。如今，我们都已退休多年，仍然是好战友、好兄弟。

2008年，医院抽组赴刚果（金）维和分队，由政治部副主任赵天亮与医务部副主任楼林，带领43名维和官兵，在8个月时间里，面临各种风险，处置多起突发事件，出色完成维和任务，被联合国授予"和平勋章"，赵大亮副主任荣立二等功，工作至2012年退休。

总医院政工队伍整体素质好，奉献精神强，涌现出不少先进典型。干部科干事张海峰（湖南新晃人），在2004年7月26日凌晨值班巡查时，与持刀抢劫逃犯展开搏斗，将其抓捕荣立二等功。宣保科干事陈秀萍（新疆人），长期深入边防采访，及时报道重大新闻，事迹突出荣立二等功。政治部副主任张学强，转业到自治区党委巡视办工作，发挥我军吃苦耐劳的奉献精神，刚正不阿地处置问题，在一级巡视员职位退休。

组织科干事曹元强，工作能力全面，后来晋升为政治部副主任。宣保科干事陈敏、组织科干事杨毅、干部科干事罗永成工作出色，在团职岗位上退休。

政治部副主任廖坤茂转业回到安康市，仍在市交警支队政委岗位上敬业奉献。宣保科干事权玲，提升为宣保科长后，转业到自治区民政厅，提升为处级干部。政治协理员乔勇，自主择业后，注册新疆天地华运供应链管理有限公司，积累起3000多万元资产，用在部队积累的本领闯出了一片新天地，成为军队自主择业干部中的一面旗帜。

2005年9月，我与电教室主任张斌一道，带骨科主任史振满在央视《健康之路》录制"巧治股骨头坏死"（股骨头大转子互换术）节目。将总医院高端医疗技术推介全国，一时产生强烈反响。

船到码头车到站，2007年12月，我因年龄（55周岁）与任现职（10年）达到规定年限退休，走完了军旅生涯最后历程。在军区总医院党委集体领导和全体同仁的关爱下，工作得心应手，富有成效，圆满地完成了政治工作赋予我的各项任务。

经过指导员、教导员、团政委和政治部主任岗位历练，自诩为政工队伍中的一名老兵,对如何做好部队思想政治工作,处理好务虚与务实的关系,在追求教育效果最大化上有过一些尝试和思考,不妨罗列两例:

例一:在总医院上任不到半年,接二连三收到12份离婚报告。我工作过好些单位,这种高频率离婚现象实为少见。为此,分别召开中层干部形势分析会,申请离婚干部恳谈会,采取多种形式进行"劝和不劝散"的思想工作。分析会上,这些满脑子知识的有识之士对我的"劝和"观念进行纠正,列举西方有的国家离婚率高达43%,是社会进步文明的一种表现。我初见识这群知识分子,他们"开放"思想对我触动很大,在晾置一段时间后,无奈地签上"同意离婚"四个字,让她们"进步"。

例二:一段时间,时兴"月课"教育。所谓"月课",是指针对部队思想现状,每月一次向部队讲课,分析解答部队建设中带有倾向性的疑难问题。政治部主任是"月课"教育的主要组织者,负有清点人数,课堂环境与课堂纪律的责任。"月课"要求全体干部参加,课堂灯光柔和(或关闭窗帘),坐姿端正成直线,禁止交头接耳、人员走动,以保证授课质量。

总医院的特殊性在于病人离不开医生,约定手术不能延后,手术中发生意外急需专家会诊处置。所以,总医院在授课时,听课人员缺席、课堂喊人、老同志如厕多而导致课堂秩序松散,因此常被领导提醒:老杨同志,你一泡尿都管不住吗?如何管住"尿",坚持两个小时不上厕所?我向病区、科室干部请教,商讨解决之法。

肾病专家:听课干部中老同志多,好些都有"三高",早上服药,上午尿急尿频是药性所致。不然尿积过多会增强膀胱压力,损伤肾脏排泄功能,重者引起肾衰,造成尿毒症危及生命。

急诊科专家:由于长时间憋尿,突然在"轻松府"松懈下来,脑神经系统中的迷走神经亢奋,可能导致心律失常,排尿性晕厥,诱发心脑血管意外而猝死。"憋尿会死人"就是这个原理。

心内科专家:人一憋尿血压就会升高,一旦超过这种微动脉瘤壁的承受能力时,微动脉瘤可能破裂引发心脑部位出血的危险。

神经内科专家:排尿与精神紧张有关联,有的同志见领导一提问,一盯眼就有尿意,或有尿潴留的感觉。课堂人多空气不通畅,有的人被灯光照射会产生睡意,一瞌睡坐姿就变形。

泌尿科专家：憋尿一次，害心害肾、害血管。通常情况下，成年人每24小时产生尿量是1000到2000毫升，每天排尿约4—6次，每次200—400毫升，因种种原因有尿不排就是憋尿。憋尿硬性把约2斤含有氮废物的毒素憋在膀胱里，毒素在膀胱里蔓延，不生病，可能吗？

有专家讲：为不影响听课，减少如厕次数，个别同志还兜着尿不湿呢。我为之感动。

面对专家们的专业高论，我理屈词穷，无言以对。专家们从医学上解答了课堂如厕走动的内因。我将讨论记录呈与领导过目，领导边看边摇头。从此，在"月课"后讲评，再不批评总医院课堂秩序的事，我也从"尿"中得以解脱。

其实，政治教育的逻辑关系并不复杂，流程如图所示：

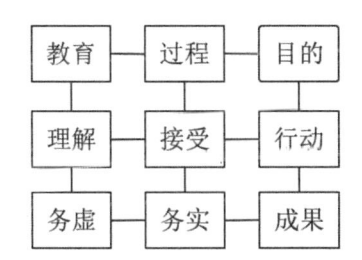

教育	过程	目的
理解	接受	行动
务虚	务实	成果

我体会，政治思想教育要坚持以人为本，力戒形式主义，有针对性地依人依事施教，少务虚，多务实，效果会更好。

十四、追赶夕阳

未老先卸鞍。天命之人，忽然有了"无官一身轻"的感觉。退休次年，我与同时退休的新疆军区军务处长余光泉（湖南澧县人），在长沙、常德、津市、澧县等地休闲半年，说是休闲，实则思考怎样适应退休生活，在晚霞中去追赶夕阳的余晖，还能做点什么事情。

结合爱好，几经琢磨，把强身健体，出门旅游，阅读与写作，多行善举作为余生方向。

（一）健体

从小体质羸弱的我，靠打乒乓球、羽毛球、篮球、散步、游泳等运动增强体质，在遭受重病后得以康复，受益于体育锻炼。近年又学会了一门益智活动——打花牌（家乡的一种纸牌，又叫"十七个""柳叶子"）。散步不受时间、路段局限，又不要成本，每日行万步，吸收新鲜空气浑身舒服。只要有泳池，天不太冷，下水40分钟游完1000米，在蛙泳、仰泳、蝶泳和自由泳中舒展筋骨，有氧运动后，神清气爽，食欲大增。打乒乓球和篮球，我是从小开始打到退休，如今年事已高渐已退场。唯有花牌高雅安静，在"上大人、可知礼、孔乙己"中传承古典文化，在乙二三、六七八、七十土、化三千中运筹帷幄，我虽疏于调兵遣将，但对预防老年痴呆大有裨益。这些动静结合的运动，既能打发时间又能增强体质，何乐而不为。

（二）旅游

有人把去没有去过的地方，看没有看过的景物叫旅游。其实旅游是一项增长知识，开阔视野而又养身励志的活动。当年跑车，车轮碾过西南西北，到过无数奇山美景，由于运输任务紧张而望景兴叹，后来出差到过东南沿海，也因日程排满而无暇顾及，心想退休之后，会有大把时间出去旅游。

宝岛台湾

2011年3月，部队把我移交到自治区老干部管理服务中心，随即办好居民身份证和出国护照。与老伴计划，先国内后国外，首选游祖国宝岛台湾。

2011年8月5日，风和日丽，我与老伴随旅行团，从乌鲁木齐飞上海再飞台北，在5天时间里环岛游。坐船游览"别有洞天"的日月潭，群山环抱的湖光景色，令人悦目赏心。上岸后，游览玄光寺。玄光寺为纪念玄奘法师西天取经的事迹而建，寺内安放有玄奘法师顶骨舍利，供有大师金身，上悬"民族宗师"匾额。我不拜佛，但对"民族宗师"肃然起敬。

夜宿高雄，游西子湾风景区，站立高处，遥望海峡，浮想联翩。来到

"金好"烧烤店宵夜,在密密麻麻的食客中抢到席位,那些简仔米糕、南瓜红层糕、鳝鱼意面等风味小吃,在舌尖上留下回味。

次日游阿里山,旅游车上反复播唱"阿里山的姑娘美如水,阿里山的少年壮如山"的情歌,使人陶醉向往。可到阿里山景区,没见到如水的姑娘、如山的帅哥,唯有山峦叠翠,群峰环绕的美景,树上生树的古木巨树令我惊喜赞叹,真是风景如画的宝岛啊!吃过特色美食脆皮竹鸡、云笋、高山野菜,买了两斤阿里山茶。老板招手说:"欢迎再来哟!"我挥手应答,两岸一家亲,我会再来阿里山买你茶叶的。

后面两天,看过鹅銮鼻、野柳地质公园、阳明山、台北故宫博物院,在台北101大厦观光购物后返回乌鲁木齐。

俄罗斯

"十月革命一声炮响,给中国送来了马克思列宁主义。"多少年来,我就想去看看这个"炮响"的地方。

机会终于来临。2012年7月3日,我携老伴与新疆军区离休的副司令员张同进将军夫妇、副政委岳炳烈将军夫妇、新疆军区后勤部原30分部副部长赵瑞领夫妇及朋友一行11人,乘机飞往俄罗斯谢列梅捷沃国际机场,踏上异国风情的土地。

次日游红场(15世纪90年代,莫斯科发生大火后的空旷之地,曾被称为"火烧场")。庄严雄伟的克里姆林宫是红场主要建筑,是苏联和现在俄罗斯最高权力机关和政府所在地,所以游人仅能外观不可入内。近处的"钟王"可参观手摸,这尊钟王1735年铸成,高5.87米、直径5.9米、重约200吨,铸成后敲第一声就现裂痕,成为世界上从未敲响的破钟。因"破钟"晦气,少有游客拍照。还有一门制造于1586年、重40吨、炮口直径可容3人的"炮王",炮架上铸有精美浮雕和沙皇费多尔像。"炮王"虽威武壮观,却无实用价值,权当一件工艺品示众。

作为军人,参观红场墓园和无名烈士墓是虔诚的。克里姆林宫墙垣处,安葬着各个阶层的名人,朱可夫元帅、勃列日涅夫、安德罗波夫和在十月革命中阵亡的238名红军士兵。既有党的高级干部,也有科学家、作家和文化名人安葬于此。无名烈士墓露天而庄严,为纪念二战中牺牲的人们,墓碑上的长明火烛自1967年一直燃烧至今。墓碑上刻着"你的名字无人知晓,你的功绩永世长存"。听说每有外国贵宾来此都会奉上献花,我两手空空,只好挺直身板,抬起右臂,向无名烈士致以中国军人的敬礼。

俄罗斯民族崇拜英雄,不忘先烈的行为给我留下非常深刻的印象。

夜幕中,破旧的006A列车从红十月火车站出发,经过7小时40分钟运行,到达"炮响"之地——圣彼得堡。乘车前,导游反复交代,列车上小偷多,记得把行李箱放进(像棺材一样的)铁箱中,盖上盖板铺上被套,就是卧铺了。还要用绳子或是裤带拴紧门扣,小偷不易进来,人睡在(棺材)板上,小偷就不易得手了。还要记得在茶桌上放上卢布小费,不然喝水什么的就不方便。客随主便,火车"咣当",心也"咣当",一宿难以入睡。

圣彼得堡曾经叫"列宁格勒",是一座历史名城和旅游胜地。一声"炮响"的阿芙乐尔号巡洋舰、冬宫、伊萨基辅大教堂、青铜骑士、俄罗斯博物馆是必看景观。次日,在涅瓦河乘游艇,半个小时到达"阿芙乐尔号"(意为"曙光")巡洋舰旁,该舰作为军舰博物馆和英雄名舰,却不让上舰参观。我们绕舰三圈,仅能仰视黑色舰体和3根巨大的黄色烟囱。导游讲:"1917年11月7日(俄历10月25日),巡洋舰按照信号指令,向冬宫发射第一炮,揭开了十月社会主义革命(布尔什维克革命)的序幕。"

虽未登舰,却仿佛听见了当年的"炮声"。

沿着缓缓流淌的涅瓦河前行,便到了冬宫博物馆。富丽堂皇的冬宫,原为俄罗斯帝国沙皇的皇宫,是女皇叶卡捷琳娜二世的私人博物馆。馆藏约270多万件稀世珍宝。金碧辉煌的宫殿,熠熠生辉的油画、雕塑,璀璨奢华的装潢,真的让人眼花缭乱。为防游客走丢,每人配有耳麦。在拥挤的人流中,我们看见了镇馆之宝"孔雀钟",还有满满一个展厅的中国青花瓷器。据说全部看完要用5年时间,半天时间,我们仅是走马观花,找点感觉。

走进伊萨基辅大教堂,抚摸四面支撑教堂的16根(每根重120吨)石柱,参观博物馆后登上教堂屋顶,眺望全市景观和涅瓦河全景。下得楼来,同伴张女士正专注拍照教堂全景,忽喊相机镜头被人抢走了。我们速追盗贼,眼睁睁地见一长满胡茬的中年男子消失在人流之中。随即报案,无果。我惊讶窃贼动作神速,仅一秒钟就将卡住的镜头窃为己有。

次日,我们小心翼翼游夏宫。彼得大帝夏宫又称"俄罗斯夏宫""彼得宫"。位于芬兰湾南岸的森林之中，占地四百多公顷。夏宫享有"喷泉之都""喷泉王国"盛名。有百余座雕像、150座喷泉，两千多个喷柱及两座梯形瀑布。其中金字塔喷泉、太阳喷泉、橡树喷泉、亚当、夏娃喷泉各具风采，人物、动物造型惟妙惟肖，引人无限遐想。暑热之时，沐浴"喷泉王国"的习习凉风，欣赏金色造型的喷泉，俯瞰静静的芬兰海湾，的确是一种难得的享受。

欢送节目是游涅瓦河。游艇在水中游弋，舞池中响起一曲曲《莫斯科郊外的晚上》《喀秋莎》等中国朋友喜爱的歌曲，颀长健美的俄罗斯男士翩翩起舞，不时躬身施礼邀请我们共舞，几位年轻朋友跳进舞池，合唱起舞，端上啤酒碰杯，在欢乐中结束俄罗斯之行。

去机场路上，安娜导游要完成最后一个节目，用别扭的中国话考我们：

俄罗斯美不美？美！

对我的服务满不满意？满意！

俄罗斯的国家象征是什么？不太清楚！

是"三色旗和双头鹰"。

安娜讲解：俄罗斯联邦国旗，由3个长方形并排组成，表示俄罗斯地理特征，分别为白、蓝、红三种颜色。白色表示寒带，一年四季白雪飘飘，象征自由；蓝色代表亚寒带，象征丰富的自然资源；红色则代表温带，象征俄罗斯对人类文明的贡献。国徽为"双头鹰"，表示俄罗斯横跨欧亚两个大陆，左顾右盼地一头望着西方，一头望着东方，象征着两块大陆的联合统一和民族团结。她还幽默调侃：望着东方友好邻邦中国的高速发展，我好跟着客人发财，欢迎你们多介绍些客人来啊！

美丽的安娜，有着一张能说会道的"导游嘴"。

俄罗斯地大物博，城市建在森林之中，绿色环抱城市，虽少有高大建筑，但庄重整洁。民众友好热情，米饭、川菜、湘菜随处可食，没有吃、住、行的为难，如有条件，是值得去看一看的。

新、马、泰

怀着对东南亚国家的好奇，2014年10月，我随旅行团一行游新加坡、马来西亚和泰国。坐落在泰国首都曼谷闻名于世的大皇宫值得一看，大皇宫是泰国一世皇到八世皇居住的地方，每座建筑物上镶嵌着黄金珠宝，在阳光照射下五光十色，金碧辉煌。其间，玉佛寺内有一尊整块翡翠雕琢而成的壮观玉佛，令泰国人民无比崇敬。到芭堤雅，俯瞰那一望无际的大海，波光粼粼的海水似向我眨眼。当即换上泳装，在碧绿的海水中遨游，过了一把"外泳"瘾。

新加坡是由 63 个小岛组成的岛国，号称"亚洲四小龙"（中国香港、中国台湾、新加坡、韩国）之一。在半天时间里，我们游"鱼尾狮"公园，从"鱼尾狮"口中喷射出来的瀑布甚为壮观，引得游人争先留影。眺望前方，见有三足鼎立的一船形巨大楼宇——金沙娱乐城。此城集歌舞、赌博、食宿、艺术科学博物馆和会议中心于一体，是名人富豪去的地方。我等遥遥相望，算是开了眼界。

马来西亚由 13 个州组成，首都吉隆坡，总人口 3238 万，华人占 668 万（20.6%），所以语言交流比较方便，汉餐馆很多，我们吃了有名的椰浆饭、沙爹、马来煎饼。游"独立广场"后，登上 452 米高的石油双塔（双子塔），将市容海景尽收眼底。

"三国"景物，大致与海南岛、岭南、八闽相似，只是华人多，市井干净，绿化很好。看见马来西亚、新加坡建筑物上的条状大理石，石纹尺度与大陆相似，问及导游，答曰：这是几百年前大陆人从海上劈波斩浪、九死一生运来的。由此我联想到郑和七下西洋的功德，与华夏先民的智慧。

出游四国，窥一斑而知全豹。人至古稀，再无出国之念。祖国山河无限美，旅游便捷又安全，何必舍近求远，劳民伤财！

拉萨

我是心心念念想看拉萨的，而且一定要走青藏线。有两个因素驱动，一是跑川藏线运输任务，我们止于林芝，可望而不可即而留下遗憾。二是作为一名高原汽车兵，只有跑完"三线"（川藏线、新藏线、青藏线）才算"功德"圆满。退休以后，手中无车，只能乘坐火车飞机去拉萨。

2013 年 7 月 11 日，经阿里军分区原政委麻富省（甘肃人）联系，应西藏自治区副主席多吉次珠、政协副主席洛桑久美之邀，与原乌鲁木齐陆军学校副政委廖石东，乘飞机飞西宁，受到老战友陈远英（陕西人）大校接待。陈大校建议歇停两天后去拉萨，贞观十五年（641），文成公主远嫁吐蕃，还在此暂住好长时间呢。不妨先到日月山、文成公主庙、塔尔寺逛逛，以适应高原气候。我们采纳建议，两天逛完这些景点后直飞拉萨，住阿里地区驻藏办事处。

多吉次珠副主席原是阿里军分区战士，一步步从基层成长为阿里行署专员，洛桑久美副主席原是阿里地委副书记。两位领导与麻富省政委（地委常委）在阿里地区同甘共苦，感情深厚，老朋友远道而来，不亦乐乎。

洛桑久美副主席主管宗教事务，亲自陪同我们参观大昭寺、八角街，配车游纳木措神湖。参观大昭寺时，正好赶上释迦牟尼等身佛像抹金，围栏敞开，挂有"游客止步"示牌。洛桑久美副主席示意我零距离贴身佛祖，我幸运抚摸到1300多年前等身佛祖佛脚。洛桑久美副主席笑着对我说："你是有福之人，临时抱佛脚，机遇千载难逢。"出大昭寺，久美主席按照国宾待遇，赠送我们每人一尊鎏金佛像。

次日，秘书陪同参观布达拉宫和罗布林卡。进入布达拉宫，价值连城的文物珠宝，数以万计的佛像，上万幅唐卡、法器、经卷，2500多平方米的壁画，明清皇帝的敕书，印玺令人眼花缭乱。更为炫目是从5世纪到13世纪安放达赖喇嘛遗体的灵塔，所有灵塔金皮包裹，珠宝镶嵌，金碧辉煌。仅五世达赖喇嘛灵塔就用白银104万两，11万两黄金和15000多颗珍珠、玛瑙、宝石。历史上清朝政府对历世达赖喇嘛都有册封，1652年，清朝政府册封五世达赖喇嘛为"西天大善自在佛所天下释都普通瓦赤怛喇达赖喇嘛之印"，印文为满、汉、藏、蒙四种文字。皇帝册封，四种文字，铁证如山地证明西藏是中国领土而神圣不可分割。

下午逛罗布林卡，这里是达赖喇嘛休闲的专用园林，在浓荫密布、郁郁葱葱的景观中，我们享受到西藏高原园林的艺术之美。

看了拉萨，不去西藏第二大城市日喀则会留下遗憾，我们更想看看曾任全国政协副主席的第十世班禅额尔德尼·确吉坚赞的灵塔。乘大巴车6个小时到达日喀则，夜宿部队招待所。次日游扎什伦布寺，寺院依山而建，是历代班禅驻锡地。寺内供奉着世界上最大的铜铸强巴坐佛。第十世班禅于1989年1月28日在此圆寂。班禅圆寂后，中央政府拨专款6404万元、黄金614公斤、白银275公斤，修建班禅灵塔祀殿"释颂南捷"。

注目祁殿，追思第十世班禅额尔德尼·确吉坚赞，这位活佛出生于青海循化县一个藏族农民家庭，他坚定维护祖国统一，毕生献身民族团结，与妻子李洁（曾是军人）相爱，他们的人生具有传奇性。

从日喀则返回，游纳木措（藏语"纳木"为"天"的意思，"措"为"湖"之意，即"天湖""神湖"）。纳木措是著名佛教圣地，每年有成千上万信徒前来"朝圣"转湖，祈求在碧波粼粼的湖水中显现灵异景象来预卜未来，使得灵魂在万籁寂静中得到超度。

走过"善恶洞"，摸过"合掌石"，吃过湖中特产"条鳅"，在"迎宾石"合影后返程。顺道拜访西藏军区总医院院长李素芝将军，他用牦牛肉、青稞酒灌了我一肚子。

告别拉萨前晚，多吉次珠副主席在阳光酒店举行欢送宴会，请来自治区歌舞团的歌唱演员轻歌曼舞，把酒言欢。兴致中，多吉次珠副主席拿出当兵时学的绝活，用河南话、陕西话、新疆白客话演讲新疆地名，他讲得地道味浓，大家笑得前倾后仰。我请主席讲几句湖北话，与我碰杯后，他说："我当了刨把年兵，连个媳妇子都冒得，老倌子来信决我，砍老壳的死不急！"笑得我差点窒息，顺手拿起"随身带"氧气罐吸氧，问他哪里学的，他说老排长是湖北石首人。

多吉次珠副主席从士兵到"将军"，是有几把刷子的。我为新疆军区培养出的优秀藏族领导干部而自豪。

返回新疆，要接地气坐火车。拉萨至西宁全长1956千米，在"生命禁区"穿行，途经布达拉宫、藏北草原、三江源、羌塘、可可西里、昆仑山口、格尔木市、青海湖等85个车站。路过三江源，忽然想起宋人李之仪"我住长江头，君住长江尾。日日思君不见君，共饮长江水"的诗句。作为长江之子，饮水思源，很想看看长江水的源头，可惜火车在三江源不停车，只见得写有"三江源头"的硕大标示牌，挺立在一望无垠的沼泽之中。就是这涓涓之水，流到我的家乡荆江就成了汹涌澎湃的江流。

列车呼啸，穿过戈壁草原，惊动一群灵动的藏羚羊。正看得入神，忽见漂亮的藏族女乘务员示意，同志，如要吸氧，伸手拉出吸管塞入鼻腔即可。我嫌这根细长的塑管不知进过多少人的鼻腔，抱以"谢谢"应答。青藏铁路线虽为"生命禁区"，身体健康者，不觉得有高山反应。西宁下车，我对两位政委说：虽然是坐火车走青藏线，也算了却心愿，"功德"圆满了。

走进西藏，见得沿途飘舞的五彩经幡，和随处布挂的佛教壁画、唐卡，朝圣路上磕长头和手摇"转世筒"转山转湖的信徒，耳闻从寺庙传出的诵经禅音，不觉来到"佛教王国"，心灵得到洗礼，灵魂得以净化，有着超脱尘凡的佛意。

青海湖

青海湖（藏语为"措温布"，意为"青色的海"）是中国最大的内陆湖泊，湖长 105 千米，宽 63 千米。碧水蓝天下，鸥鸟漫飞，游船漫行，一幅宁静画面。导游讲：当年文成公主思念家乡，拿出日月宝镜相照，果然见得久违的家乡长安，霎时泪如泉涌。倏地记起自己使命，决然将日月宝镜随手扔去，见得宝镜落处闪出一道银光，变成了青海湖。导游凭嘴吃饭，不停地讲出许多传奇故事。

万顷金黄色的油菜花扮美青海湖，灿烂花朵沿湖岸铺展，像是给青海湖镶上一道金边。花丛中，蜜蜂忙着采蜜，游客忙着摄像，那些白马黑马、白牦牛黑牦牛，不知疲倦地被主人牵着招揽生意，10 元钱一照地与天下游客合影。

我带着白牦牛和黑马的合影回到乌鲁木齐，得意地给老伴欣赏，她揶揄地说：牛、马、"羊"同框，你的"功德"圆满了。我猜想，她在嫉妒我拉萨之行呢……

别样"游"天池

200 万年前第四纪大冰川活动，在西域形成天山山脉的天然屏障，海拔 5445 米的博格达峰，终年积雪，成为区分南北疆的标志性山峰。

地壳运动，在博格达峰阴面海拔高度的 1910 米处形成冰碛湖（堰塞湖），在阳面却形成纵横交错的沟壑褶皱。特殊的地理条件和地貌风物，被古人将湖神化为"瑶池"，即西王母与周穆王相会的美池（我却理解为"遥"池，遥远和遥不可及的水池）。西域匮水而视水为宝，乾隆四十八年（1783），乌鲁木齐都统明亮题《灵山天池疏凿水渠碑记》，"天池"由此得名。

博格达阳面沟壑宜种葡萄等植物。早在两千多年前张骞出使西域，发现有葡萄植物（《汉书·西域使》），经过上千年的种植发展，就有了闻名天下的"葡萄沟"。

北"池"（天池）南"沟"（葡萄沟），中间矗立一座峰（博格达峰）。独特的风景，甜蜜的葡萄，加上便捷的交通，成为国内外游客的必游之地。

作为一位"老新疆"，我已经记不清游天池的次数了。久游之后，便有审美疲劳，生出"一览天池小"的感觉。出生于"百湖之县"的我，村旁一座20平方千米的牛浪湖，就比4.9平方千米的天池大出好多倍。我常与家乡来的客人调侃：天池与公安县的玉湖、淤泥湖、牛浪湖相比，就似一口大"水缸"。只不过"水缸"之上有千年冰峰，缸体又被苍松翠柏环围；缸底还有个漏水的"悬泉瀑布"，上、中、下各有雪、松、泉"三景"，这就稀罕迷人了。几十年前，郭沫若先生赞美天池："一池浓墨沉砚底，万木长毫挺笔端。"引发游天池的火热。我是粗人，郭老是文豪，粗人将天池形比"缸"，文人谓天池为"砚"，异物同工，两物皆为西域之宝。有道是："深山老林一口缸，火烧大地盼救秧，悬水奔腾泻千里，稻粱满仓裕阜康。"

每次陪友人游天池，我就炫耀游天池的一些别样"游法"。

1982年6月，我作为政治指导员参加新疆军区原后勤部在乌鲁木齐市八家户举办的政工干部培训班，其间，培训班组织游天池。首次去天池，心情好激动。大巴车在阜康县右拐弯后直线而上，穿过"一线天"，便是盘山路，七弯八拐直达天池。那时没有环保一说，可开车上山，牛、马、羊、骆驼满地窜，畜便随处可见。我们在"定海神针"照了相，乘游艇上岸后，几位北方籍的同行激将我：杨指导，听说你们南方人都会游泳，你敢下水表演一下不？我们奖你一条烟。

30岁的我，不知天高地厚，哪管雪水冰凉和湖水深浅，寻得一隐蔽处，他们将我围住，脱去衣裤，系紧短裤，伸展胳膊腿脚后，站在一个树苑上屏住呼吸，"嗖"地一下扑进水中。霎时，感觉就像一坨炭火在冰水中焠的一下，冒起一团水雾泡花。在十多分钟内，我游完几个动作后，踩水观景，见得山好高、树好大，我却像只"井底之蛙"，伸着四肢在水中扑腾。水凉加上清澈见底的视觉，给人以恐惧之感，急忙上岸，穿好衣服。伙计们信守诺言，由丁健（陕西人）教导员买来一条"红山牌"烟，我不抽烟，分与每人一包，说你们看了游泳把戏又抽了烟，占大便宜了。他们还在逗我，咋不多游一会儿？我说一旦被王母娘娘发现凡人闯入"瑶池"，捉拿到天宫你们救得了不？笑话这么讲，心里却发怵，要是在水中腿脚受凉抽筋，扑腾几下，人就"报销"了。

天下之人游天池，有谁像我这样真正"游"过！

夏秋的天池，雪峰倒映，云杉环拥，旖旎得宛如一幅油画。一到寒冬，银装素裹，云雾缭绕。湖水在零下三十多度的气温下冻成一块坚冰，犹如一块硕大的钢花玻璃，成为冬滑的好平台。

2004年寒冬，女婿提议，天池现在可以进湖滑冰，林海中的蒙古包备有丰盛的牛羊肉午餐。于是，两家人两辆车前往天池，一直将车开到湖心冰面，进入这座天然滑冰场。年轻人下车在冰面上打雪仗，滚雪球，把自己玩成了雪人。小车放唱着圆舞曲，在冰面滑行，恰以两只灰天鹅在舞蹈。

玩过一阵子，我们步行来到"娘娘庙"前的一条沟壑，那里有顺着山坡用大车废胎建的一条300米长的简易滑雪道，一人坐上一只轮胎，从山坡"嗖"地下滑，不时发出刺激的惊叫。在乌鲁木齐还没有滑雪场时，我们跑到天池过了一把滑雪瘾。

坐车在天池冰面滑雪，少有的刺激享受。不过对安全存忧，万一冰面受压而裂缝怎么办？想来都后怕。

我们从乌鲁木齐出发，用一天时间游天池，往返200千米行程，其间排队购票，换乘摆渡车，在天池观景，乘船游湖，坐缆车赏雪，拍照留影一系列活动，时间非常紧张。所以，好些游客选择性观景，遗憾地放弃（或不知道）游黑龙潭最美景观。

玩久生腻。天池风光早已尽收眼底，闭着眼睛都能想象出她的模样，唯有黑龙潭一段景物，实在让人怡心陶醉，流连忘返。

2018年初秋，荆州商会副监事长黄保臣召集一群老乡游天池，我提议留点时间去看看黑龙潭，都说不知何处，我说跟我来。黑龙潭隐蔽在天池东北方位人工水闸下位，穿过一段松柏密林后，顺幽径台阶而下，闻得如雷贯耳的涛声，再下行，映入眼帘的是悬崖峭壁，一股雪融之水从崖涧倾泻而下，形成高达百米的瀑布。瀑布飞溅直下，流银泻玉，在阳光的折射下，呈现出彩练当空、气象万千的景象。

为方便游客尽情地享受山水之美，景区在林荫下水道边，摆放有石桌石凳，供游人停歇观景。我们在石桌上切开西瓜、哈密瓜，摆上葡萄、蟠桃、卤鸡、卤猪蹄、茶叶蛋等一大堆水果卤菜，丰盛得胜过王母娘娘的"蟠桃宴"。吃饱喝足后，秘书长孙元龙说：打花牌的留下，不打牌的尽兴去玩。随即掏出花牌，与美女马方丽和我三人打起了花牌。耳闻水声，眼观奇景，手持花牌，享受着习习凉风，有着神仙般的感觉。有诗云：

飞瀑流银悬半空，烟雨缥缈水声隆。
三位楚人玩花牌，醉在瑶池仙境中。

再顺台阶而下，俯瞰谷底，见得养精蓄锐的天池之水穿崖钻林，沿着三工河一路朝北急流涌进，去滋润禾苗庄稼、瓜果蔬菜。抬头北望，准噶尔盆地南缘一望无际的绿洲上，稻麦腾浪，瓜果飘香……

近水者得福。1776年，乾隆皇帝闻得这块绿洲宝地，取"物阜民康"之意，赐名为"阜康"。

"天池""阜康"。苍天赐予，物阜民康。"上善若水"的福报，此乃黎民之福。

回过神来，从谷底攀爬千级台阶，穿过林间，即可返回摆渡车位。行走在有松林，有激流，有悬崖低谷，有曲折陡坡的路上，即可观赏美景，吸氧清肺，或许在山水之间，才能体会出人生况味。

天池风景美，年年还得去，那些别样的"游"乐，永远不可复制，只能留作美好的回忆。

秋游喀纳斯

在我的认识中，唯有喀纳斯深藏不露，喀纳斯湖更是神秘叵测。20世纪，内地游客来疆，主要奔着葡萄沟、天池、巴音布鲁克草原等景点观光。自从喀纳斯湖"水怪"露面，在央视等媒体报道后，喀纳斯湖名声大噪，成为新疆旅游热点。

正式将喀纳斯列为旅游景区是2000年成立喀纳斯环境与旅游管理委员会时，又于2006年，将禾木村、哈巴河县的铁热、蒙古民族乡克提乡划归喀纳斯景区后，形成10030平方千米的旅游大景区。

出生在"百湖之县"的我，对湖情有独钟。曾先后游过家乡的东湖、杭州的西湖、黑龙江省的镜泊湖、第二故乡的博斯腾湖和天山边的赛里木湖。唯有深藏于阿尔泰后花园的喀纳斯湖尚未涉足，因偏僻路远成为向往之地。

2005年国庆节长假，我带夫人游了喀纳斯湖。退休后，于2008年秋天，陪同公安县县长周昌俊、夫人胡梅娣重游喀纳斯湖。2011年9月，又陪同湖北省人民政府文史馆馆员、著名画家刘三多及夫人吴芳芸两老再游喀纳斯。三次走进景区，感受到"神仙花园"的诱惑魅力，"人间仙境"果然名不虚传。

我们在贾登峪下车，色彩斑斓的秋色之景映入眼帘，溯水而行，河水敲击巨石，激起玉珠飞溅，发出轰鸣的声响，声响打破河谷幽静，把游客从乘车的迷糊中唤醒，我慌忙拿出相机拍录，一只脚滑入水中，刘三多先生拍下我狼狈窘态。拧掉裤水，站立木桥北望、卧龙湾隐约可见。

相传很久以前，一条巨龙腾云驾雾来此戏水，瞬间天色生变，河道冰封雪冻，将巨龙冰封于此，故名"卧龙湾"。"卧龙"实为河谷水流中一片像"龙"的湿地。远望似龙，近看一长形草滩。妙在"龙"体两翼，碧绿的柔波涌动，似"龙"灵动，吸引游客驻足。

北上四里地，不觉来到风景如画的"月亮湾"。喀纳斯湖水在此划了一道优美的弧线，恰似一牙弯月挂在碧水中，给人以无限遐想。

深秋"月亮湾"风景撩人，山顶积雪与缥缈的秋雾晕染成乳白色，山腰西伯利亚落叶松和白桦树、枫树的叶片呈金黄色，挺立的红松、云杉苍劲泛绿，缓缓流动的翡翠色河水倒映山景，只见得山水相映，熠熠生辉。刘三多先生赶紧融入"长枪短炮"队伍，咔嚓咔嚓照个不停，试图把这上帝的调色板收入镜头，带回武汉。

再行两里便是"神仙湾"了。河水将森林和草地分割成一块块似连非断的小岛，称为"神仙湾"。"神仙湾"沼泽浅滩上的草木树叶，在秋风中摇曳，闪闪发亮，乍看仿佛无数珍珠撒落，加持烟云缭绕，产生超凡脱俗、如临仙境的幻觉。

其实"三湾"均因地形而名，因景色旖旎而迷人，最美是"月亮湾"。

北行十里，来到喀纳斯湖。

喀纳斯湖原意为"可汗之水"，也称"王者之水"，是上帝在阿尔泰留下的一颗明珠，在历史的遗存中被誉为旅游胜地。喀纳斯湖形如弯月，长约24千米，平均宽度为2千米，平均水深90米，是我国海拔最深的高山淡水湖泊，以"水怪""变色湖""云海佛光"之谜蜚声中外。喀纳斯湖吸友谊峰、奎屯峰冰川融水及天降雨水，经草木植被层层过滤而注入湖中，所以湖水晶莹清透、碧玉一般。

陪刘三多两老游湖，因有地方官员陪同，将湖游个通透，游船行至千米浮木长堤后返回。刘老师在浮木长堤上，远望皑皑雪峰，环视湖周斑斓美景，情不自禁地说：这是仙境，我成神仙了。

秋水之深，如同人生之澈。秋水之澈，则是人生可望而不可即的透彻。层林尽染的深秋，犹如画家的人生晚霞。望着身背沉重摄影器具、爬山越涧的刘三多，相偎搀扶的吴大姐，不由心生如此赞叹。

2010年6月，陪同公安县周昌俊（湖北松滋市人，现为荆州市统战部部长）县长游喀纳斯，他说东湖、西湖虽然水面辽阔，但无雪峰、森林背景，与喀纳斯湖相比，大逊底色。我说镜泊湖同为高山堰塞湖，由于没有美景衬托，也不可比。而喀纳斯湖吸日月之精华，占天地风水之优势，所以独占鳌头。不过，县长家乡的洈水也是独秀荆楚，发展旅游大有可为。

游完湖上观鱼台观景。夕阳晚霞，云蒸霞蔚，满目的祥云弥漫湖面。县长夫人小胡问我：政委，您带阿姨来这里玩过吗？我说2006年来过，只是运气不好，在上观鱼台的半路中突然乌云密布、顷刻暴雨倾盆，把我们淋成了落汤鸡。小胡调侃：你们来的日子不好，巧遇卧龙卷水、水怪出行，还不给你们表示一下？我说今天日子好，沾县长的光，湖面呈现云海佛光的吉祥景象，好兆头啊！

小胡说脑子里有水怪阴影，坐游船时心生胆怯，害怕水怪将小艇顶翻。我说哪有什么水怪，据说是些十多米长的哲罗鲑红鱼，我看像朽木在湖水中随风荡漾，一沉一浮的模样被合形为"水怪"。世上好些事靠炒作，电视台、报纸一阵爆炒，产生轰动效应，人气就旺了，这不，把县长也"炒"来了。县长搭腔道：我要不是利用几天假陪梅娣出来透透气，什么"怪"也把我"炒"不来。我常调侃，"水怪"害羞，人多不出来，人少会现身，说不定哪时游客少，"水怪"忽就出来了。逗得小胡嫣然一笑。笑过后，给小胡讲起我与"野人"相会的真实故事，把她惊愕得张大嘴巴。

2008年5月2日,我与战友、荆州市公路局副局长李昌明夫妇游神农架,恰好在"野人洞"与在深山老林中寻找野人的山西榆次人张金星照面,见他穿套脏兮兮的迷彩服,蓬头垢面的邋遢模样,把自己糟蹋得像个"野人"。他靠找"野人"出名,以兜售《野人魅惑》自传为生,号称"中国当代野人"。我戏谑他"野人"不在神农架,你去衙门找,硬是拉住我合影后才松手。不久,我写《野人在哪》文字警世。

大凡旅游区,都有类似招数吸引游客。

聊得尽兴,不觉太阳西斜,急忙下山赶路,夜宿哈巴河边防站。翌日清晨,带县长夫妇爬上哨楼看日出,见得一缕阳光洒在边关,图瓦人家炊烟袅袅,数里外的中哈(哈萨克斯坦)边境青山逶迤,宁静怡然。

禾木采风

著名画家刘三多先生,曾于2006年秋天来过喀纳斯,当年我在位时无暇作陪。那次艺术家与锦绣山水短暂相会,便生磁场,把精于山水创作的画家"吸"在这里。

2011年9月6日,刘三多先生与我相约,要带老伴吴大姐来喀纳斯采风,请我提供方便。我当即与布尔津县委副书记邓世洪(武汉新洲区人)联系,得到满意答复。二老两天后来疆,陪同游完喀纳斯湖后,前往禾木村采风。

汽车在贾登峪路口左转弯,沿冲乎尔山盘山公路而下,路虽曲折,但路宽车少。沿途见得牛羊满坡,野花簇簇,唯有那些相拥的金黄树叶,呈现立体画面而触手可及,不时给我们带来好奇惊喜。刘老师乐得不行,连喊司机停车取景。下至谷底,逆禾木河而行,在河水声的欢腾中不觉走进禾木村。

禾木村位于喀纳斯湖畔,是图瓦人集中居住地之一,总面积3040平方千米,享有"中国最远最美第一村"盛名。禾木村以小桥流水的木桥村门、原木垒起的木屋、原始古朴的旖旎村景、淳厚的民族习俗,吸引世人涉足探秘,这里俨然是艺术家产生灵感的天堂。

入夜,我们住进图瓦人民居。本来邓书记安排他在四星级的"禾木山庄"食宿,刘老师"嫌富爱贫",婉谢不住。次日开始逛村子,二老兴奋之际,改变原定只住两天的计划,与我商量陪他住个七八天行不?还有三天就是中秋节,我只好放弃与家人团聚的念头,爽快答应全程陪同。

我与刘老师开始细心地考察每个景点，他用照相机拍，我用本本记。图瓦人的住房干净、卫生，生活设施配套。村民利用森林中倒伏的朽木，将其砍、削、锯后成为梁、柱和檩条，搭成尖顶长方形的房屋，屋顶用草泥抹面，冬暖夏凉，不透雨漏雪。修房剩余木料，沿房搭成栅栏，成为一户户独立整齐的木屋。夕阳下，家家户户的炊烟冉冉升腾，在河谷中聚合成一缕缕梦幻般的烟雾带，形成禾木仙境。

刘老师说，他的家乡咸宁崇阳，也有山有水有缁瓦房，就是没有特色风韵。我说这是1918年俄国十月革命后，有白俄罗斯贵族和军人流落在此，与狩猎的原住民图瓦人相处，盖出具有白俄民族风格的建筑，尖顶木屋承载着一段白俄文化历史。

清澈、幽静的禾木河，似玉带绕村而流，永不停歇地为美丽乡村吟唱。为过河，最早由白俄罗斯人在村口搭建木桥，桥头设有门拱，有警卫站岗守护。悠悠岁月，挺立的木桥成为禾木村醒目的标记。

一方水土养一方人。禾木河不仅养育着图瓦人家，还涵养着牧草和森林。我们去时，处于"打草"尾季，牧民一扇镰一扇镰地将齐腰深的青草收割，成捆地堆成一个个"沃陶"（草堆），备足牛羊半年之久的越冬饲料。这种挥舞长杆弯镰的"打草"动作，马车夫扬鞭策马的运草驾势，实在令我陶醉。回村路上，我与二老躺在马车的草堆中，口中衔着一棵草，伴奏着轱辘"吱扭吱扭"的韵律，沉浸在《马车夫之歌》的浪漫之中……

河水穿林而流，把那些红松、桦树、灌木滋养得挺拔茂盛。深秋雨水渐少，山脊树叶开始泛黄、泛红，黄金般地包裹着村庄。夕阳斜照，美轮美奂，成为旅游打卡旺季。

美景使画家如醉如痴。他说这里的一棵草、一棵树、一洼水、一块石头皆为神宝灵物，能激发创作灵感。这位年逾古稀、身体健朗、精神矍铄的老人，身背沉重摄像行头，忘情穿梭在林水之间，使我心生怜悯。一日下午，见他还要气喘吁吁爬山取景，我双手合成喇叭大喊：老人家，停止前进！再往前走，就有人抓您了。把老人家吓得一怔，摘下眼镜回头问我，为啥？再往前就到蒙古国了，非法越境，该当何罪？两人不约而同哈哈大笑……

月下叙情

中秋节（2011年9月12日）下午，邓书记带着美酒，从布尔津县城赶来禾木与我们过节。在图瓦人家中，早就备好丰盛宴席。红地毯的长条茶几上，摆满瓜果糕点、月饼、奶茶和手抓肉、烤肉，还有珍稀名菜"雪兔"和喀纳斯湖"红鱼"。邓书记鼓动图瓦人献上珍贵的蓝色哈达，用金碗银碗敬酒、唱歌跳舞而不亦乐乎，把个中秋佳节欢度得终生难忘。

次日邓书记返回县城，要我们换个新式的原木尖顶房住住。一句话把老人家"骗"进四星级的"禾木山庄"。

十五的月亮十六圆。当一轮满月爬上树梢，我与刘老师、吴大姐倚窗赏月，品茶叙情。"星稀月冷逸银河，万籁无声自啸歌；何处关山家万里，夜来枨触客愁多。"诗接千古，万里之遥，满怀杜甫当年《月夜思乡》意境。

一杯茶润喉，刘老师打开话匣……

"1939年，我出生在咸宁崇阳县一个穷苦家庭，在父母躲'老东'的逃难路上来到人间，饱尝饥寒之苦。新中国成立后上学读书，酷爱画画，考入中南财经政法大学经济系后，有感于鲁迅先生弃医从文的抱负，立志改行画画，誓用画笔来改变命运。老伴吴芳芸1958年从河南虞城来武汉上卫校，毕业分配在原陆军195医院工作，她这个老兵心底慈善，是勤俭持家的贤妻良母，陪伴着我的绘画人生。"

吴大姐抿着嘴笑："不是我无微不至伺候你，你的画笔早废了。"我给两老续着茶说，一个男人要成就事业，靠的是内助的"贤"。刘老师感激地说："没有贤内助的配合支持，很难走到今天。我早先是咸宁地区群众艺术馆馆员，美术摄影组负责人，出了不少好作品。改革开放后抓经济效益，说我是学经济的，安排我去搞生产经营赚钱。我脸皮薄，不会求人说好话，又无经济头脑，还是根直肠子，不是做买卖的料，没干几天就出局了。直到有一天，地委主管文化工作的领导听说我画的画好，跑上门来参观，看到作品后十分惊讶，没想到人缝里还藏着这么个人才啊！不久组织部来考察，提升我为咸宁市文联副主席。一下子成了副县级干部。地市合并，水涨船高，在我60岁时升职为咸宁市政协副主席。政委啊，我三生有幸，遇上伯乐，退休时成了厅级干部，真的做梦都没想到。"

天道酬勤。我端起茶杯与画家碰杯："您遇上伯乐，我遇上贵人，在45岁退役之时提职为副师职领导，你我同福，幸莫大焉！"

"老人家，据说画坛分有多个'流派'，以您艺术特质和'德''才''望'的影响力，恕我浅识，借此月圆吉时，也给您划分个'流派'？

"您生在'崇阳'。'崇'者，高尚也。体现在您的思想境界和人格魅力。'阳'者，光明也。表现在您获得成就的光明正大和艺术作品的阳刚之气。'刘''流'即您尊姓谐音，证明您刘三多几十年艰辛创作取得一流成绩。参照古人按地域、姓氏、画风划分流派，以"崇阳刘派"称之可否？"

"崇阳刘派"，一枝独秀。两老击掌叫好。三人碰杯，茶干为净。真是：

举杯邀明月，对影成三人。

乡思牵万里，笔墨两人生。

两天后的黎明，我们三人踩着霜冻，叽喳叽喳步行三里，爬上百多米高的观景台。见得宽阔平整的土台上，三五成群的摄客早已摆好阵势，守候着上镜的高光时刻。刘老师挤进人群，取出"长枪"，居高临下对准村庄调试焦距。

一会儿，从村庄传出几声狗吠，过一会，尖顶木屋冒出几缕炊烟，呈带状飘逸，又过一会儿，袅袅升起数十缕、数百缕乃至数不清的缕缕炊烟。烟聚成雾，状似云海，又似洁白羽衣，将村庄覆盖。风吹云涌，那些尖顶木屋在云海中时隐时现，似海市蜃楼，又像玉宇琼阁，给人以梦幻。

烟云渐散，一轮红日喷薄而出，阳光照耀山林，折射出五彩斑斓的射线，流光溢彩地把村庄辉映得金光灿烂。

此时此刻，摄影人贪婪地咔嚓咔嚓开火，想把这人间仙境攫为己有。

忙完摄影，我帮着收拾摄影包，摸着相机烫手，便说相机烧坏了。刘老师说："机子内存几千幅喀纳斯美景，还不把相机撑烫？这次搭乘东风，我是满载而归！"

光阴荏苒，一晃10年。进入耄耋之年的画家，怀着对大美新疆的眷恋，曾十来趟往返于喀纳斯，创作出一系列"新疆风情"作品，成为疆鄂两地文化交流的使者。

近十年中，刘三多先生画笔不辍，喜讯频传。在党的二十大召开前夕，湖北省人民政府参事室、文史馆以《翰墨颂盛世·丹青绘华章》为展题，专场为他在武汉举办盛大画展，以肯定他几十年来，始终坚持文艺为社会主义服务、为人民服务的宗旨，坚守艺术使命、追求艺术价值的丰硕成果。褒奖他以艺术创作形式弘扬社会主义核心价值观，以一位老艺术家的拳拳赤子之心，绘出一幅幅讴歌时代的优秀作品。

老骥伏枥，志在千里。祝愿画家刘三多先生笔墨不老，鲐背画丰。

（三）阅读与写作

阅读与写作互为关联，更与职业分不开。我采取的阅读形式宽泛，涵盖读报纸、读文件、看新闻、看手机和文学作品。通过这些途径，了解时事，保持清醒，几十年的坚持，受益匪浅。

在阅读中开阔视野，在写作中自娱自乐，既可打发时间，吸收营养，又有利于提升写作水平。2002 年，新疆人民出版社出版我的散文集《难忘岔子沟》；2011 年，新疆美术摄影出版社出版我的第二部散文集《铺在云端的路》。只有把健身、旅游、阅读与娱乐科学结合，才能光阴不虚度，余生才充实。

（四）乐善好施

蜀先主刘备曰："勿以恶小而为之，勿以善小而不为。"他的家训，自古以来成为教诲人们远恶近善的箴言。

"恶小"与"善小"，具有矛盾对立的两重性，又是一个由量变到质变的渐进过程。"恶小"不惩戒在萌芽之中，可发展成"大恶"；而"善小"的积淀，则会成为吉庆有余的慈善家。

一个人的善行由"善念"所生。"心存善念，福虽未至，祸已远行。"善念是"心质"，有了"心质"，就会萌生"天下为公"的境界，产生"为人民服务"的行为。善行积厚，终得回报，好人必有好报。

我感恩祖母，是她从小教我孝敬长辈，家里来人要搬椅端茶，与同学要互助友爱，看见盲人过路要牵一把，别人家的瓜果不能摘，邻居借物什要及时取，乞讨上门者要施舍……祖母的言传身教，在我幼小的心灵中滋生"善念"。成人后从军报国，做为人民服务之事，其本质是最大的"善举"。特别在遭受重病，经过生死攸关的切肤之痛后，我对人生有着更深感悟：善待众生，善行感恩。于是便在退休之后，力所能及地在故乡和边城做起善事。

譬如修路。要致富，先修路，这是硬道理。江南平原雨水多，在阴雨连绵的日子，生产队的人行道就成了泥泞路，稀泥巴深及脚踝，老百姓形容为"晴天一把刀，下雨一包糟"。有条干净路走成为村民的企盼。2009年，我筹资3万元，将900米长的路面硬化，连通了村级公路。发小们捧笑我是"杨菩萨"，穿着皮鞋走到北京都不沾泥巴了。尔后又资助1万元翻修村路，立在村口的功德碑上镌刻着我的名字。

与此同时，与乡贤潘宜钧先生化缘30万元，在国家一级作家曾纪鑫先生及十多位乡贤合力下，建起"郑公作家书屋"，出版《牛浪湖畔》文集，为提升乡镇文化尽了绵薄之力。

十五、荆州商会

乌鲁木齐"荆州商会"，在方建平、胡华明两任会长领导下，走过了8年历程。荆州商会企业家们离乡背井，卧雪眠霜，艰苦创业在天山南北，为新疆的社会稳定、经济发展和荆疆两地的文化交流、招商引资做出了成绩，发挥桥梁纽带作用，先后接待来疆考察援疆工作的荆州市领导王守卫、李水彬、陈斌、周昌俊、李凯、韩旭及各县市领导。2022年，因政绩突出，被全国工商联评为"四好"商会。为此，自治区政协副主席、自治区工商联（总商会）会长刘会军专程来荆州商会调研，充分肯定荆州商会为新疆社会稳定、经济发展做出的成绩。我作为荆州商会成长的见证者，对他们的业绩应该留下记载。

十多年前，看到故乡游子在新疆创业艰辛，且无抱团取暖的企业组织，我利用人脉资源，在帮助成立乌鲁木齐黄陂商会后，着手筹建乌鲁木齐荆州商会。首先协调乌鲁木齐市民政局、市工商联考察荆州在乌企业，完善审批成立荆州商会的相关程序。起草《荆州商会选举办法》《候选人建议名单》《商会财务管理细则》《会员入会守则》《商会宗旨》等文件。设计"凤凰立天山"会徽，拜托乡贤王福学先生撰写《凤凰赋》，最后召集 75 名会员，民主选举产生第一届荆州商会领导班子：

会　　长：方建平（监利市人）
执行会长：胡家新（石首市人）
监 事 长：付正华（监利市人）
秘 书 长：倪建兵（石首市人）
副秘书长：孙元龙（公安县人）
副监事长：黄保臣（沙市人）

荆州商会成立大会于 2015 年 9 月 16 日在乌鲁木齐市"长福宫"隆重召开，荆州市工商联主席、总商会会长罗中平（现为荆州市人大副主任）女士率所属县市工商联主席莅临大会祝贺；乌鲁木齐市民政局、市工商联领导亲临指导，王福学先生激情朗诵《凤凰赋》。在相关领导和全体会员配合下，我把成立大会组织得非常圆满。

按照荆州商会五年一届的任期规定，2021 年 7 月 18 日进行换届选举，由 56 名会员选举产生荆州商会第二届领导班子：

会　　长：胡华明（松滋市人）
执行会长：曹勇（公安县人）
监 事 长：高鹏飞（洪湖市人）
秘 书 长：孙元龙（公安县人）
副秘书长：宁少强（松滋市人）
副监事长：田学忠（公安县人）
党支部书记：杨先宝（公安县人）

荆州商会大小企业家，大多来自农村贫困家庭，在改革开放后自谋生路，他们一无"官倒"背景，二无学历优势，三无人脉支持，四无资金本钱。在俗语"撑死胆大的、饿死胆小的"激励下，少小出家门，斗胆来到新疆谋生，演绎出许多感人的励志故事。

方建平：会长，1976年出生在监利市网市镇扒头村的农民家庭，因家境贫寒，中学辍学，13岁到沙市学艺划玻璃做镜子，半年后学得手艺，便生远走高飞来新疆伊宁堂伯处谋生的念头。他坐三天三夜火车到乌鲁木齐，又坐半天火车到终点站奎屯，下车在街上胡逛，见有家制镜小厂，便去打探，厂主是位憨厚的魏老伯，得知他会划玻璃，还会维修机器设备，便收留了他。方建平提出不要工钱，管口饭吃就行。真是："末路逢贵人，腹饥飞来食。"

魏老伯见他诚实憨厚，借一辆三轮车和赊一车玻璃作为本钱让他赚钱，后在一巷子见得二米来宽旮旯，与房主商量两头用砖一堵，捡来废纸板安个门窗，加个天盖租与他住，这便是他的"家"。方建平人小心细，卖的玻璃比他人便宜，成为奎屯家喻户晓的卖镜少年。一年半后，就赚得3万块钱，成为最早的少年万元户。尔后，将父母接来奎屯帮助打理业务，到18岁时，已积累起百万财富，成为同行中最有钱的人。

钱壮人的胆。他揣着巨款离开奎屯，来到乌鲁木齐市创业，在喀什东路兰天玻璃市场租店营销玻璃产品，为急购玻璃，他在与内地厂家尚未见面的情况下，一次打给了厂家120万元货款，从此深得厂家信赖，先发货后付款互守信用。诚信是财富，他经营有道，供销周期短，利润增速快，几年打拼，就成了乌鲁木齐市玻璃销售市场的一匹黑马。

2007年，他开始转变经营方式，注册乌鲁木齐奥申安玻节能有限公司，租厂房，买设备，攻技术难关，学习管理经验，进修中国人民大学MBA，生产节能玻璃。2011年，在米东区工业园买地建厂，经过技术改造和产品升级，发展成为新疆优秀民营企业。生产的特种玻璃产品，供应高速列车、冬季运动会馆、乌鲁木齐市会展中心和疆内各大高层建筑。方建平会长作为民营企业优秀代表，当选为乌鲁木齐市第十三届政协委员。在任会长期间，带领全体会员维稳扶贫，抗疫救灾，为密切荆疆两地关系做出了贡献，商会被乌鲁木齐市工商联评为先进商会。

方建平先生现为荆州商会荣誉会长，夫妻携手治家治厂、将一儿一女培养成大学生。他从划玻璃起步，在创业路上擘划出人生的精彩。

胡家新：荆州商会荣誉会长，石首市大垸镇新堤村人，1978参军到昆明市，2002年来疆创业，成立新疆兴雅合盛建筑安装工程公司，他发扬军人不怕吃苦、敢闯敢拼的精神，与夫人张集元、儿子胡亚威合力打拼，积累资金后，代理"步阳门"经销业务，生产出高档安全门牖占领市场。

胡家新先生担任第一届荆州商会执行会长，身体力行地配合会长工作，团结会员企业抱团取暖，为谋画商会成立和发展尽心尽力而受人尊敬。

知识改变命运。在荆州商会企业家队伍中，会长胡华明，副会长王健，他们用知识的力量，迅速使企业发展壮大，成为业界"儒商"。

胡华明：荆州商会会长，1977年出生于松滋市涴市镇复兴场村，从小天资聪颖，勤奋好学，2000年毕业于华中科技大学。手持大专学历，就职于东莞宝源陶氏机械厂任技术员，先后在武汉、深圳经销电子产品。2012年来乌鲁木齐创业，注册"齐奥多视电子科技有限公司"，从事安防产品和系统集成。2018年成立"深圳凯升联合科技有限公司"，从事电力设备生产和销售。2021年成立"新疆凯源电力建设有限公司"，从事电力工程业务。胡华明用所学之识，行科技创新之事，始终瞄准科技前沿，不断地更新项目，优先抢占市场，取得理想的经济效益。

2021年荆州商会换届，胡华明以实力、人品服众，当选为会长。同时当选为乌鲁木齐市第十四届政协委员，市工商联常务委员。履职一年多来，带领全体会员擘画商会发展，协调内外关系，铺展创业途径，帮困扶贫关爱社会，助力荆疆两地搭建桥梁，把荆州商会带进全国工商联评定的"四好"（政治引领好、队伍建设好、服务发展好、自律规范好）商会行列。

王健：副会长，因高学历被尊称为"儒商"，1980年出生于松滋市万家乡，2004年毕业于武汉科技大学行政管理专业，中共党员。为适应后续工作需要，先后在首都对外经济贸易大学、中国人民大学深造，学术专业涉及国际贸易、人力资源体系建设专业。

王健怀着对新疆的美好向往和干一番事业的雄心壮志，离别优渥的家庭环境，来到新疆创业。通过公务员考试，获得乌鲁木齐市人民政府公务员岗位，在市机关任秘书工作。觉得所学专业与职业相悖，申请回企业工作。先后供职于特变控股新疆众和股份公司，德江集团有限公司，新疆亚中机电股份有限公司。人随企业成长，企业由人发展壮大。王健在亚中机电股份有限公司总经理岗位上，全面负责公司机电贸易、汽车销售及租赁、文化旅游及机电产业、文商旅业务运营等项工作。他在三年时间里，完成从公务员到企业家的华丽转行。

在自治区"旅游兴疆"战略布局下，公司围绕文旅、绿色、健康的发展方向，调结构、促转型，利用多年来覆盖南北疆各地市州商业网点和专业市场资源优势，结合地方特色进行企业转型升级，以亚中机电市场、亚中超市和工程机械展场三大主力为项目核心，投资2亿元，带领1100多名员工，打造集"游客集散、特色民宿、新疆餐饮、民俗文化、旅游综合服务"为一体的大型企业，带动各地州商业团体及田园综合体项目的延伸发展，力争成为全疆域的文化旅游综合服务商。

近年来，王健敬业务实，开拓创新，擘画全局。2020年遭受疫情重创，仍带领员工实现利润9300万元，客流量递增至2100万人次。因政绩突出，被自治区党委评为"脱贫攻坚示范先进集体"，市人民政府评为"疫情重点保供给单位""疫情防控暨复工复产示范单位"，本人被评为"疫情防控先进个人""优秀党委书记"。

王健担任荆州商会副会长以来，全力支持会长工作。在百忙中挤出时间参与商会活动，用人力资源助力商会发展。

曹勇：荆州商会执行会长，从小立志报效祖国。2000年12月从公安县斑竹垱镇参军来到乌鲁木齐市，在部队严于律己，积极要求进步，2002年转为士官，2003年加入中国共产党，在担任班长期间，带领全班战士出色完成各项任务。

曹勇怀着建设边疆的情怀，2005年退役留疆，2006年成立乌鲁木齐兰姿化妆品有限公司，带领四十多名员工艰苦创业，年产值达3000万元。2007年与河南孟津市女企业家李红果结婚，育有一子一女。其父曹德荣（公安县原胡家场乡联合学校校长、斑竹垱镇派出所所长）退休后与老伴李祖芹来疆含饴弄孙，作为商会顾问，饱含故乡情怀地关注商会建设。

曹勇谦虚厚道，积极配合会长工作，发扬军人作风，在引导全体会员企业创新发展的同时，侧重抓拥军优属、维稳扶贫工作，多次带领会员慰问驻乌部队和军烈属，成为拥军优属的先进个人。

高鹏飞：鱼米之乡有民间传说："食鱼者聪明。"1975年出生于洪湖市汊河镇的荆州商会监事长高鹏飞，从小吃着鱼虾，唱着"洪湖水、浪打浪"的歌谣长大。

高中毕业后，他便展翅高飞，先前在南方寻找商机，几经辗转来到乌鲁木齐，2003年创办乌鲁木齐妮美投资管理有限公司，2016年注册新疆展誉贸易有限公司，投资参股"禅医美"整形医院，"天天向上"教育培训机构、斯维登连锁酒店、新疆"疆地标"农产品销售平台等企业。创业路上一路艰辛，企业发展顺风顺水。事业成功，获得爱情，2013年与乌鲁木齐市美女张钰敏结婚，夫妻恩爱，儿女双全，好一个幸福美满的家庭。

高鹏飞2021年担任荆州商会监事长，市工商联执行委员，工作扎实，原则性强，为人坦诚豪爽。在事业成功时，不断追求进步和提升自身素质，2017年加入中国共产党，取得中国人民大学MBA工商管理学历。积极配合会长工作，模范带头作用好。

孙元龙：18岁是一个充满梦想的年龄。在公安县毛家港镇沙河村，有位18岁的壮志青年，在1991年正月十八，身背行囊，坐汽车到武汉，再从武汉坐三天三夜火车来到乌鲁木齐。走出火车站，漫天大雪把他裹成雪人，寒风像刀子一样刮得衣裳单薄的青年瑟瑟发抖，举目四望，人地两生，无亲无故，想打道回府，没有路费。天地冰凉心更凉，这位孤独者，便是荆州商会秘书长孙元龙。

天寒地冻的初春，百业停歇，他像一名侦探，在乌鲁木齐市的大街小巷搜寻求生信息。没有任何技能，只有劳力的他，好不容易在乌拉泊沙石场找到挖沙、筛沙的苦活，一个星期挣到糊嘴的38元钱。稍后，他去石化建筑工地当油漆学徒工，每天挣到12.5元工资，除去每天三顿饭钱1.5元外，到年底存款1800元，他将1500元寄给父母，留下300元买萝卜、土豆、白菜过冬。偶尔干点临时工，挣儿块钱，买一角钱一串的羊肉内脏开荤解馋。经过6年煎熬，学会了油漆技术，还有万元积蓄，便斗胆承包家装粉刷工程，冶建图书馆、西山看守所这些工地，都有他流下的汗水。勤劳吃苦挣来票子，忠诚厚道获得爱情。2002年全额买房娶妻，次年得子。2008年成立新疆品佳科技有限公司，经销建筑器材和附属产品，承包粉刷、保温及装修工程。十多年来完成乌鲁木齐市大小几十个装修项目，工程质量受到建工集团、中建集团、市墙改办和市质检站好评。

孙元龙2015年任荆州商会常务副会长，2021年任商会秘书长，乌鲁木齐市工商联执行委员。在任期间，他不辞辛苦、不计得失地疏通内外关系，接待荆疆两地领导，出谋划策商会发展，扶贫维稳担当重任，配合会长完成商会工作，为商会建设出力无怨无悔。

宁少强："南湖秋水夜无烟，耐可乘流直上天？且就洞庭赊月色，将船买酒白云边。"我将李白诗稍做改动："惟在天山醉楚客，少强卖酒白云边。"荆州商会副秘书长宁少强，1972年出生在松滋市米积台，1989年参加工作，2001年改制下岗，与爱人刘琳丽在米积台经营超市，育有一子。

宁少强2013年8月来乌鲁木齐市创业，注册楚云商贸公司，成为"白云边"酒在疆经销总代理。他在完成商会工作时，坚持送货上门，以优惠价格和优质服务深受客户信赖。家乡游子在劳顿之时，喝上几杯"白云边"解乏，或是企业在顺达之时，举杯助兴，高喊着"发财要到天边边，喝酒就喝白云边"。在他十年来不辞辛苦打拼下，"白云边"酒走进千家万户、大小宾馆，被边城人民奉为待客美酒。

田学忠："我是公安县黄山头人，从工地赶来报名加入商会。"2015年9月16日下午，荆州商会成立大会正在进行，一位朴实憨厚的小伙子找我要求加入商会，临场添丁，满心欢喜，他就是后来担任商会副监事长的田学忠。

田学忠1975年出生，大学毕业后怀揣创业梦想，到深圳市德昌电机厂任AC微电机PE工程师。2006年结婚，育有一双儿女。2009年来乌鲁木齐，改行做建筑防水工程。2021年成立荆州市卓宝睿琦建筑工程有限公司，带领30名员工奔波在南北疆工地，先后完成乌鲁木齐市农牧民安居工程，铁路局集资建房工程、长春路政府安居工程和昌吉市传染病医院防水工程，工程质量受到甲方好评。

他积极配合监事长工作，为商会工作出谋献策，办事公道正派而深受会员信任。

杨先宝：荆州商会党支部书记，1968 年出生于公安县章庄铺镇双星村，16 岁进疆学艺木工，担任过尉犁县罗布麻厂办公室主任、新疆经济日报社汽车司机。他忠厚老实，不怕吃苦，勤于学习，积极要求进步，于 2005 年在报社加入中国共产党。与爱人史万峰成立万杰文化传媒有限公司，在城市靓化、宣传企业文化上有所作为。2021 年担任荆州商会党支部书记以来，坚持党对商会工作的领导，积极组织会员学习党的路线、方针、政策，努力培养入党积极分子，配合会长完成工作任务。

周再高：周再高先生是荆州商会荣誉会长，1963 年出生于公安县斗湖堤镇一个地主家庭。父亲很有文化，给他取名"再高"，期盼他将来有出息，在事业上比父辈"再高"一步。其父在"文革"中被打成反革命下放农村，作为"反革命"的子弟，他被剥夺了加入红小兵和共青团的资格。在生活极度贫寒中，靠奶奶和妈妈种菜卖菜养活四兄弟。

1978 年父亲平反昭雪，经过努力，将周再高安排在县商业局食品收购站上班，下派到公社当"管乡员"（监管猪、鸡、蛋、鱼收购）。1988 年调回县城，又常年在外省跑购销，这段经历使他见多识广而拓宽了视野。爱人吴德芳在县科学试验站工作，边带小孩边开着一个小商店，日子才有转机。

1997 年，全国商业系统改制，在经商潮的涌动下，周再高下海经商，茫然无路中，巧遇在新疆经商的同学宋庆君，应贵人相邀来疆做生意。当年乌鲁木齐边贸生意红火，但周再高无本钱，只能从小家电、床上用品这些小本生意做起。稍有积蓄，便租门店做起家具生意。跑广州、河北等地进货，自己组装销售，通过市场运作，初步掌握家具市场购销规律，积累经验和资金后，便谋划开创自己的企业。

2003 年，他选择成都"全友家居"品牌，相继在华凌市场 A 座、B 座开店营业。2007 年又在美居物流园租赁 5000 平方米楼层，打出"全友家居"专营店品牌，公司员工达到 300 多人（因市建规划，专营店迁至新华凌市场）。新疆区内，乌鲁木齐大街小巷，随处可见"全友家居"宣传广告。"全友家居"家喻户晓，市场占有率高，产生良好的经济效益。2013 年，周再高涉足房地产行业，在阜康与人合作建材城，在博尔塔拉蒙古自治州开发房地产业，在温泉县建有居民小区，成为该县旅游购物一条街。

周再高从小因家庭背景而吃苦勤奋，在改革开放中乘势发展，靠艰苦创业改变命运，成为新疆自治区首府家具销售的翘楚。与妻子相濡以沫，培养出优秀儿子王文龙，在广东佛山开办鲸广物流公司和一家自媒体公司。子承父志，在商海中龙腾虎跃，步步为高。

周再高先生竭力支持商会工作，献计献策助力商会发展，以大爱之心捐款助物，帮困扶贫，组织员工参与社会维稳，为新疆经济发展作出贡献，实现了父辈"再高"夙愿。

温付方：荆州商会荣誉会长，早年从松滋市涴市镇来乌鲁木齐创业，从建筑工干起，有技术有资金后承包建筑工程，成立新疆富方商贸有限公司，带领100多名乡亲奋战在南北疆建筑工地，为新疆经济发展和乡亲们脱贫致富做出贡献。

温付方任荆州商会第一届副会长，以厚道、谦虚、务实的人品受人尊敬。

樊哲华：荆州商会荣誉会长，从沙市来乌鲁木齐市拓展市场，成立新疆奥士食品有限公司，生产出"尚好莲"系列糕点、粽子、月饼等优质食品，深受新疆各族人民喜爱，樊哲华先生成为享誉边城的民营企业家。

荆州商会第一届秘书长倪建兵、副会长肖来胜、谭绍兵、黄保臣、陈坦、覃胜文、杨义伟等领导，以及第二届入会的副会长吴张龙、刘飞、陈晓林、刘源芳、李辉、彭青山、刘勇、周勇、刘为丰、石磊及56名企业会员，相继来到天山南北，筚路蓝缕，创业在天山南北。

"忘记过去，就意味着背叛。"今以文作记，意在把部分荆州籍企业人士的创业史简单记载下来，使其不忘初心，砥砺前行；意在警示后人不忘根本，知苦而后勇；意在使荆楚儿女抱团取暖，聚力发财而奋发图强。吾年逾古稀，乐于积善好施，奉献于乡人。若有缘他日相逢，品茗煮酒笑谈人生。

"成人为己，成己达人。"当一个人行走在"善路"上时，回报的能量也在通过各种形式向积善者返还，人体中的免疫球蛋白浓度随之增加，辅助行善者延年益寿。

善者，善哉！

十六、八千里路云和月

"怒发冲冠，凭栏处，潇潇雨歇。抬望眼，仰天长啸，壮怀激烈。三十功名尘与土，八千里路云和月。莫等闲，白了少年头，空悲切。靖康耻，犹未雪。臣子恨，何时灭。驾长车，踏破贺兰山缺。壮志饥餐胡虏肉，笑谈渴饮匈奴血。待从头，收拾旧山河，朝天阙。"

2020年10月3日，我来到嘉峪关，抚摸千年古城垣，有感而发，激情地朗诵起抗金英雄岳飞的《满江红》。

头一天清晨，我与夫人及刘家文战友乘坐他胞弟刘家安的小车，一行四人从乌鲁木齐出发，经河西走廊、西安返回故乡，参加10月10日"郑公作家书屋"揭幕仪式。车过敦煌，作家曾纪鑫先生发来微信：古代王之涣是"羌笛何须怨杨柳，春风不度玉门关"，今日杨政委是"秋风送爽宿边关，万里奔驰把家还"。接着诗人江荣基先生来信："劝君行旅放心游，千里昆仑眼底收。莫说阳关无故友，驼铃阵阵解乡愁。"两位作家为我旅途助兴，以防打瞌睡影响安全，提示我为参观景点做点功课。

当夜宿"玉门宾馆"，我以"朝霞出天山，登高望江南。铁马骋河西，忽闻乡音唤。风沙裹征尘，鸣啼万重山。始为边塞卒，卸甲回公安"唱和答谢。

汽车穿行在征战千年的河西古道，心中翻涌着历史风云，仿佛看见张骞的驼队在沙海中缓缓而行，载着友谊和丝绸走向远方；看到乡人"昭君出塞"，为中原王朝的大一统奠定基础；看到金戈铁马、勇猛如虎的霍家军壮志饥餐胡虏肉，笑谈渴饮匈奴血；听见王昌龄"黄沙百战穿金甲，不破楼兰终不还"的铮铮誓言，还有王之涣"羌笛何须怨杨柳，春风不度玉门关"的感叹；看到左宗棠抬着棺材，率领雄师去收复新疆的身影；还看到王震率大军挺进新疆、八千湘女上天山的飒爽英姿……

沉浸在想象中的我，忽被喇叭声惊醒：老哥子，嘉峪关到了，请下车。司机家安提醒，我才回过神来，随人流来到古城遗址，于是出现了本义开头的一幕。

岳飞的《满江红》，我过去念过多少遍，已经无法记得了。只是第一次在乡学印象最深。当时苏老先生在三尺讲台上背手仰头，来回踱步，深沉的眼光穿透酒瓶底似的近视镜片，从瓦缝里射向溟邈的蓝空，激情高亢地朗诵《满江红》。那时刻，他的风度似乎就是岳飞再世，把浩然豪气输送到我们这些梦幻少年的心灵。我感动于苏先生的情怀，是他将这位伟大的爱国英雄镌刻在我的心中。

犹记当年先生读罢，就词牌和意境向我们娓娓道来：岳飞的《满江红》，在岳飞所处的南宋只能是"怒发冲冠"的"怅怅词"，真正的"满江红"，则是被岳飞所激发出来的无数精忠报国之士，经过若干代人的前赴后继，用热血和生命换来今天的社稷安宁。如果有朝一日你们去看长城、嘉峪关时，就会体会到"满江红"的深邃况味，或许就是"念良游"了。

谁能想到，这个第一次敲动情感的朗诵与讲解，看起来是再平凡不过的教学行为，可一旦进入童心，就成了一颗种子，这颗种子终于在我心田萌芽了。

每当我追寻老先生酿造的意境诵读"怒发冲冠"的《满江红》时，禁不住情感激荡起来，岳飞背上"精忠报国"四个大字，策马疆场的威武形象，就会浮现脑海。也会像乡校的苏老先生那样遥望蓝空，在高邈冥茫的云路里，去追随英雄渐渐远去的身影。

我一直体味着老先生的话，意念着"满江红"的词意成长。终于有一天，我步入"岳飞"的行列，成为一名镇守边关的"武士"。"驾长车，踏破贺兰山缺"。河西走廊，重重关隘，历史风云里的古战场，在我滚滚的车轮下穿梭日月，漫卷故事。

我们奔驰在雪域高原，莽莽昆仑。在"八千里路云和月"的川藏线和新藏线上，"抬望眼，仰天长啸，壮怀激烈"。在无数艰难险阻面前，形枯槁而心不惩，勇蹈先而不畏死。献身国防初心不改，守卫边疆自有来者。

独女杨柳，女承父志，1997年17岁时考入军校，攻读医学专业，研究生学历，专业技术七级、上校军衔。2020年冬天，我和老伴在三亚度假，大年三十与女婿岳亮视频，只见得他与孙子岳洋丞，问及杨柳，说下楼买年货去了，我们不以为意。两个月后，军区总医院政治部副主任曹元强电话告诉我，您女儿杨柳由我带队，于腊月二十五随医疗保障队到天文点执行任务来了，请您放心，一切皆好。我才恍然大悟，原来女婿女儿怕我们担心，在善意地撒谎啊。

老伴性急，追问我天文点在什么地方，那里安不安全？我说天文点海拔5170米，是阿里高原最高最艰苦的哨所之一。前不久印方越界的"加勒万河谷"，就离哨所不远。为了减轻老伴的担心牵挂，我尽量轻淡地敷衍她。没有透露祁发宝团长身负重伤，陈红军、陈祥榕、肖思远、王焯冉四位官兵英勇牺牲的事。

"儿行千里母担忧"。我们牵挂她一个女儿身，能否承受得住高寒缺氧、罡风彻骨的恶劣环境，在边境前线有无畏惧心理？一方面又为她有机会踏着我的足迹上昆仑而自豪。可喜的是她在 6 个半月时间里，面临生死考验，却巾帼不让须眉，与战友们救死扶伤和展开高原病预防与救治的医学研究，其先进事迹被央视报道，因此荣立三等功。女儿对我说：这次边境驻防，收获很大，深刻认识到军人内涵与人生价值。我说你更成熟了。2022 年正值"八一"，战友们沉浸在欢度建军节的喜庆中，她却义无反顾奉命出征阿里高原，在狮泉河执行防疫任务。军人的身躯是界碑，脚印是长城。我们两代人卫国戍边，在巍巍昆仑留下一行行的"长城"。

杨柳的战友们在天文点哨所以革命乐观主义精神，写出好多脍炙人口的"边塞诗"，不妨摘录几首存念。

年关

朱海荣

酷寒已至

新年即到

望喀喇昆仑

山戴银冠

河漂冰凌

雪域茫茫

野径迹绝

唯我戍边军人

不畏艰险

守卫祖国河山

寸土不让

江城子·戍边

刘国才

边陲五月闻狼烟,好将士,戍险关。竖子无信,壮士赴国难。三军忽闻噩耗,声泪下,摧心肝。八千儿女听召唤,御钢龙,踏雪山。山贫水瘠,低氧高寒。誓洒铁血染昆仑,守国土,退阿三。

中秋戍边昆仑

黄运生

巍巍昆仑万里长,
霜天明月映沙场。
中秋佳节君梦里,
天文点上赏月亮。

边塞军人以诗言志,情感堪比岑参。

更使我敬佩的是军嫂龙秋芬,她在得知丈夫杨春即将带领一支汽车部队常年驻守昆仑山后,为支持丈夫守边关,毅然辞去在乌鲁木齐市的教书工作,带着两个女儿回家乡公安县教书。2023 年 7 月杨春副团长回乡探亲半个月,归队时夫人发微博为夫君送行:

"纵然有万般不舍,也得按时将你交还国家!去吧,记得想着我,想着孩子,想着这个家。"

饱含深情的 33 个字,展现出当代军嫂对爱情、亲情和家国情怀的崇高境界,感动得我荡气回肠,不由得思接千年,念起李白《送友人》诗句:

青山横北郭,白水绕东城。
此地一为别,孤蓬万里征。
浮云游子意,落日故人情。
挥手自兹去,萧萧班马鸣。

此情此景，何其相似。只是龙秋芬老师送夫君诗文，情逾诗仙，在荆疆两地传为佳话。

往事不堪回首，40年军旅是呼啸的风，50年风云是匆匆的云。年逾古稀的我，立在嘉峪关凭吊古战场，西望昆仑，东眺大洋，波诡云谲收眼底，老兵责任重在肩。烽火台上似乎燃烧起我"壮怀激烈"，只不过已然"白了少年头"，所不同的是"不悲切"了。因为"靖康耻，早已雪"，虽然山河依旧，却换了人间。

君不见，嘉峪关：哪怕英雄忠骨勇，不及岁月变王君。

玉门关：春风早已夷艰险，丝路通族各自安。

有感于此，突然记起乡校苏老先生的话：如果你们有朝一日去看长城、嘉峪关时，就会体味到"满江红"的深邃况味，或许就是"念良游"了。

"八千里路云和月"，先生预言成真。

注：满江红，词牌名，又名"满江红慢""念良游""怅怅词"等。

第四章 军旅写生

一、揭秘牛浪湖

湘鄂交界的牛浪湖，自古以来就有各种神秘传说。在20世纪80年代公安县的500名高原汽车兵中，出人头地冒出12名团职军官，其中就有我、李昌明、罗运华、胡训祖、夏德新5名郑公人，于是民间传说郑公好地方、出人才。今夏入"郑公作家群"，方知郑公作家荟萃，文气"熏天"，于是，试图用我浅薄之识，揭开牛浪湖一些神秘面纱。

在300万年前，喜马拉雅山强烈的造山运动遂使西部抬高隆起，滚滚洪流击穿巫山，将东西两段古长江之水注入东海，形成一条长6300千米、落差5360米的巨龙——长江。

长江洪水裹挟着金沙江的金沙、天府之国的沃土，历经100万年的冲刷淤积，铺垫起广袤肥沃的江汉平原，在出海口淤积出一个上海滩。

牛浪湖就是在这历史的长河中淤积形成的。洪荒之时本无湖，此处仅是武陵山脉东端断带的一个深渊，由于流沙淤积，逐渐填平荆江两岸，神差鬼使地在断带留下缝隙。在经过松西河治理、修筑永和大堤后，将长江水彻底隔离形成湖泊。湖水储长江之水为原浆，汲松西河水为酵母，藏澧州山水为甘露，把这容积3000多万立方米的湖水酿成了牛奶琼浆。故此，牛浪湖又名"牛奶湖"，也称"西湖"。

（一）

牛浪湖背枕武陵山脉，面朝江汉平原，由湖南澧县的双龙、如东、复兴，湖北公安县的章庄铺四个乡镇环抱，形成瑞气凝聚的宝地。

壬辰龙年，我降生在这块宝地上。

大凡宝地，或因山、因水、因物、因地名而生出奇闻怪诞。牛浪湖处于两省交界，边民视物有距、吹牛有加，民间传说就有了各种版本。

湖汊九十九。牛浪湖畔有座黄藤寺（位于双龙双台村），因有根碗口粗的黄藤作桥渡人，当地建寺而得名。相传寺里有百名和尚，分管百个湖汊，寺主数汊忘数自己管的一汊，终为九十九汊。时谓牛浪湖暴发洪水，冲毁寺庙，唯有簸箕大寺钟浮水不沉，飘至新庙汊，百姓视为神钟，遂在新庙汊新建来神庙。1958年该钟被毁。湖泊汊口，上吞众水而下哺绿洲，民之福也。

白布精与青布精。传说很早以前，夫妻两人在牛浪湖边浣洗青白两色布纱，骤然风起浪腾，连人带纱卷入湖水，日久成精。每当狂风暴雨之时，可见青白两精现身，以寻找替死鬼。儿时，夏天夜晚在队屋乘凉，老倌子会别有用心胡编妖精故事，吓得一些伢儿不敢回家，只好与老倌子一起守夜。参军前因工作需要时常渡过牛浪湖，每遇风浪之时，湖面便腾起一道道白泛泛的浪化，远看似"白布精"，实为阳光照射下的一种光波相映的物理现象。

2017年为写《牛浪湖秋韵》，采访在曾家嘴打了几十年鱼的表舅爷，问他：看到过"青布精"吗？他讲哪有什么精，只是四五十年前牛浪湖鱼多得不得了，鱼在高温缺氧时，"拢坨"黑乎乎占了半个湖面，渔民称作"走悄"。有次在湖里捕鱼遇见鱼"走悄"，吓得打了一场"鱼摆子"，猜想这就是"青布精"了。

1978年冬天，牛浪湖采用拖尾登坡大网捕鱼，一网鱼获12万斤，湖区百姓见到了吓人的"青布精"。

神秘脉气湾。脉气湾位于207国道旁的荆红村，是我1966年就读东岳庙农业中学的必经之地。脉气湾背靠砖桥陡坡，坡处有一经销香烟、甘蔗、姜糖的老倌。每行至此，老倌留脚，递得一瓢水喝。一日，他讲起"脉气湾"的来历。相传明末年间，闯王败走湘北，一路梅雨相送，苦不堪言。当行至此，暮云骤散，雨过天晴，闯王大呼此处脉气凝聚，百姓称此地为"脉气湾"。后来怕脉气游散，经高人指点，在杨家垱南的山岗上挖壕断脉，就有了"挖断岗"。不信请看，右手方向两匹石马守护着明朝大官邹文盛坟墓，近处肖家嘴还埋有文豪袁宏道呢。若无脉气，哪有大官葬此！据乡友王福学撰文，

"文革"中毁邹文盛墓，见得尸身未腐，颜如当初，老百姓皆说脉气所致。

双龙岗剪影。双龙岗似一条卧龙盘踞在湘鄂交界的山岗上，龙头俯瞰长江，龙尾连接武陵山脉。当我成为双龙岗的乘龙快婿，漫步在青石板铺就的狭长龙腹时，脑海里就浮现出"龙"的图腾和双龙岗的秘闻。

千年枫树王。双龙岗乡枫祥村有棵千年枫香树，树内两蛇修炼成精。一日狂风大作，雷电交加，几道闪电升空，从树洞飞出两条巨龙。双蛇化龙，双龙岗由此得名。为考证，我两次进村，果然在蚂蟥堰边见得一棵裂膛秃冠、挂有1200年树王胸牌的枫香树。树主名叫谢朝银，其子在山东某部任职，听得我是军人，热情有加。我嘱之护好古树，后人必有福报。

两大地主。双龙岗在新中国成立前有何波龙、胡宏岩两大地主，田土万顷、妻妾成群，建有何家祠堂、胡家祠堂，被百姓畏称"双龙"，"双龙岗"由此得名。何、胡两人均在土改时被镇压，祠堂改为小学。我妻子在胡家祠堂发蒙，"文革"破"四旧"，两祠堂被拆毁。

宴席趣事。1999年夏，双龙乡党委刘书记趁我探亲之机，接我咨询双龙无籽西瓜与新疆西瓜品种改良之事，随行还有一位常德书法战友。酒过三巡，刘书记求字，我要战友书写："百汊澧水汇西湖，十岭青山万物秀。谁人育得山水美，双龙岗上两条龙。"刘书记见字面露愠色，疑我暗喻何、胡二龙。我解释道：一龙指刘书记领导的党员队伍，一龙指庹乡长领导的群众队伍。二龙腾飞，双龙振兴。众友喝彩，敬我一杯敞口大曲。

兵器堆之谜。2020年12月8日，战友邀我游卷桥水库，故地重游，当即成行。"兵器堆"位于水库东岸，占地半亩，是个松林环绕的土堆。西面紧挨墓群，树木旺而阴气重，给人以阴森恐惧之感。相传"兵器堆"埋有古代兵器，不可探掘，掘之招致雷击而灾祸降临。因此人迹稀少，茅草丛生，成为我们学生收割烧柴的去处。半个世纪过去，当年泥塑在库底的脚印早已被碧波荡涤，在"兵器堆"留下的刀痕也被绿草覆盖，只有这座"兵器堆"静静地躺在岁月里。堆里埋存的是兵器，还是骨骸，抑或一堆黄土？只有天知道！

据说章庄铺镇域内还有刘璋墓、袁宏道墓、三省桥和覃济川革命烈士陵园等遗迹，因未涉足考察而不敢注墨。

(二)

蜿蜒一百八十多千米的荆江大堤及其堤防"始于晋,扩于明,固于今",永和大堤查无始筑年代,但有"郑公渡镇在明、清属谷升里"的记载。永和大堤竣工,将石子滩至杨家垱境内"过水丘"断水而沥,形成宜居之地,便有以湘人为主体的五杂百姓迁徙而至,我祖上就是百年前由澧县北民湖迁徙而来。异乡黎民,远族结缘,基因优化,民俗融合,在这插根筷子都能发芽的沃土上,生长出一茬茬精英。

40年前,有位在新港桥头讲《水浒》故事的壮志少年曾纪鑫,学在苦海,埋头书山,而今他出版了30多部著作,其中自成一体的文化历史散文,融文学、历史、哲学于一体,阐述远古至今的中华文明。

我从他的作品《历史的张力》《历史的刀锋》《凭海说书》中采撷的串串珍珠,与君分享。

评王昭君、文成公主和亲:"为了国家、民族的和平,她们远赴异域和亲,以女人独特的行走方式,不惜牺牲个体,传播华夏文明,做出了仅凭军事与武力难以达到的一切。"我击掌叫好,今天新疆已从暴恐中走出,"双语"教育深得人心,民族团结坚如磐石,在建设美好新疆的征程上阔步前进。

叙诸葛亮:"整个世界,包括中国在内,正悄悄地发生着一场深刻的权力转移——由做官到金钱而知识。"慧眼识珠,坚信知识的力量。

论郑和七下西洋:"禁海几亡,开海当盛,背海而衰,向海则兴,谁拥有海洋谁就拥有未来。"一语中的,真理放光。

写林则徐:"一生最为辉煌的业绩是禁烟,而他影响最为深远、留给后人最为珍贵的遗产,却是作为近代中国睁眼看世界的第一人那种对西方资本主义的客观认识,以及永远坚守着寻求富国强兵之路的崇高信念。"历史证明,强国必须强军,军强才能国安。

纪鑫鉴古启今、心忧天下的家国情怀,当是中国文人之范。我为军人,读来心潮澎湃且力挺力钧。

捧读纪鑫之书,就像捧着一盏灯,引领读者在曲折的历史深巷中行走,用深刻明智的思辨,撩开厚重的大幕,让世人见得一段段历史真相。

山不在高，有仙则名。白云生处有仙诗云："石子滩上一石头，捡到城里砌高楼。瓦刀一抿无踪影，藏在深处观锦绣。"此诗幽默、浪漫、谦卑、深邃。唯有大仙境界，方能纵观锦绣。卢贤发君是湖北省戏剧家协会会员，著有《卢老倌子故事集》，是名冠荆楚的故事大王，过着神仙般的日子，讲着神话般的故事。

生于仙境、长于福地的游记大师胡祖义，先立讲台育桃李，后用《醉眼看世界》。

祖义君一生如醉如痴行走在祖国山川大地，用"醉眼"欣赏世界。以精美的文字将涉足之处的历史典故、人文景观、特色美食、市场价值等用神来之笔，多种文体荟萃成典，令读者身临其境而击掌称绝。读《大西北的壮美》，听见壶口瀑布的怒吼涛声；把读者引进灼热的"火焰山"，又用"坎儿井"的涓涓暗流凉却涔汗；写《三亚湾的海浪》，见得乌云与蓝天搏斗而翻江倒海；在《夕阳的诱惑》里，那些熠熠闪光的贝壳，椰树林中刺眼的火球，让人顿感夕阳灿烂而心醉；章庄田野上绿茵茵的油菜，捏在手里就成了一捧香油；还有那些"狗不理"包子，"二嫂子"煎饼，"驴打滚儿"美食，不仅教人制作工艺和营养价值，更是馋得我涎水直淌……

我敬佩胡祖义先生见物写情、见景写趣的匠心独运，在他行云流水的文字中忽而珠玑串串，忽而睿智闪烁，忽而诗词点缀，忽而抒发情怀。他笔下的奇山秀水，看醉了读者的双眼。

如果说明代地理学家徐霞客的游记是地质风貌的开山之作，那么胡祖义的旅游散文便是当代游记的后起之秀。

仙境生美女。天生丽质的伍业琼老师博学多才，课余时间创作诗歌散文，将浪漫优美的170多首爱情诗，汇集成《万物生》诗集。她用优美的歌声、朗诵声占据舞台，成为县朗诵协会会长。

水不在深，有龙则灵。牛浪湖畔的云龙村似有两龙。

一龙为潘宜钧先生，一龙为王福学先生。二龙腾云，谓之云龙。如此命名的地名，真乃上苍的眷顾。

我与潘宜钧先生相会一面，见其职位经历、政绩文采，在我脑海里就浮现出龙的形象。

宜钧是荆州市文坛领军人物，在深耕文联、作家协会的几十年里政绩斐然，荣获中国电视剧"飞天奖"和湖北省"五个一工程奖"，任《中华传奇》杂志社社长和《阅读时代》主编期间，废寝忘食地撰文立说，培养文学新秀而德高望重。宜钧在江湖浸淫中看破红尘，用老道的笔力为他文点睛，用包容的胸襟温暖人心。退休后仍耕耘文坛，常自诩为"卯"总，在"卯"总成灾（把讨米佬称"乞总"）的今天，我也身在其中，解甲后受乡人委托，组建荆州、黄陂两商会，至今仍有乡人称我为"杨总"，我也曾如此作答。

幽默者，启智于人，延年于己。

生于壬辰龙年的福学君，博学多才。他从教书到做官，到从文，到书法摄影是门门精彩。我读过他的几部著作，拜托他为荆州商会创作《凤凰赋》，他来疆一游，拍下西域美景，一册《王福学摄影作品配诗词》出版。近日新作《王福学诗词联语书法拾零》问世，荆楚又现龙腾。

我不谙书法，但对福学君凭深厚的文学功底以意造字的艺术魅力尤为感叹，他为荆州商会凤凰舞天山的会标泼墨一幅，"凤飞西域开新境，凰立天山铸楚魂"的作品倾倒多人。我俩游南闸，张丽萍处长向他求字，他挥毫"南开虎渡，万顷江汉皆春色；闸挽狂澜，八百洞庭享太平"。一开一挽，把南闸的波澜壮阔展现世人。尤为精彩的是为曾经的鱼贩子今日企业家帅修武题字："帅君自小弄鱼虾，修业齐家两不差。武步中原称魁首，肩挑日月走天涯。"一首诗，将其名、其业、其绩、其苦淋漓尽致地跃然纸上，"肩挑日月走天涯"，完全是对天下打工者、我等军人、尔等游子的真实写照。为此，我专程到帅总办公室欣赏墨宝，为其喝彩。

古人云：万物得其本者生，百事得其道者成。灵毓的垸乡水土，生养出一群咬文嚼字、舞文弄墨的"郑公作家"，使得江荣基的诗词脍炙人口而独步诗坛，他任县诗词协会会长时，为公安县的词赋文化推陈出新做出了贡献。

诗词、散文作家卢成用，满腹经纶且宝刀不老，笔耕不辍出版新著《蓝天诗草》而受人敬仰。创作的古体诗，承楚辞遗风，藏"六义"之魂。

鲁迅弃医从文旨在以文救国，昌武精医弄文旨在救民。退休后的郑公医院院长彭昌武以医之德，以笔为器，仍在望、闻、问、切把脉病患。"呈现在人们面前的是一片残破的卫生院，与国家的卫生事业发展方向是多么格格不入，与斋公渡这一方土地上的老百姓对防病的需求又相差多远啊"！

昌武先生怀揣梦想，"梦见整齐的楼房里挤满了不同科室和现代化的医疗设备，门前挂起了斋公渡卫生院的招牌"。

庶民无恙，万众所盼。昌武或能圆梦！

诗歌是一种抒情言志的文学载体，更是高度凝练的语言艺术，县作协主席谭维帖，出版了《依依星光》《石潭短诗选》（中英对照）《已作丰熟》（合集）等多册诗集，用灵动形象的意境，丰富的情感反映社会生活的真、善、美，成为《流派》栏目主编，《大河》签约诗人。

有着军人历练的作家马华，从小习文写诗，尤以"田园诗"和"军旅诗词"独具风格，多次在《中华诗词》等刊获奖。在 1979 年对越自卫反击战中，他冒着生命危险，在战斗间隙写下《渡红河》《战友啊，你在哪里》等悲壮山河的诗篇。在马华诗中，闻得到泥土芳香，见得一行行军旅脚步，听得见《春醉大地》的优美韵律。

梅花般含蓄矜持的文化站长李开梅，在县作家协会秘书长的职位上硕果颇丰，她擅长抒写意境深邃的叙事散文，以形散神聚的优美文字感动读者。

书法家封德明先生，字如其人。隶书饱含温文尔雅、雄浑古朴的中庸内涵。集雅、俗、奇、古于毫端的隶书作品，被多家藏馆珍藏，且辞赋华章，律古韵长。

五中校长、二胡琴师龙继海先生毕生从事教育事业，真是一根琴杆立天地，两根琴弦奏人生，三尺讲台育桃李，四海五湖有门生。退休后在阴阳的融合中演绎着人间绝唱。

"心凝形释，文诗融通。"县作家协会副主席刘青方，深谙诗文精髓，著有《人在旅途》诗集，《西南偏南》等散文。在他的作品中能感悟出松西河水赋予其创作灵感，山岗田野赐予其创作源泉。

"万里长江，险在荆江。"我常唏嘘，千百年来饱受水患的公安县，却没有一部与水抗争的史记。长叹之时，读到郭业友四十多万字的巨著《荆江丰碑》。郭业友作为荆江分洪工程管理局的领导，是分洪工程建设的参与者、建设者、管理者之一。他以厚实的史料，精彩的文笔，全景式的记录，扣人心弦的故事，创作出感动天地的《荆江丰碑》。

著丰碑者，亦是"丰碑"。

山林孕锦绣，湖水育精英。在章庄这块土地上，还培养出北京大学法学院教授、国际知识产权研究中心主任易继明，去年走进中南海，为中央领导专题解读"国家知识产权保护"的相关法理。

俄罗斯自然科学院院士、国际地质工程与环境保护协会秘书长伍法权，在地质研究领域成绩斐然。

上海交大物理系教授唐坤发，在固体物理领域贡献卓越，其研究成果被国际物理学会命名为"唐坤发定理"。

中国现代著名雕塑家聂承兴，斩获多项国际雕塑大奖，其铜雕《盛中国》《孙中山》蜚声海内外。

国家著名版画家、书法家伍法勋，在中国版画、书法界享有盛名。

从新疆军区团政委转业地方工作的鲁炳松，发扬我军吃苦奉献精神，在青海省储备物资管理局副局长职位上敬业乐群。

神秘的湘鄂交界，藏龙卧虎，名家辈出。就连取名湘鄂、鄂湘者，不是文学大家，便是国家栋梁。

（三）

永和大堤截江流，郑公垸乡变绿洲。我立于大堤，注目流淌不息的松西河水，发思古之幽情。

东晋永和元年（345），穆帝司马聃治水，始修荆江大堤，在此后一千六百多年里，历朝历代接力筑堤，展现出一幕幕与洪水搏斗的悲壮画卷。

江水决决，水患殃殃。据史料记载，1380年至1939年，荆江大堤就频发水患101次，溺者无数。湖广总督毕沅用"饥鼠伏仓争腐粟，乱鱼吹浪逐浮尸"形容其惨状。

治理水患使公安成为"百湖之县"，湖与湖的交通全靠摆渡。传说很久以前，郑公渡口有位郑姓船公，以渡口为家，长年累月在此摆渡。船公心地善良，在渡口搭有雨棚，免费茶水，有钱无钱皆可过河。久而久之，两岸渡客渐忘了船公名号，遂以郑公相称，如此传开，便有"郑公渡"之名。

郑公渡因水而生，靠渡而名，在湘鄂交界的水运中形成码头。

明清以来，沙市码头成为湘鄂川物资集散地，上起宝塔河，下至玉和坪，人称"九码头"。"九码头"除三座客运渡口外，又分类为六座货运码头。即棉码头、谷码头、炭码头、瓷器码头、川盐码头和水果码头。这些码头管辖各个"帮口",收取船头费和红利钱。如"荆宜帮口""河南帮口""川楚八帮""湖南十八帮"和"渡划渔船帮",各帮按辖区航道又分设多个小帮,各帮分挂帮旗,易于识别显威。

郑公渡是沅水、澧水货船往返于沙市码头的必经之地,成为湘鄂交界的商品集散码头。为修补船篷,恢复体力,自然成为"湖南十八帮""渡划渔船帮"下辖的小帮口。

在码头上,船夫集聚,游民涌入,五花八门行道开业。东街上建起了戏院子(传说建戏院部分资金来自帮口捐助)、茶馆、旅馆、饭馆、面馆、澡堂,另有打骨牌、撮牌的,打渔鼓筒、三棒鼓的,算命抽彩头的,搬运挑脚的,看戏听书吃花酒的游荡于市;西街上铁匠、篾匠、漆匠、刮刮匠、补锅佬、郎中、道士、熬糖打豆腐做千张的生意兴隆;猪行鱼行,卖竹器卖草鞋,卖肉卖蔬菜卖油盐柴米的吆喝声此起彼落。南北人流的交汇,给码头带来兴旺,郑公渡在这一吆一喝、一觞一咏间,形成了蕴含湖湘文化的历史韵味,铺垫起小镇的文化底色。时至新中国成立初期,发展成为管辖松桃、郑东、郑西、天兴、韦厂、章庄、东河七个人民公社的行政区公所,主导着政治、经济与文化的综合功能。

自我记事起,郑公渡先后有阳老(欧阳青)、陈老(陈德春)两位老红军来此成家定居。两位老人一胖一瘦、一动一静地在街上尊享殊荣。因治食道癌而名噪一时的郑公卫生院,靠一方紫砬砂剂轰动京城,医院护士周尚萍沾治癌之光与我们同时参军,开启新中国成立以来小镇特招女兵之先例,在小镇上荡起一波涟漪。

百业兴盛,码头煌煌。

身背"两袋水"(松西河水、牛浪湖水)的郑公人亦如此。据老人讲,郑公渡邮局堤坡下南北两口深潭是个"倒口",由对岸拖船埠洪峰直击大堤所为。"倒口"洪水像条黄龙直冲牛浪湖,形成五中至支家口一条入湖水道。水退泥淤,在电排站至杨家垱段形成淤积,便称"淤角"(wèi guò)。有周姓大户在"淤角"筑台围垸,将南至牛栏架,西至丁堤口,北至汪家铺筑堤一圈,见松西河水波涛汹涌,取"松""涛"二字谐音,雅称"松桃垸",其实垸内既无松林,也无桃园。1958年立社,冠名为"松桃人民公社"。

松桃垸南是"桃圩垸",此垸为牛浪湖毛虾尾至杨家垱排水至洞庭湖水道，因取直拓宽为"新港"。新港上架东西两桥，东为"双福桥"，西为"新港桥"，皆为两省通道。"新港桥"为曾纪鑫出生福地。

人们在与水的长期抗争中，形成独特的"水"文化。"水"文化浸润在文字、民俗、饮食、地名等诸多方面。

表现在文字上的有"垸""企图""河东河西"形容词。围土完整即为"垸"，为湘鄂湖区专用名字。郑公最完整垸落有"松桃垸""天心垸"。

将河堤加宽外延形成"鸡头"（矶头），企图改变洪峰流向，让洪水冲击对岸而保护已堤。松西河曾经多处"鸡头"（矶头）相望，各怀"企图"。企图或许因"鸡头"（矶头）而造字。

因"矶头"导流作用，导致松西河两岸堤防"三十年河东，三十年河西"的轮番塌陷与强固，加之地名方位，似乎就是"郑东、郑西"的由来。

因水造字还有"湖""港""河""汊""堰""池""塘""氹"等，皆是郑公名片。

汇集八方风味，以湘味饮食在郑公独具特色。一盆用大米或是红苕熬制的糖稀，能做出几十种香甜酥脆的糖块；一只莲藕做成十几道佳肴；将鱼去皮剔刺精制成"鱼糕"，与"乌龟王八蛋""排骨莲藕汤"齐誉荆楚；把各种水产、蔬菜秋储冬吃，经过腌、酱、鲊、晒、泡后成为喷香的家常食材。饮食文化催生传统文化的继承发展，成为春节、端午节、中秋节等节日舌尖上的美味佳肴。

"水"文化体现在民俗的方方面面，融汇在人们的日常生活中，听那吆也啼、嗨也啼的打硪号子、纤夫号子、车水号子及渔鼓筒、道琴、三棒鼓、南路点子；看那筑堤工具、耕种农具、捕鱼渔具、地上树木、水中生灵，乃至文化名人的网名（蓝海洋、水田禾、长江水），全都储藏着"水"的密码，蕴含着"水"的元素。我虽名不及水，但与水结缘。20世纪70年代，垸里来了一位会算命的盲人，俺妻找其算命，报得我生辰八字，算出此人是条旱龙，因与水结缘而发迹在西。乡亲们喝彩算得准，遂向妻子讨赏两条"沅水"香烟。

经千年积淀的"水"文化，其核心价值是与水抗争的"不屈不挠、无私奉献"的伟大精神，是公安文化之根，公安精神之魂。

秋风萧瑟，我寻魂到大堤，北瞰长江，南眺洞庭，脑海里翻腾着历史风云。

东晋永和元年，穆帝始治荆江，千年后"永和大堤"成名。"永和"是历史的巧合，还是先帝的圣明？烟云中，我看见万众劳工为求"永和"，衣衫褴褛，咬紧牙关肩挑箕土，挪步在高陡堤坡，看见了暴殁堤基的堆堆白骨，流产于茅坑的团团婴血，和那一根掏破肛门、沾着血迹的掏屎棍……

我听见万众劳工震天动地的呐喊：长江不竭，我们不死！

巍巍江堤，魂兮归来。

（四）

章庄人杰地灵，是块福地，我却换位为地灵人杰。水生万物，万物而生灵性，灵性生人杰，人杰生性灵，性灵生美文，美文方集群。在四马潭江堤上一棵摇曳的狗尾巴草，在江莘（宋良泽）笔下就是一首优美的长诗，而突兀的大漠流沙，在诗人王维笔下只能生长出"孤烟"。即使"三袁"兄弟在江西，或许因灵性而成为师爷，迁徙公安得水而性灵生，抒写出不拘格套的传世美文。

地灵加勤奋，方出人杰。

每次回郑公，必在街上"圈魂"（方言：无聊地转圈），抚摸东街那堵百年青砖残壁，顺道寻找参军体检的卫生院，挤破脑壳买猪下水的食品公司，看过龙船的船码头，上过舞台的戏院子，发我薪水的财管所和那梦寐以求的五中学府……

转着转着头就懵了，朦胧中似乎觉得"魂"还在，只是难以附体了。

物以类聚，人以群分。牛浪湖以"厚德载物"而类聚，郑公作家以文学爱好而群分。鄙人才疏学浅，实为文学爱好者，妄称作家有损其名。诗云："立在西域一面盾，坐在屠陵一学生。"好在赋闲后在故乡寻得一方强骨健身的沃土，相聚一群博学守义的高士，此生足矣。

让我们勠力同心，感恩章庄，聚集起萤火之光，闪亮故乡寂静的夜空。

源远流长的湘鄂风韵，滚烫赤诚的家国情怀，流年似水的人间烟火，触手可及的缕缕乡愁……

一湖水——收藏着牛浪湖的神秘。

一支笔——写不尽章庄旖旎芳华。

二、牛浪湖秋韵

又一个中秋，我走进故乡，走进这座"气白而藏万物"的湖泊——牛浪湖。

这座面积为二十多平方公里，蓄水三千多万立方米的袖珍湖泊，恰似上帝撒下的一颗耀眼珍珠，亮晶晶地镶嵌在湘鄂交界处的澧县与公安县交界处，肩负着排涝防旱、用"奶水"滋养湖区十万生灵的使命。每当秋至，这湖就似一个镶着金边的果盘，装满着沉甸甸的硕果，奉献给这丰收的季节。

秋水如镜

湖泊，上吞众水而下哺江河，大气磅礴以波动日月。上百年前，一道永和大堤将江水隔离，从此，失去母系的长江水与澧北的溪水相聚，汇合在黄土高岗与低凹的流沙之间形成湖泊，湖水在漫长的熏蒸过程中，就净化成了质如牛奶的湖水，加之湖形又似那牛乳模样，也就有了一个令人垂涎的美名——牛浪湖（又名牛奶湖）。

湖水在接收春天百溪之水的涌入与荡漾之后，呈现出容纳万物而不争的境界，将那些水中的生命、岸边的精灵滋养得水灵而舒展。进入秋季，湖水则一如平镜般地躺在大地上，静静地欣赏自己创造的美景。

这景色美到极致。水下，鱼儿追逐嬉游；水上，荷花、菱花、芦花在秋色中绽放；鹤鸟漫游湖面，鸭鹅拨波吟唱；朝霞升起，漫无边际的稻菽在秋风中腾起金色的千重浪；夕阳下，红透的柑橘、柚子，像绣球、像灯笼似的挂满山林，在余晖的照映下，染红了西边的那些山岗。落日时升起袅袅炊烟，餐桌上就摆满了鱼、蟹、鹅、鸭、莲藕、茭瓜……这些美味佳肴，全是来自湖水的恩赐。

上善若水，水泽四方。在这里，天旱不着，水涝不着，没有地震，没有瘟疫，连鸟儿都不感冒，全仰仗这湖水的庇佑。

秋水如镜。来到湖边，用那清澈的湖水照映身影，兴许会洗涤心灵的尘埃；掬一捧"奶水"，就会感知水的甘甜……

秋鱼肥硕

好水养好鱼，这"牛奶湖"，是鱼儿生长的天堂。

秋水渐凉，那些害怕感冒的鱼儿纷纷游离深潭，来到湖汊浅滩晒太阳，一汊汊一弯弯的鲫鱼、鳊鱼、鲩鱼……就像那蜷缩在墙角下晒太阳的老汉，一动不动地歇在那里。当突遇鸬鹚和水鸟来袭，只听见"哗哗"的击水声，只看见翻涌的波浪，只觉得湖泊在颤抖，吓得人打起了"鱼摆子"。

在这个季节里，渔民们开始下湖捕鱼，数十种渔具，十八般武艺，在湖水中各显神通。一天下来，满载而归。没有渔具的人，在湖边用棒槌砸，用竹篮网，也能获得一桌的鱼味。1978年冬天，牛浪湖采用"拖尾式登坡大网"（由146片架子网组成，全长2190米），一次捕鱼11.25万斤。渔民们以打鱼为乐，把酒祭天，沉浸在丰收的喜悦之中。

八月十五中秋节，走丈人的后生们挑着沉甸甸的担子，一头装着月饼和美酒，一头挂着比幼儿还长的两条红尾巴鲤鱼，划船过渡，好不热闹。

秋菱鲜美

"身上穿件红衣裳，两头尖尖白肉香"。小时候，我的婆婆就教我猜这样的谜语。孟秋时节，湖水上的菱叶泛黄，小不点的白色菱花已渐凋零，采菱姑娘双手如桨，划着腰盆，小手翻开菱藤，将大把大把的菱角摘入盆舱，手一扬，撩起了刘海儿，露出红润润的脸蛋，好似出水的红菱。翌日清晨，姑娘们挎着筐子来到早市，那满筐的菱角换回的是满心的喜悦。

菱角有家菱、野菱之分，家菱个大体红，壳薄肉嫩，可当水果食用。《红楼梦》三十七回中有表述，"袭人听说，便端过两个小掐丝盒子来。先揭开一个，里面装的是红菱和鸡头两样鲜果"。看来，美人是爱红菱的，当掰开壳儿，将那白嫩如玉的果肉放入皓齿，就有了人间甜蜜的味儿。

野菱个小壳硬，且长有四只角儿，煮熟吃极佳。这看似丑陋、壳硬扎嘴的东西，却有着香糯无比的味道。

世上之事就是如此的神奇。浮在水面不香不艳的小花，却能结出鲜甜怡人的果实。我养的那盆昙花，花朵硕大，可开一日即香消玉殒，没有了影儿。

秋藕丝长

"交流四水抱城斜，散作千溪遍万家。深处种菱浅种稻，不深不浅种荷花"。我不清楚清人阮元到没到过牛浪湖，他却把湖光景色及务农的规矩，表述得淋漓尽致。

在牛浪湖的不深不浅处，到处种着莲藕，这藕就盘根错节地伸展在秀水沃泥中，架起一座座通往两湖的地下桥梁。秋水中，荷叶褪去了翠绿，耷拉下华冠，荷梗关闭了通向莲藕的气道，使莲藕在深睡中保持着充足的养分。这时的莲藕，最嫩最甜且藕丝最长，是"藕断丝连"的最佳时期，开春失水后的莲藕，藕丝不长且易断了。

杜甫诗云："公子调冰水，佳人雪藕丝。"莲藕是吉祥之物，定亲结婚一般都会选择八月十五、十六这两个吉日来"联（莲）姻"，"偶思"（藕丝）也最长。宴席上，凉拌藕片、爆炒藕片藕丁、清蒸灌藕、炸藕鸡腿、炸藕丸子、排骨炖莲藕，让人大饱口福。一只莲藕，可以做出十来道佳肴。

一支残荷，一只莲藕，朝上的是灵魂，朝下的是肉体。灵魂与肉体是不能分离的，即使分离，也会藕断丝连。

秋云野鹤

"秋云野鹤"是秋之神韵。移动在秋天的云朵，没有了"黑云压城城欲摧"的气势，锐减了"行云流水"的速度，在蔚蓝的苍穹，展现出一副天高云淡的"闲"景。被视为"湖泊王子"的白鹤，舒展着舞姿踱步在岸边田间，觅见鱼虾，长嘴一啄，胃囊就隆起一个包包，填饱了肚子，濯净了双腿，几声鹤唳，两扇宽长的翅膀缓缓鼓动，后伸的长腿就像飞机尾翼，倏地腾飞云天，一番长空舞蹈后，吟哦而来，凤凰山的树桠上就歇满了凤凰，白鹤村的原野里就有了移动的白云。

野鹤之美，淡如秋水，远如秋山，高如秋云，是很难捕捉的一种高雅与飘洒，当得起一个十足的"逸"字。"闲"与"逸"，正是秋之本色。

会欣赏这本色的人，就能松鹤延年而鹤立鸡群了。

秋之乡情

久居城市，生命的淳朴之美随着钢筋水泥的混合而消减，食用的那些不安全食品，又让人忧心忡忡。于是，高傲的现代人向往起"东篱"的田园生活，想回归先祖临水而居的生活方式了。于是，那些农家乐、采菱乐、观荷乐、垂钓乐、踩藕乐、采橘乐就应运而生。

一日，表弟带我去了湖边一家专营螃蟹的"流水山庄"，只见溪水潺潺而流，螃蟹横行其间，红焖大蟹的浓郁香味溢满山庄，"有朋自远方来，不亦乐乎"。亲戚朋友围一大桌，说着家乡话，叙着故乡情，品着家乡味，久久凝聚的"故乡情结"，在此瞬间爆发，顺着这溢香的美味，飘逸在原野……

"天秋月又满，城阙夜千重。还作江南会，翻疑梦里逢"。三杯敞口大曲下肚，我就吟出了这首唐诗。

人的一生就是一次精神之旅，每一步都在寻找最终的故乡，所有朝圣者的疲惫，都会被故乡秋天的烟火除去。

三、棉暖人生

历代君王均把"衣""食"作为民生国策。黎民百姓为感恩天朝，将君王、刺史、县令尊称为"衣食父母"。沿用至今，尊称泛滥，便将各层官人统称为"父母官"。

章庄镇半山半田，土地肥沃，气候温和。"高处种棉低种稻"，自古以来，成为丰衣足食的棉粮之仓。

一条大港横卧双星村，两边高地全种棉花。在我能拿起锄头时，便跟随大人下地薅棉花草。家里人多，家父将六把锄头磨得光亮，在锄把上刻上记号，像兵器似的挂在屋檐下。那个时代没有除草剂，除草全凭家家户户人手一把锄头。

"棉锄七遍白如银。"这是农家人口口相传的种棉秘籍。薅草不仅除去与棉苗风长的杂草，还起到松土增氧的作用。俗话讲："男人怕薅草，女人怕挑担。"要给棉花锄上六七遍草，是男人最讨厌的农活。"雨不锄草，阳不补苗。"烈日之下，上百把锄头一字摆开，男女老少挥舞银锄，在棉田演奏起"锄禾日当午，汗滴禾下土"的交响乐。乐声中，男人们耐不住性子，不是在剔"绊根草"时给棉苗剃了光头，就是薅出一堆堆的"黑鱼窝"。队长开骂，女人生气，倔犟的男人们索性锄头一扛，扬长而去，留给叽叽喳喳的女人们薅个日落西山。

我在一弯腰、一挥锄、一剔草、一培土中学会了薅草，相继又熟悉了间苗、施肥、中耕、打药、整枝、摘尖、捡棉花等农活。

勤劳的公安人民，在这年复一年、日复一日的薅草劳作中，将30多万亩的棉田薅得寸草不生。待到秋收之时，呈现出一望无际的洁白世界，绘制出"银公安"的壮美景色。

中国是产棉大国，历朝君王依赖棉粮来维系国计民生。清乾隆三十年（1765），直隶总督方观承以乾隆帝巡视"腰山王氏庄园"的棉花为背景，主持绘制出一套从布种，到管理纺织、染色成布的十六幅全景图谱，题名为乾隆御书《棉花图》。每图附七言诗一首。灌溉图意为："土厚由来产物良，却艰治水异南方，辘轳汲井分畦溉，嗟我农人总是忙。"展现出一幅北方取水种棉景象。"横律纵经织帛同，深夜轧轧那停工，一般机杼无花样，大辂推轮自古风。"此为织布诗，南北大同。

"棉花图"诗图并茂，意蕴万千。把棉花种植上升到国家战略，将种棉工序定格传承。

清末，凤凰县书童熊希龄完成自选绘画作业时，突发灵感，画出一株枝叶俊秀、蓓蕾初绽的棉花，题诗一句"此君一出天下暖"而被誉为"湘西神童"。熊希龄睥睨荷花、牡丹、桂花，独尊棉花为"君"。"君"遍天下，普世皆暖。熊希龄少小立志，胸怀博大，成为北洋政府第四任国务总理。

时至1929年，在上海市花竞选中，棉花惊压群芳，独占花魁成为上海市花。此后，洁白如玉，温暖如春的棉花，成为爱侣情人的信物。

1970年12月下旬，当我成为高原汽车兵后，松桃公社人武部给我发了皮帽子、毛皮鞋（皮大衣和皮褥子到部队后发）。婆婆捏着透着羊腥味的皮帽子和毛皮鞋说：老大出门在外头脚都不冷了，只怕胸口受凉生病，有件棉背褡就好了。母亲听在心里，翻箱倒柜找出一块灰布和一包棉絮，婆媳两人用一天工夫，给我缝成一件棉背褡。我将背褡试穿在身，父亲前后细看，拍着我的肩膀说，这灰色棉背褡，像古戏中的铠甲，你就穿上这件铠甲出征。

可喜的是，今日军人每人配有一件暖身背褡。无袖即背褡，又名马甲、坎肩。棉背褡即在布层中铺上棉絮，穿着贴身舒服，是暖胸暖背的护身之宝。"慈母手中线，游子身上衣。临行密密缝，意恐迟迟归……"我穿着婆婆与母亲缝制的棉背褡来到雪域高原，在零下三四十度的严寒中，穿着自带体温的棉背褡入睡，暖烘烘地进入梦乡……

棉花浑身是宝。棉绒纺线制衣，棉被遮风御寒。棉纤维除用作纸币原料外，更是现代战争中最重要的战略物资，其提炼出的无烟硝化棉，是枪炮火药中的强力推进剂。棉籽油可食用或用作工业用油，棉梗、桃壳除作烧柴外，可加工成建筑用板材。所以，棉无弃物，浑身是宝。

据章庄铺镇李平镇长介绍，村民在市场经济调节下，侧重林果种植，棉田面积略有减少。但全镇仍种有 13300 亩杂交棉，年产棉花百万公斤，每亩收益可达 2000 元，是村民增收致富的主要渠道。章庄人民仍在种植棉花，为国计民生作出贡献。

深秋回乡，来到曾经薅过草的棉花田，见得炸开的棉桃白云朵朵，微炸的棉桃露齿含笑，压弯棉枝的桃果，随着微风上下摆动，似是向戍边归来的老兵点头致意。瞬间，我被团团花朵包裹，浑身涌动着一股暖流。

一个人从生命的开始至结束，都会被"棉"层层包围，它用洁白昭示心灵，用身体温暖人生。

四、游子恋橘

前日，我逛边城乌鲁木齐水果市场，见得一种个大圆红的橘子，问及摊主橘产何方，她以荆州公安作答。

近年来，边城多见川橘、湘橘卖场，今见得故乡柑橘上市，脸面犹如橘子放光。

凡品皆有名。我逗乐摊主，他人卖川橘湘橘，你卖的可是"荆橘"，因此橘产自中国名城荆州城南章庄铺，因"荆橘"与"金举"同音，故称"荆橘"。祝你旺财，每天"金举"！几句话，把少妇乐得脸上像朵花。"我卖的是'金举'，8块钱1公斤。"她用地道的新疆白客话吆喝，引来顾客扎堆。

我的故乡在湘鄂边界的章庄铺镇，属武陵山脉东端。高兀的地势，纳日月光照之精华；肥沃的黄土，汲东西秀水之灵气，使得这万顷沃土山水灵秀，成为种植柑橘的一方宝地。

"文革"始发之年，我在这块土地上的一所"耕读中学"就读，近处有教学实习的卷桥林场。一日，刘宗贵场长召集学生赏橘，柑橘尽管吃，但橘的籽要留下。我们留下几盆橘籽之后抹嘴而去，可浸润在味蕾上的酸甜橘味，成了游子几十年洗漱不去的乡愁。

当年的几盆橘籽，经过半个世纪的嫁接繁殖、筛选换代，早已被国庆一号、纽荷尔橙、长红脐橙、美国红橘、官溪蜜柚等优品取代。昔日的茅草荒山，早已变成花果之山。

解甲之后，方有时间常回故乡，探亲访友，游观乡景而不亦乐乎。去处最勤的是橘林，经与橘林亲密接触，深悟橘之灵性后，就浓厚了我恋橘的情愫。

一日，我站立在庄盛肥业有限公司的高塔上举目四望，只见那起伏层叠的橘林，碧绿葱翠，近看似玉树婆娑，远眺如雄师列阵，绿荫如盖地笼罩在一望无际的山冈上，与我所居的铁色戈壁形成绿黑的对照。

富含微小气孔的橘叶，利用光能吸收水分与二氧化碳，释放出大量的负氧离子，因此橘林又是城市望尘莫及的天然氧吧。不信你在卷桥水库小憩几日，定会洗去肺尘而心旷神怡。

橘叶因饱含叶绿素而四季常绿。媲美紫金楠竹，经霜浸雪冻而色泽不衰。唐朝宰相张九龄留下"江南有丹橘，经冬犹绿林。岂伊地气暖，自有岁寒心"的赞美诗句。

一棵成年橘树，开花上万朵。花朵瓣白蕊黄，清馨素雅且芳香四溢。春日里，晨曦开窗，闻得一股浓香袭人，问得家弟，方知浓香从十里之外的橘林飘溢而至。瞬时，我晕香在南宋学者张栻"春风吹得绿成荫，积雨初收柳条轻。记得湘中最佳处，橘花开时香满城"的绝唱里。

在橘花盛开的时节，当你漫步橘林，犹如走进山水画卷中。山上橘林：橘花竞相怒放，蜜蜂忙着采蜜，蝴蝶双飞戏花，雀鸟追逐调情；山下湖水：春波荡漾，鱼儿板籽，鸥鸟吟哦，鹅鸭咏唱……

此时此景，如诗如画。

此时此刻，如醉如梦。

大自然的和谐带给人们的惬意快感，造就了春游休闲的天堂。

秋风萧瑟，万物凋零。树木褪出盛装，裹紧身子度寒冬。桃、李、梨诸果，早已畏寒谢幕，等待来年的重生。唯有柑橘蜜柚，在等待霜降寒露为它灌糖增蜜，挂红添彩。此时，在章庄1.2万多亩的橘园里，那压弯了母亲脊背的且大、且圆、且红的柑橘，似绣球、像元宝、如灯笼，染红了荆南山冈，妆点出荆楚大地上的秋彩之红。

文豪东坡诗云："荷尽已无擎雨盖，菊残犹有傲雪枝。一年好景君须记，最是橙黄橘绿时。"

春华秋实。果农们经过修枝、疏果、浇水、除草、施肥、灭虫等工序的精心育管，用汗水守望春、夏、秋三季，终于盼来了丰收季节。只见运橘的长龙车辆，满载着果农的丰收喜悦，驶向祖国的四面八方。

笔落至此，不觉心血来潮，冒出四句打油诗来：百里平湖先知秋，万顷果园金染透。卷桥荆橘扬美名，华夏市场抛绣球。

橘树扎根沃土而坚挺不移，橘花不争艳丽，不比大小，不攀高低，而独放芳香，橘叶经风吹雨打寒冬煎熬而绿色不褪，橘果经秋寒霜浸而色泽更红，最后，全裸献出。

橘之顽强、橘之圣洁、橘之高尚、橘之奉献，当今世人，尤须习之。

章庄乃丘陵岗地，气候温和且黄土肥沃，偏酸性土质宜种柑橘。先后有镇党委书记刘辉萍、李维、冉于松、刘成喜四任书记接力，谋划打造全国知名的柑橘强镇，加快推进柑橘产业园建设步伐，进行柑橘深加工，以产业园带动柑橘产业大发展，形成公安北有葡萄、南有荆橘的特色果业，尽快将全镇6万多村民带进小康。可见，靠柑橘致富的理念，已形成全民共识。

柑橘的迅速发展，促进了橘文化的提升。于是就有了一年一度的"柑橘节""走进橘乡一日游"等系列活动。鄙人之见，乡人的胆子可再大，方法可再多，旅游设施可再全，要立足章庄，放眼全国。我国西北、东北皆不产橘，有着庞大的消费市场。要强磁场、增吸力，把塞外游客引进橘乡，入住灵秀章庄。

故乡秋色美，边城风雪急。正值乡人举办性灵公安柑橘节，围着橘园赏橘、采橘之时，游子也遥相呼应，在边城围着火炉品橘，于是就品出来这些浸透乡思的恋橘文字。

五、"美人蕉"的传说

一个粽子祭祀一位伟人。

一位伟人感召出国人的亲情与爱国情怀。

粽子与屈原,物质与精神的转换,造就国家的法定节日。

端午节前,妹妹从吐鲁番捎来一筐"美人蕉"粽子。她在电话里讲,粽叶采自吐鲁番的艾丁湖,糯米是二哥从老家双星村寄来的自产杂交稻,是她亲手包出的我最爱吃的"美人蕉"。

放下电话,我已亲情满怀。

一个粽子,何以享受"美人蕉"艳名?

此粽子长不过8分,高不过3寸,前尖后凸,玲珑精致,模样极像古代妇人的裹脚,乡人俗称"美人脚"。我则认为食"脚"不雅,又因"脚"与"蕉"同音,故赐名为"美人蕉"。

闻着清香的粽叶,嚼着糯黏的甜粽,浓浓的乡愁就涌上心头。

小时候,我们六兄妹扯着婆婆(祖母)的衣襟,在长江南岸的牛浪湖畔长大。每年端午之际,提上竹篮,拿上剪刀,跟随婆婆去湖边采摘芦叶。苇秆一人多高,小孩们够不着,我们将苇秆搬弯倒伏,好让婆婆剪下那些绿嫩的宽叶。婆婆将一匹匹芦叶重叠整齐,用蒲草捆扎成把,用篮筐和包袱包好,我们前呼后拥地帮婆婆把芦叶弄回家。回家后,将芦叶放入木盆,用清水一片一片地清洗干净,放在锅里煮熟后浸泡待用。包粽子时先将糯米淘洗干净,沥干水后,就缠住婆婆教我们包粽子,讲故事。

婆婆出生于澧县梦溪寺的洪姓大户人家,一双标准的"三寸金莲"步行出她的教养与智慧。婆婆女红精细,尤以纺线做鞋、包粽子拿手。

在我们的催促下,她拿起剪刀剪齐芦叶头尾,折成斗状后,教我们用调羹舀多少米,用筷子捣实后折叶封口,用牙咬蒲叶将粽子捆实……她一边教,一边讲述着粽子的故事。

她说,相传很久很久以前,朝廷有位蛮有本事的大官叫屈原,因效忠楚国,体恤百姓,看到国家衰败而生气,气不过就投江自尽了。老百姓心疼屈原,怕他身子被鱼虾吃了,就用粽子喂鱼虾,就像你们钓鱼撒窝子一样。你们去郑公渡船码头看赛龙船时要带上几个粽子,扔进河水,扔得越远越好……

我们问婆婆,吃饭要菜,粽子中要不要掺些菜?婆婆告诫,掺了菜的粽子就不真了,白晶晶的米粒中是不能掺假的。

那为啥把粽子包得又小又尖呢?婆婆说古人以脚小为美,这小巧玲珑的"美人脚"不是更美吗!就是这"美人脚"粽子,还救了我伯父一命呢!民国三十四年(1945)端午节前几天,周乡长要抓伯父壮丁,得到消息,他躲到澧县大围垸去了,结果把婆婆和爹爹(祖父)押到乡公所要人。恰好过节,周乡长要给官府送礼,逼婆婆包了 500 个"美人脚"了事。要不,伯伯就当炮灰不知倒在哪个旮旯了……

我们没学会包粽子,倒是听了满脑壳的粽子故事。只有妹妹心灵手巧,偷偷地学会了包粽子的手艺。

婆婆包的"美人脚",不仅受到左邻右舍的夸赞,还名扬十里乡村。1970 年端午节,我订婚送礼,婆婆拿出绝活,包了 80 个"连心粽"。她将蒲叶从粽子内穿进,由粽尖穿出,尔后粽尖朝上,十个一连,叫作"十指连心"。只见那一串串心心相连的"美人蕉",就像芭蕾舞女披着绿色羽裳在舞蹈。

包粽子要技术,煮粽子更有窍门。1989 年,我在库尔勒中心兵站当政委。为纪念端午节,组织官兵们包粽子。前一天带战士们去博斯腾湖采回几箩筐芦叶,学着婆婆教的方法将芦叶洗净,煮透后用凉水浸泡。本来就不会包粽子的我,教这些北方兵折叶、灌米、捆线。可这些在盐碱水中生长的芦叶,又经过风沙的打磨,似乎有了西域人不屈不挠的秉性,任凭战士们如何"折腾",就是不肯"服帖",包出的粽子一个个奇形怪状。最后干脆教他们将芦叶像织芦席那样纵横交错,放上糯米,像打背包似的四方对折,用棉线三横压二竖地捆扎结实。战士们一个个捧腹大笑,将其谑称为"背包粽"。司务长吆喝煮粽子啦!战士们急忙将几大盆"背包粽"倒入翻滚着"浪涛"的大锅之中。霎时,只见得浪涛把粽子冲得米叶分离,那漂浮的粽叶像老家松西河水泛滥时洄水湾的一丛丛浪渣。那天,官兵们没有喝上雄黄酒,倒是喝饱了糯米汤。

生为楚人,受楚文化熏陶,大多是从过端午节吃粽子、看龙船启蒙的。上学读书,方知屈原爱国。读了《离骚》,我就开始发"骚"了,将"路漫漫其修远兮,吾将上下而求索"写在日记本的扉页上励志。战友们看见后鄙笑我，当好兵、开好车就行了，还求个什么"索"。我却不屑，在"求索"路上，用40年的军旅历程，在路漫漫的川藏线、新藏线上，在天山峡谷和大都市里，实现了我上下求索的抱负。

端午节，食粽者众，多为饱腹。我等食粽，重在品味。每食之前，将"美人蕉"置于掌心把玩欣赏，便窥探出了"美人蕉"的灵魂。

闻粽名："美人蕉"入耳即悦，秀色可餐。

观粽形：竖看似笔指《天问》，横看似剑指秦关。

品粽质：洁白塑人生，糯黏藏锦绣。

回粽味：满嘴生津，余香千年……

一个粽子，包裹的是营养，凝聚的是精神。

六、清明祭父

在父亲去世的第15个清明节，我才有机会从万里之遥的新疆回双星村为父亲扫墓。"清明时节雨纷纷"，大雨刚停的清明时节，仍有细雨淅沥，老天有情，似乎也在助人寄托对亲人的追思。从天上飘下的霏霏细雨，在油菜花的叶片上、花瓣上凝聚成粒粒水珠，滴答滴答地滑落在地面，在畛下汇聚成涓涓细流。

当我顺着这细流，走进齐腰深的油菜地，跪拜在烂漫的油菜花遮盖的父亲墓前，已是泪水涟涟。飞舞的纸钱，袅袅的香烟，飘曳的幡幔和那震天的鞭炮声，不知能否唤醒沉睡了15年的父亲……

"故乡陌上多马车，是外坟头有子孙。"我的父亲是多有子孙的，他养育了五儿一女、七八个孙辈。这些年来，他的子孙们或为事业，或为生计，大都漂泊在外，坟头已是少有子孙的祭拜了，儿孙们只好把父亲的养育之恩装在心底，常常在梦境中还原父亲的身影，追思一幕幕往事。

祖父母生有耀文耀武两兄弟，在国民政府两丁抽一的兵役制下，伯父耀文躲壮丁去了湖南，我的父亲耀武从小随父母下田劳作。好在祖父母是开明人，想着法子让我父亲读得一年私塾，后又在杂货店学了半年手艺，父亲凭着这点经历，写得一手正楷的毛笔字，还把算盘珠儿拨得精熟。1950年成家，取号"定国"。母亲生我时，已是土地改革结束之年了。

随着我们兄妹相继来到人间，父亲就成了一位挑夫，一头挑着对祖父母的责任，一头挑着养育我们的重担。在20世纪三年困难时期，全家八张嘴等着父亲弄回野菜粗糠来赶走饥饿。幸好父亲是个能人，农村那些耕田使牛、栽秧割谷、堆垛码草、盖房做糖、织网捕鱼的粗细农活，他都在行，而且还有一些小的精明。我们家居大港边，近水楼台先得"鱼"，父亲的那张渔网，成了家人增加营养的依靠。为给先人造钱，他用打磨过的钢锯片，刻出一方"中华民国冥府银行"的模板，每年亡人节，他就用这块模板给先人造钱，用节省下来的几角钱去换一灯盏洋油，给茅草屋带来光明。他还有看小孩"干症"的诀窍，弄根衣针在开水里泡后，扎入手指内关节穴位，挤出点黄水，说是能治消化不良面黄肌瘦之病。后来，人都五十多岁了，又买了一辆破旧自行车，骑着十里八乡地跑，说是上街买东西和探访亲戚方便，这便成了父亲生前最现代最奢侈的享受。

　　凭着父亲的勤劳和智慧，加上母亲的力量，我们一大家人在那个饥馑年代不仅没饿死，弟妹们还有块布片裹住屁股，而且还相继背上书包上了学堂。

　　父亲盼着栽下的这些"树苗"快快长大，帮他支撑起家庭这座"大厦"。20世纪60年代末，我们几兄弟已长得一扁担高，可以挣工分来帮父亲减轻家庭重负了，那时大队的广播里天天喊着"深挖洞、广积粮、不称霸"的最高指示，他带我们挖防空洞时好像闻到了什么味儿，在1970年的冬天，把我这个不满18岁的长子送进部队，隔些年，又把老五送进部队。在他的"耀武"思维下，他的五个孙儿也相继成了"定国"戍边卫士。我在想，父亲的名与号，是在昭示着后人的行为方向，"耀武"与"定国"，既是"杨家"古之遗风，又是父亲的夙愿。令我终生痛惜的是，刚刚耳顺的父亲没有看到我们事业有成的那天，他在1995年3月8日知道我重病手术后，特意写信叮嘱我保重身体，这是革命的本钱。3个月后，老人家自己却没有保住支撑这个家庭的本钱，突患出血热凶症撒手而去，给我们留下无尽的思念。

　　作为军人，自古不能做到忠孝两全。"二十四孝"其一的"尝粪忧心"，记载我县县令南齐高士庾黔娄，他任屖陵县令不足10日，忽报父亲病危，郎中嘱之："要知父病安危，尝粪可知凶吉，味苦就好。"黔娄尝粪知味甜，跪拜北斗星乞求代父去死，几日后父亡，随即辞官守孝3年。封建时代的庾黔娄，虽然尽到了孝，却未履职为国尽到忠；而我为国尽到了忠，却没有对父亲尽到孝。父亲过世后，我在家守孝7天后就返回了天山深处那座军营。

在父亲过世后的十几年里,我常常在思考,老人家一辈子没做过官,没经过商,更没发过财,他不偷不抢不贪不骗,培养出来的 5 个儿子有 4 个还成了共产党人,这位一辈子与泥巴打交道的淳朴农民与天底下数亿个修理地球的农民一样,算不算得上是一座大山一条江河呢!

安息在花丛中的父亲似乎又是满足的。在他的居处,春夏有拥簇的花儿,秋冬有覆盖的绿茵,享有世上难得的清净。

"父爱是一部震撼心灵的巨著,读懂了它,你也就读懂了整个人生。"在祭拜父亲归来的路上,高尔基说的这句话突然在我脑海里蹦了出来。是啊,可怜天下父母心,有多少做儿女的读懂了父爱这部巨著,理解父亲的心思呢?

清明节就是提醒儿女们掸去这部巨著上的灰尘,翻开华章,在浓墨中重享父爱,在字里行间去品味父亲的伟大。

七、"七夕"思母

每至"七夕",年轻人把神话当"情人节"过时,远在边关的游子,将缕缕思念穿越黄河、长江两道"鹊桥",遥寄给我的母亲。

当民间口口相传、讲述着七月初七牛郎织女鹊桥相会的故事时,正巧,我的母亲,在 1936 年七月初七降生在湖南安乡县花垸洲一个贫苦农民家庭。从此,我的母亲有了一个非常好听而又好记的名字"七夕妹"。

16 年后,"七夕妹"给我生命。

记住母亲生日是在夜色中的豆荚瓜棚下开始的。老人哄我们小伢,要想看到牛郎织女相会,只有在黑夜的瓜棚架下等候,不眨眼地遥望天空,当出现一串长长的繁星,那就是天桥了。不用急,再等候,当天桥两边两颗最亮的星星走到一起时,你就看见牛郎织女相会了。

老人们胡诌:看见过牛郎织女相会的伢儿,长大了蛮会逗女人找媳妇儿。

儿时的我,每年"七夕",抱着幻想在瓜棚下等候,可等来的是夜蚊子叮咬的满身红包。

不过,我在这等候的节日里记住了"七夕",记住了母亲的生日。

自打参军后,我将星空的爱情传说转化为鸿雁传书。每临"七夕",我用入党的进步、行车的安全、提干的喜悦、立功的成绩向母亲报喜,在祝福生日中寄托思念。

十多年前,我将母亲接来新疆享福,在朝夕相处的日子里,母亲唠叨最多是:我养了你们七姊妹,吃了好多苦,怪我不小心还弄丢了一个,现在6个都已成家立业,有4个还是共产党员,孙辈中有军人、有大学生,我是满足了,我的任务也完成了。

叶落归根。母亲非要回到老家去,于2019年七夕后三天,"七夕妹"长眠于她辛苦劳作一辈子的黄土里。

如今的七夕节,已演化为情人节,俊男靓女们守着七夕相逢,演绎出一幕幕爱情故事。我却不然,在思念母亲之际,惦记起守卡戍边的"牛郎织女",是他们十年、几十年违约分离,经年的"牛郎"生涯,才换来今天国家的安宁。

2021年七夕,在茫茫星空,看到"鹊桥"之上,有聂海胜、刘伯明和杨洪波三位"牛郎"的身影,或许还有与织女的情话。从此,人间或许会有五大美好的爱情故事。

母恩似海。七夕节,是我的"母亲节"。

八、花垸洲记

一条从长江分流出来流经洞庭湖的水系,经过百折迂回之后,在湖北省公安县甘厂乡与湖南安乡县花垸洲交叉处一个叫狗腿子湾的河段分流,形成东西两股水道向南流经洞庭湖。

史记南宋年间始修长江干堤。先人们在花垸洲筑堤围垸,少则也有上百年历史了。他们在这块洪荒之地修建高堤,围成大垸,就有了这个赖以生息的小洲,又因洲内芦苇茂盛,深秋季节,芦花漫舞,形成景观,故名"花垸洲"。

1936年初秋,吾母龚德凤出生于花垸洲。自我降生后,自然就与这个地方有了割舍不断的血缘亲情。母传,她祖辈生有5男3女,其父龚道荣、其伯龚道高、其叔龚道山、龚道贵、龚道金;姑母龚道秀、龚道菊、龚道英。我们没见过早逝的外婆,只见到外公身材高大,背微驼,满口无牙,肋部长有一拳头大的脂肪瘤。母亲记得外公常去茶馆喝茶打牌,还做过猪贩子、鱼贩子。他的3个儿子龚德宽、龚德炎、龚德敏从小当长工,受尽苦难。小时候,外公带我到郑公渡戏院看过几次古装戏,这就是外公留给我的印记。外公过世后，葬于花垸洲往一步街的大路旁，墓地早已被洪水夷为平地。

娘亲有舅。我家住在离花垸洲三四十里路的公安县郑公渡松桃垸。小时候，父母经常领着我们几弟兄，顺着往南的河堤，渡过杨家垱、尖刀嘴两道大河，去给花垸洲的外公、舅爷舅娘们拜年，吃表哥表姐们的婚嫁喜酒。那时的龚家大湾，真是龚姓住满堤，亲情溢满湾，堤上竹林美，堤下稻荷香。德宽舅爷门前的竹林，德庆舅爷屋前后的桃树，佑泉哥屋前那口长满芋头、荷花的大堰，佑友哥门前那棵树冠硕大的水榴子树……这些景观时常在我脑海呈现。更有那拜年的热闹，舅爷们把我塞进狮子腹中玩，骑在竹马上耍，给我讨彩挂红。佑泉、佑友两位大哥带我玩游戏学"鬼喊"、学"唱戏"、学"摸眼"、学"嚼经"，皆为我开发了童智。舅娘们、表嫂们做出的菜肴更是喷香可口，给我瘦小的身体增添了营养。

在我儿时的记忆里，我没见过舅爷舅娘们窝里斗、胳膊肘子往外拐，没见过表哥表姐们玩心计，搬弄是非伤感情。那时的龚家大湾，虽然都是穷户人家，但充满灵毓之气，生态秀美，家族和睦，亲情淳厚。我在那里受到了浓浓的亲情熏陶。

天有不测风云。1980年江水泛滥，将瓦窑河堤撕开一条大口，花垸洲成了一个大水缸。政府把花垸洲的灾民迁往本县一个"鬼不下蛋"的名为"三叉垴"的荒丘。这个地方三面环水，交通不便，房屋又紧挨河堤，土地高低不平，那些生千年而不死的芦苇，仍盘踞在田头地边。我因忙于军务，加之路途遥远，近年少有探亲，偶尔去几次，给我以闭塞、荒凉、贫瘠之感，远没有花垸洲那种温暖依恋的情怀。

治国要史，治县要志，那么治家就要"谱"了。我感悟：龚氏家族史就是一部向命运抗争，穷则思变的奋斗史。

我没有考究龚氏先人的来历溯源，但从外公、舅爷、表哥们高大的体形，微凹的脸颊、发达的脑勺、耿直的品行和憨厚的气质上看，是具有北方人遗传基因的。在中国古代历史上，曾有过三次大规模从北向南的人口迁徙。第一次为东汉末年至南北朝时期，约有70多万游牧民大举迁入长江中下游地域；第二次在公元8世纪的安史之乱时，又有大批北方难民南下逃避战乱；第三次是公元12世纪的北宋、南宋时期，随着女真民族建立的金国占据中国大陆中北部，大批人口随着败退的统治者而迁居江南。龚氏先祖是否在此之列？或是哪批迁徙而来？无从考证。

又有资料说，相传上古时期，炎帝的后裔、黄帝大臣共工，专门管理水土，因治水有功，被封为"水神"。后与兜、三苗、鲧结为"四凶"，被流放到幽州。开始以单字"共"作为家人的姓氏，子句龙继承父职，若干年后，共姓为了避仇，有的在"共"字上加一个"龙"字，成了龚姓，也就是说，龚姓是以祖先的官职和名字中的一字改造而来的。龚姓以共工治水有功而引以为荣，尊其为得姓始祖。龚姓发源地较多，有河北、辽宁间和山西、河南、福建等，龚姓早期主要繁衍于北方地区。汉时，华东龚姓崭露头角，江苏徐州人龚胜与江苏邳州人龚舍均以名节闻名，有"楚两龚"之称号。

有史证：在南宋始修江堤前，公安、安乡皆为一片遇水则淹、水退而泽的湿地，在这插根筷子都能发芽的土地上，先祖们来到这里围堤垦荒，承受住了饥饿、洪灾、疾病、劳役、匪患等死亡威胁，在苦难中挣扎生存，经过历代繁衍，现已壮大为今天如此庞大的一个龚氏族群。

据母言传，龚氏家族在清末民初的曾祖时代，曾是大户人家。这话我信，不然在那个战乱时代，哪个门户有本事一家养得活5男3女？又给子女取如此文雅不俗的高、荣、山、贵、金、秀、菊、英名字呢？俗话讲：穷不过五世，富不过三代，道出了家族兴旺衰败的辩证规律。只有把握好这个规律，跳出家族历史演变的窠臼，才算真正懂得治家之道。

好在有先祖的庇荫，后人的不懈努力，龚氏族群中既有舍家报国的卫士，又有高才白领；既有民企能人，又有为民谋事的村干部；既有大夫、车夫、杀猪佬、泥瓦匠、漆匠，又有教书育人的先生。可谓足迹遍及大江南北，人才辈出龚氏故园。孔老夫子传教："弟子，入则孝，出则悌，谨而信，泛爱众，而亲仁。行有余力，则以学文。"龚氏族人要秉承对上求忠孝，对下求身教，同胞求亲情，治家求节俭，对邻求包容，对友求诚信的传家之道。坚守耕读为本，学艺养家，读书育人，用知识改变命运的理念。只有这样历经代代修养，才能坚固族基而兴旺发达。

知恩图报方为君子。先祖繁衍了我们，父母给了我们生命，知恩图报是人之大德。中国传统伦理强调孝悌，提倡尊亲，其内核就是感恩生命的来源。为生命感恩是最根本的感恩，在这种大感恩的照耀下，生命的色彩才会明亮，才能跳出族群的恩怨得失。中国哲学的本质不是理而是情。情感，情是第一位的。"礼生于情。"亲情，就是家族的感觉，有了亲情，可以敬畏祖先，可以润泽族氏。如果若干年后有缘相遇江湖，悉知脉系花垸洲、三叉垴的龚氏后裔，是一根苦藤上结出来的瓜瓞，舀瓢水喝，施碗残羹那就是感恩之举，亲情所现。

心胸宽广向未来。如果农事搞苦了，牌打累了，只要登高门前河堤，吹点河风，就会提神醒志；再北瞰长江，南眺洞庭，就会视大物而小我。宽广的视野，博大的胸怀，才能传承起一个朝气蓬勃、蒸蒸日上的龚氏家族美好的未来。

佑泉兄苦其心志，耗其四年时光，搜集信息，归类房别，为龚氏家族树碑立传，编立这部族谱，可见德之高，情之切，孝之诚，着实令我敬佩。佑清老弟资助万元，保障了族谱的顺利编印，其他兄弟们也有钱出钱，有力出力，所以这部族谱体现了族人的凝聚之力。我企盼这部族谱，不仅是一部记载先祖奋斗足迹的史记，更是一部激励后人图强的经典。在族谱付梓之时，写上这些文字，借此寻根溯源，贺谱永续。

九、女人梦

男人爱喝酒，女人爱做梦。我们家的女人——老伴经常唠叨：做梦，是一件蛮有意思的事情。

人们在梦想、希望、美好和幸福的梦境里，可以成为拯救世界的超人，可以乘着时间快车去穿越过去或未来，还可以实现看似遥不可及的梦想。

从《周公解梦》到奥地利心理学家弗洛伊德《梦的解析》、人类从未停止过"做梦"和"解梦"的脚步。据说，人的一生至少要做10万个梦，换算下来，约有6年时间在梦里。做梦由多种因素诱发，但主要在心理和生理两个方面。心理方面：日有所思，夜有所梦；生理方面：日有疼痛，夜有呻吟。时至今日，人类在已知的这两个方面，依然无法解释形成梦的原理机制。

"梦"就是"幻"，是"魔"，来无影去无踪。

窃以为，"梦"因"想"而生，"想"因"追"而"圆"。即产生一个好梦后，要锲而不舍地追梦，通过几年、几十年甚至几代人的艰苦努力，方能成就事业，"圆"其梦想。否则便是"白日做梦"，或是"黄粱美梦"。

我给老伴讲，她能随军来疆，全因我儿时做的梦。儿时的我，常看打仗的小人书和打仗的电影，便对军人产生崇拜，就做起当兵的梦来了。梦见穿着绿军装，一颗红星头上戴，革命红旗挂两边，好不威武。为圆梦，我17岁报名参军，体检不合格，长了一年后，18岁再报名参军，终于圆梦，为祖国站岗放哨一晃40年。

老伴说她做梦更灵验，把几个梦的过程讲得神乎其神。

她看见生产队的军官李章义，带爱人王多英随军而生羡慕，便做起随军梦来。一日梦见我穿着四个兜的军装探家，果真一个月后收到我提干的来信，逢人便嘚瑟："我做的梦好灵，也有希望随军吃商品粮了。"

后来做的梦就更灵验了。2004年秋天，我俩出游西双版纳，来到大佛寺，我在寺外观景，同伴的长春市驻军208医院院长孙景海告诉我："杨政委，您老伴在里面烧高香，要您在此等她。"半个小时后，老伴出来高兴地告诉我：花900元钱请了三炷高香，许了个好愿。我问啥好愿？她说天机不可泄漏，遂愿后告诉你。

两天后来到"一山有四季，十里不同天"的峨眉山，因大雨倾盆，没上山顶观光，只在山下佛殿拜文殊菩萨。老伴听导游讲，"文殊菩萨"因"文"而"殊"，是释迦牟尼的大弟子，因功德圆满修成菩萨身，被尊为菩萨上首。佛家弟子皆把文殊菩萨当成智慧的化身。凡人常念文殊菩萨智慧咒："唵阿尾啰吽佉左洛"，使人于空灵中慢慢开启智慧大门而事事如意，家中有学童和高考者，必虔诚谒拜，以求金榜题名。老伴诚心拜"文殊菩萨"，我略知她的一门心事。

"且有大觉，而后知此其大梦。"在原成都军区总医院招待所，她又做了一个梦。梦见亲家院子中长出一棵大树，且树上结满一绺绺芒果。我说她从没见过芒果树，仅是想象中的一种意象。说来玄乎，玩到荆州，女儿给她报喜怀孕啦。这下乐坏了她，逢人便说：我的梦好灵，好灵！梦果为男、梦花为女，说不定是个大胖小子啊！

"日有所思，夜有所梦。"梦境中所形成的事件及场景来自人们已有的认识及记忆，其中所包含的内容有视觉、听觉、嗅觉、味觉、触觉、感觉等，人们在梦境中所出现的这些元素都是基于记忆基础，是人的神经系统在感知、记忆存储等功能下所产生的现象。老伴一门心思想早抱孙子，拜佛烧高香，在她的潜意识中蕴含着强烈的愿望和情感，美梦成真也就自然而然了。

"梦"在瞬间，而追梦圆梦却是一个坚毅持久的过程。姑且不说一位科学家要实现科技梦想，需要历经十年、几十年或许几代人的努力，即是生子圆梦，也需要十月怀胎的孕程。女儿熬过"十月怀胎"，于2005年秋天，生下一个健康的宝宝——"果果"。

"果果"乳名，源于老伴梦见芒果而名。

为给孙子取名，亲家岳炳烈将军与夫人王树贵开启智力，引经据典地给果果取了近20个大名。我一看每个名字皆内涵丰厚，寓意深远。便说按照传统，给孙子取名乃爷爷之事，将军意中那个便是。不知何故，女婿岳亮寻得一家取名公司，报得果果生辰八字，取名为"岳洋丞"。父姓岳，母姓杨（洋），补水为"洋"，"洋"盛大也。"丞"通"拯"，与"救"。汉代思想家扬雄《羽猎赋》有"丞民乎农桑"词句。"丞"又为官吏统称，有辅佐朝廷之意。"岳洋丞"，前程广阔光明，任重而道远。

岳洋丞从小聪敏机灵。三岁时闻得奶奶要来看他，随即搬椅作梯，在我书柜取出崭新茶杯备茶，并将柑橘掰瓣摆成拼盘孝敬奶奶。在长沙乘电梯，看见地面有粒槟榔渣，他指着说：姥爷，屎粑粑灯脏，随丁用餐巾纸包住扔垃圾箱。我惊奇，小小稚童，哪来这般灵感。从此以后，上兵团幼儿园，开始学英语、跆拳道、打乒乓球、打篮球、学游泳、学弹钢琴，取得英语四级、钢琴六级的成绩。在乌鲁木齐十三小学、兵团一中上学后，以优秀成绩考进乌鲁木齐市第一中学。十二年寒窗，刻苦攻读，即将高考上大学了。

岳洋丞初升高中后，他姥姥又开始做升学梦，凡进寺庙，烧香拜佛，许愿孙子考个好大学。我却另有其梦，在岳洋丞童年时，要他参与各种体育活动以强筋骨，习读《岳家军》《杨家将》连环画奠基尚武志向。有次我试探着问岳洋丞："你爷爷岳炳烈1960年从江苏武进县参军入伍，几十年军旅生涯，职至新疆军区副政委、纪检委书记，少将军衔离休。你奶奶王树贵1965年从河北承德入伍，在新疆军区机关门诊部保健办主任、专业技术四级位置上退休。你爸爸岳亮也在新疆军区物资油料处副处长任上退役，我和你妈妈杨柳、你姑姑岳丹都是军人，在你身上积淀着浓厚的军人基因，将来不想接我们班吗？"他回答："先读好书再说。"

"先读好书"，或许是对"梦"的最好诠释。

梦是人欲望的替代物，也是释放压抑情绪的主要途径，以一种幻想的形式，体验到这种梦寐以求的满足。每个人皆有欲望，都有梦想。"家是最小国，国是千万家。"就"小国"而言，梦想是家庭幸福，长辈长寿、子孙腾达；对"大国"而言，梦想是国泰民安、江山永固。"小国"梦与"大国"梦紧密相连，息息相通，汇聚成"国家富强，民族振兴，人民幸福"的中国梦。

高考结束，岳洋丞蟾宫折桂，考进军事院校，实现岳、杨两家三代军人报效国家的薪火赓续。

我问老伴，孙子上大学了，你还做梦吗？她说有次梦见岳洋丞牵着新娘入洞房，我还抱着重孙子遛弯呢……

女人梦，美梦成真。

十、"九头鸟"涅槃

一部中国封建史一定程度上就是一部宫廷政变史，人们通过阅读历史产生对明君的拥戴与对奸臣的痛绝，从而形成对历史人物正反认识的惯性思维。

在杭州栖霞岭下的岳王庙，见得秦桧夫妇反剪双手，面墓而跪的铁铸人像，不觉想起清初叶映榴诗句："百战英雄骨，东窗笑语中，绣旗恩未断，丸蜡间先通，铁像行人碟，王封史笔公，我来瞻庙貌，洒泪拜孤忠。"诗表达了对岳飞"百战英雄骨"的敬仰，对奸臣秦桧私通金邦遗臭万年的鞭挞。人们把"九头鸟"作为一种文化符号和文化记忆广为传播，"天上九头鸟，地下湖北佬"，在心理上产生一种鄙视湖北人的潜意识就不足为奇了。可悲的是少有勇者出来纠偏正名，反而以"九头鸟"的精明而"阿Q"。

20世纪90代初，湖北生产一种插管可吸的"九头鸟"口服液，在央视广告播出后使得国人皆知。一日，还是中学生的女儿问我：何为九头鸟？同学为啥喊我九头鸟？问得我无言以对，逼得我诚惶诚恐地去搜寻"九头鸟"踪迹。

据《荆楚岁时记》："正月夜多鬼鸟，家家槌床打户，挼狗耳，灭灯烛以禳之。"《元中记》云："此鸟名姑获，一名夜行游女。好取人女子养之。"有小儿之家，即以血点其衣为志。故世人名为鬼鸟。

《周礼·秋官》载："庭氏所射，正此鸟也。若正月夜飞，其声嗟嗟呀呀者，九头鸟也，亦名鬼鸟，一名鬼车鸟，一名苍鸆、奇鸧、鸧鸆。"《唐韵》

注:"鸲鹆一身九头九尾逆毛。"

裴瑜《注尔雅》:"鸲鹰鸲是九头鸟也。"

有乡人辨析湖北九省通衢,有九头灵转于世,聚算计精明于一脑,集机智善谋于一身而褒为"九头鸟"也。更有甚者,将"九头鸟"与"凤凰"媲美。

褒耶？贬耶？一目了然。

再看"凤凰"传记。传说凤凰为百鸟之王,雄者为"凤",雌者为"凰"。凤凰前身似鸿,后身似麟,蛇颈鱼尾,龟体龙纹,下巴如燕,口喙像鸡,全身羽毛既绚丽多彩又形似文字。首文戴德,颈文揭义,背文负仁,腹文入信,翼文循礼。这德、义、仁、信、礼五德,体现出凤凰品质,是为吉祥之象,德行图腾。

凤凰飞翔时寻瑞而动,闪烁七彩而足留余晖,着落时轻舞美妙而和鸣金鼓。凤凰全处,邪霾雾散,万象更新。

可见,"九头鸟"与"凤凰"虽属"鸟"类,其形其质却有着本质区别。

我将这些史料教之于女儿,女儿说要习凤凰之德,远辱我之人。

在分部团职干部读书班上,我与一位黄土高坡的同僚就地方名人与地域经济的关系抬杠。他说西安在历史上属十三朝古都,在西北五省居统治地位,一方水土养一方人,我们管你们是很正常的⋯⋯

我说你不要忘了"楚虽三户,亡秦必楚"的典故⋯⋯

他说楚人也许记得伐楚之战,秦将白起攻陷郢都,屈老夫子投江的教训⋯⋯

我说现代史上湖北英雄辈出,你知道有个"将军县"不？有董必武、李先念两位国家主席就光耀千秋⋯⋯

十多年前,有位同乡见军区首长皆为楚人,还有一群师团职干部的人脉资源,在乌鲁木齐市注册"九头鸟"餐厅,开业在即请我帮忙张罗。我说开餐馆可行,冠名"九头鸟"餐厅万万不可。他问何故,北京不也有"九头鸟"餐厅？我解释北京是个大都市,文化包容性强,新疆有这个人文环境吗？这一问问住了小老乡,"九头鸟"餐厅开业止步。

话说 2006 年春节,我们在乌鲁木齐的 16 位师(厅)级湖北老乡团拜聚餐,要求每人致辞贺年。轮我发言讲个故事调侃:某单位一个湖北佬工作干得出色是一条龙，两个湖北佬工作逊色是两条虫，三个湖北人工作无色而垮台是三个鬼。乡人擅长窝里斗，说团结，北不如河南人，南不如湖南人，湖北夹在中间不东不西，人家骂我们不是个"东西"。所以要树好形象，以后说话做事要像个"东西"。话落时有掌声。

我的"东西"说，在乡党圈里一时传为佳话。

退休后，我用余热在乌鲁木齐帮助老乡们先后成立了"荆州商会"和"黄陂商会"。在"荆州商会"会徽设计上，构思用荆州凤凰城标，结合天山地理特征，组合成"凤凰立天山"图案，以蕴含荆疆两地文化，民族团结，企业家创业天山脚下等多种元素，成为新疆企业文化的一朵奇葩。

高处观风景，低处见斑斓。我立于新疆各湖北商会高地，见得一些"鸟"儿在林子中追逐啄食，叽叽喳喳地喧闹。特意请回一尊关羽铜像供在荆州商会提醒乡党，闯荡江湖要以诚信为本，做个堂堂正正的"楚"商。

去年回荆州，与几位山西战友去护城河参观义园，见得霸气十足的三国战神关羽铜像，栩栩如生立于古城，令我顿生敬畏之感。

有游客惊叹荆州富甲天下且知恩图报，肯花上亿银子为荆州"老市长"塑像……

有官客赞许荆州人有战略眼光，用1200吨青铜塑起千年不蚀的"武财神"，定会带来千年不竭的旅游财富……

山西战友则揶揄起来，现在社会上是缺啥弄啥，荆州人请来咱运城老乡，说不定是《三国演义》看得多了，托福关老爷在此彰德揽财啊……

我循着客人话题，围着战神转圈，远近距离地凝视，倏地，目光聚焦铜像，穿透千年时光，见得关老爷58米高的身骨上镌刻着"忠、勇、仁、义、礼、智、信"7个大字，在阳光的折射下释放出道道晕辉。

"忠、勇、仁、义、礼、智、信"为华夏"七德"，千百年来成为文武义士舍生追求的崇高境界，又是黎民百姓立身做人的操守。叹乎！荆州人花此巨资，塑此巨像真的是用心良苦。

我在半个世纪中头顶"九头鸟"凤冠，享受着"佬"的尊敬，小心翼翼地在人生道路上修行，用言行笔墨捍卫着人格尊严，在异乡维护着湖北人的形象，极目楚天舒，终于看见凤凰展翅飞翔。

5000年来的华夏文明，荟萃着不同时代、不同地域、不同民族的优秀文化。只有各地域各民族互相学习，互为借鉴，互相包容，才能推动先进文化的传承发展。每个区域和各个民族所走的道路，都是基于各自的文化传承和历史积淀，最终相继匍匐在普世价值的"忠、勇、仁、义、礼、智、信"七德面前。

十一、游桃花源

闻名于世的桃花源，离吾乡西行二百余里。儿时习书，受晋人陶渊明《桃花源记》熏濡，时想观之，终因从军西域数十载而屡失机遇。

丁亥岁暮，吾解甲卸鞍，清闲由己。次年清明节后，与光泉兄及先知弟媳四人，从常德驱车近百里，来到"桃花流水，福地洞天"的桃花源观光。晚春时令，虽见桃花凋谢，而枝杈背阴处，仍见稀散花朵，这些花朵镶嵌于青山绿水之间，就像那犹抱琵琶半遮面的淑女，羞羞答答地展示着迷人的风姿。

吾等在看过桃花观后，便拾级而上，只见渊明祠、集贤祠雕梁画栋，古色古香。祠内庭堂，尽壁挂名人楹联词句：

"竹翠笛悠，图画难足，湘楚胜韵；桃红溪碧，梦思尽回，武陵清风。"

"桃源胜境传千古，魏晋奇才颂万年。"

……

那近百幅龙在腾飞、凤在舞蹈的字迹，经千百年风雨洗礼仍散发着沁人的墨香，彰显着文气的腾升。此刻，我突发思古之幽情，沿袭这些字迹墨宝，去寻觅陶渊明《桃花源记》之踪迹……

陶渊明（356—427）出生于晋朝没落官僚家庭，少时笃志好学，习庄崇儒，"猛志逸四海，骞翮思远翥"。少小立志要"大济苍生"的陶渊明，29岁时做官，尔后13年中3次出仕，一为江洲祭酒，二为荆州刺史，三为彭泽令。陶渊明在三进三隐中屡试抱负而又屡遭失望，终因难忍官宦仕途的媚上欺下，口蜜腹剑的阴险黑暗，怀着满腹愁苦与愤懑拂袖而去，不为五斗米折腰的陶渊明，从此远离了"尘网樊笼"，像只鸟儿飞回日夜萦回的田野村落而"击壤自欢"。

可是，封建社会的田园村落并非净土，平民百姓仍然在兵荒马乱中逃离哀号，仍然在遭受财主的压榨盘剥。此情此景又渐渐在陶渊明胸中郁结、冲突……

"曩古之世，无君无臣，穿井而饮，耕田而食，日出而作，日落而息，泛然不系，恢尔自得……"这个理想之地在哪里呢？

陶渊明时常捋须沉思，又时常在睡梦中冥思追求。一日，他梦见衡山药农刘鳞之和以垂钓为生的曾祖……忽然，一条大江呈现眼前，他划着一条小船，从清澈的江水中拐进一条流淌着桃花瓣儿的小溪，进入一座桃花林子，林子桃花盛开，如火如荼，小溪尽头有座山，满山桃花，山脚有洞，洞口红桃映掩。他从洞口进去，只见清澈池塘肥沃田地，土地上有农夫在耕种，村落里有鸡犬在鸣吠，好一派人欢禽乐之象。农夫告之，此地无赋税徭役，自耕自食而其乐无穷……

陶翁一觉醒来，回味梦境，岂不是吾苦苦追寻的那块仙境乐土？梦境生情，情动兴至，遂令夫人翟氏研墨取笔，陶渊明提笔濡墨，对着烛光激情挥毫，先写题跋《桃花源记》，将自己的理想抱负，酸甜苦辣一齐付诸笔端：

"晋太元中，武陵人捕鱼为生，缘溪行，忘路之远近。忽逢桃花林……"

陶渊明边写边诵，写了"记"再写"诗"，完毕，在诗文的左端写上"元熙二年"并"陶潜"二字。

翟氏不解："陶潜何人？"

陶渊明曰："此乃新名，'潜'者藏也，藏此地栖迟，吾愿足矣。"

鸡鸣五更，《桃花源记》破晓问世。

仰望《桃花源记》碑文，情从景生，此刻，一位才华横溢而又曲折坎坷、可悲可叹而又可歌可敬的理想大师陶渊明近在眼前，他所设计的桃源世界，远比英国人莫尔的《乌托邦》空想社会主义早一千一百多年，比意大利空想社会主义者康帕内拉的《太阳城》早一千二百多年，比国人正在建设的和谐社会早一千五百多年。可见，和谐社会与桃源世界是思接千载，今古同心。

今天，我们在开始享受和谐社会的馈赠时，要向陶翁渊明致以时逾千年的敬意。

在此文结束时，我胸中涌出感叹："百里寻梦桃花源，陶醉于仙景奇文楼阁上；千字追忆陶渊明，拜倒在陶令塑像前！"

十二、井冈山赏竹

出门旅游，外在赏景，内在赏心。2009年荷月，我到革命圣地井冈山"朝圣"。所到之处，只见漫山遍野的翠竹，把个井冈山包裹得青葱翠绿，形成了红色土地、绿色家园这一独特美景。

鄙人崇竹，在南方老家松桃垸的茅草屋旁，父亲栽有一片竹子，青少年时代的我，在竹园里玩耍，在晨读中受到"竹气"熏染，感受到它"日照见清影，风来有清声，雨霁抒清韵，露凝显清光"的风骨情趣……从军西域，虽见竹稀少，但思竹之情从未中断，如今家居都市楼宇，无法养竹修身，只得用竹板铺满居室地面，以学东坡老人"宁可食无肉，不可居无竹"来怡情养性。

进得井冈山竹海，自然要把竹景赏个尽兴。早起入林，抚竹细视，只见那些微显黄亮的老竹、壮竹，清癯超拔地垂首互望；那些破土而出的新篁，则披着笋甲雄赳赳地直指蓝天；那些无数形若"个"字的竹叶，又极像一个个舒展向上的井冈山人……朝远眺望，翠竹与树木互相拥簇，唯见那些山腰山麓处的翠竹粗壮而茂密。我凝思，是何人种下翠竹得以繁衍？又是何等环境养护竹林如此茂盛？

在井冈山革命博物馆，见得一个个带着红土气息的竹钉在展露身世：在1928年8月30日的黄洋界保卫战中，从黄洋界到半山腰筑起五道防御线：第一道是竹钉阵；第二道是竹篱笆和铁丝网；第三道是滚木礌石；第四道是壕沟竹钉；第五道是堑壕和用石头垒成的掩体。我才知晓，这五道防御线中有三道是用竹布阵。在当时艰苦卓绝的条件下，红军灵活运用"敌进我退，敌驻我扰、敌疲我打、敌退我追"的十六字游击战术，发挥竹木礌石威力，有力地杀伤了敌军。我仿佛看到，眼前的一个个竹钉就是当年一个个英勇的红军战士，那些昔日的竹钉、竹篱笆，在井冈山肥沃的土地上早已生根繁衍成一竿竿劲竹，山腰山麓处那茂密的竹林乃当年竹钉、竹篱笆的复活，乃红军将士的血肉养成。

如今，井冈山翠竹经过八十多年的风雨洗礼，早已"燎原"于罗霄山脉、长城内外、大江南北。

井冈山"百竹园"里，荟萃了国内外一百多个竹的品种，那形态各异的翠竹诉说着自己的身世。尤见那"斑竹",又名"湘妃竹",竹竿上布满云纹紫斑,更显秀拔莹润,青翠欲滴。造化点染这奇竹,融入民间传说的娥皇、女英忠贞的爱情故事,便使斑竹增添了几多情趣。古往今来,就有许多文人墨客为其挥洒浓墨,唐高骈《二妃庙》:"帝舜南巡竟不还,二妃幽怨水云间。当时垂泪知多少?直至而今竹尚斑。"1961年毛泽东答友人:"斑竹一枝千滴泪,红霞万朵百重衣。"表达对二妃的同情赞美。

每种竹,都有一个美丽的传说⋯⋯

中国是竹的故乡,不仅古作竹简而传承中华文明,即使在科学昌明的今天,许多竹制品仍具有难以替代的功能。漫步在井冈山的大街小巷,你会被各类精美的竹制品所吸引,那些用金镶竹、之字竹、龟背竹、圣音竹、梅花竹、人面竹、琴丝竹、实心竹、毛竹、荆竹、楠竹、方竹、罗汉竹、斑竹、水竹等数十种竹子做成的竹佛、竹箫、竹帘、竹床、竹椅、竹钵、竹筷、竹碗、竹帚⋯⋯是井冈山个体经济的活体。在用竹题名的荆竹苑、楠竹饭庄、毛竹食府里,只花二三十块钱就可吃上鲜美的笋干、笋衣、笋尖、笋丝,那些物美价廉的"竹"味,拌和着红米饭南瓜汤,真的是味美馋人。

井冈山丰厚的竹源景观,在革命圣地的红色旅游中发挥着重要作用,用竹美景、以竹富民成为井冈山人的致富理念。

"胸中之竹,并不是眼中之竹,更不是手下之竹。"离开井冈山数日,竹影不但挥之不去,反而在脑海里更加明晰高大。她不是木、不是草、不是花,她是人!是"天寒翠袖薄,日暮倚修竹"的亭亭少女,是虚心有节、不卑不亢不折的大丈夫,是扎根荒山大漠、抵御疾风的当代军人。

吾等军人,当习之。

十三、长江无浪

万里长江,险在荆江。我出生在长江中游的荆江岸边,头枕着长江浪涛长大,研读着"滚滚长江东逝水,浪花淘尽英雄"的诗句来感知长江。作为长江之子,享受过长江水之福,也遭受过长江水之苦,鄙人言:长江水是福水;在那无力治理的年代,似乎又是祸水。

长江之水润泽华夏,惠及百姓,给我以生命、智慧和胸怀,此乃福水。

长江之水惊涛拍岸,浪涛"浪"得金沙江的"金沙",天府之国、鱼米之乡的沃土在入海口聚积成丘，"浪"出了一个上海滩。每当汛期，洪水高出荆江两岸10米以上，形成"帆船楼顶驶，江水屋上流"险状。那惊涛骇浪，"浪"得荆江河段堤崩沙积，使得沿岸人民年复一年修堤护岸。当年，在修筑江堤的工地上，还没有一条扁担高的我就挑断过几根竹扁担。据史料记载，自1380年至1937年的557年中，长江大堤曾发生101次水患，湖广总督毕沅以"饥鼠伏仓争腐粟，乱鱼吹浪逐浮尸"的诗句来描述水灾惨状，此乃祸水。

为治理长江，使江水造福于民，20世纪90年代初，我国热议兴建三峡大坝，我给时任湖北省长的郭树言写信言志："三峡涛声贯耳鸣，喜煞天山鄂籍兵，举国倾助坝伟业，戎卒争先打头阵。"终于，长江三峡大坝顺应人民的意志于1995年奠基动工。

2009年6月，我回到长江的怀抱，站在九江长江大桥上看长江——长江无浪！站在武汉长江大桥上看长江——长江无浪！站在三峡大坝、重庆朝天门码头看长江，还是无浪！这条翻腾了千万年巨浪的长江，在鬼斧神工之下"截断巫山云雨"，以"高峡平湖"之态展现在世人面前，不见"惊浪回高天，盘涡转深谷"，唯见"高峡平湖水，缓缓向东流"。我感慨万千，思绪随着涌动的江水追寻巨浪的形成与消失。

在新生代，喜马拉雅山强烈的造山运动遂使西部抬高隆起，滚滚洪水切断岩石，击穿巫山，汇东西两段古长江之水注入东海，至此，大自然赐福于中华民族一条全长6300千米，落差5360米的巨龙——滚滚长江。

长江上游河道蜿蜒曲折，江窄谷深，乱石穿空，江水在超强的落差下形成巨浪，以排山倒海之势一泻千里；长江中游河道"九曲回肠"，江水回旋导致浪花滔天；长江下游则河道宽广，江水浩渺，长江之水以"后浪推前浪"之势涌入东海。

上苍赐予巨浪，人民创造历史。2002年6月1日，三峡大坝拦洪蓄水，当江水淹没屈原祠、张飞庙、白鹤梁，漫及瞿塘峡、巫峡、西陵峡时，三峡不见峡，夔门不见门，川江由窄变宽，江水阻力减弱而浪涛逐消。从此，川江开始由江到湖的嬗变。

坐上宜昌开往重庆的游轮，库区风光尽收眼底，昔日江边的旧城已被淹没无踪影，鳞次栉比的新城新楼与山相拥，与峰比高，白墙黑瓦的移民新居像绸带般飘逸在山水之间，玉带似的公路上车水马龙，十几座彩虹般的跨江大桥贯通南北，凌空高架的电网就像五线谱似的随山势起伏，沿岸的拆迁遗址已被一丛丛、一簇簇塔松覆盖，山坡上的庄稼、蔬菜开着花儿，抽着穗儿，一群群的羊儿猪儿啃着岸边的嫩草，水牛在浅水滩上滚着泥儿……平静的江面上，游船、货船划破粼粼波光，穿梭行驶在黄金水道，偶有吸沙船吸着泥沙，划子上的渔翁撒着网儿，鹭鸶衔着鱼儿……好一派山与水相融，人与物和谐的湖光景色。夜幕之中，星星点点的山村灯火与航灯相映，与天上星光相接，给人以宁静致远之感；日出之时雾弥江面，人在船中，又好似山在行，船在移，给我以无限遐想……

站立船头，遥望赭色的长江之水，沿江的绿色林带，逶迤的沿江公路，彩虹般的跨江大桥，天上地上的星光灯火……我突发感叹，眼下的长江不像江，不像海，也不像湖，她是一条彩虹！是一条由江与湖融合的横跨中华大地的彩虹。

长江巨浪，曾洗涤祖国河山，淘尽无数英雄，推动着中华民族勇往直前！

长江无浪，江水滋养万物，孕育时代英雄，涌动着中华民族伟大复兴的新潮！

十四、南海观树

碧绿盖海岛，林阔任鸟跃。"天然大温室"的海南岛，树木参天，四季常青，成为候鸟越冬的天堂。鄙人卸甲之后，也加入"候鸟"行列，几度由北至南，飞越万里来这里越冬，读书、散步、看海、品鲜，享受着南国风光的滋润。每日"栖息"于林间，仰望各种树木，俯视葳蕤的奇花异草，忽生诸多遐想。

（一）木棉树

木棉树一树多名，攀枝花、黄连花、红茉莉、斑芒树、红棉、英雄树等皆为其别名。它们生长于海拔 1400—1700 米以下的干热河谷及稀树草原，也生长在沟谷季雨林内，即使环境恶劣，亦能生存适应。

古典记载，南越王赵佗曾在公元前 2 世纪向汉王室朝贡木棉树一株，自此，粤、琼两地有木棉树繁殖开来。古时南粤少棉，便将棉质的果绒收集加工，织为被毯，这洁白如雪、温暖舒适的物什，便成了"木棉树"之名的由来。

传说海南岛的五指山上，有位英雄名吉贝，多次率领黎族人民抗御外敌、屡立战功而受人爱戴。后因叛徒出卖被困山中，身中数箭却屹立不倒，身躯化作一株木棉树，箭翎变为树枝，鲜血凝结成殷红的花朵。后人为纪念吉贝，把木棉树尊称为"英雄树"，把木棉花赞誉为"英雄花"。此后，每当黎族儿女婚配之日，为怀念民族英雄吉贝，便种植一棵木棉树以示忠贞。

宋人东坡居士贬谪海南时，当地黎民赠他木棉布衣，东坡以诗答谢："遗我吉贝衣，海风令夕寒。"

前年参观琼海嘉积镇万石坡"红色娘子军纪念园"，见得娘子军们当年戴过的斗笠、穿过的蓑衣草鞋等珍贵文物。引人注目的是斗笠上缀有木棉花。花虽枯瘪，灵魂犹存。讲解员介绍，在战争时期异常艰苦的条件下，女兵们帽冠上若没有红五星，就用木棉花点缀，过生日或打了胜仗，木棉花就成为吉祥的贺喜之物。

初冬来岛，见得木棉树虽如"光杆司令"，却依然挺立在大地上。春节刚过，大地回暖，木棉树便闻春而动，秃枝上神奇地挂满花苞，只几日，春风一拂，便绽放出灿烂的五瓣花朵，远远望去，满树火红。海岛的万绿丛中有了红花点缀，平添了几分秀色。

我尤其敬佩木棉花的品质。"好花还须绿叶配"，而木棉花无须绿叶衬托，自有其色、独成一姿，形成花开之时不见叶，叶放绿时不见花的奇异景观。花谢之时，花朵从高空坠地，花骨不裂、瓣不分离，娇嫩的红颜更加明艳而无丝毫褪色。其色、其形、其品，堪称花中"英雄"。

二月二龙抬头，我们一群从新疆来的维汉朋友，在沙滩上摆满瓜果酒水、糖果糕点，过起"抬头节"。两位黎族少女路过，脖子上手腕上挂满木棉花簇，十元钱一串向人兜售。吉时吉花吉人，我用两张"大团结"，为每位朋友挂上"英雄花"。伴随着"我们新疆好地方"的欢快韵律，手舞足蹈着"刀郎舞"的滑稽节奏，那些维妙维肖的"抖肩""抹脖子""割腰子"和"鸭步"舞姿，就舞出了新疆人特有的民族风情。那火红的"英雄花"映红了脸庞，与海岸线上的晚霞遥相辉映。

（二）大王棕

大王棕又名"霸王棕"，以其20余米的身高、4—5米长的叶羽、两人方可合抱的胸围称王于林。

阳春三月，大王棕焕发青春，两三米长的新生尖叶像一柄柄长剑直指蓝天。身叶交际处，长出绿茸茸的两三只耳朵，大耳朵又像古代大臣上朝时手持的"笏板"。笏板散开，见得满簇绿豆般大小、油亮的籽粒，这便是新生的"王子"。"王子"沐浴阳光雨露，成熟时像一蓬晶莹剔透的红色玛瑙，挂在大王棕颈脖上闪亮放光……

"半岛蓝湾"小区，道路两边由大王棕整齐列队，因此叫作"棕王路"。每日步行于此，便接受"棕王"检阅，怀着敬畏之心把它仰望，不禁心生感叹：人比树，显得何等渺小。

大年初二，我去物业公司向符经理拜年，见得"祝业主们春节快乐"的横幅两旁，夹立着一丛丛绿翠翠的大王棕叶。海南人过年，门前多摆放金橘盆景，以求金举招财、红火好运。摆放大王棕叶，算我少见多怪。纳闷之时听得符经理说："我们黎人信奉万物有灵，盛行崇拜图腾，视棕树为好运、胜利、希望和友好的象征。你看那些微风中徐徐摆动的长羽叶片，就像挥动双手在庆祝胜利。在马来西亚等地，手持棕叶以示和平和友好呢。绿色还能平和心态，有助于化解物业与业主矛盾，我办公桌上一年四季放有一片棕叶，以见绿顺气。"符经理接着说："那十里之外就能望见的高大棕树，能为家人指引回家方位，朝着棕树走，越走越近，希望就来了。"

符经理调侃我，带枝"希望"回疆，怎么样？我说整枝带不动、带片"希望"倒是蛮好。

回来路上，我仔细端详大王棕，这高耸入云的大王棕，正是海南人高标准建设自由贸易港，打造"买全球、卖全球"的国际旅游消费中心的希望所在。

（三）有"榕"乃大

四道小叶榕树林，把"半岛蓝湾"包裹得严严实实，在消弭榆亚路上喧嚣的噪音时，给"候鸟"的休闲带来舒适与宁静。

下楼散步，几步入林。开窗通风，榕树枝叶悄然入室，成为居家盆景。大有宋人刘克庄"傍樿栉边名燠室，有榕树处当凉台"之惬意。

日久生情，便有遐思。

纵横交错的榕树之根，不畏险阻，以破崖穿石的韧劲扎根大地，贪婪地吮吸营养，滋养着数十上百的子孙茁壮成长，子孙们反哺"母亲"而枝繁叶茂；古朴苍劲的树干，干生枝，枝生干，骨肉相连拥抱依偎。每当"母亲"现倾斜之状，孝顺的子孙们便伸胳膊伸腿地为其帮撑，护百岁老人于不倒；须垂如流苏的气生根飘逸荡漾，在为"母亲"遮风挡雨时，尽显古雅风韵；遮天蔽日的华盖翠绿生油，为子孙撑伞遮阴之时，也在庇护芸芸众生。

榕树经历千百年的修炼，具有"落地生根、坚韧不拔、怀德感恩、庇荫众生"的"榕树品质"。北宋时期，太守张伯玉驻守福州，倡导"编户"广植榕树，经过千百年的繁衍，福州便成为四季常青、包容天下的"榕城"。

有"容"乃大的"容"字，始见于商代的甲骨文，指相处之人和物质互不排斥，能容纳。明代兵部尚书袁可立在《弗过堂》一文中题"受益惟谦，有容乃大"以自勉。此后人们把"胸怀宽广，海纳百川"之意，概括为"有容乃大"。许多汉字为形声组合，创造出"会意"字体。笔者试着在"容"字旁边加个"木"，"榕"与"容"相通，或许更能丰富"容"之内涵。

金、木、水、火、土"五行"中的"木"，是古人对自然的解读。木之于社会，蕴含创造与发展，于四季是春季，于物质是颜色。其木质坚韧结实，内涵淳朴忠厚，其特性即"木曰曲直"。《尚书·洪范》释"曲"：屈也，"直"，伸也。本意指树木具有柔和能屈能伸的属性。引申凡具有此性或作用的事物和现象皆归于"木"。

"容"字为会意字。"宀"指屋舍，"谷"指山谷，即虚怀若谷。谷的上部为两个八字，又象形为"父"，下部为张嘴吃饭的大"口"，谋生之道，须靠屋舍的主人"父亲"辛勤劳作，容忍负重，方能养家糊口。

所以，"榕"为"容"生，"容"为"榕"衍，合二为一，足见古人造字的智慧。

有"榕"乃大，是风景，更是一种胸怀。

海南岛四季温暖，遍地植物郁郁葱葱，各种树木比肩争高，唯有榕树的虚怀若谷,大王棕的友好希冀,木棉树上"英雄花"的火红热烈而独具风采。海南岛,你包容和接纳的远不止我们这些成群结队的"候鸟",更有全国、全世界的高端科技和滚滚财富!

十五、"伙头军"的传说

"民以食为天。"自古以来,人类以"食"果腹作为生存的首要条件。

传说在远古的蛮荒时期,燧人氏在燧明国发明了"钻木取火",火势蔓燃山林,将林中禽鸟烧焦溢香,食之味美。从此,人类告别茹毛饮血,弃生而食熟,开启了华夏饮食文明。饮食文明历经数千年的传承发展,形成独具民族特色的饮食文化。久而久之,烧火做饭者便有了称谓,由"厨役"至"厨师"至"烧火佬"至"伙夫"。在我的故乡农村,把从事做饭的艺人叫"焗匠",而旧军队中则称为"伙头军"。现在我军连队编制有炊事班,做饭者叫炊事员,团级以上单位有小灶和招待所,配备有等级的"伙头军"。

"伙头军"原为朱德总司令尊称。1928年4月,毛泽东领导的秋收起义部队与朱德领导的部分南昌起义部队在井冈山胜利会师,身为红四军军长的朱德与官兵同甘共苦,一根扁担挑粮上山,一把锅铲下厨做饭。朱德军长为"兵头",被尊称为"伙头军"。

在我几十年的军旅生涯中,其间一段时间的工作,又与烧火做饭密不可分,在操刀挥铲中"自学成才"。

小时候,我们家一大家人分工家务,婆婆(祖母)负责做饭,母亲浆洗衣被,父亲带我们几弟兄出工劳动。收工回家,婆婆端饭上桌,母亲晾好衣裳,全家人上桌吃饭。吃完饭,我们嘴巴一抹出工去了,婆婆收拾碗筷后进菜园摘菜,准备下顿的饭菜。所以,我们没有机会跟着婆婆学习厨艺,更害怕进那烟熏火燎的灶屋。有时婆婆弄少了菜不够吃,我们几弟兄还发脾气,婆婆便骂我们:"几个好吃懒做的东西!"

当兵分配到司训队开汽车,与炊事员无缘。偶尔节假日帮厨,也只是干些宰猪扯腿、杀鸡拔毛和择菜洗菜的活儿。炊事班长不放心让生手上灶炒菜,害怕一粒老鼠屎坏了一锅汤,所以,也学不到烹调技术。

人间平凡事，苦学可入门

1980年，我爱人随军，与十来位同县随军家属同住一个院子，每逢节假日和哪家有喜事，按照习俗轮流坐庄吃请。我爱人是长女，家里由母亲做饭，她当妇女队长只管出工挣工分，做饭洗衣一概不管，自然不会做饭烧菜。轮到我家吃请时，两人抓瞎，买回鸡鸭鱼肉不知从何下手，请人做也不是长久之计。于是，我下决心要自学做饭手艺。买来《川菜一百法》《豆腐制作工艺》等烹调书籍，先学理论，后学配菜炒菜。经过一段时间摸索，做菜有了点名堂，之后在战友们的厨房实习，撸起袖子炒菜，战友们开始叫我"伙头军"。

真正成为"伙头军"，是1985年调入兵站当领导后，在每年接待几万人次官兵的食宿中，走进厨房瞄艺，在就餐中琢磨菜的味道，日积月累，烹饪技术大有长进，特别对大锅菜、大盘菜有些研究。北方人炒菜不善于将菜上色调味，炒一锅白菜肉片，下锅前不将肉片拌料炒香上色，锅热冒烟便将一箩筐白菜下锅，撒上几瓢盐，用铁锹翻炒出锅，看起来白白净净，吃在口中有盐无味。我教炊事员在锅中放油，将肉片在锅中炒出油来后，佐以豆瓣酱、花椒、干辣椒、葱段、姜丝、蒜片炒香上色，倒入白菜大火爆炒，撒盐出锅，这样炒出的白菜肉片白里透黄，飘着一股香味，受到官兵赞许。

炒大锅菜很有讲究，直径1米的大锅，灶膛炉火熊熊，箩筐装蔬菜，铁锹当锅铲，既要力气炒菜，又要掌握火候，更要精心配料调味，把菜炒出颜色味道。炒好大锅菜者，才称得上"伙头军"。

老子曰："治大国若烹小鲜。"告诫治国要像做菜那样精烹细做，宁静勿躁，操之过急，"小鲜"易烂而前功尽弃，治国与做菜亦如此。

当年军区要求，每人每餐一元五角钱的伙食标准，保证部队吃好吃饱，餐桌上要有整鸡整鱼，不能弄虚作假在鸡块鱼块里掺萝卜土豆。一次供餐三五百人，四五十桌饭菜，做好整鸡整鱼谈何容易！我在实践中摸索，将整鸡整鱼在脊骨处断开骨刺，腌制造型，用特制的长方形漏勺兜住，在油锅中炸酥定形，再上笼蒸熟保温，上桌时升笼装盘，浇上调好的芡汁，盘盘昂首的"香酥凤凰鸡"、卧姿的"鲤鱼跳龙门"摆上餐桌，气派亮眼，吃得官兵们啧啧称赞。美食得到回报，饱餐之后，官兵们拿上扫帚，把兵站卫生打扫得干干净净。

部队离站时,送来一面面"兵至如归""温暖如家"的锦旗。我致欢送词:战友们吃了兵站的"凤凰鸡""龙门鱼",无论上昆仑或是回家乡,似凤凰展翅鹏程万里,如鱼跃龙门不断进步!

年底,库车兵站被自治区人民政府、新疆军区评为接待新老兵工作先进单位,给我立了三等功。

后来,我调任新疆军区企业管理局,下属单位有三个宾馆,宾馆办有烹饪培训班,各宾馆每月要进行新菜展评交流。我在这些活动中,对厨具刀工、雕刻造型、拼盘摆设、食材营养、荤素搭配、烹饪技巧,从理论与实践上有了新的提升,认识到"大锅菜是小锅菜的基础,小锅菜是大锅菜的升华"。

时至今日,在宾馆宴请成为时尚,既省事又排场。殊不知,家宴才是最高规格的待客礼仪,是亲情友情凝聚的最佳场合。近年来,新疆军区司令员邱衍汉中将、副政委岳炳烈少将、总医院领导和部属,还有一些文人墨客,相继来寒舍做客,他们感觉家宴干净卫生,乡味浓郁,言谈开放。每当我花费十来分钟烹制一道色香味形俱佳的菜肴上桌,见得客人争先下箸,声发赞赏,心里充满了成就感。不由感叹:做菜是艺术,吃菜是享受!

厨中画与诗

"锅碗瓢盆可入画,油盐柴米可为诗。"

一要灶具好,炉火大小可控,排气畅通。

二要两个好菜墩,生熟分开。我家菜墩为50厘米宽、30厘米厚的阿勒泰山百年桦木,用过几十年沾水不变形,剁肉不泛沫。刀刃在菜墩上恣意舞蹈,发出嚓嚓声响,犹如在钢琴上弹奏,成了厨房一宝。

三要三把好刀。一把软刀切肉,一把硬刀剁骨,一把细刀切熟菜瓜果。

四要有大中小三种酒觞,以适饮者觥筹交错。

五要有几种型号的锅碗瓢盆,调羹勺箸,以满足煎炒炖蒸和盛菜用餐。

六要配备油盐酱醋、葱姜蒜糖和各种大料。

配齐这些物什,会炒一二十道荤素菜肴,待客才有底气,在锅碗瓢盆的交响乐中,有诗在远方。

人勤食美

几年前,好友约我去他家取食材,打开冰柜,满是鱼肉、冻虾和海参,他要我尽管拿走。我问这么好的东西咋不吃呢?他说当连长、营长时吃现成的大锅饭,当团长、处长后吃小灶,连厨房都没进过,老婆又是新疆人,我们两口子只会吃不会做啊!

煮熟,蘸上盐巴、酱油、香醋、蒜泥也不会?全因一个"懒"字,将山珍海味弃之,我却捡了个大便宜,抱着一箱好东西回家。

如今好些家庭懒得生火做饭,却吃那些不放心的外卖,实在令人唏嘘。

"平生只有口忙"的苏东坡,为官一生,有诗文高产,喜躬身下厨,"东坡肉"名留千古,著《猪肉颂》传经论道:"净洗铛,少著水,柴头罨烟焰不起。待他自熟莫催他,熟度足时他自美。黄州好猪肉,价贱如泥土。贵者不肯吃,贫者不解煮,早晨起来打两碗,饱得自家君莫管。"每当朵颐烂而不腻、绛紫晶透的"东坡肉",默诵《猪肉颂》,就会思接千古,谙悉烹艺。

故乡俚语:人勤满嘴油,人懒狗饿死。

善"悟"出彩

"悟"即觉知。由"吾"(我)"忄"(心)组合,形象地告诉人们,做事要不断总结经验,用"心"去储备智慧,这个过程就是"悟"。

学必有悟,做饭亦如此。

我平生爱逛的地方,图书馆和菜市场。见得那些五颜六色、水嫩嫩的时鲜蔬菜,活蹦乱跳的鸡鸭鱼鳖,脑子里就"悟"出烹饪技法。

家宴讲究实惠好吃。我土洋结合,推陈出新地做了些特色菜肴。

土菜新做。新疆人注重喝酒护胃,酒前吃小碗汤饭或是面条"垫底",以保护胃黏膜,此法成为豪饮难醉的窍门。我采用家乡的"鲊辣椒糊鱼"替代,北方人怕鱼刺鲠喉,将鲫鱼熬汤滤去骨刺,在鱼汤中放淡盐加鲊辣椒调成糊状,撒上葱花即可。此"糊"关键是掌握糊羹浓淡,用调羹舀起不断线为最好。一小碗闻得鱼香不见鱼,滑溜溜嫩丝丝的"鲊辣椒糊"下肚护胃,既不撑肚子又打开了胃口,深受南北友人称赞,成了我的拿手好菜。

疆人爱吃孜然烧烤,我将家乡腊鱼用凉水泡发退盐,切块蒸熟回软,放入油锅文火慢煎，酥焦之时，撒上孜然粉辣椒面出锅，名为"烧烤孜然鱼"。此鱼色泽金黄，酥嫩郁香，既固守着家乡腊鱼的灵魂，又依附了烤羊肉的宿命，是一道融合南北菜品，凸显地域风味的美食。

福海老乡送来两条50斤重的乌伦古湖大鲤鱼，见得铜钱般大的鱼鳞，弃之可惜，我遂将其利用。将鱼鳞用盐搓洗干净，放入淡盐、姜沫、白酒、花生米，小火慢熬两三小时后，滤去杂质，冷却后成了晶莹剔透、富含高蛋白和不饱和脂肪酸的"鱼鳞冻"。"鱼鳞冻"既能预防"三高"，更是下酒极品。

"洋"菜精做。家宴中的"洋"菜，无非是红烧甲鱼、爆炒鳝丝、鱼糕、扣肉和海鲜之类。红烧甲鱼配腊肉，用豆瓣酱加姜片、蒜瓣爆炒；炒鳝丝放姜丝料酒；鱼糕清蒸勾芡。海鲜烹饪简单，佐以葱姜蒜爆炒或煮熟蘸料汁即可，既完整保持了海鲜的"形"，又全然锁住了食材的"鲜"。

家宴菜品，宜少求精。我在实践中，总结出做饭的一些要领。

配菜形相近，色相反。
菜品看客用料，南北兼顾。
炒肉须酱（豆瓣酱），做鱼须姜。
酱是味之魂，盐是味之本。
炒菜看火候，熟时才放盐。
煲汤不用急，文火慢慢煨。
土菜自带香，切忌乱配料。
荤菜巧烹不腻口，素菜精做赛肉香。
厨子讲干净，菜求色香味。
菜毕灶台亮，餐具消毒净。
每菜必洗锅，菜亮不串味。
君子濡酒香，袖藏烟火气。

用爱做饭，做饭献爱。一席家宴始于选料，从食材中享受泥土芳香，在烟熏火燎中嗅得人间烟火，仿佛突围钢筋水泥的桎梏，回归到儿时乡间的灶屋。一桌饭菜不仅有热量，更蕴含着温情与爱意。因为深爱着亲朋好友，心甘情愿在厨房吞云驾雾，尝遍酸甜辛辣而毫无怨言。而食客，在大快朵颐中全心挚爱着你的灵魂。

爱人者，饭香也。我与老伴分工，平时她下厨，来客我掌勺。幸庆女儿、女婿无师自通，也会做饭炒菜，连上中学的孙子，也能煎出香喷喷的牛排。

有道是：

家有"伙头军"，满堂烟火气。

粗茶淡饭香，滋养吾平生。

做饭——是奉献人类的崇高事业！

吃饭——是人类生存的奠基工程！

十六、千年美食"格吉德"

"格吉德"是维语"窝窝馕"的译音，因馕体厚实，馕中藏窝而得名。

"格吉德"不仅含有大吉大德之意，且在汉语中"馕"字偏旁为"饣"，说明它是一种食物；另一半"囊"，则形象标志与布袋一样的造型，布袋装馕，胡人跋涉丝绸古道的标配。

龟兹古国（今库车县）是"格吉德"的故乡。相传东晋高僧、翻译鼻祖、佛学家鸠摩罗什（344—413）赴凉州弘扬佛法，与弟子僧叡，道融挑选旅途果腹之物，最终在上百种馕里选中体小既硬、久存不易变质，且馕中藏窝易于盛存茶水菜料的"窝窝馕"。只是觉得这"窝馕"谐音似有不雅恐遭人诟病，鸠摩罗什纳弟子之见，集翻译与佛学之慧，便将"窝窝馕"译出一个吉祥载德的名字——"格吉德"。

"格吉德"在中西文化的碰撞中诞生，在古丝绸之路上成长，在千年的岁月里传承，在民族融合中发家。

民以食为天，数千年前，小麦传至新疆，而后又沿古丝绸之路向内地扩散种植，随着物形进化，由麦粒而面粉，由面粉而美食。陕西的羊肉泡馍、山东的煎饼卷大葱、东北的窝窝头、杭州的小笼包、我家乡的公安锅盔——皆是这麦种的千年演绎，而"格吉德"就是"格吉德"，随新疆水土民俗而生存，其"麦质"不变，"德行"不衰。

库车县是我的第二故乡，曾在此驻防10年之久，多次在民族兄弟逢年过节时学艺打馕，从磨面发面到预热馕坑，再造型烤馕，是个精细的活儿。民族兄弟打馕，只几天工夫，就将馕堆满屋角，就像湖湘人家堆码的劈柴整齐美观。民族兄弟钟爱的还是"格吉德",它在经受风沙打磨和时光洗礼后,涵养出不生霉、不变味、不易破碎的秉性。只有在经受茶水的浸泡,羊肉鲜汤的滋润后,才能诱惑味蕾,引发出让人灵魂出窍的疯狂食欲。

所以,"格吉德"成了出差人必带的食品,更是汽车兵的救急干粮。20世纪七八十年代上阿里高原的车队,在车况差、道路险、风雪大的艰苦环境里跑车,前有带队车探路,后有救急车收尾,救急车上"三件宝":配件、水袋与干馕。

1978年初冬,高原已被大雪覆盖,我开车前往5380米高的"神仙湾"哨所送焦炭,返程时心急赶路,在一回头弯处,车在冰路上发生侧滑,我减挡慢刹车,手制动并用,车仍向崖边滑行,惊慌中,助手小王抓起坐垫下的一袋"格吉德"跳下车去,将它死死塞进左前轮胎,汽车在这四两拨千斤的阻力下停止滑行。下车细看,一袋"格吉德"多有破碎,唯有一个"格吉德"像木楔一样牢牢楔在石缝与轮胎的轮纹中。我对小王说,好险啊,这个"格吉德"救了我俩的命,就把它立在这里积德显灵吧。

翻过一个回头弯,我停车下来,要向救我性命的"格吉德"告别,只见它像一颗念珠,在洁白的雪原中闪烁着和煦的佛光。

几十年来,几乎同化为西北汉子的我,对"格吉德"情有独钟,有着闻香生津、见馕下马的痴情。在大火烧天的夏天,约几个好友,泡壶奶茶,烤上羊肉串串,细掰慢嚼着"格吉德",胡侃着西域今古奇闻,就像是个神仙了。

在美丽和谐的新疆,"格吉德"扎根于千家万户,成为西域美食的靓丽风景,在人们的舌尖上回味着千年的余香。

十七、有感读书日

1995年,联合国教科文组织宣布每年4月23日为"世界读书日",其灵感来自一个美丽的传说。

1616年4月23日,是西班牙文豪塞万提斯的忌日,也是英国著名作家莎士比亚出生和辞世的纪念日,更是美国作家纳博科夫、法国作家莫里斯·德鲁昂、冰岛诺贝尔文学奖得主拉克斯内斯等多位文学家的生日,所以,1995年,联合国教科文组织宣布4月23日为"世界读书日",这是对作家的尊敬,对知识的崇拜。

生于读书日的作家皆为著名作家，人们在捧读他的作品时，就是献给作者最珍贵的生日礼物。

"世界读书日"的设立，是希望散居在世界各地的读者，无论你是贫是富，是男是女，年轻年老，健康与否，概能享受到阅读的乐趣，从而感谢为人类文明做出过贡献的文学家、科学家、思想家和艺术大师们，他们的知识产权理应得到保护。

中国还没有全民"读书日"。只是在2000年，全国知识工程领导小组把每年的12月定为"全民读书月"，作为实施全国"知识工程"的重大项目。这项活动交由中国图书馆学会负责承办，展开实施以"倡导全民读书，建设阅读社会"为宗旨的"知识工程"，推动学习型社会、学习型组织、学习型家庭的建设。这项工程，顺应了"世界读书日"对国民读书学习的期盼。

高尔基说："书籍是人类进步的阶梯。"我狭隘地认为"书籍是跳出农门的扶手"——但这"农门"，我别解为"无知之门"。湖北省公安县郑公作家群体，大多数是靠苦读寒窗而跳出"农门"进入知识殿堂的。他们用知识在黑夜里找到光明，在沙漠中找到绿洲，成长为闻名遐迩的作家、诗人、知识型企业家。

"没有书籍的屋子，就像没有灵魂的躯体。"所以，一群郑公老镇的读书人，诚心要用读书的体验、知识的力量来回报桑梓，创办起"郑公作家书屋"，以此来提升学生的知识含量，增加老年人阅读的愉悦，使读书逐渐成为人们的习惯，让琅琅书声悦耳于章庄的山水之间，渐入公安县一位教育专家述说的读书境界："读书是为了养心修慧。种李，种桃，唤春风；养草，养花，润心灵。"

今天是读书的日子。疫情纾解，郑公中学师生已进行复课的示范演练，不日，即可乐见学子们勤学苦读的气象。祝愿全体师生趁"世界读书日"，拥有知识的海洋。祝福"书屋"作家笔耕不辍，文章锦绣。

谨以拙文，献给跋涉于书山的学人，以及出生于"世界读书日"的著名作家。

十八、"乡愁"之源

一个人对故土的依恋是人类共同而永恒的情感寄托，而对故乡眷恋的情感状态即为"乡愁"。父母给你生命的地方，即是乡愁的源头。父母在世，出生的那块土地叫家乡，父母故去，出生的那块土地便是故乡了。悠悠岁月，物是人非，唯有"乡愁"在源头复活。

乡音、乡味、乡趣和乡情是乡愁的源头活水。忧心即为"愁"，字面显示与心关联。《古歌》："秋风萧萧愁杀人，出亦愁，入亦愁。"所指入秋时秋风扫落叶的一种萧条冷落景象，又指秋收无望的一种落寞况味，即"愁杀人"，所以"愁"为"心上秋"，秋来心生愁。我出游五十余载，感悟乡愁并非只是愁情悲怆，更多的是四海为家的家国情怀。只是离乡久矣，故乡在心境里有时清晰得如丝如缕；有时模糊得如梦如幻；有时具象得如在眼前；有时则意象得如诗如画……

有"愁"在心，便有念想，或生长出一些溯源记"愁"的文字。

（一）乡韵悠悠

"离乡离土不离音，改名改字不改姓。"这是千古家训。乡音就像胎记烙在身上，丢之不掉，洗之不去，依附人的终生，是万不可弃的。

小时候，我的家乡流传着一个关于乡音的笑话。讲一个当兵的军人探亲回村，路过一片荞麦田，见一老倌在田间劳作，便南腔北调地问：老乡，这红梗梗绿叶叶是啥东西？老倌抬头望见是其儿，拖起锹把便打。儿子边跑边喊：荞麦田里打死人了……的确如此，那时当了几年兵的"兵哒子"，普通话没学会，家乡话又没有忘，想回乡抬高身价露一手，说话时一条腿像抽筋似的不停抖动，腔调似"鸡公车"过沟沟，夹着舌头叽咪叽咪地拖腔拉调，弄得听者浑身起鸡皮疙瘩。我当兵出门时父亲郑重交代：在部队什么都可以学，但万不能学"这红梗梗绿叶叶是啥东西"，如果你回来也拖腔拉调，就不要进家门了。

从军几十年，在长期接触五湖四海的官兵中，对各地方言语速节奏多有熟悉。为方便工作，乡音有所进化，但仍保留着家乡语言的独有"土味"。有次探家，几位长辈族亲对我说：你伢当了个官，还满口家乡话，外省人听得懂不？我说只要慢些讲，吐字清楚，是听得懂的。

1994年，我第一次见原兰州军区司会员刘精松上将，他问我湖北哪里人？我回答是公安县人。闲聊几句后司令说："小杨，我们还是近老乡呢，我在1951年当兵时与你同一个县区，1955年公安县与荆江县合并，我成石首人了。再说，你当兵这长时间了口音没变啊！"我说"'恁那'口音都没变，我们晚辈哪敢变啊？"老将军眯着眼睛微笑。

乡音既是家乡的历史，又是文化的产物，更是人们勤劳智慧的结晶。朴实无华的家乡话，三言两语就拉近了人与人的情感距离，给人带来预想不到的福运。

2009年秋天，应龚伦友战友之邀去曾埠头钓鱼，鱼获甚少，但吃到了他82岁老母亲做的"柴火饭"。这种饭，先将大米煮开花，用筲箕沥出米汤，再将米粒倒入锅中盖上锅盖，灶膛内架柴火，把饭焖熟。柴火饭略带锅巴，米粒松散喷香。"炊烟袅袅烟火气，平常饮食康乐家。"在流行电饭煲的今天，吃"柴火饭"其实是吃"乡愁"，是一种难得的享受。

回到县城，要参加同学晚宴。一看脚上，两只皮鞋沾满泥浆，以这样邋遢形象出现实属不雅。见得车桥厂门口有一男一女两位擦鞋工，急忙停车擦鞋。落座后，细看这位与我年龄相仿的男士，一身干净整齐的深蓝服装，心想遇上一位利索的擦鞋工了。我们边擦边聊，他说："听口音，你是郑公渡人。"我问："具体哪个地方？"他说："'牛栏架'附近。"我好生惊讶，怪不得说艺人走街串巷神通广大呀。他接着说："'牛栏架'出大官，听说我有个小学同学，在新疆当兵，当大官了。"此言一出，吓我一身冷汗。"郑公渡""牛栏架""当兵的"……霎时，我的心绪穿越六十多年时空，在"牛栏架"这个旮旯里打转。

话说苏联朱可夫元帅，极为重视官兵仪表，在任团长时下连检查工作，见得一个士兵的皮鞋擦得不够亮，于是训斥连长带兵不严，士兵连个皮鞋都擦不干净，怎么带兵打仗！随即搬来小凳，拿上擦鞋工具，将士兵两只皮鞋擦得锃亮。团长擦皮鞋，连长召集士兵列队敬礼，直至擦鞋完毕。

皮鞋擦完，我起身换位，将鞋工扶上椅子，俯身拿起鞋刷，给他擦起了皮鞋，把旁边那位擦鞋女工看成个呆子。

分手时，我自报家门："我就是你讲的'牛栏架'那个小学同学杨先金，一位新疆老兵。""我是你松桃小学同学李明舫。"两个老同学，自1964年小学毕业后再无交集，几句乡音，就打通了命门。

回家后，我兴奋地对老伴讲起这件事，她问我付钱没有？我说给了一张大团结，她说我小气，应该多给点啊！我说出门钓鱼只带了600元钱，感谢老妈妈做饭给了500元，只剩百元钱了，以后有缘相遇再补。后来在战友中打听，都说车桥厂门口那位男人擦的皮鞋最亮。以后路过车桥厂，我都用心寻找老同学李明舫而未见身影，但愿他用手中的鞋刷，刷亮自己的平凡人生。

乡音与灵魂同步，伴随人的终生，走到哪里带到哪里。

之前在三亚"半岛蓝湾"度假，4000来户"候鸟""候"在一窝，人不熟，音不悉，使得几个月的假日闲得无聊。心想找上几个"乡音"就好，一来了解社情，二来叙叙家常。天遂人愿，一日晚上与老伴散步，见得路灯下一位中年女子打电话："你们'即儿'（今天）在搞么的，刨把点钟（10点钟）才吃黑夜饭。"我兴奋地对老伴讲："那个女人肯定是老乡。"上前一问，答曰：湖北公安县人。再问公安县哪里的？答曰：章庄铺镇联兴村。我激动地说：真正的近老乡，我们就隔着牛浪湖啊！

这位满口乡音的女子叫刘依平，娘家在澧县界湖村，与我老伴同一个乡镇。高挑漂亮的她1984年嫁到湖北联兴村，与现役军人李友春结婚。2000年任村妇女主任，2002年入党，公安县人大代表，多次被评为妇女工作先进个人。她不仅会开汽车，还开过商店，倒卖过棉花、贩卖过鲜鱼，是一位非常利索能干的女人。她育有一儿一女，来三亚是给儿子李伟带小孩的。

父母英雄儿好汉。李伟2004年在郑公中学毕业，同年参军入伍，在海军潜艇学院潜水专业毕业后，2005年分配到三亚海军某部工作，2007年入党，2010年参加"饱和"潜水试验，取得深潜255米优秀成绩而荣立二等功，现为专业五级士官。与乐东县美女林欣结婚，育有一儿一女。

我问李伟，为啥深潜这样厉害？他说从小在牛浪湖打扑泅打的基础。几句乡音，在天涯海角联结起一段乡情。

语言的遗传基因具有精细的地域分辨能力，能在芸芸众生中识别邻里乡亲。前不久，外孙岳洋丞高兴地告诉我，他在站岗时偶遇一位同乡刘荣君。我说怎么可能？他说在站岗时，听他讲话似与我的口音相近。问他哪里人，湖北公安县章庄铺镇人，爷爷叫刘传新，是川藏线上的汽车兵，你认不认识？我激动地说：岂止认识！他爷爷与我是战友，我们不仅同乡镇，同年入伍，还是学开汽车的同期学员呢！真是缘分，同一方水土孕育出来的子孙，不约而同地胸怀报国之志，在万里之遥的荆疆两地考上同一所军校，并在同一个班里攻读军事理论。

几句乡音，就联接起祖孙三代人的军人情结，使得我拍案惊奇。

我以为：乡音是由多种元素组合而成的一种独具地域特色的音符，就像笛子、口琴、长号、萨克斯一样，由各种材质制成，虽发音迥异，其音质是相同的。

（二）乡味绵绵

所有美食，皆有其"香"。有的"香"蒙蔽味蕾，仅是"香"极一时，唯有传承"乡味"的食品经久不衰，"香"溢久远。如故乡软糯清香的端午粽子，松脆不腻的中秋月饼，四季藏香的腌菜、鲊辣椒和"水中八鲜"，蕴藏着"乡味"的灵魂，使得游子在"灵魂"的引领下，管不住两条腿，神差鬼使地往故乡跑。

水中八鲜：

一为鲜"水中鱼"。牛浪湖清澈的水中生长着数十种鱼，将鱼清炖，汁如牛奶，味鲜养人；做成鱼糕，便是江南名菜了；将鱼红烧或煎煸，色、香、味俱全，是下饭极品；腌成腊鱼，贮存日久。因离乡路远，每年亲友都会带些腊鱼予我，用凉水浸泡回软复形，退盐还色，或蒸或烧，有着原汁原味的家乡风味。

二为鲜"莲藕"。质地白嫩，鲜脆多汁，生熟两吃的九孔"莲藕""冷如冰霜甘如蜜"，既可当粮饱腹，又可当水果待客。一支莲藕四五节长，可烹制十几道菜肴，尤以灌藕、炖藕、炸藕回味久长。

莲藕是荷叶的"根"，荷花是莲藕的"魂"，莲子就是莲藕的果了。莲子脆嫩清火，秋季有乡人来疆，必带尝鲜。

三为鲜"菱角"，又名"水花生"。《本草纲目》记载有"安中补五脏，补饥轻身"等作用。金秋时节，河塘菱叶如染，菱花散发出阵阵清香，种菱人家穿着水裤，或是划着腰盒，拨开绿毯采摘鲜菱。菱角紫红颜色，有着船形模样和两头长角。洁白的果肉脆嫩生香，生吃如水果养生，熟吃糯黏甘怡，自古以来为宫廷佳果。

四为鲜"水芹"。水芹傍水野生，故名"水芹"。"水芹"吸天地日月之精华，储百科香草之脉源，就有了郁香的野性。将"水芹"去叶留茎，沸水烫焯，用酱油、生醋、蒜泥、芝麻油拌和为爽口凉菜；将茎秆切丝与肉丝爆炒为"水芹肉丝"；将芹叶切末为汤羹佐料；水芹素炒浓香扑鼻而满嘴留香。水芹的根、茎、叶皆为食材，不可弃之。

五为鲜"茭白"。即茭瓜、蒿瓜，为禾本科植物的花茎形成的锤形菌瘿。茭白生长于浅水沼地，母体叶长米许，以嫩、脆、鲜而出名。诗人杜甫有"波漂菰米沉云黑"的赞美诗句。茭白或切丝或切片，焯水拌料为凉菜，与肉丝、肉片爆炒或油焖，白里透黄，食之不腻，还具有去热、止渴、利便、解酒作用。

六为鲜"荸荠"（荠米、马蹄）。荸荠生长在浅水沃田，匍匐根状植物，喜温暖湿润，由根部球茎膨大成果体。荸荠生食甜脆似苹果，熟食嫩脆滑。将荸荠切片做汤，见得浮动的荠片薄如蝉衣，又似洁白云朵，嫩丝丝滑溜溜，名曰"水上飘"，是一道精美的江南名菜。旧时的发财人家，守岁时为祈祷新年吉祥如意，取芡实、莲米、荸荠、菱角米熬羹，取名为"西湖四宝汤"。

七为鲜"鸡头果"。鸡头果又名"芡实"，因果体带刺，形似鸡头而得名。鸡头果生长在湖塘浅水中，浑身长刺，叶形如盖，紫红花朵，球状果实。外壳坚硬而米质糯黏，具有"外刚内柔"的品质，有益肾滋阴的保健作用。

小时候，我们在竹竿上绑上镰刀，伸入鸡头果根部用力一割，茎秆和球果浮上水面。剥去茎皮，生吃略咸，爆炒滑黏味鲜。鸡头果像个小刺猬，小心翼翼剥除刺皮，敲破果壳，就获得白晶晶的鸡头米了。近些年想尝鲜这些稀罕之物，托乡人从武汉将鸡头梗、莲蓬、菱果空运来疆，终于享受到久违的故乡美食。

八为鲜"地皮菜"（又名地衣、地木耳）。"地皮菜"生长在湖边浅滩阴暗潮湿处，是真菌和藻类的结合体，富含大量的钙、铁、镁、铜等多种矿物质，营养价值很高，是一种只费工时不需花钱的食材。

小时候，每当惊蛰前后，在暴雨倾盆后的晴天里，我们一群发小提着篮筐，到大港边的水滩湿地捡拾地皮菜。地皮菜喜肥土湿地，尤以牛粪处居多。将地皮菜一页页漂洗干净，拣除杂质，晒干可当木耳、紫菜食用。鲜食与鸡蛋鸭蛋同炒，或是烧汤做羹，鲜味无比，家乡人叫它"神仙菜"。

故乡的"水中八鲜"，配以大米制作的各种糖块糕点，腌制的各种咸菜、酱菜，组合成一个庞大的"乡味家族"，奠基起让游子万里闻香的"乡味"之源。

乡味是民族的，也是世界的。

（三）乡趣斑斑

"少小离家老大回，乡音无改鬓毛衰。儿童相见不相识，笑问客从何处来。"唐人贺知章的《回乡偶书》形象地道出了诗人的乡趣意境。我这个少小离家的游子，每次回到故乡，耳闻乡音，笑问稚童，便与"诗狂"思接千年，感同身受。

幸好还有几位发小健在，追根溯源，全凭他们指引，方能厘清赵、钱、孙、李。其实在乡间，除了听乡音，品乡味外，就是"翻古"忆旧，互叫"九斤""伢伢""犟牛""捡狗"，用乳名来唤醒儿时的乐趣。

我乳名"九斤"，每次，他们先拿我开涮。"九斤"六七岁跟着"李大天王"（李章义）学打仗，爬圈爬掉膝盖皮，露出骨头都不喊疼，怪不得当兵吃得苦，一干就是几十年。

"伢伢"（卢与权）从小盘得蛮，有次比赛捅黄蜂窝，他接连捅了三个窝，惊动几群黄蜂将他团团包围，蜇得浑身上下都是包。当了消防兵的他，说后悔当年没有用水冲，把"犟牛"（张永忠）、"捡狗"（陆仁广）笑得要死。

"犟牛"钓鱼蛮会选窝子，总是提防我们抢占他的鱼窝，经常为此争来吵去，闹急了索性拿起钓鱼竿，扑扑打水破窝不欢而散。

"捡狗"挖藕无窍门，只会跟着梢巴肠子赶，挖出几根梢巴肠子，回家无藕，只好拿人家几筒藕回去交差。

"翻古"正在兴头，住在隔壁的黑皮（雷勋林）端着板凳入座："九斤"大哥，你吹个什么牛，不是我一泡尿，你左手的小指头早烂掉了。我给发小们说，当年在卷桥农中学过栽秧割谷，在队里头天下田割谷逞能就把手指割了，流血不止时，得亏捡谷的"黑皮"一泡"童子尿"止血消炎。我说记得你的好处，晚上请你喝"黄山头"。

有回"古"翻得差不多了，"伢伢"说"九斤"不会打麻将，自荐当庄摸眼（一种用扑克牌数"眼子"的游戏，大小王、J、Q、K为"半眼"，一位数字为一"眼"，超过10眼半为"炸"，即输家）。2块钱起押，5块钱封顶，几庄下来，把个"捡狗"输得精光。

我们在"翻古"中回归儿时的乐趣，引来村民们哈哈大笑，说这几个疯老倌子返老还童，蛮会逗乐享福的。

（四）乡情耿耿

古人讲："儿不嫌母丑，狗不嫌家穷。"我的故乡地处湘鄂交界的一处旮旯，因为偏僻边远发展缓慢，老百姓靠双手刨食填饱肚子，村子前年才脱贫。近几年来，我心有余而力不足，尽微薄之力为村民做了点善事，乡亲们记在心里，每当回村，争相送鸡蛋送蔬菜，拉掉衣袖地接我喝酒吃饭。这一杯酒一筐菜，礼轻情意重，温暖着游子的心。

所以出门之人，无论贵与贱，富与贫，都不要忘记生于斯长于斯的这个"窝"，不讲"红梗梗绿叶叶是啥东西"那些乡亲们不愿听的话，你就会在浓浓的乡情中释放自我，受人尊敬。

出游半个世纪的我，松桃垸也许早已不见鸟啁蝉鸣、炊烟袅袅景象；或许童年游泳的大港已经干涸断流、耕田耙地的水牛成为儿童想象中的神奇动物……但是，我依然会在不经意的时候，浮现出故乡往时的一草一木、一物一景。只是，对故乡的思念，在不知不觉中已演变成寄托情感，成为一种用文字记录的"文化的乡愁"。

乡愁之于我，是婆婆在桥码头洗衣的一根棒槌，她在黎明中敲响晨钟，将村庄唤醒；乡愁又像父亲的那张渔网，给全家带来温饱的生活……

乡愁之源，源远流长！

十九、浓烈的家国情怀

——读曾纪鑫《历史的张力》随感

我以一名老军人的切身体会,以为爱国是从爱父母奠基,爱家乡起步,在挚爱中日积月累地积淀起热爱故乡、心忧天下的家国情怀。

我的乡贤曾纪鑫,就是这样一位用文字抒写家国情怀的著名作家。

(一)

湘鄂交界牛浪湖畔有座风景旖旎的村庄——新港村,该村东临松西河,西傍牛浪湖,北枕荆楚平原,南倚湘北山岭,是一处山水相依的宝地。20世纪60年代初,曾纪鑫就出生在这里。巧合的是,出生这天,若按公历,正好是后来确立的"世界读书日"。

元明年间,这里曾是一片沼泽湿地,明末永和大堤围垦成垸,湿地变成绿洲,方有以湘人为主的黎民百姓来此定居,我与曾家祖上皆由湘北迁徙而至。

一条小河穿村而过,因疏导牛浪湖水流经松西河注入洞庭湖而名新港。新港架东西两桥,东为双福桥,西为新港桥,两桥皆为湘鄂边界通行要道。曾家看中堤高顺路的新港桥头盖房定居,青少年时代的曾纪鑫便在这里抬头赏青山,侧耳听清泉,目送路人行,帮父医病患(其父为村医),爱读小人书,善讲《水浒传》。家在路口,父为医生,他家自然成了路人喝水歇脚、村民看病、休闲聚会的场所。年少的曾纪鑫始露文才,夏夜乘凉,常在聚集的人群中津津有味地讲述《水浒传》中宋江重情重义、吴用神机妙算、林冲有勇善谋、武松拳打吊睛白额老虎的传奇故事,这些忠义英勇的人物,在感染他人之时,也在励志自己。

山水交融之地,是产生作家的沃土。曾纪鑫出生在悬壶济民的中医家庭,深得青山秀水的滋润,怀揣读万卷书行万里路的抱负,一路汗水涔涔地行走在文学创作的路上……

（二）

这年冬天，曾纪鑫给我寄来他的几部作品，首读《历史的张力·重寻11位英雄之路》，我就被书中11位历史英雄人物所感动。我乃军人，四十年戎马西域少数民族地区，自然与书中人物产生共鸣。

他评王昭君、文成公主出塞和亲："为了国家民族的和平，她们深明大义，远赴异域和亲，以女人独特的行走方式，不惜牺牲个体，传播华夏文明，做出了仅凭军事与武力难以达到的一切。"

我击掌叫好，曾纪鑫纵观中华民族两千多年来边塞烽火烟云与民族分合，总结出了"和亲"安定边疆、造福百姓的历史功绩与当今做好民族团结的现实意义。

好在"和亲"再现传人。当代才女李洁（原国民党将领董其武外孙女）与十世班禅额尔德尼·确吉坚赞成婚，生下尧西·班·仁吉旺姆，仁吉旺姆女承父志，终生致力于民族团结，担任西藏红十字会名誉副会长、世界援救协会总顾问，架起中外文化交流的桥梁，为加快藏区经济发展倾注全力。

我国是一个多民族维系的国度，民族政策的正确与否，决定着国体的健康发育。今天我们高兴地看到，新疆已走出暴恐的阴霾，中央制定了长期对口援疆政策，学校实施双语教育，民族和睦呈现生机，必将推动边疆地区的社会稳定与经济发展。

如果"和亲"薪火不断绵延至今，那么西域版图该是一幅多么辉煌的盛景。曾纪鑫忧国忧民，行走于千年民族文化的烽火之间，沉浸在边塞荒漠与战乱的气氛环境中，与"美女"对话，用史鉴佐证，引导读者在阅读中认识历史人物并深刻反思，以便更好地面向未来。

曾纪鑫凭海观涛，南海风云刺激他对我国海权及海洋建设的思考，忧心忡忡地写下了郑和七下西洋的兴衰史鉴。"禁海几亡，开海当盛；背海而衰，向海则兴……谁拥有海洋谁就拥有未来。"振聋发聩的文字，令人醍醐灌顶，前瞻性地论证了海洋的地位与作用，呼唤国人的"强海"意识。正是他对历史的责任，对国运的关注，才把一位血肉丰满、情感丰富、坚韧不拔的航海家郑和请回舞台，让读者透过南海烟云重新认识这位伟大的拓海先驱。

曾纪鑫把蜀国丞相诸葛亮定位为三国时期的知识分子，指出其谨慎奋斗了一生，而始终没有走出他所隐居的古隆中，结合封建社会知识分子求官求财与当今知识分子阶层的现状，指出"整个世界，包括中国在内，正悄悄地发生着一场深刻的权力转移——由做官到金钱而知识"，只有知识与知识分子受到尊崇，社会才能大踏步地走向民主、繁荣与富强。

曾纪鑫评价禁烟英雄林则徐："一生最为辉煌的业绩是禁烟，而他影响最为深远、留给后人最为珍贵的遗产，却是作为近代中国睁眼看世界的第一人那种对西方资本主义的客观认识，以及永远坚守着的寻求富国强兵之路的崇高信念。"

曾纪鑫鉴古启今，剖析禁烟与通商的演变过程，强调振兴中华必须要打开国门，走富国强兵之路。作者在与历史的对话中，袒露出强烈的爱国主义精神，而这种爱国精神，正是我们当今经济多元化的时代背景下所迫切需要的。作者心忧天下的家国情怀，作为军人的我，读来心潮澎湃力挺万钧。

（二）

灵秀的新港村是曾纪鑫成长的摇篮与文学创作的源头，不管作家有意或无意，故乡赐予他的精神烙印是无法抹去的。丰厚的荆楚文化、独具性灵的"三袁文化"与开阔的海洋文化相互融汇，凝成了曾纪鑫的精神家园。在精神家园里，他的思维在广阔的空间驰骋，文字在笔下涓涓流淌，他的长篇小说《世纪末的诱惑》《楚庄纪事》《风流驼哥》《豹子山》，中篇小说选《人鼠之战》，散文集《一个人能够走多远》《天地过客》中的一些篇章，把故乡的人与事，凝聚成厚重的乡土文化，用精美的文字奉献给读者。就个人阅历而言，他从鱼米之乡新港村启程，在县城斗湖堤镇求学，又沿长江而下，在武汉、黄石历练，然后在厦门定居。他行走的，其实是一条水路。水生万物，物生灵性，水是他创作的源泉，大海是他的抱负与胸怀，所以，他以"蓝海洋"（网名）自励。

我在故乡等候曾纪鑫两月之后，于清明时节得以相聚。在短暂的五天时间里，我俩讲着家乡方言，吃着故乡土菜，在乡村小路上释放乡愁，深入僻静之地重探古迹，赴湖南省南县访问龟趣园等，我深深被他的气场所吸引，被他谦逊务实的人品所感动,更被他满腹经纶的学识而折服。他关注故乡的文化建设,关心下一代学生的成长进步,与一群志同道合的本土作家在母校郑公中学建起"作家书屋",用6万元稿费激励学生就读,以实际行动助力乡村文化建设,践行他的故乡情愫。

在《历史的张力》中,曾纪鑫用历史人物启迪未来,使作品具有鲜明的时代感,这种饱含家国情怀和百姓意识的作品,才是广大读者喜爱的。

二十、浅析曾纪鑫《抗倭名将俞大猷》的军事艺术

近年来,我国的安全形势受到来自东西两面的挑战,作为一名退休老兵,职业的敏感使我关切有加,大有忧患之感。此时读到曾纪鑫先生长篇历史人物传记《抗倭名将俞大猷》,精神顿时为之振奋。自古以来,中华民族不乏镇守海疆的精忠报国之士,尤其在当今全军将士坚定信仰、苦练精兵之时,军威何其壮哉!

曾纪鑫是一名学者型作家,他以其渊博的历史知识,用文化历史散文形式揭开厚重的历史大幕,让读者鉴古启今,展望未来。据我所悉,纪鑫先生从小习文从教,尔后走上文学创作之路,远离"军系"的他,却对军事理论、战争实践多有研究,拂去历史的尘埃,生动地再现了明代抗倭英雄俞大猷的形象。

明弘治十六年(1503),俞大猷出生于福建泉州府晋江县河市濠格头村一个世袭"百户"的军官家庭。15岁考中秀才,29岁投笔从戎成为百户小吏,嘉靖十三年(1534)考中武举,次年中武进士,随即赴金门守防,担起独当一面的防御之责。

此后,俞大猷在47年的戎马生涯中身经百战,出生入死,靠严格训练军队成名,以运筹帷幄制敌,凭灵活机动的战术取胜,以高超的军事指挥艺术获得赫赫战功,成为威震大明王朝的一员儒将。

艺术,起源于人类的社会劳动实践,是一定社会生活在人们头脑中反映的产物,泛指所属专业高超的技术技能,上升至理论高度,即艺术。在此,我摘取《抗倭名将俞大猷》中有关军事艺术部分,加以浅析解读。

（一）文化是强军之基

"没有文化的军队是愚蠢的军队，而愚蠢的军队是不能战胜敌人的。"此言无疑是结合中外无数战例作出的科学论断。沿着俞大猷的成才之路探究，这位世袭"百户"军官家庭的孩童，5岁便入私塾念书，10年寒窗，秉烛夜读，15岁考中秀才，成为晋江县"十才子"之一。俞大猷在求学路上孜孜不倦，苦学不辍，29岁投笔从戎，获职"百户"。明朝武举、会试苛刻，非武艺高超者难以考中。嘉靖十三年（1534），俞大猷参加福建武科乡试中武举，次年参加全国武科会试中武进士。武举、会试极严，主要考试射箭、马枪、举重、负重等科目，考试分三场：一试马步用箭、枪、刀、戟、剑、拳搏、击刺等；二试营阵、地雷、火药、战车的运用；三试兵法、天文、地理等布阵要素。俞大猷一一过关，会试获得第五名的好成绩，成为一名文武双全的武进士。

知识的力量加上个人的抱负，就能如虎添翼地实现理想。纵观近现代军事史，曾国藩、李鸿章及当代的刘伯承、叶剑英、粟裕等军事家，无不拥有一定的文化知识，习得"孙子兵法"等军事理论套路，在战场上身手不凡、脱颖而出。"文化者睿智，文盲者莽勇。"自古为民间所识。俞大猷凭得知识与才智，为日后的戎马生涯奠定了坚实基础。

"强军之道，重在人才。"我军的知识结构由过去的小学、初中文化程度，提升到今天的高中、大学文化水平。随着军队科学技术的迅猛发展，武器装备的更新换代，天地同御的联防机制，现代战争对兵员的知识结构、认知水平、战力生成有着更高要求。高质量推进军事人员现代化，深刻把握战争形态演变的时代特征，加强战略谋划，锻造一批适应机械化与信息化战场需要的复合型人才，成为军队建设的重点。

四百多年前的俞大猷以文精武，成为名将，足以说明文化知识在军队建设中的作用。

（二）精兵是制敌之宝

"龙生龙，凤生凤。"中国传统的家族世袭根深蒂固，即使在昌明的当今社会,"世袭"也比比皆是,一个时期的"顶班"制度,把世袭推向极致。

俞大猷的父亲俞原瓒是一名世袭的百户下级军官,俞大猷出生在军人家庭,血管里流淌着尚武的血液。从小耳濡目染,习武练艺是必然之事。笔者也是从小就看《三国演义》《水浒传》中军人、武士、好汉排兵布阵、打仗斗勇,遂滋生尚武意念,成人后立志从军,成为一名职业军人。

古往今来,凡成大器者,须学识与胆识兼备,方成为文武全才。父亲希望俞大猷从文,但他有违父愿,在诵读"四书""五经"之时,开始"练胆",从小喜武、习武。

泉州城北清源山水流坑村有块高大陡峭的巨石,俞大猷上学途经此地,提议同学们跳石抄近路回家。大家望石生畏,双腿发抖,只见俞大猷瞄准一处平地,一声呼喊,从巨石上跃然而起,平稳落地。同学们喝彩不已,直夸俞大猷胆子大,"俞大胆"诨名由此而来。从此,这里成为俞大猷练胆强身、锻炼意志的好地方。久而久之,他在巨石上攀爬跳跃,如履平地,这块巨石也成为闻名遐迩的"练胆石"。

锤炼胆量偶获一技,或许始于人生一瞬。20世纪的饥饿年代,放学路上,我见得水草中有窝野鸭蛋,唯恐被同学们抢先占有,急忙脱衣下水,"扑通扑通"泅到蛋窝,抢先取得鸭蛋,尔后一手举蛋,一手划动游水上岸。从不会游泳的我,在这次争蛋的"扑通"中学会了"浮水"。

"练兵先练胆,艺高人胆大。"自古以来成为磨砺军人意志的路径。一支胆壮威武、充满血性的军队,就能打胜仗。所以,我军近年来强化野战条件下的"魔鬼"训练,培养军纪如铁、意志如钢、有本领、有血性的军人,以适应现代战争的需要。

俞大猷对如何练兵有着精辟见解,在《与李同野书》中阐述道:"防倭,陆兵操练为难。有兵而不练,与无兵同。精兵而不练,与弱兵同。练兵而不熟,与不练同。若调四方乌合之兵,猝然而集,猝然而驱以应敌,将士之情不协,进止分合之律不知,此则万战而万败也。"俞大猷创立了"叠阵、夺前蛟阵、满天星阵",让士兵演练。"教甲兵以阵法,乃众人合力之技也;教甲兵以技艺,乃一人自用之阵法也。"他特别强调,只有这样反复训练的军队,才有胆量、有技艺、有阵法,才能所向披靡。

俞大猷将练兵经验上升到理论高度,形成一门军事艺术,编写的武术教材《剑经》，成为戚继光的练兵圭臬，其精髓传承至今。

（三）谋略建奇功

"知彼知己，百战不殆"是《孙子兵法》中的用兵要术，只有对敌我双方战情透彻了解，打起仗来才能抢占先机而制敌取胜。

俞大猷儿时足智多谋，主动"示锦"，勾引盗贼中计，轻巧地将其抓获，初见其智谋端倪。在与鞑靼的征战中，他深刻分析北疆边防敌我态势及实际状况，明察秋毫："方今之时，猛将谋臣，所在棋布。闻之胡虏种落能习战者，不逾十万。飞刍挽粟，所在邱储。闻之胡虏饘食所利赖者，不过六畜。鎏戟千簴，金革百备。闻之胡虏长技所能者，不过弓矢。跳荡攻守，奇正无数。闻之胡虏善骑所恃者，不过冲突。我军得其全，而胡虏得其一。顾不能以此制彼者，国家不能得我军之死力，胡虏能舍躯以徇利也。"此论足见俞大猷谋略之高深，将敌我双方的兵数战力、衣食住行、武器装备、交通运输等分析得头头是道，指出我军与鞑靼相比，虽据一定优势，却不能克敌制胜，关键在于鞑靼亡命抢掠而不惜生命，而明军兵心涣散，不能出力死战。究其原因，俞大猷认为："赏太滥，令太严，兵太多，粮太备耳。"

俞大猷"四太"论让人耳目一新，乍看似乎有违常规，兵多、粮足、令严、有赏四要素是领军之本，俞大猷却高人独智，辩证分析，剖陈厉害，阐述缘由——

赏太滥：奖赏过滥，众兵雷同，军中无明确先锋标杆，贪功冒赏盛行，遇有顽敌，必致军心涣散。

令太严：兵事千变万化，须前方随机立断。朝廷朝令夕改，频繁干预，反致将士手足无措而贻误战机。

兵太多：兵不在多，贵在精。近年来解放军几次大裁军，改革大区编制，努力消除散、肿、惰之状，力求达到精兵强将，以适应现代战争需要。

粮太备：军队后勤供给太过充裕，易萌生贪念，克扣军饷，导致士气低落而缺乏战力。

俞大猷的"四太"论切中军队弊端，不仅为明军战胜鞑靼倭寇、提升战力开出药方，其精髓也为我军现代化建设所殷鉴。

嘉靖二十六年（1547），倭患甚烈，俞大猷向巡抚南赣御史朱纨献策，提出"立保甲、急攻捕、断港澳、修墩台"的防范措施。朱纨对四项措施十分赏识，采纳应用，有力地阻击了倭患蔓延。无独有偶，新疆近年来的反恐制暴，似与"四项防范措施"相同，收效甚好。

更为精彩的是"安南用兵"，俞大猷向两广军门东塘毛公伯温上书，提出"伐谋攻击为上，而伐兵攻城及其次焉"的谋略，分兵三哨：一路以福建水军直取安南；二路用广东水师自钦州、廉州出发合围；三路用广西田宁、龙州、归顺之兵向谅山、长庆进击。三路包抄围剿。针对崇山峻岭中地形险要的特点，施以"象阵战法""猴传之法"，借势潮汐规律用兵，用五层锥形梯队布阵等战术，辅以心理战，派遣特使攻心劝降。果然"有征无战，轻取安南"，圆满解决了20多年来悬而未决的安南难题，彰显出俞大猷高超的用兵布阵艺术。

回顾我军战例，在井冈山根据地的五次反"围剿"中，第一道用竹钉阵，第二道用竹网铁丝阵，第三道用滚木石礌石阵，第四道用竹钉堑壕阵，第五道用射击滚石阵，"五道布阵"与"五层锥形布阵"如出一辙。四百多年后的北平和平解放，与历史上的"安南用兵"如此吻合，是历史循环，还是兵家之约？引人遐思。

（四）读《抗倭名将俞大猷》的启示

"江山代有人才出，各领风骚数百年。"江山更替，每个时代都会造就历史的风云人物，只不过有的穿云破雾见青天，有的云遮雾障蒙尘埃。感谢曾纪鑫先生在历史的长河中慧眼识珠，还原抗倭名将俞大猷光彩夺目的真实形象，让人们看到了一位闪耀着人性光芒、达到"立德、立功、立言"三境界的古代儒将风采。

俞大猷"德"行天下：他从小萌生恤民情怀，成年立志习武报国，战场不扰民虐俘，战功卓著不争功自傲，受辱遭谪不怨天尤人，直至年逾古稀退出战场。古往今来，"德"行天下者又有几人？

俞大猷"功"绩盖世：论功，应从两个方面评价。一是武功超群绝伦，"剑术天下第一"；二是47年驰骋疆场，以超前的战争理论，层层推进的逻辑思维，立体战略的防御方针，兵器的发明与创造，多兵种配合作战的战略战术，精准的用兵之道，以及古代少有的数字化管理方式，为大明王朝屡立战功，为后世留下宝贵的治军财富。

俞大猷"立言"著书：他围绕治军御敌，撰写出大量的疏奏、散文、随笔、诗歌、信札等文章，汇成一部90多万字的《正气堂集》。这些涵盖军事、哲学、政治诸方面的论述，不仅在当朝起到辅佐社稷的参谋作用，也对当代社会革新尤其是治兵强军有所裨益。

猷，乃谋略、道术之意；"三立"者，儒将之范也。

当前，我国面临严峻复杂的内外形势，曾纪鑫先生将抗倭名将俞大猷请上"舞台"，对人们认清历史，弘扬民族精神，崇尚英雄主义，维护国家安定团结，可谓适逢其时。

曾纪鑫是一位融文学、历史、哲学于一体的著名作家，军事学科对他来说似乎是边缘题材，可他不仅将俞大猷七十多年的精彩人生呈现在读者面前，还生动地描写了两军对垒的战场风云，精准地阐释了我国古代独特的军事谋略，我们在欣赏俞大猷军事艺术的同时，也在欣赏曾纪鑫的创作艺术。

作为军人，我期待曾纪鑫先生有更多军事题材的作品问世。

二十一、昆仑铁骑赋

序言：荆楚公安儿女，相传与屈原同源，乃炎黄脉传、颛顼嫡系、高阳后裔，为远古昆仑民族①。1970年，其500子弟应征。入伍汽车第11团，长年奔驰在被称为世界屋脊的川藏公路和新藏公路运输线上②。爬高山、涉险滩、穿大漠、越雪原、过无人区，挑战生命极限，经受了崎岖、坎坷、高寒、缺氧、滑坡、塌方、泥石流等艰难险阻。以特别能吃苦、特别能战斗、特别能奉献的精神圆满完成运输任务。该团公安籍官兵四百多人立功受奖，李昌明、陈德元先后擢升为团长，还有6人长眠于昆仑山系。中国人民解放军原总政治部授予该团"喀喇昆仑钢铁运输团"和"民族团结模范单位"荣誉称号。昆仑线上的汽车运输兵，走的是一条堪称世界绝域的"无人路"，保卫祖国的英雄路。如今，这些过去血性方刚的青年已近古稀，每当回忆艰苦岁月和老战友时，不禁激情满怀、热血沸腾！值此入伍50载年庆之际，特作此赋追忆永念。

往事不堪回首，笑谈已随夕阳红。是年落木兮腊冬里，江汉酒香稻粱丰。忽传金铎③兮荆楚郎，热血赤诚赴西戎。情怀故土兮肩使命，父母叮咛泪花噙。亲友别宴兮余氤氲，唠唠依依④出家门。征程任迢迢，铁骑何匆匆。朝辞孱陵⑤城，夜宿在野陉。垫地而盖天，枕石星点灯。不闻爹娘唤，但闻罡风⑥声。乔岳逼崦嵫⑦，峡谷露狰狞。暴雪袭夜阑，掘洞寻相邻。坎坷身拆架，颠簸脏翻腾。飞鸟不见影，猿猴已断鸣。款款侵冷寂，漠漠渐绝尘。婉婉登天路，茫茫向昆仑。

夫昆仑也，天高地厚原一斧，象变气运由千钦⑧。巉崒超空拔危柱，峭崿褶皱设帷屏⑨。标争龍嵸⑩但托日，魁夺巍峨唯驾虹。釜岌⑪峥嵘以宿雾，嵯峨冥密而涵濛。敞胸泊云云缥缈，头顶碧霄霄迷蒙。移晷纬而迎送朝夕，杂崎峣而沉浮星辰。风拍崖而声回响兮，天地参差沉雷隐。天悬禽而林藏兽兮，草茂广原渐氛昏。自从颛顼鉴人神⑫，刀削天路断关联。绝顶迷云锁要塞，曲途危磴阻跻攀。艰险倍阿崇，坎坷衍陂蜒⑬。

君不见？叶城志迹警威，蒉魔凌空以竞寒⑭。库地抽高锚深，宿冰严封以据关⑮。麻扎崭岩摩云，气势凛然以摄魂⑯。黑卡横河纡诿，雨暴泥流以浪滚⑰。死人沟也绵长，阴沉沉而骨森森⑱；界山奋格出天，峰锷锷而石陨陨⑲。古格逝永年，幽窟龛凶险⑳。红柳滩风尖，刚劲刺骨穿㉑。墓碑示沿途，烈士卧永年。遗骨藉两旁，鹰雕随伏觇。奔涛冲陷坑，轱辘扛于肩。方向盘下羊肠转，汽车轮底时光奔。身边日月隐又现，脚下烟霾去复还。与烈飙而共啸，邀雹霰以同餐；牵阎君而成常，伴惊讶以为惯。缺氧而乏力也，神不夺兮志益坚。亏形而枯槁也，心不惩㉒兮勇蹈先。山崩地塌兮兄弟死，英魂抛乡兮昆仑眠；庄严军礼兮敬战友，缅怀遗志兮更向前。

于是乎，赢芰险阻昆仑服，胜历苦旅气象新。绝境风光殊，玄地神秘惜㉓。祖山隆脊，播峻朵而护平川；五水㉔流玉，酬九州而阜八垠㉕。惟翘首以俯尘兮，出同类无可与论。夫阔绰以无畴兮，涵万物层累班瞵㉖。倚巉岩以四眺兮，千般瑰奇绣乾坤。壑转路盘以水环兮，万龙振鳞殷殷巡。榛林郁盛而葩华覆兮，百谷蓊湛丽色醺。虹霓炫耀而垂旒兮，旌旗奋舞炫彩纷。众神依凭而供佳品，群峰攒首以图功勋。女娲抟泥丸，大罗灵源源；伏羲演八卦，文明照宇环；共工触天柱，瑞祥满东南；刑天敢断首，猛志华夏间；神龙尝百草，人类始康健；禹王励公信，灵耀昭中坚㉗。班公㉘如诗，天鹅长歌。狮泉[29]若词，苏子豪豁。冈仁[30]堪仁，教源勿夺。玛旁雍错[31]，瑶池王母。桑桑[32]牧草，牛羊多多。喀则[33]庙宇，择峰凌踔（跳越；超越）。拉萨佛日[34]，尘埃超脱。诚然陆吾之领地，古贤之玉山[35]；太帝之下都，人皇之仙台也[36]。

仰巍峨而浩然，临深壑而虚涵；感神圣而洗礼，以昆仑立精神。餐六气而饮沆瀣，漱正阳而含朝霞；求正气之所由，内惟省以操端[37]。锻肌肤堪大任，除粗秽[38]阔胸襟；陶伟岸冶情操，被困顿壮肝胆。昆仑惊魂亦铸魂也，磨难难人果成人焉。

于是乎！今世之来也，乃知吾辈之所自：炎黄脉，颛顼后；高阳嫡系，屈原后孙。戍边而握机，朝宗以寻根。效先贤之《远游》[39]，承遗则乎遂愿。觉南楚之离也家园，值西域之来也家园。诚如是也，则我徂边塞，恋乎是亲；我梦东归，亦恋是亲[40]。荆楚公安子，情怀天下人；孝悌岂父兄，推及华夏心。

于是乎！江山厚情，金瓯凝结血缘；军令严威，铁骑投轮边关。龙驱虎动，猛毅威慑野蛮；碾平坎坷，供求千般资源。平叛以息匪患，百姓得夫平安。核弹以裂敌胆，凯歌飘大无垠。政绩以盛闳泽，民族乐于团圆。绿蕙茂乎草原，牛羊飘落彩云；翠华蔚乎森林，葳蕤益发珍禽；宝藏储乎广漠，工业递越先进。夫军旅也，奉献彰野壤，功勋举典贲[41]。钢铁运输团，碧血照汗青；民族团结兵，模范树大仁。

噫唏嘘，农家青涩弱冠，军旅成就栋梁！能擢高科而多辅弼，信恰枢纽而茂贤良[42]。裹甲胄而义勇，衣布帛[43]而图强。往者虽已已，来者犹浩荡。日月流光，难避阴影彷徨；牛羊膘肥，不乏豺狼猖狂。夫国兴在强，民兴在旺也，难免卑劣觊觎嚣张。保家卫国依然事，昆仑精神须续扬！吾退伍军人也，无论转行就业在何方，该当情义倾家国，大梦极雅望。乘凯风，怀华英；守初心，持信仰。疆事渐宁，居安思危；整甲秣马，刀剑悬梁。年岁渐高兮薪火传，铁骑虽远兮斗志昂！

注释：

①“荆楚”句：姜亮夫《楚辞今译讲录》提出，高阳氏来自西方的新疆、青海、甘肃一带，即是来自昆仑山的民族。屈原在《离骚》中明说自己是“帝高阳之苗裔”。高阳是黄帝孙。《山海经·大荒东经》说少昊育颛顼于

东海。颛顼本名乾荒,是中国上古部落联盟首领,"五帝"之一,姬姓,号高阳氏,黄帝之孙,昌意之子。颛顼生子穷蝉是虞舜的天祖。后来的夏、楚都是他的子孙。

②新藏公路:传统上指219国道,北起新疆喀什地区叶城县的零千米,终点至西藏日喀则市拉孜县查务乡,全长2140千米,是进藏的唯一路线。此路平均海拔4500米以上,年平均气温-9℃。沿途翻越5000米以上大山5座、冰山达坂(即山口)16个、冰河44条,是世界上海拔最高的艰险公路。川藏公路:是古代川藏线的现代升级,东起四川省成都,西止西藏拉萨,由318国道、317国道、214国道、109国道的部分路段组成。是中国最险峻的公路。

③金铎:大铃。古代宣布政教法令用的。多用于军旅。《康熙字典》注:"古者将有新令,必奋木铎以警众……文事奋木铎,武事奋金铎。"

④唠唠依依:见《孔雀东南飞》"举手长唠唠,二情何依依"句,表示依依不舍。

⑤孱陵:即湖北省公安县,始建于公元前202年,时称"孱陵"。

⑥罡风:道家称天空极高处的风,现在用来指强烈的风。宋·刘克庄《梦馆宿》:罡风误送到蓬莱,昔种琪花今已开。

⑦崦嵫(yān zī):郭璞注:"日没所入之山也。"这里指山高蔽日的阴森。

⑧"天高"句:引用盘古开天辟地的神话传说。据说盘古不能忍受黑暗,于是用神斧劈向四方,导致清气上升变成天空;浑浊下沉变成大地。嵌(qīn):山势高峻,高险。

⑨巉崒(chán zú):亦作"巉崪"。险峻貌。唐·皮日休《端忧》:"天沉寥以似淬兮,峰巉崒以如抽。"峭崿(è):高峰。晋·孙绰《游天台山赋》:"披荒榛之蒙茏,陟峭崿之峥嵘。"吕向注:"峭崿,高峰也。"

⑩龍嵷(lóng zōng):山高耸貌。

⑪崟岌(yín jí):高险的山。

⑫颛顼鉴人神:颛顼登上中央天帝的宝座后,派遣大神重和黎把天与地之间的通路隔断,进而把天地分开。天地之间的通路就是昆仑山上的"天梯"。重和黎遵命把天梯折断后,天与地的距离也相隔得越来越远了。天上的天神不能再随便到地上来了,地上的人就更难以到天上去了,人神从此分别。

⑬阿:这里指山。张衡《思玄赋》:"流自眺夫衡阿兮。"衍:绵延、多。

蜒：蜿蜒，（山脉、河流、道路等）弯弯曲曲地延伸。

⑭叶城：在新藏线（G219）从新疆叶城出发的零千米处。这里有一个"从这里走向世界屋脊"的高大金属标志耸立在路边。从这里到拉萨1100千米，要翻越一个又一个的达坂（达坂的意思是高高的山口和盘山公路），被称为"死亡天路"。葳蕤（wēi huì）：高峻的意思。

⑮库地抽高锚深：库地：即库地达坂（海拔3250米），又名阿卡孜达坂，维吾尔语意为"连猴子都爬不上去的雪山"，是新藏线第一个冰雪达坂，坡长延绵27千米，途中地势险要，山高谷深，路十分险峻，而且气压反差大，容易引起耳膜鼓胀，严重者会造成耳膜破裂。一踏入这里，便犹入鬼门关。抽高锚深：山高谷深而陡峭。

⑯麻扎：新藏线的第二个高山口，是新藏线最长的达坂，也叫赛力克达坂。海拔5100米，高山陡峭，直入云天，与库地达坂相比，其凶险更胜一筹。崭岩：山高而险峻的样子。

⑰黑卡：即黑卡达坂，海拔4930米，这段路的土质构造松软，遇到雨水或冰雪消融，很容易引起塌方和泥石流滑坡，十分危险。纡徊：曲折。

⑱死人沟：处于喀喇昆仑山脉腹地，位于阿克赛钦无人区平均海拔5000—5200米的山谷，全长约300千米。这里自然条件异常恶劣，氧气特别稀薄，"地上不长草、天上无飞鸟"。到了这个区域会感觉胸闷气躁、呼吸急促、走路摇晃、意识模糊、头和胃很疼。是新藏线上最容易发生高反，不时出现意外猝死，机车失事的凶险之地。车辆经过这里，凄厉的风声犹如鬼哭狼嚎，让人不敢停留。

⑲界山：即界山达坂，海拔5248米，是新疆与西藏两地的界山。山口气候变幻莫测，时而雨雪，时而冰雹，空气稀薄，含氧量不足平原的50%，高原反应也会让你头疼。锷锷：高耸的样子。《西京赋》："榱桴重棼，锷锷列列。"陨陨：连续不断地坠落。

⑳古格：古格王朝遗址，在西藏阿里地区的象泉河畔札达县，镶嵌在巨大的雅丹山体之上。据说繁盛时住有六七千人，管辖的古格人有十万之众，弘扬佛教，抵御外敌。17世纪一夜覆灭，宫殿和城堡的废墟令人感到神秘而恐怖。

㉑红柳滩：位于阿里地区，海拔4200米，中间有慕士塔峰流水流经而生

红柳。气候恶劣,缺氧,风沙大。一天可经过四季,有"早穿皮袄午穿纱,围着火炉吃西瓜"之说。

㉒惩:这里是恐惧、悔恨的意思。屈原《国殇》:首身离兮心不惩。

㉓愔(yīn):静寂,深沉。

㉔太帝之下都:《昆仑说》曰:"昆仑之山三级:下曰樊桐,一名板桐;二曰玄圃,一名阆风;上曰层城,一名天庭,是为太帝之居。"《山海经·海内西经》曰:"海内昆仑之虚在西北,帝之下都。昆仑之虚方八百里,高万仞。"人皇之仙台:据说昆仑山巅有四帝台。即《山海经·海内北经》所说,乃"帝尧台、帝喾台、帝丹朱台、帝舜台,各二台,台四方,在昆仑东北"。

㉕八垠:即八方的界限。

㉖班瞵:灿烂多彩貌。

㉗女娲、伏羲、共工、刑天、禹王、神龙等:相传最初都是在昆仑山活动的古代神话人物。

㉘班公:即班公湖,又称"错木昂拉红波",藏语意为"长脖子天鹅""明媚而狭长的湖泊",有世界上海拔最高的鸟岛,是中国日土县与克什米尔交界的国际性湖泊。湖中有十多个大小不等的岛屿,岛上有成千上万的鸥鸟在此栖息、欢舞飞翔、遮天蔽日,是阿里高原的一大奇观。

㉙狮泉:即狮泉河镇,四周荒凉,几十里地不见人烟,独独她立于广阔天地里,兀自妖娆,近乎奢靡,有些古怪,像是突然空降到这里的镇子。多年前,这里红柳枝叶相连,是阿里地区著名的自然景观之一。

㉚冈仁:冈仁波齐与梅里雪山、阿尼玛卿山脉、青海玉树的尕朵觉沃并称"藏传佛教四大神山"。冈仁波齐是西藏佛教、印度教和原始苯教等教的朝圣中心,素有"神山之王"的美称。冈仁波齐峰,屹立在西藏阿里普兰县境内,是恒河、印度河和雅鲁藏布江等大江大河的发源地和西藏最有名的神山。

㉛玛旁雍错:是世界上多个宗教认定的圣湖,也是亚洲乃至整个世界最负盛名的湖泊之一。在诸多古经书中,它都被称为"圣湖"之王。在《大唐西域记》里是王母娘娘和随从游乐的"西天瑶池"。

㉜桑桑:四千多米高的桑桑草原,不同于其他地区的草原,这里即使在夏天也是一片牧草枯黄的景象,稀疏的牧草甚至盖不住土黄色的地皮。但就是在这样一片"地中海"的草场上,藏羚羊、野牦牛等随处可见。

㉝喀则：喀则是西藏第二大城市，这里风光旖旎，寺庙众多，世界第一高峰——珠穆朗玛峰在这里巍峨耸立。美丽旖旎的自然风光，独具特色的后藏生活，使得日喀则被誉为"最如意美好的庄园"。

㉞拉萨佛日：拉萨称"日光之城"。

㉟"昆岫"句：昆岫、玉山，指昆仑山。陆吾：即肩吾，古代神话中的昆仑山神明。

㊱五水：见《山海经》记载：发源于古昆仑山的古河流有青水、赤水、洋水（黑水）、江水、弱水（洛水）。流域于中国绝大部分地区。

㊲"餐六气"四句：引用于屈原《远游》，有改动。六气：据道家之说，世上有天地四时六种精气，修炼者服食之即能成仙。沆瀣（hàng xiè）：夜间的水气，露水。旧谓仙人所饮。

㊳除粗秽：除去粗陋的、不健康的东西。

㊴《远游》：指屈原诗歌《远游》，姜亮夫认为屈原远游是为了上昆仑山怀念他的祖宗，昆仑山是楚国的发祥之地。遗则：上代遗传下来的规矩或传统。

㊵亦恋是亲：这里指把西陲边关当家，把这里的人当家人。

㊶典贲：史册。

㊷擢：提拔。科：古代科举考试的科目或等第，这里指干部。辅弼：辅佐；辅助，这里指领导人才。恰：适当；正好。枢纽：这里指重要事业、关键部门。茂：美好；优秀。

㊸衣布帛：这里指脱下军装穿民服而退伍转业。衣（yì）：穿（衣服）。

二十二、有志者事竟成

——为《牛浪湖畔：时光里的章庄》作记

"有志者，事竟成！"汉光武帝刘秀的一句励志名言，2000年来激励天下无数意志坚毅者成就事业。我也以此言励志，走过40年军旅生涯。

2008年退休后闲了下来，但我始终在思考人生的最后价值，用什么方式去追赶夕阳的余晖。2018年秋天，乡友王福学相告，故乡郑公渡有一群出白"五中"（郑公中学原名公安县第五中学）的知名作家曾纪鑫、潘宜钧等人，拟邀我入群联谊。我与五中无缘，与各位作家也不熟悉，既然入群，那就要凝聚乡情，齐心协力，为家乡做点实事。几经沟通，达成共识，于是加入郑公作家微信群。

时间稍长，对家乡的作家群体有了一定了解，我对当下的现状经过一番分析，觉得在五中校内建一个"作家书苑"比较合适，既符合党中央对全民阅读的要求，也可为五中师生的教与学助力。国家一级作家、《厦门文艺》主编曾纪鑫深表赞同、极力支持，但认为最好将"书苑"改为"书屋"，这样会接"地气"一些。于是，我便谋划开来——地址在学校找，书籍靠作家捐，经费凭人脉筹……

首先得到郑公中学龙继海书记、赵宏兵校长的大力支持，他们很快落实了房屋；荆州市文联原主席、《阅读时代》执行主编潘宜钧落实了启动资金；我在县相关部门"化缘"，筹到四笔经费；又得到章庄铺镇教育组和书屋作家封德明先生的捐助，解决了"郑公作家书屋"维修改造、设施配备等方面所需经费。经过一年多的精心筹备，终于建成两间藏书满柜、功能齐全、管理有序的郑公作家书屋。

2020年10月10日，郑公作家书屋由公安县副县长陈丹剪彩揭幕，面向学校和社会开放。尔后，书屋作家开展相应活动，定期对学生进行专题辅导，以文化助力的方式回馈故乡。

郑公作家群体由18人组成，其中有3位刊物主编，其余均是省、市级作协会员。他们有着雄厚的创作实力，又有回报家乡的强烈愿望，在书屋正常运转后，我与曾纪鑫商议，撰写一部全面反映章庄铺镇历史与现状的文集，向建党百年献礼，随即得到书屋作家们的热烈响应。我向章庄铺镇党委书记刘成喜汇报，刘书记积极支持，同意解决出版所需经费，并将这一活动列入党委工作日程。

春节期间，我在三亚度假，与曾纪鑫电话或微信联系，反复商议创作文集的具体方案，确定编辑成员。曾纪鑫根据章庄铺镇的人文特点，从六个方面拟出一个创作纲要，供大家参考，暂名《牛浪湖畔》。然后，作家们深入章庄乡村、工厂采访，以笔为犁，深耕细作，寻宝觅奇。2021年7月，曾纪鑫回乡参加活动，又与镇委书记刘成喜、副书记刘经玉及宣传委员郭淼讨论相关具体内容，征求意见。

经过近十个月的艰辛努力，一部二十余万字的书稿终于问世！

《牛浪湖畔》分为六辑，以其文学性、历史性、地域性、资料性的独有特色，系统性地展示章庄铺镇的千年历史与文化。

文学性是作品的灵魂。郑公作家们利用散文、报告文学、诗歌等文体，融写实与虚构为一体，以其驾驭文字的深厚功力，展示出他们对故乡的文化自信、对故土的挚爱之情。这些经过牛浪湖水洗净铅华的文字，充分体现出作者的深邃思想，闪烁着文学的光芒。

不同的地域形成不同的文化，湘鄂交界的偏僻小镇章庄铺，牛浪湖横卧其间，形成西高东平的地理特点。西面冈丘高地为土著居民，东面垸乡平原多为湘北迁徙移民。《揭秘牛浪湖》《漫说牛浪湖》《经山历水话章庄》等篇章，对牛浪湖和堤垸的形成做了深入考证。《故乡新港》《氽子上的遐想》《贺新年的民间艺人》等，对牛浪湖畔的荆楚文化、湖湘文化有着生动的描写。这种以荆楚文化、湖湘文化为主体的基因元素所孕育的地域属性，折射出章庄铺镇的文化品位。

牛浪湖是章庄铺镇地域性的显著标志，蕴含着丰富的文化内涵，此书以《牛浪湖畔》命题，可谓名正言顺。

《牛浪湖畔》文集，涵盖文化、历史、政治、经济、军事、教育等方方面面，涉及地理学、地名学、生物学、历史人文学、气象水文学、土壤植物学等多个学科，兼及农、林、工、果、鱼等多个门类，尤其对章庄的稻谷、棉花、柑橘和崛起的铜套厂、化肥厂等均有详细描述。

从地域范围讲，文字涵盖北起石子滩，南至杨家垱，东起石马潭，西至卷桥水库，作家们将渐被历史湮灭的如茅草街、毛虾尾、打鼓台等上百个名不见经传的地名捞出水面；对生长在章庄铺镇土地上的数十种野菜如数家珍；将水中的诸多生物记录在案；把东汉末年西蜀王刘璋、明朝户部尚书邹文盛、明代重要文学流派"公安派"主将袁宏道请回历史舞台；对革命先烈覃济川、樊学赐和"三省桥惨案"中的遇难者加以记录，告诫子孙后代勿忘历史……

如此丰富的记载与描写，算得上章庄铺镇的一部百科全书。这，也是我们留给后代的一笔宝贵财富。

潘宜钧先生说："看了这些文稿，使我对家乡有了一个血肉丰满的印象，知道它的过去与今天。"

潘先生可谓一语中的，《牛浪湖畔》的价值正在于此！

创作辛苦，编稿也累。为了节省时间，曾纪鑫、胡祖义两位编辑一边创作，一边收稿、改稿、编稿。其间，胡祖义撰写出二十多篇高质量文稿。四位年逾七旬的老作家江荣基、卢贤发、卢成用、封德明克服年迈力衰、老眼昏花等各种困难，写出多篇值得点赞的高水平作品。

与此同时，曾纪鑫与胡祖义勇挑重担，对文稿质量严格把关，征集相关照片，联系出版单位，默默无闻地为文集出版做了大量工作。

《牛浪湖畔》的出版，是郑公作家反哺故乡的实践活动，是落实公安县委"以文化建设助力乡村振兴"的要求，是对山水章庄的一次全面记载，是解读章庄、认识章庄的一部珍贵资料，也是对郑公作家创作水平的一次检验。

建设郑公作家书屋及出版《牛浪湖畔》，得到公安县原县长杨运春、县政协副主席刘信科、县教育局局长刘士权、县委组织部副部长冉于松、民政局原局长张军、税务局局长王志刚、章庄铺镇党委书记刘成喜、原镇长李平、现任镇长王政、镇中心学校校长陈章、郑公中学党支部书记龙继海、校长李雄、原校长赵宏兵等领导的鼎力相助，在此一并致谢！

感谢中国当代著名文学评论家、湖北省作家协会副主席、武汉大学教授樊星先生为本书作序，感谢湖南澧县作家杨传向先生赐稿，感谢公安县摄影家协会谷少海、章庄铺镇副镇长朱军、战友朱启宏，以及龙继海、万端银等提供相关照片，感谢曾纪鑫、胡祖义、潘宜钧三位先生不辞辛苦地审稿、编稿。

"有志者，事竟成。"郑公作家群体白手起家，在短时间内建成书屋、出版文集，靠的是集体智慧、群体力量，为章庄的文化事业做出了贡献，也使我在晚霞中深感欣慰。

水美润万物，文美载文化。让我们为锦绣章庄放歌，拥抱故乡更加美好的明天！

第五章 老兵诗行

一、老兵诗行

（一）

我是一位老兵

并不是一位诗人

只是在北疆的硝烟呛进我的心肺时

急忙收拾祖传的犁耙

怀揣报国心志

毅然步入军营

行营雅安

直达一条蜿蜒千里公路

把世界上"奇、险、滑"三绝

编织成一条哈达

用汽车兵的满茧双手

系在布达拉宫的金顶

（二）

我是一位老兵

并不是一位诗人

当风雪弥漫的喀喇昆仑

粮草微薄

疆土待固

戎卒履职

鸣笛西进

车轮碾碎千堆雪

豪胆翻越万重山

汽车兵用引擎的轰鸣

喇叭的呼号

千折百回的车辙

震撼山岳的回响

在漫漫新藏运输线上

谱写一篇篇感动山河的诗文

（三）

我是一位老兵

并不是一位诗人

半个世纪的军旅生涯

铸就卫国爱民之魂

卸去甲胄

身着便装

人民记心中

常思国之事

每念民之忧

立于西域一面盾

坐在犀陵一学生

(四)

我是一位老兵
并不是一位诗人
疏于格律平仄
只会谱写军人诗韵
一二一
立正
抬臂
敬礼

二、兵车向西

(一)

向西,向北,川藏线上
有一种豪情壮志
在二十世纪
我和我的战友集结在一起

(二)

从故乡出发
车轮蜿蜒在千里高山绝壁
从雅安一路西指
翻越二郎山
穿过然乌沟
宿营珠峰脚下
兵车向西
蹚过黄河,驶出祁连

扎营茫茫戈壁

在风雪弥漫的喀喇昆仑
我们满载军需
在天路上破冰奔驰
我们每翻越一座达坂
心里就涌出奋进的旋律
我们每涉过一条河流
放眼远方，疲惫就会渐渐退去
我们用青春铸就边关的雄伟
用热血挥洒旅途的崎岖

一日又一夜，向西
一年又一月，向西
在誉为"高、险、寒"的三奇禁区
岁月不仅永远转动着军队的车轮
而且镌刻着每一个军人的足迹

当我爬上布达拉宫的金顶
望见东方的晨曦
正洒向我的领章帽徽
一如祖国的版图
一如鲜艳的军旗

(三)

而此时
反击战的硝烟刚刚散去
我们一代汽车兵
向高原抬臂

向雪山敬礼

没有隆隆的马达轰鸣
就换不来边关的静谧
没有车轮周而复始的旋转
战争就不会远离
我是一个兵
永远忠诚兵的使命

三、长江吟

（一）

你宽厚的胸脯
温柔的乳房
乳汁汪洋恣肆地流淌
草长树高莺飞
水秀山清鱼肥
人类接力繁衍
母亲的情怀啊
为了永恒的生命立方
化了身体
五千年的岁月
一番番地生长

（二）

江山万里路万里
你的脚步是笔
你的脚印是画

不倦地写,不断地画
进步的功绩献给日月
美丽的画卷赠给大地
巴峡荆州以致处处
屈原三袁以致无穷
历史启动记忆和智慧的发动机
把人类推向未来的高速

(三)

右携炎,左挽黄
你用双手构建中国的脊梁
天受挫,地受伤
你用身躯抵挡灾难的风浪
钢铁长城,柔情长江
两堤一水且筑将
一线天堑息干戈
几道虹桥通人性
团结,前进,肩并肩
炎黄子孙在你怀抱发祥

(四)

我出生在九曲回肠的梦里
我是你的人
你是我的梦
我走远方你指引
出去的少年已皓首
年岁在刺刀尖上梭梭过
关山夜夜星空梦

情思烈烈在燃烧

灵魂浮槎江中游

总是醉在

少年难以忘怀的心头

四、地名如诗

地名是刻在土地上的文化符号

是先祖留给子民的驿站

卸甲之后,游历县境,见"名"生情,遂将公安部分地名缀字成诗,以解乡愁

(一) 东南西北定方位

东河东港延郑东,
南平南闸夹荆中。
西湖岸边美郑西,
北闸北堤固北宫。

(二) 牛羊狮马龙虎腾

牛奶湖畔凤凰山,
虎渡河边回龙湾。
狮子口中鹅翅港,
黑狗垱堤螺丝湾。
马尾套住金猫口,
仁羊湖中龙翔天。

（三）青红黄白显特点

白龙港边黄山头，
黄水套里藏青龙。
红桥桥下翻白银，
黄岭岭上遍紫金。

（四）植物花卉美其名

藕池水中莲花垱，
桂花树旁松桃香。
斑竹垱下育杨林，
夹竹园里梅园芳。
荷花咀中栗树窖，
花大堰架杉木桥。

（五）百家各姓一家亲

郑公渡南杨家垱，
李家口边胡家厂。
严家咀上倪家塔，
章庄铺南有新港。
毛家岗上筑戴市，
曾埠头携张家峪。
雷州蔡田紧相随，
汪家汊里陈榨喜。
荣龙高潮玉虚阁，
孟家溪流回龙湾。
松林卷桥通天宫，
双星故里享太平。

(六) 矿产资源赛黄金

油江流入黄金口,
黄金堤下沙口有。
玉湖映照彩石洲,
石子滩涂瓦池留。

(七) 十数相连不分离

五一五洲去劳动,
二圣寺栽三棵松。
四季发财五首旗,
七里港人六大顺。
八家大发何家湾,
九十不离斗湖堤。

(八) 故乡地名在吾心

仁和同心幸福来,
天保民强义和垸。
宁岗荆安支家口,
永丰财岗复兴堰。
谷开寺外五谷丰,
齐居寺内乐融融。
三袁故里办大学,
车胤苦读不回头。
知县鲍纶首修志,
地名永久佑太平。
游子西域撰诗句,
祈福公安向前进。

"君子怀德，小人怀土。"所以人不可失去对故土的眷恋，不仅要熟知故乡历史，还要从这里展望未来。如果把乡土文化的渊源忘掉，人就没有了历史底蕴，没有了地域文化的根基，便成了"牛奶湖"水上的一苑浮萍。

五、梦回军营（朗诵词）
——为纪念参军 50 周年而作

岁月催人老
战友情谊深
在纪念参军 50 周年的时候
我们好多次梦里回到军营

我梦回公元 1969 年
边境生狼烟
炮声惊冬寒
举国急备战

在征兵号令中
公安县 500 名热血青年
胸怀报国之志
踊跃报名参军

我们从郑公走来
我们从孟溪南闸走来
我们从金狮、东港、玉湖走来
同上"东方红"33 号轮船
踏上报效祖国的征程
江水滔滔激我豪情
群山起舞励我兵心
巨轮鸣笛惊长空

战士热血涌津门

我梦见汗水湿透军装的安仁中学
在寒风中苦练军姿
在黑夜中紧急出动
在忆苦中激发演兵高潮
在打靶回营的路上歌声震天

三个月新训
脱胎换骨的洗礼
三个月新训
塑我堂堂军人
三个月新训
固我戍边报国之志
三个月新训
丰我羽翼展翅高飞

战友们啊,我又梦回团部雅安
看见周公山上那缥缈的雨云
听见农学院响起嘹亮的军号
又与战友们团聚在一起
研讨车、钳、锻、电、焊的修车技艺
交流车行西部奇路的开车本领

我梦见那飘香的"雅鱼"
和那满城风情万种的"梭叶子"
我梦见开车穿过二郎山的断头崖
翻越千折百回的折多山
我梦见车下怒江刹不住车差点喂鱼
梦见车过然乌沟把我吓破胆

我梦见李昌明带队在川藏线上慰问演出
梦见李弟元、严章仁采药在林芝、昌都
我梦见陈克新等战友寒冬在江达伐木
战友们安全归来拥抱欢呼

我们是赤胆忠心的大兵
我们是川藏线上虔诚的佛僧
我们驾车匍匐在 1958 千米川藏线上
我们一挡一叩地向着珠穆朗玛朝圣

咣当咣当的火车声把我从睡梦中惊醒
我看见横跨华夏的黄河母亲
和那白雪皑皑的祁连山脉
还有地如生铁的荒漠戈壁

几声咔嚓咔嚓的制动
把我们扔进海拔最低的火洲盆地
这里是吹翻火车的风口
这里是制作木乃伊的火炉
这里是终年不见雨水的托克逊
这里的乡亲全是一群要尔达西

我梦见唐僧取经路过的龟兹古国
抚摸着亲手修建的营房
我们从这里出发奔向高原
我们在这里入党宣誓
我们在这里奉献青春
我们在这里冶炼成才

我梦见李昌明团长运筹帷幄调铁骑

陈德元团长从严治军管部队
我梦见罗运华、胡方生、牟兴发、夏德新
还有胡锐祖、胡训祖、杨光明、陈志荣、向选清
他们绞尽脑汁调军需
保障有力争先进
我梦见司训队高原练驾训
听见日用化工厂巾帼们的笑语声
我梦见穿云破雾车上神仙湾
还在"界山达坂"伸手摸蓝天
我梦见在死人沟陪鬼睡觉
吓醒后跑到班公湖里洗冰澡

我们公安县的汽车兵
千难万险踩脚下
我们"棒棒团"的汽车兵
是全军最棒最棒的英雄汽车兵
是我们全团钢铁般的意志
捧回了"喀喇昆仑钢铁运输团"的荣誉
是我们爱疆爱民的无私奉献
获得了总部授予的"民族团结模范单位"

我梦见喀喇昆仑是一座巍巍丰碑
上面镌刻着500名公安汽车兵的大名
虽然我们久别军营
我们的功绩将与昆仑永存

亲爱的战友们
虽然我们已经老去
军人本色始终不会褪色

亲爱的战友们

虽然我们已经老去

传承我军优良作风的责任不会减退

亲爱的战友们

虽然我们已经老去

热爱边疆，爱我公安的情愫不会消弭

亲爱的战友们

虽然我们已经老去

雪域高原凝聚的战友深情牢不可分

不忘初心，牢记使命

昆仑万古，战友万岁

六、天使之歌

（一）

辛丑岁末

疆城祥和万家圆

忽闻边境战情急

金铎传令

新疆军区总医院

白衣天使赴前线

腊月廿五

空降大鹏

天使越重山

她们还未卸下维和铠甲

更没洗去异国征尘
义无反顾
打起背包就出发

（二）

七十年来
这座傲立西域的英雄医院
孕育出一茬茬救死扶伤的天使
和那临危不惧的刚强伟男
癸未年春
SARS 肆虐燕京
壮士出征小汤山
舍生忘死六十日
围歼病毒凯歌还

（三）

非洲维和
南亚救灾
从刚果（金）到巴基斯坦
扑灭烈性病毒
扬威中国军人风采
展示国际主义情怀
用联合国授予的维和勋章
向新疆军区报喜
向建党百年献礼

(四)

天使们把

拉得出

展得开

救得下的号角吹响西部战区

将青春热血洒在阿里高原

让汗水流淌在巴蜀雄关

听党指挥

能打胜仗

作风优良

是天使们的崇高使命

高寒缺氧救战友

精湛医术扬边关

救治各族人民

争当爱民模范

丰功伟绩铸天山

白雪皑皑的博格达峰

象征白衣天使的羽冠

七、西部恋歌

序曲

张骞驼队叮当叮当的铃声

把我从睡梦中惊醒

远古的丝绸古道

一队雄师抬棺出征

在三山两盆地之间

用弓箭将疆土收入囊中
民族英雄左宗棠
威震天山美名扬
陈潭秋、毛泽民、林基路
英烈引领后来人
风沙卷起胡子将军的战袍
召唤八千湘女上千山
铸剑为犁垦洪荒
固边图强播种子
七十多个春秋
亘古荒原生巨变
沙漠变绿洲
戈壁成良田
5600千米边防线固若金汤
各族人民像石榴籽抱团

风情

多元文化集西域
民族瑰宝放异彩
千佛洞藏艺术花
香妃墓前辨真假
阿斯塔那地下魂
自古至今同路人
东归民族马奶酒
上马下马壮君行
马头琴伴热瓦甫
要尔达西善歌舞
英雄史诗《玛纳斯》
西域珍宝世称奇

草原之夜天籁音
可可托海醉情人
民风淳朴情豪放
西域风情人间真
天池之水变幻着博格达峰的魅影
喀纳斯湖藏美在深闺
浪漫的赛里木湖欢歌迎客
天山松涛声传颂着昆仑之约的深情
独库公路似彩练挂在天上
天鹅遨游九曲十八弯
博斯腾湖渔歌唱晚
马兰花开敬献功臣

物宝

万古昆仑一块石
玉龙河中羊脂玉
塔河岸际秃树枝
千年不朽胡杨魂
坎儿井水涓涓流
火焰山下满地春
磕头机阵列沙漠
西气东输至沪京
黑白分明两样宝
贡献国家树功勋

美食

特色美食数百种
烤肉烤馕烤全羊
糊辣羊蹄熏马肠
爆炒羊肚大盘鸡
抓饭汤饭拉条子
名扬四海慕其名

瓜果

库尔勒香梨和田枣
吐鲁番葡萄哈密瓜
叶城石榴库车白杏
红旗坡苹果冰糖心
白水城核桃壳如纸
石河子蟠桃王母惊
阿图什盛产无花果
精河县枸杞赛黄金

心志

锦绣山水美如画
物华天宝富西域
五旬足迹遍疆土
半个世纪品奇珍
游子赤诚守边关
勿忘人民养育恩
拙笔抒写爱疆情
恋歌一曲唱与君

第六章　名家赐墨

一、难忘的文字

黄　毅

与世界上许多作者一样，杨先金并未想过因为自己的文字工作，而可能使一些名不见经传的远荒遐塞之地，变成一个旅游名胜热点。尽管在此之前已不乏先例，诸如依仗鲁迅而名满天下的绍兴，经由沈从文而声名远播的湘西凤凰城等。

杨先金将"岔子沟"直接放入书名，足见其多么急于把这个天山深处的小山沟呈现在所有人面前，这里没有丝毫的功利色彩，更多的是出于对这个承载过他青春岁月和梦想灵地的直抒与讴歌。不管身处何处，每个人都会有一段难以忘怀的人生经历，完全像胎记一样伴随你一生，有时你以为它在你的表面消失了，而事实上它已深入到你的肌肤甚至骨髓，是包括岁月在内的任何力量都拿不走的。这是一段隐秘而公开的岁月，只有常怀隐忍与悲悯之心的人，才能从中发现那些闪光的，值得记忆的，大有美感的东西。从岔子沟的大雪、蓝天、白云、野菜、红叶、牛羊、默泉等元素中，我们不难窥见杨先金于朴素的记叙中所注入的细腻而真挚的情感。

这些年，关于散文的写法争论不休，难分伯仲。而我以为散文该是最无定法的，但万变应不离其宗，那就是一篇好的文章，该是文辞与情感最有机的结合，甚至激情的力量比文辞更重要。

先金先生15岁告别学堂，18岁弃农从军，而后数十载的军旅生涯，转战天山南北，如此的人生经历，就决定了他的文章以真情实感的笔录见长，难见虚假的成分；以亲历的追忆为主，少见空泛的议论。

有人对中国军中作家有个甄别，认为一部分是军人的后裔，再一部分是来自农家。先金先生显然是农民出身的军人，虽在唱"农家军歌"，但土地存留在其身上的气息仍然经久不散，来自故土河流的冲动依旧在其脉管里奔走，因之他是朴素的、是有着泥土的芳醇和河流的水腥味混合的大气息。

但是我并不是在同时否认先金先生文脉的不足，恰恰相反，宣称自己只有大专学历的先金先生，中国传统文化的根底也是非常深厚的，甚至有些微古典文化的意蕴。虽长期行武，并未见闭塞，从凯撒到伊凡雷帝，从班超及张遁，皆成为其笔下出入的对象，作为一种精神的参照，军人建功立业的报国之情跃然纸上，热血慷慨之声不绝于耳。

作者的才情，从某种意义上说是由想象力的多寡决定的。激情与想象是文章飞翔的两翼，它指示着为文者飞抵何种标高。

在先金先生的不少篇什中，不乏想象之空间，有些篇章的构思颇具匠心，如《火洲三奇》一文中的"博物馆奇说"："一日进得高昌路博物馆，上二楼，见得一位神采奕奕、鬓须飘逸之武将偕夫人揖手相迎。看过名片，方知是南北朝时高昌王国侍郎、宫廷侍卫军殿中将军张遁也。"先金先生思驰千年，与一千四百多年前的古人幸遇，借古人之口道出了爱国之道、为官之道、夫妻之道及为人之道。不能不承认，这些文章是经过认真布局谋篇的，而非临时冲动的一挥而就。

当然，从这部集子的整体上看，个别处的直白与简单也是显而易见的，这多少影响了文章的咀嚼与意蕴，好在这是先金先生的第一部集子，且并不是致命的伤痛，我们期待着读到先金先生更好的文字。

难忘的定然是让心弦"铮然一响的那一指"。

注：作者为国家一级作家，新疆维吾尔自治区政府参事室文史馆馆员，艺术评论家。

二、梦幻般的路

饶金兰

一个人能将自己人生行走的足迹用文字记下，实在是一种大幸福和大快乐。因为每个人都有自己生命和生活的精彩，哪怕是片段。所到之处，所经之事，所识之人，都是人生的收获，都有不同的感悟，都是时光的馈赠。我就时常羡慕着将这种幸福用语言文字记录下来的人。尤其是担任宣传部部长后，有幸得到许多公安籍及公安本土作家的作品，阅读之后竟也有提笔回忆自己人生足迹的冲动，然而无奈行政工作的繁忙等诸种因素，未能如愿。

杨先金先生无疑属于拥有这种幸福的人，从先生散文集《铺在云端的路》，可以切实寻觅到一个农家子弟从土地走向军营，又最终告老离休，情履故土的清晰足印和艰辛历程。

翻开《铺在云端的路》，浓浓的异域风情扑面而来。在书中缅怀军旅生活的部分，先生用朴实本色、深情诚挚的笔触还原了15年的川藏、新藏线上的汽车兵生涯。川藏、新藏公路被称为"铺在云端的天路"，我曾在西藏支教三年多，深知当地的自然条件是何等恶劣，生命经受得何等不易，而先生却在这两条路上坚守了15年。漫漫的云端路，与白云和理想为伴，与生命中最为感动的东西为伴，需要高原一样高的境界，需要雪山一样白的胸怀，因其生命的坚韧，而像高原的雄鹰一样，将天空作路，与长风为伍，书写壮怀激越的浩然篇章。这些，在《天路上的故事》《遇险二郎山》《惊险雀儿山》《救命的氧气》中有非常精彩独特的表现。作者显然是想抒发那种生命中的大美，而艰难困苦的细致描写，却是为了展示战士们内心真正的快乐，对理想境界的追求，对生命力量和韧性的赞美。我们从另一些篇章如《牛皮当瓦片》《汽车抬着走》《班公湖网鱼》《天路看云》《昆仑赏月》等篇章中，有亲临其境的感受，高原艰辛但神奇有趣的生活，带给战士们多少快乐和回忆。

新疆的记忆是极为独特的，大漠天山，壮美辽阔。作者为我们展示了那里浓郁的西域风情、奇异的特产美食。文字描写的诱人之处，让读者不禁为之沉醉和垂涎。像《我的岔子沟》《火洲三奇》《伊犁抒情》《美哉葡萄沟》，让人读后口齿生津，心也随之奔向胜似江南的新疆大地。其语言所展现的生动魅力，不得不让人叹服，的确引人入胜，使人遐想流连。

品读《铺在云端的路》，有一股浓浓的乡情扑面而来。书中，先金先生对故乡公安有着更为深情的抒怀。字里行间，家乡的一草一木都脉脉含情，如《牛奶湖秋韵》《家乡的油菜花》《梦游大港》等，这些讴歌让我们看到了平原水乡的韵致与情调，旖旎与委婉。在《鲊辣椒客》里，家乡寻常的鲊辣椒也被他写得独具风味，情深意长。还有像《过年》《清明祭父》《一块糍粑》等，无不体现出对故土的拳拳眷恋之情。

思乡是痛苦的，却也把作者对家乡这片土地深切的爱都付诸笔端，向世人展示出了水乡公安优美动人的风土人情和风景卓异的美丽画卷。在文章的结尾，先金先生深情写道：君子怀德，小人怀土。所以人不可以失掉对故土的眷恋，不仅要熟知故乡历史，还要从这里展望未来。先金先生这种热爱家乡的情怀必将激发家乡广大文艺创作者的创作热情，激起更多公安籍游子怀念故乡，感念故乡，回报故乡。

读完全书，似有袅袅余音在耳畔，心中的感动与共鸣久久挥之不去，既感念于先生对军旅生涯，对新疆这片土地的执着和坚守，也感动于对故乡故土的游子情深。但真正打动我的是先生为两地文化的交流搭起了一座桥梁。对此本人感触多多。先金先生在书中向新疆和公安的读者展现了两地不同的文化。水乡平原上土生土长的人，不看此书，有谁知道牛皮可以当瓦片、汽车可以抬着走、火洲三奇是哪三奇？有谁见过天路的云、岔子沟的雪、蓝天、红叶和默泉呢？有谁赏过昆仑月？有谁见过伊犁和葡萄沟的美景？同样地，塞外之人，又何曾见过水乡的百湖水韵、油菜花海、鲊辣椒等水乡美景美食？何曾体验过惊涛骇浪时的防汛抢险？这一切，又怎不让两地的人心生向往？

文化是需要交流的，有交流才有融合。有交流才能成为一个整体。不同的文化是不同地域形成的，因而才会千姿百态，令人应接不暇，爱意无限。本人和杨先金先生一样，有两个家乡，有着同样的情怀。同为长江之畔的我的故乡赤壁，和第二故乡公安，有着不同的文化形态，也有着不同的饮食及风情，独特的人文历史和地域特色会在我们的生命中烙下深深的印记，也是我们不会被岁月消磨的爱和美的源泉，是生命的根，是不可改变的基因。

先金先生用他的文字铺就了另一条云端上的路，这条路连接着两地，也连接着过去和未来，现实与理想。他在这条路上且歌且走，有永远的青春相伴,不知疲倦,风雨兼程。

一路汗水,一路花香。我们期待着,先生将有更多美丽的文字洒下如云的花雨,铺成他梦幻般的心路。

注：作者为公安县政协原主席。

三、边关有乡音

刘三多

此生有幸认识军旅作家杨先金先生,在他10天精心陪同下,我们二老安全、顺利地完成了在新疆喀纳斯湖和禾木乡村的采风活动。最近读到他的新作《铺在云端的路》,从文中详细了解到一位四十多年身居边关的老军人,却始终心系家乡,写出不少赞美家乡、关注家乡变革与发展的文学作品,这些洋溢着乡情的文字,读来倍感亲切,令我肃然起敬。现将品读感悟付诸笔端,与诸君共享。

军旅生涯的真情回顾

作为一名军人,军旅生活的点点滴滴在杨先金的创作中占据了重要地位。作者在《天路上的故事》中,以《遇险二郎山》《惊魂雀儿山》《班公湖网鱼》《驴粪茶》《汽车抬着走》《昆仑赏月》《怀念战友》等10个感人故事,原生态地向读者回放了汽车兵当年征战在川藏公路、昆仑山巅的艰苦岁月,用以唤起同龄人对艰苦岁月的追思,青年人对今天幸福生活的珍惜,全社会对人民军队的热爱和对军人的关爱之情。《天路故事》既是对他人讲述的励志之事,又是作者"天路高六千,驾车穿云端。伸手可摘星,俯首览万山"的豪情写照。

《铺在云端的路》是一条高难、高险而令人却步的路,更是一条高洁、高尚的神圣之路,作者与书中人物,正是行走在"云端"路上的人,作者借此为书名,实为匠心所在。

讴歌人与物的真善美

唱响时代主旋律，讴歌人间真善美，也是杨先金文章的重要内容。他在《超人李超洪》《画家刘三多》《画家靳守恭》《火红的柿子》《漫话左撇子》等篇章中，以细腻的笔触，独到的见解，展现了时代人物的奋斗经历，刻画出其丰满的人格形象，把这些为世人仰慕的仁者、智者、勇者介绍给广大读者，向社会传递出正能量。

作者在守卫边疆、行走多地的生涯中，怀着爱国主义激情，写下了《井冈山赏竹》《长江无浪》《游桃花源》《奇景武陵源》《我的岔子沟》《龟兹杏花》《美哉葡萄沟》等赞美祖国山河的美文，在赞美人、景、物的同时，表达对真、善、美的敬重与追求。

情系故乡的赤子情怀

作者离乡五十多年，始终不忘故土，情系家乡，在《牛奶湖秋韵》《家乡的油菜花》《鲊辣椒客》《一块糍粑》《梦游大港》《遥望灾区》《过年》《刍议改名》等文章中，通过对乡音、乡味、乡俗的美好回忆，抒发出游子浓浓的乡情。

在《鲊辣椒客》一文中，作者采用"伢儿犟得狠""决了一餐""冇味""蛮好吃""如坐钉粑"等家乡方言，使精美的文字浸润在浓郁的乡土气息之中，犹如乡音回响在耳际。

那一碗碗喷香的鲊辣椒，油煎香酥的糍粑，紫红的腊肉腊鱼，甜甜的米花糖，爽脆的菱果荞瓜，粉糯香甜的排骨莲藕汤……乡味馋得流口水。在欢快的文字中，一碗碗家乡的农家菜登上大雅之堂，作者在回味家乡土菜的同时，也令读者胃肠鸣叫，口水直淌。

在民俗民风逐渐退化，地域地名经历着时尚演变的今天，作者却在西域边关坚守地域文化这块阵地。在《过年》一文中，作者通过"年释""年货""赶年""年饭""守岁""拜年"这些章节，对故乡传承了几千年的"年文化"，做了详细的规范性记载。这篇散文曾作为"新年礼物"，发表在2005年大年初一的《解放军报》专刊上。

在《地名如诗》一文中，作者独具慧眼地将公安地貌，形象地比喻为一尊人体半身塑像，继而又成为游子心中的"图腾"。在"图腾"上，作者从上千个被人渐忘的地名中，筛选出近百个地名，分门别类地组成七律韵文，以便诵读传承。他还潜心研究"银公安"经千年积淀的民俗民风、人文特征，精辟地将其概括为"水文化"，将"百折不挠、无私奉献"八个字，概括为"水文化"之"魂"。可见作者在研究故乡地域文化方面的高端见解。

"'君子怀德，小人怀土。'所以人不可失去对故土的眷恋，不仅要熟知故乡历史，还要从这里展望未来。如果把历史文化的渊源忘掉，人就没有了历史底蕴，没有了地域文化的根基，便成了'牛奶湖'水上的一菀浮萍。"作者如是说。

作者不仅用乡音、乡味、乡俗、乡情来展示内心世界，而且还在家乡的建设上有着实际行动。1992年国家热议兴建三峡大坝，他给时任湖北省省长郭树言写信，呼吁早建大坝。"三峡涛声贯耳鸣，喜煞天山鄂籍兵。举国倾助坝伟业，戎卒争先打头阵。"先金先生以诗言志。1998年家乡遭遇洪灾，除组织部队捐款捐物外，个人还向公安县捐款2000元；2008年，又给公安县原县委书记胡功民写信，提出举办"9·8"抗洪10周年纪念活动、振兴公安经济等六条建议。前年又捐资6万元，为村里修建水泥路面。作者的言与行，凝聚在故乡的情愫上，完全像胎记一样伴随着他的一生，并且渗透在他的肌肤甚至骨髓。所以写出那些闪光的、值得记忆的、大有美感的东西。他曾说：一个人只有爱父母、爱故乡，才能上升到爱祖国。一个连父母、故乡都不爱的人，哪能谈得上爱国爱民！

鉴于杨先金热爱故乡的实际行动，在2003年湖北电视台的春节晚会上，新疆军区推举他代表驻疆部队鄂籍官兵，向家乡的父老乡亲致以新年贺词。

言为心声，文如其人。一个人的文字，是其精神世界的形象表达。反过来，精神世界的丰厚与否又决定着文字的质量。行伍出身的杨先金，笔墨情感离不开职业窠臼，在《扯蛋》《野人在哪》《爬山虎》《病中悟》《福不宜倒》《六十感言》等文章中，既有范仲淹那种"居庙堂之高，则忧其民；处江湖之远，则忧其君"的忧患意识，更有唐代诗人刘叉那种"野夫怒见不平处，磨损胸中万古刀"的侠骨豪情。

诚然，《铺在云端的路》文集，有着形、事、情、理、典的"文章五诀"和散文的"真情"，是一本为青年人励志，为老年人强骨，为游子消遣乡愁的好书。

我敬重作者的恋乡之情。感激他把荆州地域的风土人情、江河湖景展示在他乡异域。

边关有乡音。只有穿透时空、穿越地域的乡音，才会倍感亲切。

注：作者为湖北省著名画家，湖北省文史馆馆员。

四、我的大哥杨先金

杨先宝

此生有位引路的好长兄，是人生大幸。

俗话讲：天塌下来有大个子顶住，长兄就是家庭中的"大个子"，又叫"顶梁柱"。我的大哥以"孝悌""诚信""勤俭""助人"为人生追求，帮助父母亲撑起一片蓝天，带领我们弟妹几人走出困境，为社会做了不少有益的事情。

"孝悌"示范，传承家风

孝：指孝心、孝敬。概指无私地报答父母养育之恩。

悌：指兄弟姐妹之间的互助关爱。

孔老夫子讲：孝悌是做人、做学问的根本。

大哥18岁当兵时，我才两岁半，对他的印象，是他当兵后听父母亲及乡亲们讲的。记得牢的是母亲常给我讲：是大哥救你一命。1970年初冬，我才会走路，大哥到水港洗完洋姜后急着上班，我去找他，不幸滑落港水，好在我穿的长袍棉袄，又是双脚落水，靠棉袄浮力，像只鸭子在水中扑腾哭喊。大哥出门已走好远，或许是心灵感应，他隐约听见港水有哭声，急忙返回寻找，将我一把从水中捞出。否则，我将夭折于水。

我稍大些，在他几次探家时跟随探亲访友，更多地听到一些关于大哥的故事。

新中国成立后的第三年，母亲生下大哥，因营养不足，大哥两岁多还无力走路，全凭奶奶一口粥一匙汤地精心喂养，才活过命来。初中才读一年，就辍学，16岁开始在生产队挣工分，以减轻父母沉重负担。18岁招工，在公社财管所工作，年底参军入伍。离家时领有当月37.5元工资，交与母亲20元，留16元钱作为零用钱来到部队。半年后，连同此钱及节省的津贴，用30元为奶奶扯得一块绸缎寄回家，交代父亲为奶奶缝件装老衣。

大哥省吃俭用，每年寄钱回家，资助弟妹上学读书。1980年大嫂随军时，他们还欠账400元，为省钱，大哥没回家接大嫂和侄女，托两位战友将她们母女带到新疆部队。

几十年来，大哥孝敬父母无私心。家里两次做屋，遭受龙卷风袭击，姐姐生病买药，他都尽力而为，还早早地为父母准备好寿木。父母亲生病住院就医，他都挑起担子尽力而为，起到顶梁柱的作用。

改革开放后，我16岁进疆跟着老乡学木匠手艺，后来又学开汽车，一路跟随大哥从库车、库尔勒到乌鲁木齐。20世纪90年代初，我创业买地种棉花，手头缺钱，大哥将仅有的2万元借我解困，帮我渡过难关。

大哥经常教育我们几弟兄，爱国是从爱父母奠基、爱家乡起步的，一个连父母亲都不爱的逆子，哪来爱国之说！大哥把孝悌延伸至乡里乡亲，过年带着我们去给村里的老人们拜年，买上礼品看望。老人们夸奖大哥："杨老大孝心好，还在坚守拜年敬老的德行。"他的言传身教，使得我们几弟兄能很好地践行孝道，兄弟情义愈久弥坚。

"诚信"为本，磊落做人

大哥当兵当得既苦又累。苦：长期跑高原；累：当了8年兵才提干。他文化不高，更无背景，全凭诚信做人、勤奋做事立足，从班长、排长、指导员、教导员、团政委，牛拉车似的一步一个脚印地干到师级干部。

我见过他两次对重大事故的担当：一次是兵站加油站失火，一次是部队发生枪走火致死两人。我们为他捏一把汗。好在他实事求是分析查找事故原因，不推诿瞒过，光明磊落地向军区检讨担责，使事故得到合理解决。

大哥经常要求我们几弟兄，为人做事要坦坦荡荡，不要耍小聪明玩花招，要晓得"聪明反被聪明误"的道理。我们偶尔搞点"名堂"，大哥发现后会毫不留情地严厉批评，而他却因守信而往往受骗上当。他在库尔勒中心兵站当政委时，来兵站食宿的一些陌生湖北老乡，打听到政委是湖北人，皆谎称回家缺路费，找到大哥借钱，100元、200元不等。借钱回家后再无音信，嫂子去领大哥工资，却领来几张借据。后来，他又借钱与乡人，遭遇同等"待遇"。在我打工的非常困难时期，有些发小、同学因生计违法和手脚不干净进了班房，而我却咬紧牙根，不骗不偷不抢，老老实实地做人做事，终于得到生存空间。

大哥要求我们学好不学坏，积极要求上进，我们六弟妹，有四个是共产党员。全家族20号人，没有人违纪犯法，与大哥的教育要求分不开。

艰苦朴素，勤俭持家

大哥上小学读书，正值20世纪三年困难时期，吃不饱饭。当汽车兵跑川藏线、新藏线，在高寒缺氧条件下生活异常艰苦，吃的是杂粮、压缩饼干和脱水菜。长期在艰苦地区生活，使他养成了节俭的好习惯。他当官后，吃饭只求卫生干净，不求花样数量。我们过年过节聚餐，经常见他把掉在饭桌上的米粒拾起放进嘴里，他说："一粒粮食一滴汗，你们不知道饿肚子的滋味。"他严管部队伙食，要求按就餐人数精准计粮，见到浪费现象决不姑息。

大哥的勤俭朴素，源自父母，惠及子孙，使我们深深懂得"成由勤俭破由奢"的道理，二哥三哥在农村当农民，就是靠勤俭持家，省吃俭用盖起了楼房。

老有所为，发挥余热

大哥当兵40年，长期在边疆少数民族区域工作，为部队建设和新疆社会稳定、军民团结做出了奉献。退休后本应安度晚年享点福，可他闲不住，继续发挥余热，力所能及地投身于社会活动。近几年，他与友人筹资30万元，在家乡创办"郑公作家书屋"，为学生和老百姓提供读书学习场所。与文友们撰稿，出版反映故乡文化的《牛浪湖畔》文集，用文化助力故乡的经济发展。他自己笔耕不辍，出版记录高原汽车兵艰苦生活的文集《铺在云端的路》。他为故乡新农村建设出力，先后出资6万元修建村级公路。当村民们走在宽敞干净的水泥路上，便对大哥的善举赞不绝口，村头的"功德碑"上，仍镌刻着杨先金的大名。

前些年，他组织在疆的 70 多位荆州籍企业家，成立乌鲁木齐市荆州商会，不要报酬、不遗余力地为荆州籍人士服务。为荆疆两地文化交流和经济发展牵线搭桥。他的心血没有白费，2022 年，荆州商会被全国工商联评为"政治引领好、队伍建设好、服务发展好、自律规范好"的"四好商会"。他还经常为商会会员宣讲党和国家的相关政策规定，给党员上党课。他无私奉献，受到家乡企业家的敬重，也助我这个荆州商会的党支部书记一臂之力。

这两年，看到大哥仍在埋头写作，问他写啥？他说写点回忆文字以自娱。我忽然想起他的书房里自书的"耀武习文，齐家卫国"八个大字，这是他对人生的自我诠释。我便不自量力，拙笔写下这点文字，以感谢他的救命之恩，略记大哥为我们兄弟姐妹、侄儿侄女们树立的"大个子"形象。期盼后生们不忘根本，沿着前辈们的足迹前行。

注：作者为杨先金胞弟，新疆万杰广告发展有限公司总经理。

五、相遇今天

——写在族亲杨先金回故乡时

杨传向

你从哪里来！好远。

我们在这里相遇！好熟。

从没见过面，却一见如故。

相遇在这个偶然的必然中，又在必然的偶然里，是因为有共同的故乡，我们彼此的心里交融着血脉传承的缘分。

血脉传承，是没有尽头的过程。

从何时算起？时光的野马，瞬间便钻进那个感人的隧道——

那天：列荣耀日光傲霞，仪仗森严艳漫空；逶迤迢迢路扬尘，车轮滚滚旗卷龙。

一位身染战尘、满面风霜的将军，带着他的家族子弟兵和一应家眷，在纵贯澧州的古老涔阳驿道上，自州治方向往东北逶迤而行。

秋风拂面，天色渐晚。将军勒马停留在一个高岗上。

只见他的立足处，一曲河流，从武陵山脉蜿蜒而来，在他身后折漩出一个虬动的拱门弯后，又继续下东南龙行而去。

将军北望，涔河对岸，是鳞次栉比的馆舍楼堂，在浮鸥翩翩的鸟唱里，隐隐约约地穿行着车水马龙。那是涔阳古镇，当时的涔河市。

顺流放眼，红日沉波，汪汪一派湖水，红鲤弄细浪，粼粼烁天光，亮在他的眼前。

将军向南向西慢慢侧转身子，一坦平畴里，稻耀金浪浮霞蔚，氤氲紫气，柔柔地向他怀抱依偎而来。

好个鱼米之乡，江南胜地！将军动容暗叹！脸上泛出酒酣肝胆的意韵。

于是，那使惯刀枪的手，从空中猛地挥下；常下进攻敌阵命令的嘴，蓄足气息猛地吐出："就在这儿！"

就在这儿！将军从随行旗手手里接过一杆"杨"字大旗，在足下高处的土里深深地插下，随即啸吟：

> 长啸激清风，志若无东吴。
> 铅刀贵一割，梦想骋良图。
> 左眄澄江湘，右盼定羌胡。
> 功成不受爵，长揖归田庐。
> ……

风展旗飘，音韵远扬。

从此，一支燕赵流脉，就这样地在祖国江南、洞庭湖平原腹地——澧阳平原驻足扎根！

从此，这个古岗就叫罗杨岗。

这是明朝弘治年间（1488—1505）的事。

这位将军，姓杨，名源，字琅瑚，明朝军户制下的一个家族头领。

当年，他是奉旨率领家族子弟兵和家室老小，离别北京（时称"顺天府"）通州火汾县故地，远征广东，功成诰封武略将军后，择地封上，采食东田，析支来罗杨岗的。

从此，这个新的家族，就繁衍在涔水之阴、澧水之阳，耕读筑基，构梦筑梦。

在这里，他们接收着古老涔河源源流淌的历史故事，见证着岁月刷新涔南大地……

过去的时光，去得悠久而迅速；未来的时光，来得遥远而缓慢。弹指一挥间，这个家族在这个地方安居乐业，不知不觉就过去五百多年了！

此刻，风云漫卷。我们纵有千言万语，也只能蕴含在两眼相望中。

相望之际，你握住我的手，紧紧地；我握住你的手，久久地。你的温暖顷刻传到了我的身上，这是血液在激动地奔流。

你高我一等辈分，我大你两圈"树轮"。我们同一年入伍，你成长为大校，我是始终的士兵。你说我们两个老军人——将军的后代，血性注入骨子时正年轻。现在一脸的沟壑，把几十年的故事变成岁月的烙印。但沧桑的两鬓间，仍然飘拂着不褪色的英气。

你我陌生的那段空间，不知该从哪里说起。

我们又把源头追溯到一句俗言俚语记载的历史上，就是那次"等哈哈（等会儿）""等哈哈""再等哈哈"，最后却"一哈哈"也不等了的洪峰，在1937年冲毁了澧阳平原一个安居几百年的老家园。这时，一位坚韧的汉子，挑着箩筐，带着妻儿，含着泪水离开了他的祖居与朝夕相处的族亲，从北民垸来到松桃垸。从此，松滋河之阴的一块平旷沃土上，发祥着一支来自涔河之阴的罗杨岗人。

想不到八十多年的岁月风尘，在代际承传的骨肉亲情里，硬是用匆匆峥嵘将一颗种子孕育、历练成一个大写的"人"字。

如今，这个"人"字足立大地，横跨万里疆土；头顶蓝天，肩扛"四星"；鼎新风尚，已然为范。

我想那四星的分量和蕴涵，该是"正心、修身、齐家、为国"吧！不要以为是我错记了《礼记·大学》里的经典名言，那是因为有将"治国、平天下"细化为用钢枪去"执义、担责"的必要。

11月26日相会的日子特好！这是2017年入冬以来最美的一天，在万里无云、碧壁琼波似的天壁游弋的暖阳，把所有的热情倾注在这块土地上。一套佩戴绶带的草绿色戎装，在一颗金阳与四颗金星相辉映之下，把这个大写的"人"字衬托成一尊古铜色的庄严、雄壮与威武的雕像！这是将军的后代继承传统，用久经风霜刷新世纪的史诗，也是沙场扬戈跃马的风度，更是钢铁长城的气节。

脚踏国土，头枕边疆，万里家国装在你的胸怀。此时此刻，你正用思维的长度与绵度，联结我们时空的断层，圆合我们丝丝梦缕的牵挂。

我们经过了一个十分必要的也是很特别的程序与环节之后，便开始了时空旅行。

11月28日的天气十分令人激动。为了这踏着世纪而来的沉稳脚步，故乡拿出她最多情的表达，让一颗诚挚的归心豪吟出久积的心曲：

> 雨潇潇兮朔风寒
> 白首万里兮访根盘
> 罗杨岗兮故土厚
> 赤子情深远边关
> 牧马天涯兮岁无痕
> 钢枪枕着乡愁眠
> 日月照兮胡杨营
> 系着家乡老炊烟
> 梦常湿兮星星笑
> 手撒轻风飘缱绻
> 飞云渡兮雁声断
> 身未归兮心已还
> ……

以往的北民垸已是北民湖；罗杨岗已是北民湖村。老祖辈的英魂今何在？

大湖布满浓浓的雾，似乎紧锁着什么神秘。白鹤在湖外的洪家灯盏垸湿地的滩林和水边旋转起落鸣叫，似乎打着什么隐喻。这灯盏垸曾经是你家祖母的故园，现在装在涔河里。涔河在这里转了个弯，又打了个盹，丢下一片水洼，没有让它随大流东去，好像就是为了密封那些不能忘记的情结。尽管年年岁岁的垂钓人结伴在此消遣闲暇，但他们长长的钓竿横在水洼上之后，那条带钩的长线深深垂入老祖宗脚踏的地方，可是怎么也不可能勾起历史的沉淀。上天的一切安排，是不是为了把他的心事留给你这个游子呢。

九十多年前的那个艰难"离开"已经久久地离开了，而一个甲子的记忆又在依依稀去再稀去，但游子的赤心把从祖辈那里记来的"等哈哈""等哈哈""再等哈哈"的俚语印象，在与时俱进地加深再加深……

肃立！垂手！闭目！——良久沉吟……细雨洒在你的脸上，这是故乡动情的泪吻。朔风撩起你的戎装，这是故乡的抚摸……

还"等哈哈"吧！那个惹来灾难的俚语，现在成了一颗灵魂回归的召唤！"我来了！"立正——敬礼。

你把军人崇高的礼节，献给你的梦里故乡。

注：作者为湖南省高级教师，省作协会员，中华辞赋社会员。

六、千山万水家国情

——军旅作家杨先金及其作品印象

曹新玲

时光荏苒，认识军旅作家杨先金大校有二十多年了，是前辈，是师长，更是朋友，近日听说杨老师又要出新集子了，而且看到了其中的部分书稿，真是为笔耕不辍的他由衷地高兴和自豪。

说起和杨老师的相识，还有段小插曲。

那是二十多年前，一次在编辑部一同事家小坐，无意间在桌上看到一本以绿色和蓝白色作封面的书，一看就是草地、蓝天、白云的抽象浓缩，再看上面的字：《难忘岔子沟》，杨先金著。边和同事聊天，边就随手翻阅起来，文字干净、简洁，直抒胸臆，没有更多华丽的辞藻，却感情真挚、朴实——

"'文化大革命'爆发，我跟着去'串联'一场，回校即结业，学校发给我的'结业证'是200斤稻谷和6斤皮棉。在那个年代，这个'文凭'虽不代表知识，但对农村一个七口之家来说，无疑是比知识更为宝贵的。"实话实说，民以食为天，一点儿不假啦！其中一首小诗印象很深刻："昨日还在莽昆仑，今日急驰石油城。车轮滚滚永向前，铁骑高扬昆仑魂。"短短四句，大气磅礴，很有格局。

同事是负责部队军事报道的记者，对部队作家、通讯员的情况了如指掌，见我挺有兴致地翻看该书，就在一旁做了介绍：哦，这是军区总医院杨副政委新近出的一本散文集，岔子沟是天山深处他曾工作了六年的地方，很有感情，就用《难忘岔子沟》做了书名。杨政委挺了不起的，来自鱼米之乡，湖北公安人；在部队从高原汽车兵干起，曾十多次穿越川藏线，给当地军民运送所需物资；后被提拔为军区后勤某厂厂长，干得也很出色，还在你曾当过驻站记者的吐鲁番市担任过军分区副政委，能文能武。你如果感兴趣，就把这本书拿回去看吧，但要记得还给我哦！上面有杨政委的签名呢！

　　就这样，先睹为快，以书识人，还没见到杨老师本人，已读到他"我手写我心"的作品了。

　　因为有着这段小插曲，所以后来和杨老师真正相识后，感觉像老朋友一样熟悉又亲切，及至做了文化副刊版的编辑后，编读往来间，交往更是日益多起来。

　　杨老师在《难忘岔子沟》一书《书房》一文中，曾有这样的描述："我的新居内，有一间6平方米的书房，我把它称之为家之'灵魂'，是因为它集政治、历史、军事和文化于一室。为使我的这些工具书有个安身之处，我精心在书房中设计了书柜、书桌，置了竹质窗帘、文竹盆景……这样，我的书房虽不及维克多·雨果的'水晶宫'书房华贵，也不及萧伯纳的书房随着季节变化而有移动功能，但书房的基本要素具备了，我可与之相依相伴了。"

　　从杨老师的描述中，可见其对书籍的热爱和用心，也能窥见他阅读范围的广泛和博杂。其实杨老师不仅阅读各种经典，各种纯文学刊物、主流媒体的文化副刊等都是他浏览、学习的对象，他是一位忠实的副刊读者、作者，像海绵一样吸收着各种知识和营养，使得自己的文字突飞猛进，拿来就是精品，几乎不用怎么改动就可以刊用。即便如此，令人感佩的是，他很少因为认识编辑而不停地投送作品，总是我们有策划主题时跟他这样的资深作者约稿，或者他认为写得特别好的作品，才谦虚不已地问我们需不需要此类稿件云云。这种习惯一直保持至今，2022年春节期间，他发来一篇《故乡的年味》的文章，写得之细、之好、之丰富，可以收入春节宝典了……

　　我们每期编的《宝地·副刊》他都会认真阅读，有特别出彩的文章，他马上打来电话予以鼓励，漫谈读后感受。这种随时被关注的温暖，成了我们办好副刊的一股无形力量。

　　有段时间，纸媒受到的冲击特别大，而纸媒里的文化版面更是受到怠慢和冷遇，不是版面被删减，就是不能按时刊出，当时真是失落得很，不知多少次怀疑自己，如此精心编稿编版的意义何在，也难免发些牢骚。逢这时，只要杨老师在场听到，他总是竭力安慰我们，称赞我们的副刊办得有质量，对启迪读者的思想、丰富读者的精神世界功不可没，文学是每个时代都需要的，劝说我们要振作起来。如今想来，还觉无限温暖……

　　也许正是基于对文学的这种坚定信仰吧，杨老师在写作之路上从未停止过脚步，阅读视野的进一步扩展，加之生活阅历的沉淀，继《难忘岔子沟》后，2011年，杨老师推出了他怀念高原汽车兵生活的第二部散文集《铺在云端的路》。作品深情描述了在第二故乡所经历的林林总总，颇具传奇色彩。杨老师故乡的文友读后感喟不已，并写下了饱含真情的阅读感受。

　　白驹过隙，一转眼又是十多年光景。在这十多年里，已离休数年的杨老师也未闲着，如以往一样，兢兢业业写作的同时，或独行，或携老伴，走遍了祖国的山山水水。而出入往返最多的就是家乡湖北公安县的牛浪湖畔，他在这儿出生，在这儿长大，从这儿出发，来到军营这座大熔炉，经受了考验、历练，把最好的年华，贡献给了祖国的西北边陲。如今在外多年的游子归来了，"乡音未改鬓毛衰"，像是画了一个圈儿，他又回到了原点，唯一不同的是，他携带着满满的收获，要跟家乡的亲人、朋友、孩子们分享，他要回馈曾养育他的故乡。所以就有了他与同道乡贤们一起创立的位于郑公中学的"郑公作家书屋"，有了反映家乡牛浪湖畔美好生活、惊人巨变的《牛浪湖畔——时光里的章庄》文集（章庄作家群合集），也有了鹤发童颜的老作家戴着红领巾与小学生们共聚一堂、切磋交流的温馨时刻……

　　2020年10月中旬，湖北荆州电视台还对此专门予以报道："秋天是一个收获的季节，10月10号，在公安县章庄铺，一群游子回到了故乡，用自己的方式，向故土感恩。松西河畔，郑公渡边，68岁的军旅作家杨先金，从新疆驱车3250千米回到故乡，与老友重逢，在哺育他们的松西河边，漫步河畔，往事浮现，18岁告别故乡的情景历历在目。此次回乡，杨先金有件重要的事情，筹办了两年的'郑公作家书屋'，将在郑公中学面世……"

　　而这一切，都被杨老师撰写成文，收入即将推出的新集子《八千里路云和月》一书。

该书不同于作者的前两本《难忘岔子沟》和《铺在云端的路》，经过岁月的沉淀和饱读经典的丰富积累，作者用热情、从容的笔触，多角度、全景式地展示了自己从出生到成长到参军到戍边几十年到再返故乡回馈养育之恩的全过程，有细腻的描述，有冷静的反思，时代风云裹挟下的个人命运和家族命运乃至周边所有人的命运都杂糅在一起，说是一部自传，某种意义上更是一部家族史、地域史，甚或是荆楚民俗史、西域边疆史的一个组成部分，很有阅读价值。

如书中起始部分对家族始祖的追溯，真是做足了功课，而且与作者放弃公社征税员的带编工作，决意要参军从戎暗暗契合。乃武乃文，绝非空穴来风，几百年前的家族基因里就蕴含着家国情怀的最初萌动：

在民国丁巳年（1917）续谱中重载：溯我始祖杨源公（字朗瑚）偕弟杨春公，于大明弘治时由北京顺天府火汾县车儿堰奉命远征广东，居功官封武略。食采东田，克勤克俭，而炽而昌。盖由明清而民国，历三百余年。人户日益繁盛，而继序其皇。

因此，我在《寻根记》一文中概括出始祖杨源将军的四种情操。

1. 遵旨朝廷的报国情操（自始祖源公与春公由顺天籍澧阳际，有明之盛，备从戎之选，当兴师于广东）。

2. 武略盖众的尚武情操（致群丑以败北，威名远播，封武略）。

3. 淡薄功名的"善水"情操（兵器耀日月之光，琅瑚傲烟霞之色，乃功成斯退，迹匿在阴，相宅大禾场，析居罗阳岗）。

4. 耕读贻后的齐家情操（勤俭兴家，耕读贻后，才猷亦乃武乃文）。

始祖胸怀的四种情操，乃庶民之操守，杨族之家宝，强国之精神。

何为祖宗遗产？乃精神，非物质。

最后一句点睛，总结得非常到位。

书中对初入军营的描写也很精彩。"紧张严厉的二个月新兵训练，我们无心欣赏邛州大地的春色美景，只是在大邑县的荒野中留下一串串脚印，荆楚儿郎用一身身汗水，铸炼成一个个合格的军人。新训考核，我这个三连三班的副班长，以五发子弹48环的优秀成绩戴上了大红花，顺利地完成了由老百姓向革命军人的嬗变。分兵时作为优秀士兵分到新津县司机训练队学习汽车驾驶。"

　　一入军营，新训拼命，旗开得胜，胸戴红花。寥寥几笔，把一个新入伍军人的精神状态，描摹得鲜活生动，结句还顺带交代了自己的分配去向：高原汽车兵，一句双赢。

　　为安全翻越雀儿山，驾驶员会选择茶马古道的马尼干戈兵站住宿，检修好车辆，睡个好觉，以充沛的精力翻越险关。

　　1971年初冬，我们四辆实习车擦黑入住马尼干戈兵站，吃过饭后，江班长说赶快睡觉，明天好翻雀儿山。那个年代兵站靠发电机发电，为省柴油天黑就停电，床铺是用木板镶成的通铺，每间房睡二三十人。我见房角有人蒙面而睡，怕打扰，悄声打开背包睡觉。早晨起床捆好背包，吆喝身旁的兄弟该起床了，喊无动静，掀开被子一看，是一具冷冰冰直挺挺的尸体，吓得倏地毛发竖起，撒腿就往外跑。

　　开饭时江班长找站长论理，骂他不该做这种缺德事要我们守灵，站长说人多铺少，翻车牺牲的战友总不能曝尸荒野，临时守灵是常事。

　　吃过饭，加满油，心照不宣地向雀儿山出发。当车噗嗤噗嗤爬到垭口，漫天飞起鹅毛大雪，江班长将车开出防雪掩体，缓行在一处暗冰路面。突然山顶滑落几块岩石，江班长打方向靠边避险，制动刹车停车，可车仍在冰路上向崖边滑去，我们几位学员火急跳车，将皮大衣垫在前后轮胎下，车才停止滑行。我们捂住胸口，喘着粗气，远望陡峭而又曲曲折折的下山之路，见得张福林烈士墓碑在风雪中时隐时现。

　　夜宿岗托兵站，江班长用浓重的湘音说，伢儿们，幸亏昨晚你们与死人做伴，是亡灵保佑我们没有翻车死人，要不，今晚要换个班，不知哪个来陪我们睡觉了。

　　上面的细节描写，简直神来之笔，把穿越川藏线的凶险表现得淋漓尽致。家国情怀绝非一个浪漫的词语，其背后有时就是直面生死的勇气，而且没有选择。

跑世界屋脊的司机是世界上技术最好的司机，没吃饱过氧气的人是世界上最能吃苦的人，我们把青春年华献给了喀喇昆仑，虽然没有享受到高原人的"高待遇"，但会因拥有悲壮的人生而自豪，我们留下的脚印虽被冰雪覆盖，但永远会与昆仑同在。

浮躁的社会，浮躁的心态，人们往往容易健忘，似乎在狼烟四起时，才想起打狼人；在生命财产受到威胁时，才想起雷锋。可我相信，军人的功绩在历史的长河中是不可磨灭的。我作为五百多名最后脱下军装的一名老兵，概略地还原40年的军旅历程，以表达对在川藏线和新藏线上牺牲的战友和健在战友们的深深惦念。

读至此处，内心潮涌，就会明白杨老师在《难忘岔子沟》一书中那首小诗"车轮滚滚永向前，铁骑高扬昆仑魂"背后的真正含义了。

全书有这样处处洋溢着英雄主义气概的爱部队、爱战友、爱国戍边的大爱之情，也有爱家乡、念亲人、思故友的温情孝悌之爱，由此构成了杨老师丰富多面、立体饱满的人生影像。

杨老师从小体弱，父母无暇顾及照看他，是大家闺秀出身、小脚坚韧、充满慈爱的祖母带大了他，抚育了他，所以在字里行间，杨老师不吝赞美，把最深沉最隽永的感情敬献给早逝的祖母。从收入此书的美文《"美人蕉"的传说》中就能找到杨老师祖母的影子，是祖母温柔慈爱、知书达理的形象带给了他创作的灵感……

离休后往返家乡的机会多了，杨老师发现从县乡公路下车后，前往村里的一段路仍是晴天土、雨天泥的，不便于村民出行，于是毫不犹豫地捐款三四万元，把一段村路路面硬化、修好。村民们非常感激，甚至给他在路边立了功德碑。

一次返乡，外出时顺便擦擦落了灰的皮鞋，不曾想擦皮鞋的师傅竟是自己的小学同学。惊喜相认后，杨老师把兜里仅有的一百元现金交给了同学，并一个劲儿后悔没多带点儿现钱。

那年冬天，杨老师和爱人在海南度假，临近春节，和女儿一家视频时，只见女婿和外孙，不见在部队医院工作的女儿，杨老师凭着多年在部队工作的直觉，知道女儿又承担什么特殊任务去了，但为了安抚敏感的爱人，杨老师轻描淡写地把话题岔过。果然，女儿上阿里边防站了，并且在那儿待了半年……

真正的爱从来都是春风化雨、润物无声的。

杨老师不但是军人，是作家，同时还是一位充满魄力的社会活动家。

十多年前，看到家乡游子在新疆创业艰辛，且无抱团取暖的企业组织，杨老师便利用人脉资源，着手筹建乌鲁木齐荆州商会。

杨老师为了商会成立，忙得不亦乐乎。

荆州商会于2015年9月在乌鲁木齐市正式成立。现在商会运行良好，跨入全国"四好"先进商会行列，成为在疆荆州企业家的贴心"娘家"。

2011年9月，正是边陲最美的季节，已离休的杨老师接到了湖北省人民政府文史馆馆员、著名画家刘三多的电话。电话里，刘先生说想和夫人再游"人间仙境"喀纳斯。

精于山水画创作的刘三多先生曾于2006年秋天来过喀纳斯，当年杨老师在部队忙碌无暇作陪。那次，老艺术家与喀纳斯短暂相会后，便迷上了这块"宝地"。放下电话的两天后，刘先生和爱人就到了乌鲁木齐，杨老师可是位文旅知识丰富的导游，在热情地陪着两老游完喀纳斯湖后，又陪同前往禾木村采风、写生，一路收获颇丰。

进入耄耋之年的画家，怀着对大美新疆的眷恋，曾十来趟往返于喀纳斯，创作出了众多"新疆风情系列"作品，成为疆鄂两地文化交流的使者，其中，就有杨老师这位牵线搭桥的"红娘"的身影……

春三月，莺飞草长，边陲却残雪未尽，在家乡参加《牛浪湖畔——时光里的章庄》文集研讨会的杨老师发来了章庄春天的照片：白墙红瓦的村庄被金灿灿的油菜花环绕着，花海一直蔓延至远方，满树桃花在房前屋后绚烂着，透过桃树枝丫，可见绿色的菜苗正葳蕤生长……

从这么美的地方走出来的人，人生能不精彩吗？！

注：作者为新疆日报社编辑、记者。

七、为章庄而彰

谭维帖

一

提笔写下此文，内心可是煎熬。其一，惊叹作者杨先金政委自传体《八千里路云和月》一书所记叙下来的真事真情感人涕下，激荡心怀。五十年，对着天山打响指，回响不绝于耳。而我笔力不足，不能畅享。其二，惊叹一位从公安县章庄铺镇（原郑公区）走出去的男儿，从士兵到大校戍边卫国，从学生到作家笔耕豪情。五十年，作者杨先金政委枪不离身，笔不离手，可谓"公安当代的岑参"。相比之下我自惭愧。其三，惊叹相识五年，作者杨先金政委不顾疫情危急，不受流言困扰，不计得失，亲力亲为，办成三件大事：全湖北省首创乡镇作家书屋，谋划编撰出版章庄铺镇地域文集，个人第三部新书即将付梓。这点点滴滴，让我感受到军人铁的执行力，感慨赤子的无私奉献，感悟一位长者的善举。

人与人之间，缘来相逢。这份缘，也许由文相生。记得2018年冬，在章庄铺镇牛浪湖畔的凤凰山庄，与杨先金政委初次见面。之前，就听说过杨先金政委的善举，比如热心助力新疆荆州商会的组建成立。这次亲眼看见杨先金政委把一方珍藏多年的雕龙洮砚，从新疆翻越一万多里背回公安相赠朋友，那份真情无以言表。在凤凰山庄，围炉议事，商讨怎样为家乡的文化建设做点实实在在的事。首次聚会，就达成了共识。这就是建一书屋、出一文集、策划新书首发三件大事。而后杨先金政委，厦门市作协副主席、《厦门文艺》主编、一级作家曾纪鑫等同籍在外的知名人士，带动本土的作者，汇集成群，合力而为。一路走来耳濡目染，从本土章庄（郑公）作家群、县文联、县作协、市作协、市文艺评论家协会，到县人大、县政府、县政协、县委宣传部、县教育局，特别是章庄铺镇委、镇政府，没有一个不称赞杨先金政委的。如果不是杨先金政委的全力付出，包括呼吁、资金、策划、实施，以及对出版沟通、设计、校对、印刷、运输、快递等细节的考虑，不可能如此完美地实现既定目标。

二

"自信"一词出自《墨子·亲士》"虽杂庸民,终无怨心,彼有自信者也"或《郑人买履》"宁信度,不自信",意指自己相信自己。人的自信来源于自尊、胆略、实践、勇气、执着。人的一生,除了人格以外,最大的损失,莫过于失掉自信心了。而能成功,属于自信者。杨先金政委有自信,才能有《八千里路云和月》的美文佳作,才能有曾纪鑫、杨先金、胡祖义三人主编的《牛浪湖畔——时光里的章庄》。当前大力倡导"文化自信",那靠什么?地下的文物,地上的古迹,民间口口相传的轶事,更重要的是必不可少的文章及传播。《牛浪湖畔——时光里的章庄》一书出版,为章庄铺镇的自信找到了出处。本书出版人——安徽的李路女士,审读书中的一篇篇文章之后,甚是感动,特地从合肥赶来参加新书首发研讨会,并给予高度的赞美。章庄铺镇党委刘成喜书记在见到《牛浪湖畔》新书及被《阅读时代》"学习强国"选载的评论文章、《湖北作家》登载的由武汉大学樊星教授撰写的序言后,对胡祖义老先生说:此书开先河之举!一是以乡镇之名出文集应该是开了先河,二是文集的评论文章上央媒大刊也是开了先河!

一方水土养一方人。《牛浪湖畔》一书收入章庄铺(郑公)22位作家撰写的散文、随笔、诗歌,通过自己的经历和视角,生动、真实、客观地第一次集中展示了家乡的人文历史、民俗风情、七十多年来的建设成就特别是近十年来的快速变化和迅猛发展,凸显出乡亲的勤、地域的美、物产的多、人性的善。由此印证,这里盛产赤子,盛产作家,盛产万物。一个乡镇涌现出一批作家,包括一级作家曾纪鑫、军旅作家杨先金等,省作协会员潘宜钧、胡祖义、郭业友、江荣基、彭昌武、刘青方、李开梅、马华、伍业琼、谭维帖等,还有市县作协会员封德明、卢成用、卢贤发、宋良泽、张艾梅、沈继勇、蒋亚平、李良文、谭兴龙、黎雨潭等,这是已经记录在册的作家,还有章庄铺中学二十多位县作协学生会员。多文学层次,多年龄结构,多写作风格,成为全国乡镇一级独有的文化现象。

彰者,显著、明显也。由不忘乡情的曾纪鑫、杨先金、胡祖义三位作家引领,一群本土作家应声而行,敬畏地拣拾散落在故乡的趣事,客观地打捞过往的史实,笔下出彩,汇编成集,终于将章庄的人文历史和风物景观"彰"

显十世。由章到彰,为章庄而彰。这既是现实的厚积,也是美好的愿望。

三

文与诗一样,都是作者内心的表达,正如公安派"三袁"倡导的文学主张"独抒性灵"。曾有人说:"诗人都是恋乡癖患者。"像余光中的《乡愁》和洛夫的《边界望乡》,情真意切。海德格尔也说:"诗人的天职是还乡,还乡使故土成为亲近本源之处,还乡就是返回与本源亲近。"

公安县章庄铺镇是杨先金政委的出生地,他十七岁就离开了家乡。新疆是杨先金政委的第二故乡,他在那里生活已有五十多年了。两地在作者心中已经融合在一起,所以新书《八千里路云和月》把两地都当成自己的本源。从新疆到公安是还乡,从公安到新疆是返乡。且故乡是月,戍边之地为云,两地相隔万余里,书名正好完整地诠释了作者的寓意。新书分为尚武之根、少年萌志、从军路上、军旅写生、老兵诗行、名家赐墨六章。学到的民俗知识最多的是《"松桃垸"文化》,兴教、兴农、做堤、做屋、婚嫁、丧葬、话鬼、鱼趣、午味共九个故事,把那个叫松桃垸的小村庄写得活灵活现,风情万种。由此营造出来的浓郁的文学情感,再现了生活的真实。这些当地流行的农俗民风如不记载下来,日子久了就会消失,好在杨先金政委笔下行善。最动情的是《在祖母怀抱里成长》,十七年的抚养之恩,一大家子的柴米油盐,一个家族的和睦相处,都是祖母超常的付出换来的。这份艰苦,家国同在。最能让读者领略边塞生活的是《调防新疆》《八年老兵》,十五个篇章,记叙、描绘了昆仑山下的戍边经历,艰苦与欢乐、生存与死亡、宁静与枪声,像一幅阔大的画卷。

其中一篇《尘祭》,这是作者参军五十年后为缅怀战友文坤才而写的。当时作者所在的车队行进在天山下博斯腾湖畔、库尔勒与托克逊之间的焉耆。行路难难于上青天,那漫天的风沙遮蔽了四野,分不清哪是路面哪是悬崖,天气瞬间突变,一会儿万里晴空,一会儿冰雹冷雨,长路真长,几天几夜都见不到村庄和人影,能听见的只是呼啸的风声带着狼嚎。艰苦的戍边磨炼出铁血的军魂,鲜艳的军旗每时每刻都飘扬在心中。一晃五十年了,那些倒下的战友就长眠在路旁,都已化为尘埃,能够记下来的,只有饱含深情的文字。文中的"尘",小土为尘,汇众成土,垒起长城卫护华夏;"尘"的"灵魂"

回归，回归田野，回到故土，回到牛浪湖畔，回到还活着的战友心中，这就是最好的纪念。

杨先金政委这些反映边塞军旅生活和边塞风光的诗文，都是格调朴实、爱国激情强烈、视角独特。这与岑参长于描写，侧重反映西域生活的风格趋同。如《兵车向西》："从雅安一路颠簸，这是我们平生第一次/翻越二郎山/再穿过然乌沟/宿营珠峰脚下/兵车向西，蹚过黄河/驶出祁连山后/在茫茫戈壁，仰望星空。"空旷、悲凉之感沁人心脾。这与岑参《走马川行奉送封大夫出师西征》中的诗句"君不见走马川，雪海边，平沙莽莽黄入天"一样，译文为"看那荒凉无边的走马川，就在雪海的附近，一片黄沙茫茫无际，直贯云天"，两相比对，如出一辙，引领着读者进入一种悲壮的情感体验。

其实，我也曾是一名军人，每个战士虽然渺小，但只要拿起枪，军人舍身卫国的天性就会在心底点燃，就会发出"人在阵地在"的壮志豪情。解密军人的基因，唯一的就是奉献和献身。正如作者杨先金政委，已是七十高龄，依然保持着军人风貌，默默地为家乡的文化建设无私奉献。

《八千里路云和月》浓缩着一位老兵半个世纪以来驻守边关的奋进历程，用以启迪后生赓续传承；他不遗余力地挖掘濒临失传的乡土文化，使其放射出民俗民风的异彩；他以散文、诗歌、辞赋、评论等多种文体，"不拘格套、独抒性灵"地把"公安派"文风发扬光大。

在此，请让我仍以军人的本色，向尊敬的军旅作家杨先金政委敬礼！

章庄因为有你，有着一群卓尔不凡的人而出彩。

注：作者为湖北省作协会员，公安县作家协会主席。

八、极具可读性的军旅作品

——读杨先金的军旅散文集《八千里路云和月》

胡祖义

老杨把他的文稿《八千里路云和月》传给我时，已经是虎年腊月二十六，他希望我读一读，写点读后感之类，顺便帮他把文字顺一顺，把可能不太顺的句子捋一捋，无奈我手头正有活在做，我不得不皱了皱眉头，带着抱歉的语气说："哎呀，政委（老杨从部队领导岗位退下来时，是新疆军区总医院副政委，大校军衔），这都年底了，我自己有干不完的活，我不知道，什么时候才读得完。"

老杨给我戴"广尖帽子"（高帽子）说："这点事在你，还不是小菜一碟，你动作那样麻利！"

我说："你看，眨眼间要过年了。"

老杨安慰我："不急，不急，十天半月，个把月，都行。"

我再次打预防针："怕是一个半月也不一定读得完，你的文稿，20万字呢！"

老杨默然，片刻，他说："过完年再说，什么时候读完，什么时候完事。"

尽管这样，我还是不敢怠慢，收到文稿的当天，就看了十来页。到腊月二十九，家里要忙年，孩子们要值班，孙子得有人带，老妻给我下闸："从今天起，你的活，可以放一放了吧？"她进一步强调："过年这几天，给我好好休息！"我口里答应，一有空，还是钻进书房，打开电脑看老杨的文稿。我这样抽功夫去看，不仅是为完成他的嘱托，更在于他的文稿很有意思。我读过不少军旅作品，小说、诗歌、散文、剧本都有，更看过不少军旅题材电视剧，但是，从来没有我熟悉的人，在我熟悉的地域，从事我喜欢的事业。

老杨近四十年的军旅生涯，都在中国大西北，先是西藏，再是新疆，恰好这两处，我旅游时都到过，他文稿中所说的许多点，我都有深刻印象，有一些虽然没去过，心里却伸出翅膀，生出许多爪子，只想一下子飞过去，爬过去，比如他写的西藏阿里加勒万河谷、日喀则，南疆的伊犁、喀什、和田、独库公路，尤其是他带湖北画家刘三多去采过风的喀纳斯湖和木禾村……这些地方，老杨不只是熟悉，而且一驻就是好几年，这些地方的山山水水、花草树木，他都熟悉，于是，我便跟着老杨的文稿，一次次神游故地或疏地，经过大脑丰富的想象，还原成一幅幅生动的风景画，在脑海里挥之不去。

文稿开篇，老杨一直在讲他的故乡，讲故乡的人和事，讲他的先辈。原来，他的祖上曾经是明朝的将军，因为在广东征战有功，被朝廷分封在湖南澧县，看来，老杨的军旅生活，是很有渊源的！他出生的地方，离我老家直线距离不到15千米，他讲的故事，我都熟悉，所以，看到文稿第30页，我一直没吭声。不是什么交流都没有，只是一边看，一边就一些字词句篇提出一些质疑，没有对书稿发表任何意见。我估计，老杨心里一直在打鼓：看来，老胡不怎么看好我的文稿。直到读完他的第三章"从军路上"，在兔年大年初一上午，因为拜年，我才发给他如下文字：

杨政委兔年吉祥如意！

你的《八千里路云和月》很有价值，很有看点。没从过军的读者，对军旅生活好奇，从过军的读者觉得，这不是写的我们吗？年轻读者看后会顿悟：前辈们曾经用生命捍卫和平！对普通读者：我们喜欢有新意的作品。这本书，只要政委认真打磨，或许会成为畅销书，期待中！

建议尽量少用议论性内容，多些叙述描写，比如昆仑山瑰丽奇险的风景，西藏崎岖的天路……让没去过新疆、西藏的人生出无限向往。

这时候，老杨可能终于舒了一口气，他说：你这一讲，我有点信心了！写这本书，我多有顾虑，一是怕笔力不够，二是写给谁看？三是牵涉到一些政治问题，谁敢出版？我的保守准备是——自娱自乐，给亲朋好友看看而已。

老杨生怕把这本书写成自传，他的书像不像自传呢，有点像！

老杨说："多少元帅将军写的自传，有几个人看？"

"不，老杨，你的书，不是纯粹意义上的自传。你以一个从军40年军人的经历，向读者讲述参军路上的艰难险阻，唯其真实，才更有魅力，更有可读性！"说实话，我之所以大年三十、正月初一都抽时间看他的书稿，就是被他的故事打动了，我即使喝过酒，大脑晕晕乎乎，心里总觉得有点什么事等着我，总觉得今天还有什么任务没完成。什么任务没完成？老杨的书稿，我得再读几页，我就在虎年与兔年的交替中，争分夺秒地读。春节期间，我们要到附近旅游，要走亲访友，我还得带外孙子，然而，我仅仅用14天时间，就读完老杨20万字的书稿。朋友们不知道，我读书向来慢，况且，我还得搂草打兔子，把老杨书稿中的错别字、病句"修理修理"，还得思考一些问题，给老杨提些建议，于是，读的速度就更慢。但是不管怎样，在春节期间，我用两星期时间，读完老杨的新作，而且有思考，有独到的见解。

"八千里路云和月"语出岳飞的词《满江红》，这一句话，比喻征战的长途奔驰，亦借喻路程遥远。老杨的从军路，何止八千里！他的活动范围，都在祖国西北边陲，与岳飞的杀敌报国异曲同工。关上电脑，我的大脑打了几个转，理出老杨《八千里路云和月》的故事脉络——

一、老杨从小向往军旅，参军前，他已经是拿国家工资的"税收征稽员"，尽管父亲希望他留下，帮助支撑那个家大口阔的家，然而，老杨义无反顾地走上从军路。他的第一章看上去写了一些家乡的风俗，要知道，他描写的正是那片尚武的土壤，那片土地肥沃而神秘，给他的从军路涂上一抹神秘色彩。

二、他们汽车兵常年行驶在川藏线上，正是那些崎岖难行的进藏公路磨砺了老杨的意志和胆魄，碰撞出智慧的火花，要不，多次行驶在死亡边缘的老杨，早就将一把骨头留在"天路"上了。

三、正因为有智慧，更因为有担当，有胆略，还有一颗报国心，当了8年普通一兵的老杨，才有机会穿上四个兜的军装。其间，老杨不知经历过多少磨难，比起唐僧西天取经的九九八十一难要多得多。

四、老杨退休不退心，一直关注部队，关注新疆，还关心生他养他的故土，退休十多年来，他做了不少有益于湖北荆州和新疆的事，他利用自己的经验、智慧和人脉，为亲朋好友服务，为乡梓服务，只要他做得到的，他都义不容辞。

老杨的《八千里路云和月》，大致可以用三个"情"概括：乡梓情、军旅情、家国情，他的所有文章，几乎都围绕这三个"情"字展开，让人一打开文档，就恨不得继续往下看，赶紧看完。于是，在阅读中，老杨的形象渐渐在我的头脑里清晰起来，他不是白描，只有骨架而没有血肉；他不是国画大写意，让人只看得到大体精神；他是一幅浓墨重彩的油画，人物形象色彩浓重，精神矍铄，呼之欲出。你若读了这本书，脑海里一定会出现一位披着铠甲骑着战马奔驰在西北高原的悍将；我在读完《八千里路云和月》之后，大脑里便自动合成一位和平年代的戍边武士，这位武士，正是创作这部作品的杨先金！

注：作者为湖北省作家协会会员，湖北省三峡文化研究会会员。

附 录

快来"云过早",享受"公安"滋味

蒋亚平

前 言

公安人对美好生活的向往要求高,从早餐起就花样繁多。

疫情期间,市民都是再忍忍,希望公安七道"云"早餐上桌,解馋。恰在此时,远在新疆的我县军旅作家杨先金政委打来电话:公安人民生活恢复正常了吧,最近又有新作没有?我说正在写公安"云过早",或许画饼充饥帮您解馋。

杨政委"云过早"后,以《她用"云过早"唤醒一座县城》作为回馈。

七道"云过早"

第一道:扛鼎之作,非锅盔莫属

公安锅盔,用面粉擀成长面饼后烤制而成,早餐系列里,只有它冠有地域名称。最经典的是猪肉蒜苗馅,还有牛肉馅、莲藕馅、梅干菜馅,以及很多新开发的馅儿,饭量大的可以点个豪华版,个头馅料价格都加码。它个性豪爽,鲜咸香脆,在炉子边趁热吃更能抓住它鲜活出挑的灵魂,咬一口,一宿积气全赶走,魂魄都归位。对于锅盔,三言两语真难表达出公安人民对它的喜爱。

第二道：面条系列

素面，也称"清汤面"，有它打底，才能成就之后的无数种"有名"面条。

码子，放在素面上的浇头，管它浇啥，浇上就晋级加荤面了。码子品种不限于牛肉、牛杂、猪肉、三鲜（三鲜口味由各家店自行搭配，主要品类有鱼糕、鱼丸、肉丸、豆腐、猪血豆腐、猪肝、木耳、黄花、榨菜等）。

另外，鳝鱼面、财鱼面、猪肝面这几道和普通码子面不同，普通码子用大锅炒好卤好，搁在灶台上，想吃啥就舀啥，而这几种，面可随意，码子必须独份现炒，食材做工讲究，也更具诱惑力，所入之口，无不啧啧称爽。

除此之外，还有凉面、热干面、早堂面、炸酱面、刀削面等"舶来面"，不一一详述。

第三道：米系列，顾名思义由米做成

米圆子，每一粒呈圆形或水滴状，黄澄澄，QQ弹，大骨好汤帮衬，口感嫩滑，一抿即碎，老人小孩或牙口不好者最为适宜。

米粉，分宽的圆的，比面条细腻，易嗦（粉也可纳入面条系列）。

早晨，我只要有空闲，牛肉宽米粉是首选。米粉一端上来，不紧不慢，用小碟子装几根泡菜、一勺小豆子搁在一旁，面碗里先加几滴醋，再轻轻搅和，肉香米香醋香扑面而来，咽下唾沫，调整好坐姿手势，慎重挑上一筷子，心里急叽叽嘴上慢悠悠吹出几口仙气，再迅速嗦一口到嘴巴里，接下来就可以不管不顾、一鼓作气了。牛肉的刚，米粉的柔，被醇厚的汤汁浸泡裹挟，间或用泡菜爽口，一碗下来，嘴巴里、肚子里、脑袋里，保准会开出满足幸福的花儿来。

汽水粑，拿大的平底锅把发酵米糊摊成两个大圆，渐熟时把两个大圆饼叠在一起，制作时只放极少的油意思意思，主要靠水汽升腾催熟，吃上去外皮酥脆，内里绵柔。

发糕，和做汽水粑原料一样，蒸制成一个个圆陀螺状，俗称"娃儿糕"，

也有做成菱形、长方形的，放凉之后越嚼越清甜。

糯米包油条，糯米蒸熟后包上油条，油条周围簇拥了各色开胃小菜。一定不要小看它土憨憨的外表，一口咬下去，食材呈现出的丰富和层次，惊艳味蕾。

第四道：油炸系列

不管什么东西，用油炸的都好吃，就是不健康，改用空气炸锅会不会更有生存之地？

油条、油饼，因疫情困在家时，有无数人尝试却总差那么点儿嘎嘣脆爽，这俩若没有过人的味道念想着你，它能大江南北存在这么久？

油墩子，和做油饼的原料相同，炸成敦厚的圆圈圈，葱香浓郁。

面窝，也属于米系列，把米浆舀进专门炸它的带柄铁托盘里，炸成外圆内有小孔的饼状。城里人会玩，在武汉户部巷，会把面窝左右镶上两小块糍粑，称作"金包银"。

苕巴巴，把红薯切成小块，用湿面液糊住，和炸面窝一个工具，炸成碗口大的小圆饼，又酥又甜又香。

灯草窝子，这个得重点介绍，糯米包上煮好的咸口绿豆馅儿，做成小圆饼进油锅，吃上去有沙沙脆脆、咸咸糯糯的惊喜。独树一帜的风格很让人惦记，但一度绝迹，可喜近年它重现江湖，饱了我的口福。

金稞条，用糯米搓成条状，炸好后外面裹上一层甜粉，名字味道都好。

油糍粑，糯米蒸熟，杵黏糊，冷凝后，切成或长或三角的形状，下油锅炸，出锅后，脆脆的外皮护住内里互相粘连、粒粒分明的米粒，据说制作时还须放点生姜水，让口感更显清新不俗。

第五道：常规系列

包子，除了平常的肉包、菜包、糖包外，按其他分类方式还有水煎包、牛肉包、小笼包、藕丁馅包等，似乎永远无法穷尽。

包子这名儿取得好，听起来虽有一股接地气的俗，但不妨碍它在早餐界的王者地位，实则"包"字太过强大，只要愿意，各种搭配、各种组合、各种口味，包罗万象、无所不包、包您满意。

馒头，潮流永变，风格永存。

花卷，在包子馒头中借助葱花和五香粉杀出一方天地，冲着它的不卑不亢、不艳丽不寡淡，偶尔我会想起它。

饺子，"钻石恒久远，饺子永流传。"在家做煎饺是我的强项，可以做到底部起锅巴，但馅儿鲜嫩多汁，秘诀就是掌握好火候和水油平衡，外加多搞砸几次。

包面，除了外来的安庆包面放紫菜虾米的做法，本土包面放酱、醋、葱花等调味，味道质朴，咸香可人。

汤圆，一般无馅，小小个，清酒蛋酒的好朋友。

清酒，即米酒（醪糟）加热。

蛋酒，热米酒中迅速冲进打散后的鸡蛋液，不会碰撞出火花，但会撞出和颜悦色和醉人口味。

豆浆、豆腐脑，本地好甜口（本人不抗拒咸口，但拒绝讨论甜咸问题）。

第六道：特色系列

公安豆皮子，花开两朵，各表一枝。

一种由绿豆米浆摊成饼后切丝晒干而成，要吃时再煮，或者新鲜的切丝撕片直接炒。

一种是圆圆的豆皮饼里包上馅儿成正方形，再拿油煎熟，表皮焦酥，馅有滋味。吃时有技巧，我每次会先咬掉一个角，把豆皮子支楞起来一小会儿，让多余的油流出来，再吃只微微烫，油又去掉不少，刚刚好。

鱼尾巴，公安独树一帜的早餐门类，肯定要去尝尝。虽说也可作菜品，但发迹于早餐界，后起之秀却风头无量，且有愈演愈烈之势。如果早餐时加了一个它，吃上去既有不必言说的美味，看上去也是高端上档次。将新鲜大草鱼尾腌制入味略风干，再烹制，肉厚味鲜，特别是鳍部胶质多，甚为软糯。一个鱼尾端上来，鱼肉和一旁辅佐的葱姜蒜辣椒佐料渣渣都被吃光光后，仍会感觉意犹未尽。下次见到它，你只会说六个字——"买它！买它！买它！"

稀饭，在公安吃稀饭你会被吓到，稀饭里没有皮蛋没有瘦肉没有海鲜没有蔬菜，只可能多加了几颗绿豆，关键在于稀饭外的配菜极其丰盛，堪称早餐界的"满汉全席"。一桌子不下十道的配菜，一大碗一大碗豪横上桌，放上公筷小碟子，各取所需。常规配菜有土豆丝、藕丁、洋葱片、酸豆角丁、焌水蚕豆、辣椒皮、风味萝卜皮、萝卜丁、炒苦瓜、炒豆豉、泡菜、腌菜、炒黄豆、海带丝、鲊胡椒（极富特色，吃过就会忘不了），每家每户各不相同，各个时令菜品也不尽相同。它们在稀饭的带领下组团出道，互相成就。

汤，不是每个店都有，有些吃豆皮子、包子、铜锣烧等干货早餐店里有卖。味道可咸可甜，大致有冬瓜汤、萝卜汤、藕汤、三鲜汤、银耳汤、绿豆汤，搭配干货解腻润喉。

第七道：其他

各色早餐皆热闹，急寻隐者留其名，故用"其他"兜底。

后　记

生于斯长于斯，我们无比热爱这片予人安顿和滋养的土地。

疫情期间，湖北人民得到全国各地乃至世界各地从金钱到物资到人员的大力帮扶，我们也和全国人民一道，齐心协力，共克时艰，对于那些源源不断的无私奉献和殷殷关切，我们刻骨铭心，永志不忘。

人间烟火气，最抚凡人心。

愿能摘下口罩之日，你我在早餐摊前会心一笑，互道："公安否？"

皆答曰："公安！"

*公安置县始于汉高祖五年（前202），时名孱陵。汉建安十四年（209），刘备领荆州牧，立营油江口，取左公刘备安营扎寨之意，改孱陵为公安，公安县由此而得名。

*又，三国时期，民间流传着这样一个故事：先主刘备在油江口安营扎寨后，其旧部时有来信问候"左公安否"？刘备回信曰："安好！"为了安抚旧部，刘备遂将孱陵县改为公安县。

注：作者为湖北省公安县政协办公室主任。

她用"云过早"唤醒一座县城

杨先金

一觉醒来，微信上亮出一篇图文并茂的《云过早》美文。读完，不觉口舌生津而涎流嘴边。

"众人皆醉我独醒。"《云过早》的作者蒋亚平，封禁封不住创作灵感，经过精心备料，以精湛的"厨艺"，在解禁之时，端上"七道"美食唤醒市民"云过早"。

"云过早"的呼唤不仅回响在江南小城，还穿透地域辐射万里，使游子在边城看见了故乡餐位上升腾的缕缕蒸气，闻到了豆皮鱼尾、汤圆水饺的浓香，还在嘴里回味出咬嚼锅盔，红苕巴巴嘣脆的声响。正如东坡诗云："纤手搓来玉色匀，碧油煎出嫩黄深。夜来春睡知轻重，压扁佳人缠臂金。"

读罢狂诗，回过神来分抒美食的款款味道。

蒋亚平对作品的主题构思独具匠心，试图通过公安特色的饮食文化来唤醒市民从郁闷中苏醒，通过"云过早"来集聚人气，迅速给县城恢复生机，从而促生经济发展；同时又怀着忧民之心，温馨提醒市民做到防疫与发展经济两不误。作者创作不落窠臼，运用散文体与说明文组合创作，一枝独秀，不仅用词考究、文字珠玑，且论物叙事层次分明，再配以鲜活的图像使人悦目赏心。段落副题又分别采用大红、淡红、绿、蓝四色，主次分明且养眼好记。同时，"七道""云过早"，不仅炫耀出公安县饮食文化的品牌，激活人们的视觉味觉，还独树一帜地为公安特色美食打出了亮丽的广告。

一篇好的作品要具备"凤头、猪肚、豹尾"三大要素。作者用心良苦地以多彩的街巷，升腾的气象画面压题，凸显凤凰美丽的冠羽来吸引读者。"七道"特色早点就似猪肚里的心、肝、肺、肠、脾、肾、胰，营养丰盛不可或缺；收篇用两支红白相间、清爽开胃的泡椒萝卜压轴。"各色早餐皆热闹，急寻隐者留其名。"见得豹尾，一扫兜底。

最后，作者似乎文思未尽而思接千载，借三国典故，向百万乡亲发出来自远古的问候：

"公安否？"

"公安！"

铿锵地回答："公安！"是对全县人民抗疫完胜的肯定与总结。

公安民众云集"云过早"之日，便是全县"元气"康复之时。期盼作者蒋亚平讲出更多故乡的动人故事，创作出更优秀的文学作品，以解游子乡愁。

跋

中华民族自古以来贵教重传。所贵者无非从人生观、世界观和价值观上摆正人生位置,所传者不外血脉流远、家风仪范。这不能不说是中华文明在世界上能够传承久远的重要因素。然而教也、传也,其依据是什么?古人认为重要的是文明赓续,文字扬光。唐代许尧佐说:"不有载籍,何以垂教?必由乎文字,使知乎忠孝……所崇唯学,所宝唯书。"(《五经阁赋》)此论虽为推重学校教育,但对家教、个人修养来说,也是经典的不刊之论。至于扬光文明的文籍的意义,唐代另一位学者王履贞认为,文籍可以"用启千祀之圣,将遗万古之风。元化式敷,厥德既彰于有截;声诗再阐,斯文庶表于无穷"(王履贞《太学创置石经赋》);"示人范于古训,正国常于典经。既文明乎天下,宜远域而来庭"(王履贞《太学壁经赋》),或是"得用而行,将陈力于休明之世;自强不息,必苦节于少壮之年"。

想我生于国家振兴之时,虽人生经历与作为极其有限,却以身心耳目、七情六欲,感受了国家新创时期百废待兴的艰难困苦,参与了只争朝夕的拼搏奋斗。尤其因40年的军旅生涯,坚守在祖国西域的广阔沙场和漫长的边防线上,对怎样做人,怎样奋斗,更是体味深深。

岁值55载春秋,我从师职岗位退休,自思尚在年富力强阶段,过颐养天年的日子不是农家子弟的秉性,更不是血性军人的本色。退休,只能说是党和国家给了我这个农民出身的老军人,可以自我选择的另一条服务家国、充实人生的路子。于是开始规划、实行早就萦绕在脑海的文学梦。凭着这个梦,我便不顾我的文学能力如何浅薄,毫不犹豫地开始了笔耕苦旅。

这样,我便以我的农民生活为起点,军旅生活为主旋律,写亲身经历,写身边的社会生活和人物事迹,记录我和我的战友所经历的艰难险阻和汗血流淌的故事,描绘江山万里的自然风物与地域民情风俗,表现社会的变革和发展。在散文集《难忘岔子沟》出版之后,于2011年出版了退休之后的散文集《铺在云端的路》。尔后又与我的故乡贤达曾纪鑫、胡祖义两位作家策划出版了反映家乡人文和发展风貌的文集《牛浪湖畔》。与此同时,着力撰写这部堪称个人传记的《八千里路云和月》。

  我写这个传记的目的,不是为了成为名家,更无"示人范于古训,正国常于典经"的野心,主要是受到春秋时期南虢国君主虢公林父的启示,"进思尽忠""退思补过",从自我的经历中反思自我,重新认识自我,让我这个往日沉于事务的人,用些时间走进书本,向着学养提升之路进发。我想,物质的人转向精神修养,不是一个简单的过程。这需要勇于学习和检讨自己,在灵魂上剔除杂质。

  当然,我也欣赏明末清初的文学家周亮工的"迟迟生退思,每每同众庶",即以我的文字安排灵魂的小屋,在这个小屋里,我可以迎着夕阳回到草根感情,体味人间烟火,知我所本所根,让我保持清醒。亦可以去和家乡父老、战友、同学、亲人,站在同一个平面上,相互倾吐心声。

  至于我的家人,他们会对我的文字认同多少,那是他们自己的事。不过,如果我的后辈们,能够从我的作品中知道我这个年届古稀之人,走过了多少路,历经了多少风雨,又为顶起这个曾经贫穷的家付出了多少,或是说,倘若他们能够在我的基础上,更知道如何建设这个家,如何培养子孙后代,我就大喜过望了。

  在此,我衷心感谢曾纪鑫先生,为书的架构提供了建设性指导意见,并在完稿后热情作序。而且,这个传记性文集的书名《八千里路云和月》还是他起的。书名很是响亮,因为借用了爱国英雄岳飞的名句。但实际而论,还是切合我的经历和感情的,它能够时时使我对从湖北公安县入伍奔赴四川步入军旅的生活,对在祖国的重重山河成年累月地铁骑奔驰,对在高山峻岭卧冰爬雪揽云挽月……这些已经过去的如梦如幻、似烟似云的桩桩往事,进行影视性回放。

  衷心感谢胡祖义先生,还有族亲杨传向,他们建议我把文字主体定位在"军旅"上,并以"尚武之根"的家庭渊源铺垫军旅生涯。唯其如此,方能贴合我这个职业老兵的秉性以及扬光家教、终身从戎的特点。

衷心感谢舒国铭先生。他是我的老战友，看我还是个用笔写作者，于是主动承担起了手稿打印、校对的任务，助力我完稿。

衷心感谢好友兼方家黄毅、刘三多、胡祖义、杨传向、曹新玲、饶金兰、谭维帖、杨先宝诸君，对我的文字给予郅政评论，使我受益匪浅。

鸣谢荆州商会、深圳蔻牌服装有限公司助力付梓。感谢军旅书法家梁金先为书名题字，诚谢军旅摄影家韩栓柱，公安县摄影家协会会员朱军及张海峰、李绍龙、邓绍惠提供相关图片。

还有许多知我、关心我的战友、文友的指导我都熟记于心。这些指导让我终于形成了"尚武之根""年少萌志""从军路上""军旅写生""老兵诗行""名家赐墨"六个章节，从而较为系统地反映了我的人生历程。这个历程，作为同时代的边防军人，大都经历过。我仅是千军万马中一个微不足道的分子，也是当代军人"万里赴戎机，关山度若飞"的一个缩影。当然，这个"缩影"蕴含着当代边关军人以身报国的赤胆忠心与浪漫情怀。

杀青之日，如释重负。古稀之年，拙作面世，既惶恐又欣慰。由于水平有限，时间仓促，文集中舛误之处在所难免，恳请文友、战友、亲友、同学、家乡父老乡亲及读到这本文集的读者教正，我将不胜感激！

"八千里路云和月，千山万水家国情。"是为跋。

杨先金
2023 年 3 月 26 日于乌鲁木齐